教育部人文社会科学研究青年基金项目
"《国朝山左诗钞》整理与研究"（批准号：20YJC751004）资助

山东省社会科学规划研究青年项目
"卢见曾年谱长编"（批准号：20DZWJ07）资助

卢见曾
与《国朝山左诗钞》
研 究

耿 锐 ◎著

社会科学文献出版社
SOCIAL SCIENCES ACADEMIC PRESS (CHINA)

目　录

绪　论 / 1

第一章　卢见曾的家世、生平与著述等 / 12
第一节　卢氏家族的兴衰沿革 / 12
第二节　卢见曾生平与仕宦 / 27
第三节　卢见曾著述、刊刻活动考略 / 39

第二章　卢见曾的文学交游与《国朝山左诗钞》的编纂 / 53
第一节　卢见曾的文学交游网络 / 53
第二节　扬州时期的文学雅集 / 66
第三节　交游网络与《国朝山左诗钞》的编纂队伍 / 85

第三章　《国朝山左诗钞》的成书、体例与版本 / 100
第一节　《国朝山左诗钞》的成书背景与文献来源 / 100
第二节　《国朝山左诗钞》的编选体例 / 122
第三节　《国朝山左诗钞》版本源流考 / 136

第四章 《国朝山左诗钞》的诗学旨趣 / 150
  第一节 卢见曾的诗歌创作与诗学思想 / 150
  第二节 《国朝山左诗钞》的唐诗学本位观 / 165
  第三节 《国朝山左诗钞》的"备史"意识 / 179

第五章 《国朝山左诗钞》的文献价值与文学影响 / 197
  第一节 《国朝山左诗钞》的辑佚价值 / 197
  第二节 《国朝山左诗钞》的考据价值 / 213
  第三节 《国朝山左诗钞》的文学影响 / 228

结　论 / 238

附录1　德州卢氏世系图（部分） / 241

附录2　《国朝山左诗钞》版本对照情况 / 243

附录3　《国朝山左诗钞》诗人区域分布情况 / 254

参考文献 / 259

绪　论

一　选题来源及研究意义

（一）问题的提出

本书的研究主体是《国朝山左诗钞》，卢见曾作为诗钞的编纂者亦纳入研究范围。这部诗钞是清乾隆年间山左[①]诗人卢见曾主持编选的一部地域性诗歌总集，该集以诗人科第为序，收录清初至乾隆初年山左诗人六百二十七家，诗作五千九百余首，附诗一百一十九首。选择这样一部作品作为研究对象，主要有以下几方面的原因。

第一，清初山左诗坛发展迅速，名家巨匠辈出。

明清易代之后，诗歌的发展进入崭新的阶段。明清之际，以顾炎武、屈大均为代表的诗人，以传统爱国思想为出发点，表现民生疾苦，抒写亡国之痛，为诗坛注入新的风气。顺康之际，社会日趋稳定，经济发展迅速，文化也呈现出繁盛局面，山左诗坛也诞生了一批闻名海内的诗人，成为清诗繁荣的重镇。《国朝山左诗钞》序言即称："国初诗学之盛，莫盛于山左。渔洋以实大声宏之学，为海内执骚坛牛耳，垂五十余年。同时若宋荔裳、赵清止、高念东、田山姜、渔洋之兄西樵、清止之从孙秋谷，咸各先登树帜，衣被海内，故山左之诗，甲于天下。"[②] 在高度发展的清代文学

[①] "山左"是明清时期山东省的别称，以其位于太行山左（东）而得名。

[②] 卢见曾编《国朝山左诗钞》，乾隆二十三年（1758）雅雨堂刻本，《山东文献集成》第1辑第41册，山东大学出版社，2006，第2页。（后文所引《国朝山左诗钞》原文皆出此本，仅注作者、书名与页数。）

长廊里，山左文学确实以其影响范围之广、诗人数量之多、艺术成就之高而备受瞩目。不但有主盟诗坛五十余年的渔洋山人王士禛，还有"南施北宋"中的宋琬、人称"圣童"的赵进美等文坛巨擘，此外还形成了新城王氏、曲阜孔氏、临朐冯氏等文学世家大族，山左文坛人才辈出，诗文繁荣昌盛。王学泰称："清初诗歌创作繁荣，主要表现在山东与江浙地区。江浙著名诗人多为明末遗民，或虽勉强出仕新朝而颇怀二心之人；而山东地区著名诗人多为清朝权贵或官宦。因此，江浙清初诗可视为明诗余音，山东清初诗可视为清诗之开端。"① 洵为知言。

第二，《国朝山左诗钞》收录诗人范围广，收录诗作数量多，且有较为明确的编选理念，能够很好地代表清前期山左诗坛的整体成就。

明清之际，山左文学发展迅猛，康熙年间，更是成为清代文学的一个重镇。然而在《国朝山左诗钞》诞生之前，却并没有一部专门反映山左诗文创作水平、展现山左诗文特色的著作。王士禛《感旧集》收录三百余位诗人，遍及海内诸家，虽涉及山左，却不是专录，仍有许多重量级的山左诗人未能入选。因为未有专门的山左诗选本，许多作品零落散佚，以至于"遗文散失，姓氏无征，吾乡文献及今不为搜辑，再更数十年，零落澌灭尽矣"②。山左文学繁荣昌盛，具有编选的价值，同时由于保存和传播上的一些问题，许多优秀的作品不断散佚，为保存乡邦文献，《国朝山左诗钞》应时而生。

从内容上看，《国朝山左诗钞》选入作家六百二十七家，将清初山左几乎所有的重要诗人都囊括其中，每位诗人后附小传，不但描述诗人行状，对于诗作风格也有品评，卢见曾编选之时谦称："是集以钞为名，不敢居于选也。"③ 小传中对诗作的品评多引用各家评语，而且坚持所评必出于哲匠宗工，所以"吾乡之有渔洋……同时诸贤之诗大半经其品藻，而西樵、山姜、秋谷诸公及《国雅》《诗观》各评语亦多采入"④，当然也有卢

---

① 傅璇琮等主编《中国诗学大辞典》，浙江教育出版社，1997，第790页。
② 卢见曾编《国朝山左诗钞》，第2页。
③ 卢见曾编《国朝山左诗钞》，第3页。
④ 卢见曾编《国朝山左诗钞》，第4页。

见曾等人的点评,是为按语,是表现其编纂理念的重要材料。

《国朝山左诗钞》所选作家在文学史上均有一定影响,所选不同作家诗歌数量亦有较大差异。诗钞中选王士禛诗数目最多,为399首,其次如宋琬163首、赵进美163首、赵执信154首、高珩151首、田雯127首、王士禄123首。诗钞大量选取这些重量级诗人的代表作品加以汇总,不但从整体上展现了山左诗坛的文学成就,亦是对他们创作水平与文学史地位的肯定。而对于存诗数目不多,但有一定文学影响力的作家,卢见曾也从府志、县志甚至友人扇头上对其零星诗歌进行抄录,收入集中,最大限度地保存了乡邦文献。

第三,诗歌总集在清代得到极大发展,清诗总集研究也成为目前学界研究的热点之一。

清诗总集的整理与研究对于清诗研究的推进具有重要意义,成为目前学界的一个热点,国家社科基金项目"清人选清诗总集研究"(2010)、全国高等院校古籍整理研究工作委员会直接资助项目"《清诗总集序跋汇编》编纂"(2018)、国家社科基金重大项目"全清诗歌总集文献整理与研究"(2018)等课题相继立项,越来越多的清诗总集进入研究视域,为清诗研究提供了重要的文献支撑,选择卢见曾与《国朝山左诗钞》作为研究课题,也是顺应了清诗总集研究的学术动态。

(二)选题的意义

选择卢见曾与《国朝山左诗钞》作为研究课题,主要有以下几个方面的意义。

第一,对于梳理清代自开国至乾隆年间山左地区的诗人与作品具有重要的文献价值。

《国朝山左诗钞》编选之初便本着"以诗存史"的理念,对作家的选择做到了求质亦求量,可以说较好地完成了"遍搜昭代之诗"的目标,通过研究《国朝山左诗钞》,将对清前期山左诗坛的作家数量、分布有更加清晰的认识,而其中收录的诗作,尤其有些作品并未收入作家别集之中,一定程度上可以起到补遗的作用。而对作家、作品的梳理,对于深入研究清代山左诗坛有着重要的奠基意义。

第二，对地域文学和家族文学研究具有推动作用。

地域文学与家族文学是近年来学术研究的一个热点。明清以来，地域文化呈现多元化发展的态势，地域文化的差异也越来越明显，地方志、地域性诗歌总集不断涌现，与此相伴的就是各具特色的地域文学风格。《国朝山左诗钞》以整个山左地区为选诗范围，但是在编选过程中，又"具列乡里出处"，将作家归结到更小的地域之中，而且在小传中点明了集中所录诗人之间的伦常关系，通览《国朝山左诗钞》，其中的地域与家族概念十分鲜明。以此为研究对象，将能够更好地透视山左诗坛整体框架之下，不同地域、不同家族的审美趣味与创作观念的差异，透视整体风格与个人特色的差异，对于山左家族文学和地域文学的研究将有着重要的参考价值。

第三，对于山左系列诗钞的研究具有开拓性意义。

在卢见曾《国朝山左诗钞》的影响之下，山左地区出现了一系列的诗歌总集作品，分别有宋弼辑《山左明诗钞》（三十五卷），张鹏展辑《国朝山左诗续钞》（三十二卷），宋弼《国朝山左诗补钞》（原为七卷，经张鹏展编纂为四卷），余正酉《国朝山左诗汇钞后集》（三十九卷）。这一系列诗歌总集的出现，几乎囊括了自明至清道光年间山左地区四百余年的诗歌创作，具有非常重要的文学意义。

其中，宋弼全程参与了《国朝山左诗钞》的编纂，其所编选的《山左明诗钞》是《国朝山左诗钞》编纂理念的一个完善与提升。张鹏展的《国朝山左诗续钞》则是对卢见曾《国朝山左诗钞》的直接补充。对于《国朝山左诗钞》的研究将有利于"国朝山左"系列诗钞研究的进一步开展。对这几部诗歌总集的整体研究将有助于全面把握清代山左地区的作家作品规模以及文学艺术成就。

二　研究现状回顾

关于卢见曾与《国朝山左诗钞》，目前虽然已经有一些研究成果问世，但是整体而言还是有比较充足的研究空间的。目前关于该课题的研究成果主要集中在三个方面。

绪　论

(一) 对编纂者卢见曾及卢氏家族的研究

在对卢见曾及卢氏家族进行的研究中，对卢见曾个人的研究是一个重点，已经有较多的学术成果问世。

首先是以卢见曾生平经历为主的综合性研究。最有代表性的是兰州大学胡晓云的硕士学位论文《卢见曾年谱》，此前日本学者市濑信子亦有《卢见曾年谱》一文发表在《福山大学人间文化学部纪要》上，对卢见曾生平的重要事件进行了梳理，胡晓云硕士的文章与市濑信子的不同之处在于其不但对卢见曾的生平行事和重要交游事件进行了逐年考索，还对卢氏世系作了确切考察，另外还对卢见曾的大部分作品进行了系年考订，研究较为详细充分。此外，辽宁师范大学郭文捷的硕士学位论文《宦海沉浮中的浪漫主义者——卢见曾》也对卢见曾的生平经历、文学创作、交游活动等多个方面作了较为全面的考察。卢见曾在扬州时期的活动是一个考察的热点，出现了较多的研究成果，诸如市濑信子《卢见曾的文学活动》、贺万里《文游·狂欢·独酌——扬州雅集的三段论》、王连琦《卢见曾在扬州的文学活动研究》、俞映红《卢见曾在扬时期的文学活动》、鲍开恺《卢见曾幕府戏曲活动考述》、李瑞豪《卢见曾与扬州八怪》、曹江红《惠栋与卢见曾幕府研究》、程璇《卢见曾幕府研究综述》，以及张兵与侯冬合作的《卢见曾幕府与清代中期扬州诗坛》等。这些成果主要从卢见曾文学交游的角度对其在扬州的行迹和活动进行了考察，而由于文献材料掌握程度之不同，部分地存在着疏漏，诸如红桥修禊参与成员等问题，尚未明晰，本书将对部分问题进行补充及订误。

其次是对卢见曾诗文创作的研究。卢见曾本人的诗文创作数量较为可观，然而流传下来的不多，仅有《雅雨堂诗集》二卷、《雅雨堂文集》四卷、《雅雨山人出塞集》一卷，具有一定的研究价值。目前已有研究成果如黄金元的《清中期山左名贤卢见曾诗歌简论》，邱良任的《卢见曾与〈出塞集〉》，郭文捷的《卢见曾诗文创作、兴教倡学方面所体现的浪漫主义情怀》，庞金殿、蒋雪艳的《卢见曾诗文创作述要》，刘伟楠的《卢见曾〈雅雨山人出塞集〉研究》等文章。其中黄金元的《清中期山左名贤卢见曾诗歌简论》最有学术价值，文章从卢见曾诗歌的基本内容入手，展现了

❖ 卢见曾与《国朝山左诗钞》研究

其主张抒写性情、反对门户之见的诗学观念，更指出了其诗学主张对于清代中前期诗歌创作总结和鼎新的意义。此篇文章与其《清中期山左名贤卢见曾诗学思想探析》互为补充，对卢见曾诗歌创作和诗学观念进行了概括与提炼，对于卢见曾诗文创作的研究具有开拓性意义。

最后是对卢氏家族的研究。以卢见曾为代表的德州卢氏家族是明清时期最为显赫的文化世家之一，卢氏一门中共出过8位进士，举人、贡生、监生、庠生达130余人。作为清代山左地区的望族之一，卢氏家族也具有很高的研究价值。对卢氏家族的研究主要有两大方面。其一是对卢氏家族中有突出成就的成员的个人研究，譬如前文列举的卢见曾相关研究。除对卢见曾的研究之外，卢氏家族的另一位成员、卢见曾的曾叔祖父卢世㴶也是研究重点之一。卢世㴶是杜诗研究专家，对他的研究也主要集中在这个领域，目前成果已有沈时蓉、庾光蓉的《卢世㴶〈读杜私言〉发微》，綦维的《德州学者卢世㴶的杜诗学成就》，方良的《明季钱谦益与卢世㴶交往事迹疏证》，王新芳、孙微的《卢世㴶〈杜诗胥钞〉与〈读杜私言〉考论》。其二便是以卢氏家族为整体进行的研究，最为完备的当属王守栋的《德州卢氏家族研究》。这部著作从卢氏家族的崛起写起，对卢氏的家族构成、生活方式、家学门风、婚姻关系、社会交游均作了梳理，完整地展现了德州卢氏家族的发展脉络。而对于家族中突出的个人卢宗哲、卢茂、卢世㴶、卢道悦、卢见曾、卢谦、卢荫簿也以专节进行了研究，最后从整体上分析了卢氏家族的文学成就，材料充分、论证翔实，是关于卢氏家族研究的集大成之作。此外还影印附录了《德州卢氏家谱》，为后人的研究提供了非常宝贵的文献资料。

另外，黄金元的《明清之际济南府望族与诗歌研究》和张明福的《德州明清仕宦家族》两部著作中，将卢氏家族置于地域性家族研究的框架之下，将卢氏家族作为其中一个对象，对整个地域的文学世家作了全面考察，虽不及王守栋《德州卢氏家族研究》内容完备，但是更为凝练、更为概括，突出了卢氏家族在德州乃至济南府的文学影响力。

此外，对卢见曾雅雨堂刻书活动的研究也是热点之一。

雅雨堂以卢见曾的号"雅雨"命名，是卢见曾藏书、刻书、进行诗文创作的地方。卢见曾利用雅雨堂进行刻书活动，不但保存了大量的珍贵文献，而且每部刻书，他都亲自撰写序言，将自己的文学见解渗透其中。目前已知的雅雨堂刻印过的图书有二十九种，《国朝山左诗钞》便是雅雨堂所刻，此外还有《雅雨堂丛书》十三种、《金石三例》三种、《焦山志》、王士禛《感旧集》、赵执信《谈龙录》、惠栋《周易述》、朱彝尊《经义考》等。① 对雅雨堂刻书的研究也是卢见曾研究的一个方面，目前已有成果如刘捷《卢见曾与雅雨堂刻书》《清代德州雅雨堂刻书著述考略》，较为系统地梳理了卢见曾的刻书活动。还有学者根据雅雨堂本刻书考证学术问题，如陈汝洁《雅雨堂本〈谈龙录〉删节因园本条目补正——兼论袁枚误解〈谈龙录〉的因由》，亦取得一定的研究成果。

（二）对《国朝山左诗钞》的研究

在绝大多数以卢见曾为研究对象的论文与专著中，《国朝山左诗钞》都作为卢见曾的重要成就之一被列举出来。如前文所提到的《德州卢氏家族研究》《明清之际济南府望族与诗歌研究》《德州明清仕宦家族》等著作，都涉及《国朝山左诗钞》，但未展开充分论述。以《国朝山左诗钞》为主要研究对象的成果目前有黄金元的《略论卢见曾编纂的〈国朝山左诗钞〉》、邹琳的《盛世诗史：〈国朝山左诗钞〉中的诗人族群关系与其史传意识》以及山东师范大学袁鳞的硕士学位论文《〈国朝山左诗钞〉研究》等。《略论卢见曾编纂的〈国朝山左诗钞〉》一文对于此部总集的编选目的、编选过程及编选标准作了阐释，并肯定了诗钞的文献价值，其论证依据基本来自卢见曾所作《国朝山左诗钞序》以及《凡例》，囿于篇幅，仍不够深入。《盛世诗史：〈国朝山左诗钞〉中的诗人族群关系与其史传意识》从《国朝山左诗钞》诗史构建的角度剖析了卢见曾的艺术评价体系，对诗钞选诗原则的分析颇有见地。袁鳞的硕士学位论文《〈国朝山左诗钞〉研究》则是第一部较为系统的研究《国朝山左诗钞》的论文，对于卢见曾的家世与生平、《国朝山左诗钞》的几种版本、《国朝山左诗钞》的文学价值与历史地位均有涉及，尤其是关于地域诗学构建的部分，指出了《国朝

---

① 瞿冕良：《中国古籍版刻辞典》，齐鲁书社，1999，第852页。

山左诗钞》在选诗上超越政治局限、超越固化评价、超越世俗眼光的特点，肯定了其选诗之价值，具有重要的诗学意义，然而囿于篇幅，其对于《国朝山左诗钞》非常重要的诗歌文献来源、不同版本的对比、整体上的诗学取向等内容尚未能充分展开。

（三）对山左诗歌的整体研究

清代山左诗歌发展迅猛，产生了许多重量级的作家，更有大量优秀作品问世。学界对于山左诗歌的研究最为充分的便是对作家的个案研究，尤其是王士禛、赵执信等一流作家。或者以某位作家为研究中心，拓展至整个山左诗坛，然而此种研究对山左诗坛的考察亦十分有限。此外，对于家族文学的研究也是山左诗歌研究领域的一个热点，清代山左地区文化世家十分集中，有充足的研究资料，学术成果也很多。然而将山左作为一个整体进行深入考察的成果并不多，这其中以宫泉久《清初山左诗歌研究》最具代表性。《清初山左诗歌研究》分上中下三编，上编主要论述山左诗坛繁荣发展的政治文化背景；中编主要论述山左诗人的文化渊源，主要涉及明代诗学对山左诗人的影响以及根深蒂固的齐文化氛围；下编则是作家个案研究，选择了十余位代表性的作家，分析了每位诗人的诗歌内容与艺术风格。文章架构比较宏大，但是在作家个案与山左诗坛整体风貌的结合上并未十分到位，而且对于作家的研究也有较大的可挖掘的空间。

综上所述，卢见曾《国朝山左诗钞》这一课题仍然有较大的研究空间，而且相关前期研究成果的问世，将为进一步的研究奠定坚实的基础，利于深入研究的开展。

三 研究思路与方法

本书的研究中心是《国朝山左诗钞》，作为一部地域性诗歌总集，其最鲜明的价值是文献学价值，而对于古典文学研究而言，文学本体的价值亦不容忽视。本书在深入梳理文献的基础上，充分挖掘其中蕴含的诗学观念、批评态度与文学价值，并由此出发透视其对清前期诗歌史的反映，从而论析其在文学史上的地位与价值。

在课题开始之前，笔者首先对卢见曾与《国朝山左诗钞》相关文献进行了梳理。目前所知卢见曾著作有《雅雨堂诗遗集》二卷、《雅雨堂文遗集》四卷、《雅雨山人出塞集》一卷、《读易便解》二卷、《玉尺楼曲谱》六卷，凡五种，编著则有《德州卢氏家谱》《渔洋山人感旧集小传》《国朝山左诗钞》《焦山志》《金山志》五种，此外还刊刻有《雅雨堂丛书》十三种以及诗文经籍十数种。本书涉及的文献主要有卢见曾所著的《雅雨堂诗遗集》二卷、《雅雨堂文遗集》四卷、《雅雨山人出塞集》一卷和其编纂的《国朝山左诗钞》。在充分占有文献的基础上，本书对卢见曾之家世、生平、著述、交游等内容展开实证研究，主要采取考据的方法，根据史传、方志、家乘等资料的记载，力求详尽地展现其一生的行迹及思想心态的变化，对于其在扬州时期的几次雅集活动，则通过考察与会人员的唱和诗歌对集会时间进行了考辨。对于《国朝山左诗钞》的版本演变，则对乾隆戊寅（即乾隆二十三年，1758）初刻本、乾隆己卯（即乾隆二十四年，1759）重校定本甲本、乾隆己卯重校定本乙本以及铲版重刻本等几个版本的《国朝山左诗钞》进行了详细的对比，详细展现了其版本流传过程中的细微变化，以考镜源流。对于《国朝山左诗钞》中出现的诗人字号、籍里、职官以及诗歌内容，笔者亦与史传、方志、诗人别集等资料进行了对比，对于其中载录不一致的地方进行了考辨，从而对《国朝山左诗钞》进行订误。

对于《国朝山左诗钞》的诗学旨趣，本书将在深入解读文本的前提下概括其选诗倾向。作为一部包含六百二十七位诗人的五千九百余首作品的诗歌总集，《国朝山左诗钞》的内容丰富而博杂，卢见曾对于所选诗歌作品亦缺少系统的评点，因此，将《国朝山左诗钞》作为一个整体探究其诗学倾向成为一个重要而复杂的问题。对此，本书充分利用《国朝山左诗钞》诗话中所援引的序跋、史传中对诗人诗风的评价与论断，从唐宋诗之争的角度对其选录诗人创作风貌进行量化分析，从整体上把控其诗学倾向。在对整体诗歌内容的分析上，则从卢见曾"备一代之诗史"的编纂初衷出发，从"备史"角度切入进行考察，《国朝山左诗钞》选录范围历跨清初至乾隆初年，是清代历史上从动乱逐渐走向平稳的充满波澜的一段时期，本书充分利用诗歌本文，对其中所反映的重大历史事件、人民生活疾苦、诗人婉转心志进行了详细分析，考察了其备叙时事、推见至隐的述史特点，从而更好地考察《国朝山左诗钞》的思想性和现实性。

此外，对于诸如《国朝山左诗钞》的编纂体例等明确有所承继的内容的研究，则采取了比较分析法，将之与《明诗综》《中州集》《列朝诗集》等诗歌总集进行了对比，并在此基础上对《国朝山左诗钞》在体例上的继承与突破进行全面分析。

古典文学的研究并不是单向的，研究方法也不是单一的，尤其对于像《国朝山左诗钞》这样内容极其丰富的著作而言，更应该灵活运用各种研究方法，将其放置于清代诗歌史的大背景中进行考察，从而更好地认识其文化价值与思想意义。

四　创新点

《国朝山左诗钞》是清代重要的地域性诗歌选本之一，其编纂者除卢见曾之外还涉及宋弼、董元度、纪昀、惠栋、王昶等名家，体例完备、收录广泛、刊刻精良，开创了山左通省诗歌总集的编纂之风。近年来，《国朝山左诗钞》及其编纂者卢见曾均逐渐引起学界关注，但卢见曾之生平中仍有不甚清晰之处，《国朝山左诗钞》的版本变化、内容范围以及其作为清诗选本的文学价值亦尚未得到足够重视。本书将卢见曾与《国朝山左诗钞》作为研究对象，对上述问题进行了考察，获得了一定的进展。

首先，本书对《国朝山左诗钞》的编纂者卢见曾之生平进行了全面考察，补充并修正了其文学交游中存疑的几个问题。其一是对卢见曾初任两淮都转运使时举行平山堂雅集的时间进行了考辨。对于此次雅集，一般观点认为发生于乾隆元年（1736），笔者结合高凤翰与程梦星的和诗，补充了卢见曾《重建竹西亭记》记载之不足，推断集会时间应为乾隆二年丁巳。其二是对卢见曾主持的乾隆二十二年红桥修禊活动的参与人员进行了考辨，贺万里的《文游·狂欢·独酌——扬州雅集的三段论》，张兵、侯冬的《卢见曾幕府与清代中期扬州诗坛》以及胡遂、唐艺溱的《红桥修禊与清代士人之心态流变》都对卢见曾红桥修禊与会成员进行了考察。然而《文游·狂欢·独酌——扬州雅集的三段论》列入了明确未曾与会的高凤翰；《卢见曾幕府与清代中期扬州诗坛》称与会者凡六十三人，所列者实则是乾隆丁丑（1757）五月红桥雅游的与会人员，二者名单均有错误。《红桥修禊与清代士人之心态流变》则采取了"某某、某某等数十人"的约指之法，所列人员比较有限。笔者广泛翻检诗人别集，以和红桥修禊诗为依据，对红桥修禊活动的与会成员进行甄别，在《红桥修禊与清代士人之心态流变》的基础上将明确可考的与会人数拓展至十五人。

其次，本书对《国朝山左诗钞》的版本源流情况进行了考察。目前学界对《国朝山左诗钞》的关注不多，一般认为其仅有乾隆戊寅初刻本，袁鳞硕士的《〈国朝山左诗钞〉研究》中首次涉及其版本问题，提出了乾隆二十三年原刊本、乾隆二十四年重校定本以及删减本三种版本及其馆藏地，对于版本之间的具体差异并未详述，本书对《国朝山左诗钞》诸版本进行了对比，以对照表格的形式展现了诸版本之间内容上的差异，尤其考辨了乾隆己卯重校定本，发现了同注为"己卯重校定本"的上海图书馆藏本与山东大学图书馆藏本在内容上的差异，从而将己卯重校定本分为甲本与乙本，推断在乾隆二十四年，《国朝山左诗钞》至少进行了两次重校重印，这对《国朝山左诗钞》的版本研究是个突破。

最后，深化了《国朝山左诗钞》的文献价值并发掘了其诗学功能。作为地域诗歌选本，《国朝山左诗钞》最基础的功能是保存文献，这也是前辈学人的研究重点，本书在前代文献研究的基础上，考察了《国朝山左诗钞》在体例上承前启后的特点，尤其考察了其在体例上对《国朝山左诗续钞》、《国朝山左诗补钞》、《国朝山左诗汇钞后集》及《山左明诗钞》产生的深远影响，指出了其在"国朝山左系列诗钞"中的核心作用。此外还对《国朝山左诗钞》的部分诗人、诗作进行了考辨，纠正了卢见曾编纂诗钞之时的部分错误。更为重要的是，本书站在清代唐宋诗之争的大背景下，综合考察了《国朝山左诗钞》所录诗人的诗歌风貌与诗学态度，以明确的数据论证了其唐诗学本位的选诗倾向，分析了其通过有意识地增加选诗数量、以小传褒扬诗歌成就等方式所勾勒出的清前期山左诗坛宗法盛唐，尤主王孟，且不排斥中晚唐，甚至兼纳部分宋调的开阔的诗学体系，对其鼓吹风雅、导引风尚的文学功能进行了综合诠释。

第一章
卢见曾的家世、生平与著述等

"别子为祖,继别为宗"①,早在先秦时期,周人即以宗族关系维持社会稳定,由此产生的宗法制度几乎贯穿了整个中国古代文明史。与现代社会充分强调个体独立性不同,宗族是中国古代社会结构的核心和基本单位,是传统社会中个体生命立身的基础,在此基础上,不但形成了"家族本位的政治"②,文化亦难免受家族家风的浸染。《国朝山左诗钞》的编纂者卢见曾出身德州卢氏,卢氏家族的传承演变以及文化渊源对他的个性、思想产生了深远影响,故而实有必要先对卢氏家族作一番探讨。

第一节 卢氏家族的兴衰沿革

德州卢氏是绵延四百余年的文化世家,历跨明清两朝,代有显者。据卢见曾所编《德州卢氏家谱》所载,卢氏始祖卢子兴"本直隶涞水人,永乐间以军籍住德州左卫,遂家焉"③。德州卫是明洪武九年(1376)为增强守御力量而兴建的,而德州左卫乃是永乐五年(1407)增建,可知卢子兴住德当在永乐五年以后。明代的"军户"起于明初,其兵力来源主要有三

---

① 陈戍国校注《礼记校注》,岳麓书社,2004,第234页。
② 梁启超:《先秦政治思想史》,天津古籍出版社,2003,第48页。
③ 卢见曾编《德州卢氏家谱》,《德州卢氏家族研究》,线装书局,2012,第295页。

种形式："其取兵，有从征，有归附，有谪发。"① 其中"从征"者是应招募或主动投靠而入军籍，"归附"者是降兵被用以充军，"谪发"者则多指因罪流放、隶籍为兵之人。卢子兴成籍之所在德州左二卫之陈官营，而住德之后仍能够往来德州、涞水两地之间，而且"卒于涞水，遂葬焉"②，可见其身份是相对自由的，家谱中所谓"军籍"指的当是普通军户。卢氏家族以卫所军户起家，其兴盛经历了几代人的努力，而最终的发迹直接得益于科举，故卢氏家族始终保持着耕读传家的传统，敦品励学，睦友孝亲。

一　军户起家

明王朝在洪武、永乐年间大量扩充军备，而随着战事的减少，社会政治、经济逐渐稳定，越来越多的军户子弟走上了科举道路，朝廷亦颁布政令，允许武臣之子孙以及旗军中的优秀子弟入学读书，甚至还专门设立学堂，以教训子弟，"卫所与府州县治相邻者，令入府、州、县学读书，相远者，或一卫所，或二三卫所共设一学，以教训之。学有成者，听赴本处乡试"③。卢氏一族初为成籍军户，后顺时而动，力图通过科举改变家族地位，其中起到关键作用的是第五世的卢经。

卢经，字大经，号静居，生卒年不详，邑庠生。卢经虽只中秀才，却为卢氏家族的发展开辟了全新的道路，卢经亡故之后葬于德州城东南三里庄之东，成为卢氏"迁州城始祖"④，此后卢氏代兴，皆出于此。

卢经生育有三子，长子卢宗儒、次子卢宗贤、三子卢宗哲。长子卢宗儒一支世居陈官营，继承了卢氏军籍，此后世代居住于陈官营，而次子卢宗贤、三子卢宗哲则一同迁居州城，逐渐走上科举入仕之路。此后卢氏家族便分化为陈官营支与德州支两支。陈官营一支隶属军籍，子孙皆未出仕，故本书仅在附录中以附表形式列陈官营支之世系，不作过多说明，本书所论卢氏，为德州支。

---

① 《明史》卷九〇，中华书局，1974，第2193页。
② 卢见曾编《德州卢氏家谱》，《德州卢氏家族研究》，线装书局，2012，第323页。
③ 《明实录》第4册，"中研院"历史语言研究所，1968，第2032页。
④ 卢见曾编《德州卢氏家谱》，《德州卢氏家族研究》，线装书局，2012，第323页。

❖ 卢见曾与《国朝山左诗钞》研究

卢宗哲继承父亲卢经之志，致力于诗书，成为卢氏家族第一位进士，拉开了卢氏崛起的序幕。卢宗哲（1505—1574），字瀋卿，号涞西，嘉靖七年（1528）参加乡试，嘉靖十四年参加会试，中第十名，并以二甲一百七十七名的成绩通过殿试，特选为翰林院庶吉士，授检讨，嘉靖三十一年任南京通政司右参议，嘉靖三十五年升南京太仆寺卿，嘉靖三十七年转光禄寺卿，尝参与修订《大明会典》，年七十因病卒。卢宗哲长于吏治，居官二十余载，廉正勤勉，以清节著称，程先贞诗赞之曰："宦装二十年，洁白不曾缁。至今仰太史，皎望如云霓。"[1] 卢宗哲少时即工于文辞，后读书于禁中，文才更盛，太傅李时"每读其文，未尝不咄嗟叹赏也"[2]。卢宗哲一生著述宏富，然而匿不自名，府志中载其著有《见宾堂集》《焚余草》等，今皆不见，大概因其"一日尽焚之，曰：'雕虫小技，古人以覆酱瓿，何多事也'"[3]。卢宗哲素喜唐诗，其诗"温文尔雅，差得初盛体"[4]，其诗集已散佚，笔者仍于《明诗纪事》中发现其诗一首，题为《赠张锦衣》，诗曰："朝承节钺下丹霄，霜满熊罴宠赐貂。路绕黄河山簇簇，风鸣青海草萧萧。油幢对月闲吹角，铁骑乘冬好射雕。为报诸蕃莫轻入，临戎今是霍嫖姚。"[5] 此诗刚劲质朴，雄浑苍茫，颇有陈子昂风调。卢宗哲与当时复古诗学领袖谢榛亦往来密切，谢榛集中有多首寄送之作，《冬夜马宪副吉甫宅同卢司业瀋卿、李鸿胪东明得"灯"字》记几人宴集作诗之事，逸气横生。卢宗哲仕途腾达，其父母妻室亦因之受到封赏，嘉靖十三年三月三日，明世宗朱厚熜大布恩纶，敕封卢宗哲之父卢经为征仕郎翰林院检讨，敕封其母崔氏为孺人，敕封其妻谭氏为孺人。卢宗哲育有一子卢茂，因卢宗哲恩荫授官。

---

[1] 王道亨修，张庆源纂《(乾隆)德州志》，《中国地方志集成·山东府县志辑》第10册，凤凰出版社，2004，第328页。

[2] 过庭训：《本朝分省人物考》，《续修四库全书·史部》第535册，上海古籍出版社，2002，第667页。

[3] 孙承泽撰，李洪波点校《畿辅人物志》，北京出版社，2010，第52页。

[4] 杨士骧修，孙葆田等纂《(宣统)山东通志》，《中国地方志集成·省志辑·山东》第7册，凤凰出版社，2004，第208页。

[5] 陈田辑撰《明诗纪事》，上海古籍出版社，1993，第1796页。

第一章　卢见曾的家世、生平与著述等

卢茂（1534—1598），字如松，号绍涞，以恩荫授宛平主簿，后官河南归德府通判，"廉明守官，勤恪集事"①。卢茂赋志英敏，工于诗文，其诗"清劲古卓，成一家言"②，著有《滁阳漫录》，惜已不存。卢茂初配葛氏，都察院左都御史葛守礼之女，年十八而卒；继配高氏，都指挥高灼之女。卢茂恪守庭训，孝思纯笃，操清节劲，为官体恤百姓，不畏豪强，自谓"不愧俯仰，即有厚诬，人胸有心，谁口无舌，清评昭在"③。卢茂育有五子，长子卢永锡、次子卢文锡、三子卢元锡、四子卢康锡、五子卢兖锡，为卢氏之第八世。

卢茂长子卢永锡（1553—1600），字元孝，号正原，选贡生，配恩县纪氏，山西按察使岢岚兵备道纪公巡之女，育有二子，长子卢世㴶，次子卢世㴶。卢永锡因次子卢世㴶诰赠承德郎户部江西清吏司主事，其妻纪氏敕赠安人，卢氏自卢世㴶、卢世㴶始，真正成为诗礼世家。

卢茂次子卢文锡（1565—1638），号华原，曾任靖州州判，初配按察司经历堵铨之女堵氏，育有一子卢世治，继配盖澡之女盖氏，育有一子卢世洪，二子皆无显名。

卢茂三子卢元锡、四子卢康锡、五子卢兖锡皆无子。

卢宗哲是卢氏家族发展过程中最为关键的一位。他不但是卢氏家族第一位进士，而且仕途显达，对于卢氏家族的转型与发展起到了举足轻重的作用。首先，他通过自身科考的成功，使卢氏家族中的一支摆脱了军户的身份，在仕途上初露锋芒，实现了向科举世家的转向，也奠定了卢氏一族诗书传家的文化传统。其次，卢宗哲为政"廉节刚方，人不敢以私干，与人交，出肺腑相示，所至皆敬而爱之"④，其科举成功的人生轨迹与忠于职守、刚直不阿的秉性为卢氏子孙的入仕之路规划了方向、树立了榜样。再次，卢宗哲"处家凛肃，内外无哗，训子孙以义"⑤，确立了"义"在卢

---

① 孙继皋：《宗伯集》，《四库禁毁书丛刊·集部》第15册，北京出版社，1997，第377页。
② 卢见曾编《德州卢氏家谱》，《德州卢氏家族研究》，线装书局，2012，第343页。
③ 卢见曾编《德州卢氏家谱》，《德州卢氏家族研究》，线装书局，2012，第343页。
④ 卢见曾编《德州卢氏家谱》，《德州卢氏家族研究》，线装书局，2012，第340页。
⑤ 卢见曾编《德州卢氏家谱》，《德州卢氏家族研究》，线装书局，2012，第341页。

❖ 卢见曾与《国朝山左诗钞》研究

氏家训中的重要地位，其对于"志节"的重视也影响到了整个卢氏家族的家风。卢宗哲端慎纯笃，教子以严，对于子卢茂、孙卢永锡等人的教育更为卢氏家族培养了有力的后继者。可以说，卢宗哲既是卢氏家族仕途上的奠基者，又是卢氏家学渊源的开拓者，在他之后，卢氏家族耕读传家的取向愈发鲜明，越来越多的卢氏子孙通过科举踏入仕途，将卢氏家族推向辉煌。

二　科举连捷，姻族日盛

德州卢氏自第九世卢世滋、卢世㴶兄弟起，家声日振，逐渐跻身世家大族的行列，其最为突出的标志便是科举中第的家族成员数量逐渐增加，与卢氏联姻的家族也声望日隆，仕途与姻族的双重保障使得德州卢氏家族得以迅速发展。

九世卢世滋（1585—1638），卢永锡长子，卢见曾曾祖父，字保大，号带河，太学生，配程氏，工部尚书程绍之女。卢世滋之事迹不见于经传，卢世㴶所作《先兄太学生带河卢公墓志铭》于其生平记载甚详。墓志铭称卢世滋"生而清发，幼不好弄"，励学以笃，在弟卢世㴶对于童子游戏无所不为的时候"敛襟独诵，整日不肯出位，学究先生爱而誉之"①。卢世滋淡泊宁静，有至性而无机心，是悖信的君子，其德行操守诚如卢世㴶所称，可"利其后人于无穷"②。

卢世㴶（1588—1653），卢永锡次子，卢世滋胞弟，卢见曾曾叔祖父，字灵饶，号德水，晚号南村病叟。初配谢氏，吏部尚书谢廷策之女，封安人，继配程氏，工部尚书程绍之女。卢世㴶少孤，事母及兄姐以孝友，肆力于诗书，十八岁入郡学，凡试必冠。万历四十三年（1615）参加乡试，天启五年（1625）会试及第，授官户部江西清吏司主事。卢世㴶事母至孝，曾上疏乞终养曰："十龄而孤，鞠育教思，惟母纪氏是赖，艰辛倍尝。"③ 因而归家，颐养母亲至天年。后服阙改云南道御史，四年后因疾告

---

① 卢见曾编《德州卢氏家谱》，《德州卢氏家族研究》，线装书局，2012，第345页。
② 卢见曾编《德州卢氏家谱》，《德州卢氏家族研究》，线装书局，2012，第346页。
③ 毕自严：《度支奏议》，《续修四库全书·史部》第488册，上海古籍出版社，2002，第555页。

第一章　卢见曾的家世、生平与著述等

归，日以诗书自娱。明清鼎革之际，卢世㴶家居德州。李自成攻陷京师之后，"遣其巨帅郭将军者，以精贼数万，略行齐鲁，张官置吏，肆出赴任。旬日间，遍于海岳"①，所派遍及齐鲁，肆意劫掠士绅，激起极大民愤。卢世㴶与德州生员谢陛、原任辽抚黎玉田、贡生马元骎等人诛杀防御使阎杰等十八人，守护了一方安全。卢世㴶之举得到清廷表彰，敕谕曰："尔世㴶同旧辅谢陛忠愤填胸，倡议诛伪，山东之士始知天常，嗣后擒斩日，闻俘馘踵告，推厥首功，实系于尔。"②清王朝定鼎之后，卢世㴶以原官起复，病笃不能起行，遂留籍调理，后卒于家。卢世㴶极富文望，尝编选《杜诗胥钞》，并著《读杜私言》。《杜诗胥钞》"曷言钞，不逮笺释，不举评议，而迥存少陵本句也"③，钞本中只录杜诗原文和原注，共收录杜甫诗八百八十一首、高适诗一首并杜甫诗句若干，不但不见历代注释，即便卢世㴶自己对于杜诗的注释与解读，也都集中于"大凡"和"余论"之中，未注于诗后，而"大凡"和"余论"总称《读杜私言》，又名《读杜微言》，有单行本传世。卢世㴶注杜，有十分新颖独到的见解，迥绝流俗，譬如其称"子美千古大侠""子美最傥宕""子美性极辣"④，皆令人耳目一新，又都言之有据，对于杜甫性格的探析具有重要意义。钱谦益十分肯定卢世㴶《杜诗胥钞》的价值，认为卢世㴶"奋起而昌杜氏之业，其殆将箴宋、元之膏肓，起今人之废疾，使三千年以后，焕然复见古人之总萃乎"⑤。王士禛《戏仿元遗山论诗绝句》中亦盛赞卢世㴶注杜之成就："杜家笺传太纷拿，虞赵诸贤尽守株。苦为南华求向郭，前惟山谷后钱卢。"⑥卢世㴶不但在杜诗研究领域取得了独特的成就，其本身的诗文创作成就亦颇为可观。卢世㴶有《尊水园宿草》《在舆草》《闲居漫兴》《杜亭近草》

---

① 王赠芳等修，成瓘等纂《（道光）济南府志》，《中国地方志集成·山东府县志辑》第3册，凤凰出版社，2004，第592~593页。
② 管邵宁：《赐诚堂文集》卷一一，清道光十一年（1831）读雪山房刻本。
③ 刘荣嗣：《简斋先生集》，《四库禁毁书丛刊·集部》第46册，北京出版社，1997，第433页。
④ 卢世㴶：《杜诗胥钞》，国家图书馆藏明崇祯毛氏汲古阁刻本。
⑤ 钱曾笺注，钱仲联标校《钱牧斋全集》，上海古籍出版社，2003，第2153页。
⑥ 袁世硕主编《王士禛全集》，齐鲁书社，2007，第370页。

❖ 卢见曾与《国朝山左诗钞》研究

《画扇斋诗始》《杜亭遗草》《蕙庵掌记庐诗》《视漕存稿》《南村书钞》《杂引南村日录》等著作数种，在其殁后，由其门人陈钟英、赵其星、程先贞为之编次，结集为《尊水园集略》，流布最广。其诗"清真古淡，洁净精微，盖得杜之神髓"①，所谓得杜之"神髓"即"深于杜而能以已意为杜"②，而其文则得一"快"字，"如秋隼擘云、夏龙掣电，又如光风霁月之下，天水空明中，揽柁悬帆，一夕千里"③，又如"皓月澄潭，使人神倾意"④。赵善庆以"钱卢并驾几春秋，一卧南村到白头。人似陶潜去彭泽，诗如杜甫发秦州。文章难塞醇儒口，气节能消志士愁。五十年来方论定，虞山德水竞谁优"⑤之诗述卢世㴶一生，以陶渊明、杜甫比之，足见其对卢世㴶其人、其诗的肯定。

卢世滋、卢世㴶之后，德州卢氏进入相对稳定的发展时期，家族第十世子弟虽然仕途并不十分显达，却极好地继承了先辈们读书济世的优良传统，读书向学，奠定了卢氏耕读世家的文化基础：卢裕，字问甫，卢世滋子，邑庠生；卢松祜，卢世㴶长子，邑庠生；卢孝馀，字仲绳，卢世㴶次子，候选训导；卢原留，字念修，一字子章，卢世㴶三子，增广生；卢观德，卢世㴶四子，邑庠生；卢尊水，字准甫，卢世㴶五子，邑庠生；卢仆夫，字子仆，卢世㴶六子，邑庠生。

卢氏第十一世，亦以读书为业。卢道登，字岸子，卢裕长子，邑庠生；卢道悦，字喜臣，号梦山，卢裕次子，进士；卢道恒，字贞公，卢裕四子，邑庠生；卢道和，字顺也，卢裕五子，贡生；卢道思，字幼安，卢裕六子，增广生；卢道绳，卢松祜子，邑庠生；卢道宁，初字心涯，又字

---

① 卢世㴶：《尊水园集略》，《续修四库全书·集部》第1392册，上海古籍出版社，2002，第340页。
② 卢世㴶：《尊水园集略》，《续修四库全书·集部》第1392册，上海古籍出版社，2002，第340页。
③ 卢世㴶：《尊水园集略》，《续修四库全书·集部》第1392册，上海古籍出版社，2002，第338页。
④ 卢世㴶：《尊水园集略》，《续修四库全书·集部》第1392册，上海古籍出版社，2002，第340页。
⑤ 王赠芳等修，成瓘等纂《(道光)济南府志》，《中国地方志集成·山东府县志辑》第3册，凤凰出版社，2004，第573页。

第一章　卢见曾的家世、生平与著述等

坤若，卢孝馀子，太学生；卢道觉，字莘来，号秋圃，卢原留次子，增广生；卢道行，字大用，卢观德嗣子，廪膳生。

卢道悦是卢氏第十一世子弟中唯一一个科举中第之人，也是德州卢氏家族第三位进士。卢道悦（1640—1726），字喜臣，号梦山，幼承庭训，早岁能文，年十五而孤，事母至孝。除服后补博士弟子员，康熙九年（1670）进士及第，康熙十六年出为陕西巩昌府陇西县令，经理军需，适逢"邻邑戍卒哗，单骑谕定之，邻邑民相谓曰：卢公来，我妇子不以惊怖死矣"①。卢道悦不但极富吏才，而且十分爱护百姓，任偃师知县十载，始终和平谨厚，极得百姓拥戴。卢道悦初入偃师，便推行简政，务不扰民，"值岁歉后流亡未复，抚绥十年，荒芜尽垦，民以安集。尝筑亭浔溪上，为游息地，既去，人怀其泽，就亭为祠以祀之"②。卢道悦不但为政以德，成绩显著，而且工于诗文，创作亦夥，其"为文远俗，亦不诡于格，诗笔多可诵"③，著有《公余漫草》《清福堂遗稿》。沈德潜《清诗别裁集》力赞其诗之现实主义精神，肯定卢道悦诗之思想性，曰："班史称循吏以文章饰吏治，作者以吏治为文章，诗中所云，皆从忧勤廉惠中出也，勿徒于对偶声律间求之。"④

卢道悦配邑庠生程先猷之女，程氏未育，为卢道悦纳侧室王氏、崔氏，王氏生子二，即卢见曾、卢闻曾；崔氏生子二，即卢昭曾、卢辉曾。卢道悦四子，其中以长子卢见曾科第最高、成就最显（卢见曾之生平将在后文详细论述，此处暂且不表），其余三子虽然科举未第，亦小有所成。次子卢闻曾，字翼孙，号怡亭，候选州同知，初配候补主事罗祖之女，继配交河举人王极之女，生有一子卢让。三子卢昭曾，字著孙，候选州同知，初配候选训导赵如韩之女，继配鳌山卫教授李元琛之女，生有一子卢诰。四子卢辉曾，字成孙，号忍斋，候选布政司经历，初配交

---

① 王道亨修，张庆源纂《(乾隆)德州志》，《中国地方志集成·山东府县志辑》第10册，凤凰出版社，2004，第222~223页。
② 穆彰阿等纂修《(嘉庆)大清一统志》，《续修四库全书·史部》第617册，上海古籍出版社，2002，第263~264页。
③ 卢见曾编《德州卢氏家谱》，《德州卢氏家族研究》，线装书局，2012，第352页。
④ 沈德潜等编《清诗别裁集》，上海古籍出版社，2013，第391页。

❖ 卢见曾与《国朝山左诗钞》研究

河举人王极之女,敕赠安人,继配临清周氏,敕封安人,生有二子,卢诵、卢谊。

德州卢氏至卢见曾一代,已绵延十二世。卢见曾进士及第,都转两淮,并得乾隆御赐"德水耆英",盛极一时。九世至十二世是德州卢氏发展最为迅猛的时期,这一时期的繁盛最为根本的因素即在于科举领域取得突出成绩。卢世㴬、卢道悦、卢见曾三人及第,来自皇权的肯定延续了卢氏家族的发展,推动了卢氏家族的繁荣。也是自这一时期开始,卢氏家族在姻亲选择上愈发重视与文化世家的结合。

根据卢见曾所编家谱,德州卢氏第九世至第十二世子弟共计五十四人,联姻之家族较有名望者当属德州谢氏、德州程氏、德州萧氏。

谢氏与卢氏有过两次联姻,九世卢世㴬配浙江道御史谢廷策之女,十世卢孝馀配太子太傅建极殿大学士谢陛之女,谢廷策与谢陛皆出自德州谢氏。谢氏与卢氏发展轨迹颇为相近,皆以迁居德州的军户起家,通过科举转型为官宦世家。谢氏以成籍之故在明洪武年间由江西赣县迁居德州,遂定家于此,谢氏第四世之谢廷策科举中第,谢氏一族逐渐发展起来。

谢廷策,字正甫,明万历己丑(1589)科进士,馆选除陕西高陵令,为官五年,"以廉能闻"[①],后擢监察御史,耿直清介,直陈时弊,丁母忧归。谢廷策有二子,长子谢陛,次子谢陛。谢陛,字伊晋,号青墩,生而颖慧,胸怀大志,在父亲谢廷策过世之后"哀毁减性,三年不离苦次,而学大成"[②],明万历三十一年(1603)中乡试魁首,明万历三十五年进士及第,"历知三河、遵化、雄、滑四县,内除礼部主事。天启时,迁吏部文选司郎中,崇祯初,选太常寺少卿"[③],崇祯七年(1634)任吏部尚书,崇祯十三年"晋太子少保、改礼部尚书,兼东阁大学士;又加少保,加太子

---

① 王赠芳等修,成瓘等纂《(道光)济南府志》,《中国地方志集成·山东府县志辑》第2册,凤凰出版社,2004,第611页。
② 张忻:《内院大学士谥清义谢公墓志铭》,德州拿云美术博物馆藏墓碑拓本。
③ 王钟翰点校《清史列传》卷七九,中华书局,1987,第6526页。

第一章　卢见曾的家世、生平与著述等

太保，改吏部尚书，兼建极殿大学士"①，入清后以原官起复。谢陛，字紫宸，号丹枫，"珠角擅奇，山庭表德，仪范清泠，风格倜傥"②，少即以任侠闻名于山左，甲申之乱中与卢世㴶一起联合缙绅诛杀李自成政权委派的地方官员，清朝定鼎之后，欲官之而不受，每日优游乡里，酿酒长吟，颇有隐士之风。谢陛之子谢重辉，字千仞，号方山，又号鲍斋，以父荫起家，官中书舍人。谢重辉性刚直，不恋俗事，潜心诗文，著有《杏村诗集》，其诗多以闲适为主，真朴处近储光羲，极得王士禛赏识，位列"金台十子"。谢重辉与卢道悦交情深厚，来往密切，《杏村诗集》多载其晚年之作，共六百首诗，其中"与喜臣"或"和喜臣"者即有二十九首之多，是谢重辉集中诗歌往来最多的一位诗人。

德州程氏是与卢氏缔结姻亲的另一个世家大族。据卢氏家谱，卢氏第九世卢世滋与卢世㴶均娶工部尚书程绍之女，卢氏第十一世卢道登则娶工部主事程先贞之女，程绍与程先贞皆出于德州程氏。程绍（1557—1639），字公业，明万历十七年（1589）进士，官至工部右侍郎，卒赠工部尚书。程绍一生勤政爱民，刚直不阿，敢于直谏，其所辖地临漳百姓于水滨耕作之时得一龙纽龟形之玉玺，程绍献于朝堂，趁机上疏曰："至尊所宝，在德不在玺……愿陛下惟贤是宝。"③程绍身居高位，其家族程氏亦是历跨明清两朝的名门望族，与卢氏可谓旗鼓相当。程绍之祖父程珫，字子彬，明嘉靖十一年（1532）进士，授怀庆推官，累官至江西右布政使。程绍之父程讷，字季敏，诸生，"刚方直谅，林泉自娱，风味翛然"④。程绍之子程泰，字仲来，号鲁侯，恩贡，官中书，授建昌府通判。程绍之孙程先贞（1607—1673），字正夫，号葂庵，以祖父程绍荫历官兵部员外郎，甲申之变中与卢世㴶共事。晚年家居，杜门不出，诗酒自娱。据《德县志》载，程先贞著有《燕山游稿》《还山春事》《十五臣诗》《葂庵诗草》《葂庵诗

---

① 王钟翰点校《清史列传》卷七九，中华书局，1987，第6527页。
② 田雯：《古欢堂集》，《景印文渊阁四库全书·集部》第1324册，台湾商务印书馆，1986，第355页。
③ 《明史》卷二四二，中华书局，1974，第6283页。
④ 王赠芳等修，成瓘等纂《（道光）济南府志》，《中国地方志集成·山东府县志辑》第2册，凤凰出版社，2004，第610页。

窥园》《百一诗集》《百二诗集》凡数十种，以《海右陈人集》流传于世。

卢见曾所配翰林院侍读萧惟豫之女，出自德州名门萧氏。与多代联姻的谢氏和程氏不同，萧氏于崇祯年间迁居德州，兴家较晚，而后又迁居武城，在德时间较其他家族要短，故萧氏与卢氏的联姻只有一代。萧氏自萧惟豫之父萧时彦之时迁居德州。萧时彦，字君重，号鹤林，又号淡如，崇祯九年（1636）举人，崇祯十三年进士，官至陕西右布政使，工诗文，著有《淡如草》。子萧惟枢，字共宸，官丹徒知县，生性潇洒，任丹徒令不久即挂冠归家，沉吟诗酒，著有《酣吟集》，其诗"意味深长，不减唐人"①。从子萧惟豫在德州萧氏子弟中文名最显，影响最大。萧惟豫（1636—1715），字介石，号韩坡，顺治十一年（1654）中举人，顺治十五年举进士，官翰林院侍读。萧惟豫生有夙慧，"典试江西，督学畿辅，清望甚著"②。后以侍母归，避迹村野，筑云庄，诗酒自娱，"其诗不屑屑字句以求工，而意到笔随，出于自然，不烦绳削而自然"③，著有《但吟草》。

考察卢氏姻族谢、程、萧三族的发展轨迹，与卢氏有很多的相似之处。卢氏自直隶涞水迁居德州，谢氏、程氏、萧氏三个家族亦由他处迁入德州：谢氏祖籍江西赣县，明洪武年间，谢氏十世祖以小旗之官戍籍德州右卫，因而迁居德州；萧氏祖籍辽东铁岭，崇祯时寄德州卫支奉，遂入籍德州；程氏祖籍山东掖县，因燕王朱棣屯军之故，落籍德州卫。明初为增强王朝军备力量，广设卫所，屯军屯田，洪武九年（1376），设立德州卫，带来了大量的军事遗民，从而逐渐繁荣起来。卢氏、谢氏、程氏、萧氏等家族就是在卫所发展的过程中逐渐迁徙而来，相似的身份经历使得几个家族走上相似的发展道路，也更容易联合起来，共谋发展，而姻亲是一种非常稳固的联系，故此，家族联姻在家族前期的发展中成为共同的选择。

对于古代宗族的发展而言，科举是最为根本的出路，故对于子孙后代的文化教育显得尤为重要。所以在选择姻亲之时，除考察家族门第是否相当、家族发展轨迹是否相近之外，卢氏还十分重视家族的诗礼传统和文化

---

① 卢见曾编《国朝山左诗钞》，第286页。
② 徐世昌编，闻石点校《晚晴簃诗汇》，中华书局，1990，第983页。
③ 徐世昌编，闻石点校《晚晴簃诗汇》，中华书局，1990，第983页。

氛围。与卢氏结亲的谢氏、程氏、萧氏家族，都产生过名动文场的哲匠宗工，如谢重辉、程先贞、萧惟豫等，而这些家族培养出的女子，亦都能持节守家，教养子孙，为家族发展培养了优秀的继承人。卢世㴶自谓"赋性驳杂，放于酒，淫于书，泛滥于朋友，居室事都不问"①，而其妻谢廷策之女谢氏，性情简淡，持家有道，"善营综，岁计日计，皆有簿迹。凡粟麦、布帛、鱼蔬、鸡豚、鹅鸭、盐酱、醯油、柴水，无不登记"②。卢见曾之妻萧氏，萧惟豫之第六女，熟悉家训，能修妇德，教养子孙亦十分严格，"不以独子爱甚废课督也"③。除女性对于家族的贡献之外，外氏之中颇具名望的亲族成员对于子孙的培养亦起到重要作用。与卢氏联姻的谢氏、程氏、萧氏均属德州望族，彼此之间也多有姻亲关系，如卢氏与谢氏联姻，谢氏又与田氏联姻，田氏亦与萧氏联姻，这就使得德州几大世家逐渐凝聚成为一个文化和血脉的共同体，这种相对稳固的关系对各个家族的发展、对德州地区文化的繁荣起到了积极的促进作用。

随着家族中第子弟日渐增多，且有前代家族成员成功的案例作范本，耕读立身以扬家声的家学传统逐渐深入卢氏家族发展的根脉之中，而强有力的姻族也使得卢氏家族的发展得到许多外部保障，枝叶相护之间，家族声望日显。

三 两淮盐引案后的重兴

卢见曾育有四子，长子卢谦，次子卢谨，三子卢谟，四子卢闇，是为德州卢氏之第十三世。除长子卢谦外，其他三子名皆不显。次子卢谨（1737—1758），字仲醇，候补主事，敕封承德郎，年二十二而卒，配平原岁贡生张方戬之女。三子卢谟，字叔谐，聘礼部右侍郎金德瑛之女。四子卢闇，生平不详。

作为长子，卢谦在卢见曾身边时日最久，对于卢氏家风浸染最深，在

---

① 卢见曾编《德州卢氏家谱》，《德州卢氏家族研究》，线装书局，2012，第348页。
② 卢见曾编《德州卢氏家谱》，《德州卢氏家族研究》，线装书局，2012，第348页。
③ 卢见曾：《雅雨堂诗文遗集》，《山东文献集成》第1辑第37册，山东大学出版社，2006，第755页。

❖ 卢见曾与《国朝山左诗钞》研究

同代子弟中，影响也最大。卢谦（1713—1785），字挹之。父亲卢见曾十分重视对卢谦的教育，因推重淄川张元，遂"岁以二千金延课其子"①。卢谦少承家学，又得名师指授，学问文章皆有根底，然屡试不第，"乃于乾隆乙亥，援例官刑部陕西司郎中，丙子，以省觐归，戊寅，再补湖广司郎中。甲申，升湖北分守武汉黄德道"②。卢谦天性孝友，侍庶母以孝，待异母弟以亲，于政事则刚正平允，大得民心。

乾隆三十三年（1768），两淮盐引案事发，因"卢见曾在两淮日久，经手之事尤多，卢见曾亦着革去职衔，解往扬州"③，后卢见曾因隐匿银两，被判斩监候，未及行刑，即病死狱中，卢氏家产亦遭抄没。卢见曾三子卢谟有诗叙当时惨淡之光景："城旦余生剩藐孤，十年漂泊到江湖。桐花久堕怀中羽，香饭谁抛屋上乌。踽踽葛衣留冻骨，栖栖蹇足耐征途。年来鸡鹜同争食，不是当年小凤雏。"④支应门庭的长辈病死狱中，安闲富庶的生活一夕崩塌，"坠巢燕泣，破釜炊寒，举室仳离，零丁颠沛"⑤，卢氏一族遭到毁灭性打击。卢谦以父亲卢见曾之故得授职官，亦因卢见曾之故遭戍军台，充满波折的人生经历并未摧毁卢谦的心志，反而使之更为平和通达。纪昀在为卢谦所作墓志铭中力赞其风采：

> 方雅雨先生之三为运使也，公年方少，意所欲致，可以无所不得，顾乃刻意学问，结交老成，以克自树立。筮仕以后，留心经世，亦不以纷华靡丽与流俗征逐。此其所见何如也？年近六旬，遭逢家难，颠连于穷荒万里之外，虽蒙恩宥，再效一官，而冷署清贫，殆不自赡，公乃循分修职，不自退沮，时时以忠君报国训诫子孙，此其所见又何如也？⑥

---

① 王培荀撰，蒲泽校点《乡园忆旧录》卷二，齐鲁书社，1993，第90页。
② 孙致中、吴恩扬等点校《纪晓岚文集》第1册，河北教育出版社，1995，第363页。
③ 《清实录》第18册，中华书局，1986，第988页。
④ 袁枚撰，顾学颉校点《随园诗话》卷六，人民文学出版社，1982，第175页。
⑤ 卢本：《卢文肃公年谱》，《北京图书馆藏珍本年谱丛刊》第122册，北京图书馆出版社，1999，第346页。
⑥ 孙致中、吴恩扬等点校《纪晓岚文集》第1册，河北教育出版社，1995，第364页。

第一章　卢见曾的家世、生平与著述等 ❖

卢谦十分重视对子孙的教育，"督课綦严，昼所受业，夜必令背诵，终岁习以为常，暇择名儒言论，讲绎娓娓，遇子弟浮华者，辄令远之"①。乾隆二十九年（1764），卢谦特授湖北武汉黄德道，后因政绩突出，本当擢升他处，因留办赈务、修建堤工之故阖家羁留楚北，次年两淮提引案发，卢谦被革职发往军台效力，卢谦之妻儿则滞留楚北，无力归乡。"拂拭知谁眼独青？襁褓弱鸟许梳翎。量来碧海输愁浅，嗅到黄粱感涕零。将母谁怜栖逆旅，忍饥犹勉诵残经。箫声吹彻吴门市，敢望山阳旧雨听？"②卢谦于穷荒之地备尝艰辛，卢氏子弟亦被停试，失去科举立身的机会，境遇虽艰，卢氏子弟却能清贫自守，始终未放弃读书济世的志向。

卢谦有八子，分别为卢荫仁、卢荫泽、卢荫环、卢荫文、卢荫慈（卢谦二弟卢谨无子，过继卢荫慈为嗣子）、卢荫惠、卢荫溥、卢荫长，是为德州卢氏之第十四世。乾隆三十五年，卢氏子弟羁留黄州二载，卢氏姻亲长山（今邹平）袁氏伸出援手。长山袁氏与卢氏为世姻，自卢氏第十四世起，连续三代，皆与袁氏结秦晋之好。袁氏在山东颇有名望，既富且贵。袁景芳，字兰馥，号紫兰，由岁贡生授中书，历官柳州知府，"内行纯笃，以孝友著闻"③。袁景芳之孙袁守侗（1723—1783），字执冲，号愚谷，乾隆十四年由举人授内阁中书，官至工部尚书。袁守谦，字子益，貤封通议大夫。袁守诠，号藕塘，官刑部广西司员外郎。袁守谦、袁守诠二人皆为袁守侗从兄弟，卢荫惠妻即为袁守谦之女，卢荫溥之妻则为袁守诠之女。"藕塘公邮书先府君，道居楚非久策，先府君贻书先太夫人，遂买舟而北，外舅复脂车来迓，乃侍先太夫人，依外舅读书长山。"④长山袁氏的帮助，使得卢荫溥兄弟几人拥有了良好的读书环境。乾隆三十六年（1771），卢

---

① 卢枢编《卢文肃公年谱》，《北京图书馆藏珍本年谱丛刊》第122册，北京图书馆出版社，1999，第344页。
② 袁枚撰，顾学颉校点《随园诗话》卷六，人民文学出版社，1982，第175页。
③ 岳濬等监修，杜诏等编纂《（雍正）山东通志》，《景印文渊阁四库全书·史部》第540册，台湾商务印书馆，1986，第875页。
④ 卢枢编《卢文肃公年谱》，《北京图书馆藏珍本年谱丛刊》第122册，北京图书馆出版社，1999，第348页。

25

❖ 卢见曾与《国朝山左诗钞》研究

见曾案奉特旨昭雪，卢谦亦被赐环，以同知起用，分发直隶候补。随着卢谦的起复，德州卢氏家族逐渐摆脱了两淮盐引案的影响，重新活跃起来，卢氏子弟在科举上也取得了"一代三进士"的辉煌成绩。

卢谦所育八子中六子卢荫惠、七子卢荫溥、三子卢荫文先后进士及第，声震山左。

卢荫惠，字东桥，号荷亭，少即肆力于诗书，"性钝而学勤，人一己百，不厌也"①。乾隆四十二年举于乡，乾隆四十五年成进士，先后于四川巫山县、河南渑池县、河南孟县任知县，"政崇宽简，与民休息"②，实行了许多惠政，县人建生祠以纪之。后丁母忧归里，"屋仅五楹，风雨晦明，读书啸傲于其中，淡泊自甘，不复作出山之想"③。卢荫惠为侍亲疾，甚至还钻研岐黄之术，成为医学圣手，为乡人所称颂。

卢荫溥（1760—1839），字霖生，号南石，性质敦敏，刻苦攻读，乾隆四十四年中举人，乾隆四十六年进士及第，改翰林院庶吉士，散馆授编修。乾隆五十六年改礼部主事，督学河南，充军机章京，擢光禄寺少卿，后以大学士戴衢亨卒，被加四品卿衔，擢为军机大臣上行走，此后历通政司副使、光禄寺卿，终拜体仁阁大学士。卢荫溥于乾嘉两朝五典乡试、一典礼部试，卒谥文肃。配长山袁氏袁守诠女，诰封一品夫人。子卢本，钦赐举人，荫户部员外郎。长孙卢光燮，钦赐举人。

卢荫文，字景范，号海门，性情沉静，深研诗书，学问宏通，乾隆五十四年举进士，历任安徽建平、舒城、景县等县知县，明于断狱，颇得民心。卢荫文"赋性恬退"④，年四十七即挂冠归，优游林下，不涉世事，和蔼近人，有任恤之风。配纪氏，翰林院编修、侍读学士纪昀之女。

---

① 李树德修，董瑶林纂《(民国)德县志》，《中国地方志集成·山东府县志辑》第12册，凤凰出版社，2004，第313页。
② 李树德修，董瑶林纂《(民国)德县志》，《中国地方志集成·山东府县志辑》第12册，凤凰出版社，2004，第313页。
③ 李树德修，董瑶林纂《(民国)德县志》，《中国地方志集成·山东府县志辑》第12册，凤凰出版社，2004，第313页。
④ 李树德修，董瑶林纂《(民国)德县志》，《中国地方志集成·山东府县志辑》第12册，凤凰出版社，2004，第315页。

继卢见曾之后，德州卢氏在卢荫溥一代再次登上家族繁荣与发展的巅峰，卢氏家族在山左甚至全国的影响力也达到前所未有的程度。此后子孙绵延，成为传承久远的文化世家。

第二节 卢见曾生平与仕宦

通过对德州卢氏十四世发展情况的考察可知，"读书"与"科举"是这个家族繁荣发展的两个重要支柱。通过读书，卢氏子弟在科举考试中拔得头筹，实现家族由普通军户向文化世家的转型，科举带来的政治地位的提升使得卢氏家族得以迅猛发展，即使遭遇政治波折，也唯有读书与科举能使家族再度崛起。此外，姻族对于卢氏的发展与延续也起到了重要的扶持作用。在卢氏家族的发展脉络中，十二世子弟卢见曾起到关键性的作用，他继承了家族几世积淀的文化传统和政治资源，通过自身举业和仕途的成功将卢氏家族推向辉煌，同时又因为两淮盐引案险致家族覆灭。卢见曾是处于卢氏家族发展转折点上的关键人物，他既是卢氏家族培养出来的最为优秀的继承人，同时也是卢氏家族发展的有力推动者。他的身上肩负着承先启后的重担，也打下了深刻的卢氏烙印，这些特质对于他的仕途走向、文化心态都产生了深远影响。

一 读书入仕

卢见曾，字抱孙，号澹园，别号雅雨山人，清康熙二十九年（1690）生于德州。卢见曾作为长子，自出生起就被寄寓了殷切的期望。卢见曾出生之时，父亲卢道悦年已五十，高龄得幼子，亦喜亦悲，卢道悦尝作诗曰："计汝成立日，吾已七十翁。老幼不相待，念之心忡忡"[1]，对于幼子之成长表现了深切的隐忧。然而卢见曾不但生而颖慧，而且读书勤勉，年十五即补博士弟子员，年二十二中举人，在举业上表现出过人的天分。康熙五十年（1711）乡试中第之后，卢见曾即赴京参加次年春闱，未中，

---

[1] 卢见曾编《国朝山左诗钞》，第756页。

❖ 卢见曾与《国朝山左诗钞》研究

"旋匆匆以落第归里"①，归乡后继续潜心苦读。

康熙六十年辛丑，家居近十载的卢见曾以二甲第二十二名的名次考中进士，此榜进士中有多位名臣名儒，堪称得人："官尚书者一，嘉兴钱陈群；官侍郎者二，静海厉宗万、鄞县邵基；官总督者二，上蔡程元章、平越王士俊；官巡抚者四，新喻晏斯盛、滋阳乔世臣、安居王恕、汉军孙国玺。名儒则德州卢见曾、孝感夏力恕、会稽鲁曾煜、宜兴储大文、归安陆奎勋、金溪冯咏、闽县谢道承，皆是科庶吉士也。"②康熙皇帝"诏进士未入馆选者，咸一体命儒臣教习三年"③，卢见曾遂留京竞学。在京三年，卢见曾肆力于诗书，并广泛结交朋友，与同年钱陈群、沈起元、顾栋高等均建立起深厚的友谊。雍正元年（1723），卢见曾散馆参加廷试，名列一等，是时世宗雍正帝甫登基，大力整饬吏治，十分重视基层官吏的设置，遂令"进士在高等者，以知县即用"④，卢见曾参加谒选，得令四川洪雅县，自此正式踏入仕途。

二　仕途经历

出为洪雅令是卢见曾仕途的起点，也是其政治生涯的一件大事。洪雅县"环山带江，佳气秀发，峨眉护于外，月珠辅其中"⑤，自然环境十分幽美，然而地小民多，貌庶中贫，而且"狱讼繁兴"⑥，实有积弊。卢见曾赴任之后，深思治理洪雅之法，采取了父亲卢道悦治理偃师的政策，一为俭以养德，二为勤能补拙。革除弊政数十条，推广《雅江新政》，并为作序，百姓竞相传诵，张元赞之曰："革弊为民具见循吏苦心，而要于归美庭训，尤为得体。"⑦

---

① 卢见曾：《雅雨堂诗文遗集》，《山东文献集成》第 1 辑第 37 册，山东大学出版社，2006，第 709 页。
② 余金：《熙朝新语》，上海书店出版社，2009，第 89 页。
③ 闵尔昌纂《碑传集补》，《清代传记丛刊》第 121 册，明文书局，1985，第 108 页。
④ 闵尔昌纂《碑传集补》，《清代传记丛刊》第 121 册，明文书局，1985，第 108 页。
⑤ 张晋生、赵彪诏等纂《（雍正）四川通志》，《景印文渊阁四库全书·史部》第 559 册，台湾商务印书馆，1986，第 148 页。
⑥ 王钟翰点校《清史列传》卷七一，中华书局，1987，第 5837 页。
⑦ 卢见曾：《雅雨堂诗文遗集》，《山东文献集成》第 1 辑第 37 册，山东大学出版社，2006，第 685 页。

第一章　卢见曾的家世、生平与著述等 ❖

　　除地方治理上的变革之外，卢见曾还十分注重发展文教。洪雅县之东南有梓潼宫，高耸入云，登之可远眺数里，是洪雅县书院所在，雍正二年（1724），邑人重加修葺。雍正三年，卢见曾入知洪雅，见梓潼宫，虽肯定其规模壮丽，结构精严，却遗憾其"位置未得其宜，觞咏未极其致"①，遂捐奉庀柴，又加以修缮，使"风雨晦明，皆可游息，霞彩烟岚，悉归俯仰"②，题其额曰"雅江书院"，后易其阁为"望春阁"，名其楼曰"雅雨楼"，更以"雅雨"为己号，以纪其广文教、志风俗之信念。洪雅县历来多孝廉，却鲜少有人科举中第，正是因为文教不兴。雅江书院建成之后，卢见曾征选邑士中有文才者入书院，使洪雅士民得受教化，留教泽于无穷。邑人王汯即是卢见曾为雅江书院选拔的诸生。王汯，字连云，为人持重，讷于言，家贫而肆力于学，卢见曾对其极为赏识，拔入雅江书院，王汯因此"登进士，授县令，有声，生平为文简古纯粹，脍炙人口"③。卢见曾给洪雅县带来的惠政即使其去官多年之后，仍为邑人念念不忘："先生固大有造于洪者也，时游其门者，登乡荐、捷南宫，极一时人文之盛。先生治洪多惠政，而以兴学育才为首务。"④ 雍正四年，卢见曾丁父忧归乡，而后生母王氏、嫡母程氏相继下世，前后守制五年，雍正九年任安徽蒙城县知县，再入官场。卢见曾任洪雅知县不过年余，除弊兴学，造福一方，而其通过治理洪雅县锻炼的政治才能、累积的政治经验以及收获的政治声望，对其一生的仕途发展产生了积极影响。

　　雍正九年（1731），卢见曾任蒙城知县，"严明清正，听断立决，人不敢干以私，奸宄敛迹，善良得全，政声上达，特升六安州牧"⑤。六安州多

---

① 卢见曾：《雅雨堂诗文遗集》，《山东文献集成》第1辑第37册，山东大学出版社，2006，第719页。
② 卢见曾：《雅雨堂诗文遗集》，《山东文献集成》第1辑第37册，山东大学出版社，2006，第719页。
③ 王好音、张柱纂修《(嘉庆)洪雅县志》，《中国地方志集成·四川府县志辑》第38册，巴蜀书社，1992，第348页。
④ 郭世棻修，邓敏修等纂《(光绪)洪雅县志》，《中国地方志集成·四川府县志辑》第38册，巴蜀书社，1992，第578页。
⑤ 汪篪修，于振江纂《(民国)重修蒙城县志》，《中国地方志集成·安徽府县志辑》第26册，江苏古籍出版社，1998，第732页。

❖ 卢见曾与《国朝山左诗钞》研究

官塘、湖堰，建设之初乃是为了蓄水以灌溉农田，随着人口日益增加，官塘湖堰的低平处逐渐被开掘种植藕、稻，几年下来，开垦成风，水塘多为豪富之家所占据，百姓则深受其害。卢见曾为政十分重视水利，尝言："古来牧民之道，莫大乎水利兴，水利兴则民受福无穷焉。"① 故下车伊始即审六安水利，勘查民困，整治河渠，最终"除开垦之弊，豁塘稻之征"②。六安州有赓飏书院，在州城北门内，卢见曾力主创建，此后历代知州继力而为，终于乾隆八年（1743）竣工，泽惠数代。

卢见曾以"除弊兴学"为指归，每至任所，皆有所成。如其于雍正十二年调任亳州知州，为治亳州水患而重新疏浚龙凤沟，并为州学题名"柳湖书院"；于雍正十三年调安徽颍州，重浚西湖，使水有蓄有泄，利及一州，还重修欧阳修、晏殊、吕公著、苏轼"四贤祠"，并为西湖书院增建学舍二十一间。卢见曾有经世之心，而且颇负吏才，极得上赏，乾隆元年擢两淮盐运使。

卢见曾赴任次年即上疏请求调整两淮盐运职官之任用、加强职官之考核："候选知县、州同、州判效力三年，著有成效者，请以应得之缺即用，拔贡未经考授职衔，察其能胜知县之任者保题，声明给咨引见，其品级相当、循分供职之员，仍照例一体，俸满升转。"③ 卢见曾这封奏疏，挑战了官员任用的成例，将才能与政绩作为选拔官员的标准，实在是一种颇有勇气的变革主张。吏部对于卢见曾的上疏极为重视，多方商讨之后，予以答复："两淮盐场各缺大使应准照浙江之例，停其论俸升转，俟三年期满，盐政会同督抚出具考语，据实保题，以应得之缺即用。"④ 按绩考核以定升转政策的提出，足见卢见曾之实干精神，然而此举也在一定程度上触犯了

---

① 吴康霖总纂《（同治）六安州志》，《中国地方志集成·安徽府县志辑》第18册，江苏古籍出版社，1998，第103页。
② 吴康霖总纂《（同治）六安州志》，《中国地方志集成·安徽府县志辑》第18册，江苏古籍出版社，1998，第102页。
③ 王定安等纂《重修两淮盐法志》卷一三〇，《续修四库全书·史部》第845册，上海古籍出版社，2002，第321页。
④ 王定安等纂《重修两淮盐法志》卷一三〇，《续修四库全书·史部》第845册，上海古籍出版社，2002，第321页。

部分官僚的既得利益，以致当卢见曾强力整顿盐务之时，引起部分官吏与盐商的不满，即所谓"当乎民情而召怨于胥吏"①，而"淮商习骄蹇，疾见曾整峻，中以蜚语，遂被吏议"②，所谓"蜚语"即指卢见曾被构陷"结党"之事，事涉卢见曾两位好友邵基与高凤翰。邵基为卢见曾同年，时官中丞；高凤翰为山东胶县人，与卢见曾同里，时官仪征知县，卢见曾与二人交情素来深厚，故制府、盐政"皆劾公，以为党"③。高凤翰牵连至卢见曾案中，被逮系扬州，其后被免去官职，高凤翰对此极为愤慨，作诗以纪之，中有"几曾连茹茅同拔，却为除兰蕙并伤""不妨李固终成党，到底曾参未杀人"④之语，愤怒无奈之情溢于言表。"结党"案历时三年，于乾隆五年（1740）方有定论，三年间卢见曾一直羁留扬州，等待裁判，最终"上薄其罪，命往军台效力"⑤。卢见曾历仕两朝，政绩卓著，唯于两淮盐运使任上遭此诬陷，备受打击，其作《上宰相书》痛快淋漓地陈情以泄冤屈愤懑："见曾官居三品，曾受两朝拔擢之遇，粗有能名于大江南北，而独蒙不白之咎，横被暧昧之谤，幽忧郁抑，死不瞑目。此仁人君子以天下为任者之所宜动心者也，古称爵禄可辞、白刃可蹈，而区区之名节不可辱。"⑥

卢见曾蒙冤出塞，度过了三年艰苦的时光。"清代前期，为了加强对北部疆土的管辖与控制，设立了多条驿路，分达东北、内蒙古、外蒙古、新疆等地。驿站之各个站点在关内十八行省称之为驿，在东北、内蒙古称之为站，在外蒙古、新疆称之为台。"⑦卢见曾自扬州返京，于德胜门出，一路西行，历经二十九台至杭蔼山脉（即杭爱山脉，位于蒙古高原西北，古称燕然山）附近的乌里雅苏台。一路所经各台"近起塞垣，远抵绝漠，

---

① 卢见曾：《雅雨堂诗文遗集》，《山东文献集成》第1辑第37册，山东大学出版社，2006，第734页。
② 王钟翰点校《清史列传》卷七一，中华书局，1987，第5838页。
③ 闵尔昌纂《碑传集补》，《清代传记丛刊》第121册，明文书局，1985，第110页。
④ 汪启淑：《续印人传》，《清代传记丛刊》第86册，明文书局，1985，第369页。
⑤ 闵尔昌纂《碑传集补》，《清代传记丛刊》第121册，明文书局，1985，第110页。
⑥ 卢见曾：《雅雨堂诗文遗集》，《山东文献集成》第1辑第37册，山东大学出版社，2006，第734~735页。
⑦ 马长泉：《清代卡伦制度研究》，哈尔滨出版社，2005，第234页。

❖ 卢见曾与《国朝山左诗钞》研究

皆空无人烟"①，浩浩风云、萧萧驰马的边塞之景极大地开阔了卢见曾的眼界与胸怀，边塞生活虽然艰难而苦闷，但卢见曾注《易》自娱，身边更有夏之璜与汪履之两位好友相从。夏之璜原名夏晼，字湘人，一字宝传，六安州人，性倜傥，卢见曾知六安时对夏之璜极为器重。汪履之是道士，因棋艺高超亦受知于卢见曾。夏之璜与汪履之两位友人的陪伴以及与故地友人诗信往来，使卢见曾始终保持着较为昂扬的精神状态，未见颓唐。出塞三年，其所作诗结为《出塞集》，读之既无消沮萧飒之状，又无不平之鸣，实在磊落慷慨。乾隆九年（1744），卢见曾蒙恩赐环，结束流放之旅。

乾隆九年，卢见曾自流放地返家，随即补直隶滦州知州，革浮役、禁侵渔，重修广福寺，创建海阳书院。逾年擢永平府知府，创建敬胜书院。乾隆十六年，迁长芦盐运使，时值瘟疫横行，卢见曾亲为百姓筹费施棺，又创建问津书院，重修儒学碑。乾隆十八年，卢见曾复调两淮盐运使，越十年，以老请归。再任两淮盐运使的十年，是卢见曾仕途上最为辉煌的一段时期，他不但革除弊政，推动了盐务的发展，更大力发展文化，使扬州成为清代的文化重镇。

> 乾隆二十三年正月，运司卢见曾议详：通泰两分司所属各场灶盐交易向俱用桶量收，有一桶六七分及两桶配一引之不等，应请俱定为两桶配一引，每桶各重二百斤，饬令分司校准样桶，各场俱照样较。置火烙书写垣名，发场商量用，如无印烙之桶，即系私置，查获详究。经盐政高恒批准。②
>
> 乾隆二十三年七月，运司卢见曾详：缉私各条，一，三湖应严加巡防也。查高邮、宝应、邵伯三湖均相接连，内通场灶，外达大河，为私盐出没之巨浸，原设巡兵巡役，虽属星罗棋布，不可不特设游巡，应请拣发候补陆路守备一员，拨与巡役四十名、巡船五支，驻扎

---

① 卢见曾：《雅雨堂诗文遗集》，《山东文献集成》第1辑第37册，山东大学出版社，2006，第757页。
② 王定安等纂《重修两淮盐法志》卷三五，《续修四库全书·史部》第843册，上海古籍出版社，2002，第345页。

第一章 卢见曾的家世、生平与著述等

高宝中途之六漫闸……一，大江请设红船会哨也……一，仪征之透漏宜专员巡缉也。①

卢见曾是一位实干家，其针对两淮盐务现状所提出的政策也都切中肯綮。上述两则材料出自《两淮盐法志》，记录了卢见曾在盐务上采取的两条新政策，其一是官方核定盐交易之量器，统一的度量准则不但使公平公正的交易有了可能，还有利于国家赋税的征收，此外还能减少盐交易中因衡量不均而产生的一系列的冲突与麻烦；其二是大力阻击盐走私，卢见曾在实地勘察走私情形的基础上有针对性地提出严加巡防、设置会哨、增加专员等多项举措，不但具体至革除关隘，甚至连如何行船都有说明，足见其用心。

除究心盐务、关心民瘼之外，卢见曾还提倡风雅、大兴文教，自卢见曾主持扬州文坛以来，名流咸集，极大地带动了扬州文化的繁荣。卢见曾尝"修小秦淮红桥二十四景及金焦楼观"②，其出发点虽是"以备宸游"③，即为应对乾隆皇帝南巡，其影响却深刻地浸染到扬州文化之中，以至于此后卢见曾仿王士禛旧制发起红桥唱和，吸引无数名流大家参与，成为清代文坛上的一桩盛事。修建红桥之外，卢见曾还兴修三贤祠，早先任颍州知州时卢见曾即已重修过西湖之滨的四贤祠，祠祀欧阳修、晏殊、吕公著、苏轼四位先哲，此次居官扬州，卢见曾于平山堂东建三贤祠，祀欧阳修、苏轼与王士禛，以纪文泽。卢见曾于刊刻出版活动也颇有建树，居官扬州期间，广交汉学家，刊印出版了一系列经学著作，合为《雅雨堂丛书》，嘉惠士林。

乾隆二十七年（1762），卢见曾年七十三，以老请归，致仕回乡。卢见曾一生勤于吏治，政绩颇为可观，而且博学风雅，极重治所之文教，广建书院，提携后学，极有政声。乾隆三十年，清高宗乾隆帝南巡过德州，

---

① 王定安等纂《重修两淮盐法志》卷五九，《续修四库全书·史部》第844册，上海古籍出版社，2002，第14页。
② 王钟翰点校《清史列传》卷七一，中华书局，1987，第5838页。
③ 王钟翰点校《清史列传》卷七一，中华书局，1987，第5838页。

❖ 卢见曾与《国朝山左诗钞》研究

召见卢见曾,赐御书匾额"德水耆英"以示嘉奖,荣宠甚厚。

三 两淮盐引案与卢见曾心态

清代两淮盐业是关系国祚的重要经济支柱,一方面,盐税与田税、关税一起支撑国家税收,且在其中占据重要份额;另一方面,盐商获利极丰,常年通过捐输形式为朝廷提供巨额经济支持,如乾隆二十年,两淮商人程可正等人听闻朝廷平定准噶尔之乱,于是各出己资,共捐银一百万两,以备赏赐之需,类似的捐输在整个乾隆朝屡见不鲜,乾隆皇帝几次南巡,经行之处,大修亭台楼阁以为行宫,花费巨万,而其中绝大多数的花费皆取自盐政之利以及盐商的捐输。相应地,因盐务而产生的皇权、盐官、盐商之间的利益矛盾与政策分歧始终存在于清代的盐务发展史中。

随着盐业等商品经济的不断发展,两淮地区人口不断增加,盐消耗量剧增,淮盐额引不足,遂于乾隆十一年起在两淮地区推广预提盐引,预提盐引由淮商支付相应银两,同时将预提盐引所得余利收归公有,用来办差、办贡。两淮预提盐引带来的巨大收益以千万两白银计,其中部分作为乾隆皇帝南巡之用,用以修筑亭台楼阁,另则作为盐官办差之用,此外的部分按律当上报朝廷以饷国库。此举本为缓解紧张的用盐形势,然而由于盐官使用这些银两之时均未上报,而且存在部分"侵公自肥"[①]的现象,遂引起朝廷重视,乾隆三十三年,朝廷遣官彻查盐务,两淮提引案发。是年卢见曾七十九岁,已致仕多年,屏居乡里,悠然自得,此案一出,卢见曾"修坟墓、置祭田、恤宗族、教后学"[②]的乡居生活即被打破。

> 谕据彰宝、尤拔世查奏,两淮节年豫行提引,商人交纳余息银两共有一千九十余万两之多,历任盐政未经奏明归公,均有营私侵蚀等弊。……所有从前赏给奉宸苑卿衔之黄源德、徐尚志、王履泰,布政使衔之江广达,按察使衔之程谦德、汪启源均革去职衔……运使赵之

---

① 王定安等纂《重修两淮盐法志》卷二,《续修四库全书·史部》第842册,上海古籍出版社,2002,第637页。
② 闵尔昌纂《碑传集补》,《清代传记丛刊》第121册,明文书局,1985,第111页。

第一章　卢见曾的家世、生平与著述等

璧并着解任。至从前运使卢见曾，在两淮日久，经手之事尤多，卢见曾亦着革去职衔，解往扬州，交与彰宝一并审讯。至高恒、普福等久任盐政……乃敢明目张胆，肆行染指，实出情理之外，高恒、普福均着革职，严行看守。①

两淮盐案牵连甚广，卢见曾之上峰盐政高恒、普福、吉庆均牵涉其中，盐商黄源德、徐尚志等亦所难免。卢见曾在两淮任职日久，且盐运使本就负责盐税征课、钱粮支兑与拨解，盐税之弊实难脱干系。朝廷亦以此为据，称"卢见曾久任两淮运使，提引一事，皆伊经手承办，似此上下通同舞弊，岂得诿为不知"②，故将卢见曾解赴扬州，同时"将卢见曾原籍资财，即行严密查封，无使少有隐匿委顿"③。

查盐之举行事虽秘，却仍为朝堂上的部分官员所察觉。卢氏即得到门生候补中书徐步云、姻亲翰林院侍读学士纪昀以及军械处行走赵文哲、军械处行走郎中王昶等人之私信，将家资散寄各处，后寄顿资财之事发，卢见曾更难辩白，最终因为隐匿提引银两、私行营运寄顿之罪被判处绞刑，未及处决而死于狱中，同时纪昀、徐步云等人亦以漏言之罪革职流放。

对于此案，后世学者有不同看法。一般而言，史学界多将此案件定为贪污案，另有部分学者则认为此案是乾隆皇帝对瞒金未报的盐官不忠之举的惩治，④亦有学者认为此案是因乾隆皇帝欲争夺地方盐政的控制权而起。⑤史学界存在的这些争议，正说明此案确有未明确之处。考察《清实录》中对卢见曾所定罪名，知其有两点。其一，隐匿提引银两，涉此案的所有官员皆被定下此罪名，考察乾隆朝的盐政政策，预提纲引之事确实存在，但是并无政策说明提引之利该以何种税目上缴朝廷，故自乾隆十一年（1746）预提盐引政策开始推行，至乾隆三十三年此案事发，其间二十余

---

① 《清实录》第18册，中华书局，1986，第988~989页。
② 《清实录》第18册，中华书局，1986，第988页。
③ 《清实录》第18册，中华书局，1986，第989页。
④ 汪崇篔：《乾隆两淮提引案辨析》，《盐业史研究》2004年第4期。
⑤ 余清清：《"两淮预提盐引案"略论》，《盐业史研究》2009年第2期。

❖ 卢见曾与《国朝山左诗钞》研究

年，并无人对提引银两进行稽查。因并未规定要上缴国库，故隐匿之说实难成立。其二，私行营运寄顿。在被逮系扬州之前，卢见曾确实通过其子卢谟从京中故旧如纪昀等人处获悉乾隆皇帝欲查盐之事，亦有散寄家资之举。朝廷邸报中称："卢见曾婪得商人代办古玩银一万六千二百四十一两，例应于卢见曾家属名下勒限追缴，但查此项代办古玩银两，原系各商有意交结运使，滥行动用，如卢见曾家属名下不能全完，亦应在商众名下着落分赔。"① 此段记录不仅现出皇权逐利之心，亦透露出乾隆朝官场之中，官商利益纠缠、势力难分的现状。

  盐政例皆满员，受成于运使，则亦虚拥名位，画诺坐啸而已。然贪墨之风，引而弥甚，其巧取豪夺，才智亦若天授。数十年间，凡挟贵胄之势而来者，殆如一邱之貉。其运使或有洁身自好者，则反为所劫持，致不获久于其任。故委曲求全者，转不得不自秽其行，以为分谤地，而祸机之伏，即在乎是。致使温雅之士，与污吏同科，不亦大可惜乎？时德州卢雅雨者，以旷代逸才，久于名场角逐，忽膺都转之任，东南裙屐，往来投赠，咸以厨及视之。雅雨亦以骚坛盟主自任，酬答报谢无虚日，醴酒之费，岁辄巨万。于是淮右豪商，知公有嗜古癖，相率搜访图书碑版以献。公亦以为此等馈遗，较贿赂有雅郑之判。且足以要结上官，不为圭角靳露，致遭忌嫉，故雅意优容之，浸久遂成习惯。②

卢见曾自三十六岁出知洪雅县，至六十四岁再任两淮盐运使，其间二十余年，历任蒙城知县、六安知州、亳州知州、永宁知府、颍州知府、饶九南道、两淮盐运使、滦州知州、永平知府、长芦盐运使，无不克勤克俭，革除弊政、兴学造士，惠及一方。而且卢见曾早年为官，"性度高廓，不事细节"③，如其知六安州，富户占塘为田，卢见曾大兴劝垦，毁谤者四

---

① 方浚师撰，盛冬铃点校《蕉轩随录续录》，中华书局，1995，第312~313页。
② 辜鸿铭、孟森等：《清代野史》，巴蜀书社，1998，第1328~1329页。
③ 杨文鼎、王大本等纂修《(光绪)滦州志》卷一四，清光绪二十四年（1898）刊本。

第一章　卢见曾的家世、生平与著述等

起而"不顾"①，一个"不顾"足见其气势与魄力。早年的卢见曾也着实承继了卢氏家族克勤克廉、刚直果敢的为官传统，然而也正是他这种刚直不阿的理政个性使得他在初为两淮盐运使时遭到构陷，流放伊犁。乾隆十八年（1753），六十四岁的卢见曾再任两淮盐运使，其理政之心已经悄然发生变化。正如上述文字中所记录的，卢见曾于官场浸淫日久，越来越注重结交各方之士，与官场同僚、各路商贾、各地名士皆有往来，《乾嘉诗坛点将录》将其列入"探信接宾四酒店头领四员"之一，往来交际之间，"醴酒之费，岁辄巨万"，如此巨大的花费仅以转运使之薪俸必然无法负担，即使有盐商自请捐赠，其间亦必然存在着复杂的利益交换。而卢见曾有嗜古癖，盐商献之以图书碑版。卢见曾认为"此等馈遗，较贿赂有雅郑之判"②，不但不拒绝，反以之为雅事，正是这种错误的心态为其晚年的磨难埋下伏笔。

细审两淮提引案可知卢见曾"经手之事尤多"确为事实，但其并不承担贪墨预提盐引的主要责任，盖因其上受盐政管辖，所有政策均由盐政批复后方可实施，而预提盐引所得息利亦由盐政统一掌管，卢见曾并无直接使用的权力。然而其收受盐商珍器古玩之事实却也无可推卸，故其确实在晚年出现了政治上的错误。卢见曾被判斩监候，未几即病死于狱中，年七十九，仅有一孙陪伴在旁，备极凄凉。三年之后，"大学士刘统勋为见曾剖雪，乞恩赦谦归，授广平府知府"③，案情究竟如何剖雪，未见更多史料记载，或许是由于卢见曾门生故旧的积极运作，抑或是来自皇权的某种恩赦，但至此，对卢氏一族造成毁灭打击的两淮盐引案终于盖棺定论，卢氏自卢谦起复，再度跻身官场。

因两淮提引案之故，卢见曾的仕途之路着实留有污点，但是不可否认的是，卢见曾在文学和文化上取得了突出成就，做出了极大贡献。其"亲炙王渔洋、田山姜两先生，而得其指授，以故诗名早著，风雅之士宗焉"④，不但自身诗文创作卓有成绩，其居官扬州十载，推重贤士，汲引后

---

① 王钟翰点校《清史列传》卷七一，中华书局，1987，第5838页。
② 辜鸿铭、孟森等：《清代野记》，巴蜀书社，1998，第1329页。
③ 《清史稿》卷三四一，中华书局，1977，第11107页。
④ 闵尔昌纂《碑传集补》，《清代传记丛刊》第121册，明文书局，1985，第112页。

❖ 卢见曾与《国朝山左诗钞》研究

进,襟度豁如,极大地推进了扬州以及整个江淮地区的文化繁荣,更为士林所推重,十余年后诗人赵翼仍有诗赞之:"红桥修禊客题诗,传是扬州极盛时。胜会不常今视昔,我曹应又有人思。"①

卢见曾之一生可谓波澜壮阔,能在文化领域有此成就,主要得益于两个方面的教化与改变。其一,家风与儒学的双重教育。卢氏家族十分重视对子孙的培养,言传身教,不遗余力。十四世卢荫长总结卢氏家族居官之义曰:"立品向上,深以远大相期,然才识尚须练达,贵乎虚心,讲求详慎周密,理有是非,执中则辨晰,事有利害,知明处当,学问经济皆从阅历中来,若恃己傲物,难得道义之交,好胜爱华,易染侈靡之习,虽居显荣,不改寒素,方是圣贤立身服官之道。经史为作人根本,尝观历代名臣大儒传,以为师法,再酌古准今,因地制宜,自然获其要领,措施尽善。"② 此段文字中提及的敦品励节、知明处当、廉洁朴素等无不是历代卢氏子孙发展总结而成的人生经验,卢见曾的成长过程中亦受此教育,而卢见曾之父卢道悦工于举业,"教子弟及门人循循有规矩"③,卢见曾少承庭训,又与田霡、顾栋高等人师友相善,学问日深,居官扬州之时,结交惠栋、沈大成等饱学之士,共同刊刻《雅雨堂丛书》,以广经史之学,修身、齐家、治国、平天下的士大夫精神是熔铸于其血液之中的。其为官秉承此训,颇有政绩,故能一再擢升,为上官所赏识,两江总督那苏图称赞之"人短而才长,身小而智大"④,充分肯定其吏治之才能。其二,运河文化的深层塑造。在卢见曾的一生中,最应该引起重视的地方一为其生长之地德州,二为其居官最久之地扬州,而这两个地方皆处于京杭大运河沿岸,深受运河文化的浸染。德州在明初以卫所形态兴起,是军备之地,然而随着京杭大运河的全线贯通,尤其是会通河疏浚之后,德州的漕运要道地位越发明显,因此成为山东地区重要的商贸关口,漕运的发展带动了德州经

---

① 华夫主编《赵翼诗编年全集》第 3 册,天津古籍出版社,1996,第 826 页。
② 转引自王守栋《德州卢氏家族研究》,线装书局,2012,第 83 页。
③ 卢见曾:《雅雨堂诗文遗集》,《山东文献集成》第 1 辑第 37 册,山东大学出版社,2006,第 753 页。
④ 王钟翰点校《清史列传》卷七一,中华书局,1987,第 5838 页。

济的繁荣，棉、粮、梨、枣等作物通过运河行销各地，频繁的商贸活动使德州变得越来越开放，深厚的儒家文化底蕴中增添了自由包容的文化理念。在德州出生、成长度过了整个少年与青年时代的卢见曾即兼具了儒家之厚重与商道之开放两种文化理念。与德州相比，扬州是大运河上更为璀璨的明珠，其商业发展程度、文化繁盛程度皆远胜德州，自晚明而不断深化的重视物欲、张扬个性的思潮一直在影响着扬州士人，"性而味，性而色，性而声，性而安逸，性也，乘乎其欲者也"①，弥漫在整个扬州社会中的个性自由主义深刻地影响了卢见曾，使其变得灵动通脱，极富浪漫主义情怀。正是山左与江南两种地域文化的双重浸染造就了卢见曾既尚雅尚博又自由奔放的性格，而其亦通过编纂、刊刻等一系列活动对山左与江南文化的发展做出了突出的贡献，其价值不容忽视。

第三节　卢见曾著述、刊刻活动考略

卢见曾少工于举子业，中第之后辗转各地为官，其于诗文，实非专作，然其少承家学，又得亲炙王士禛、田雯等诗坛名宿，故而"诗名早著，风雅之士宗焉……谈艺者无不知有雅雨先生者也"②。其诗文创作亦比较丰富，据记载，大概有诗八集、文十余卷。然两淮盐引案事发之时，卢氏家产全部羁留官府，除《出塞集》已付梓流传开来，其他著作几经周转，散佚甚多，不能窥其诗文全貌，实为憾事。卢见曾留存诗作虽不甚丰富，但是其十分重视典籍的保存与整理，曾多方搜集善本，刊刻《雅雨堂丛书》，还主持编纂《国朝山左诗钞》，并为王士禛《感旧集》补传，此外还纂修《金山志》，撰写《玉尺楼曲谱》，于文化发展方面做出了重要的贡献。

一　著述情况

1.《雅雨堂诗文遗集》

卢见曾所著诗文合集，清道光二十年（1840）清雅堂刻本，半页九

---

① 容肇祖整理《何心隐集》，中华书局，1960，第40页。
② 闵尔昌纂《碑传集补》，《清代传记丛刊》，明文书局，1985，第112页。

行，行十九字，小字双行，白口，单鱼尾，四周单边，《续修四库全书·集部·别集类》收录，刘锦藻《清续文献通考》著录。此集由彭城金立方编次，卢见曾之曾孙卢枢校刻付梓，后附卢枢所作跋。集凡六卷，其中《雅雨堂诗遗集》二卷，上卷包含《雅雨集》十二首、《平山堂集》三十一首、《邯郸集》十六首、《北平集》七十五首，下卷包含《平山堂后集》五十九首、《里门感旧集》三十二首，编刻过程中随时续入六首，诗后多附自注；《雅雨堂文遗集》四卷，卷一、卷二为序文，计四十三篇，卷三为记文与跋文，计十八篇，卷四为书、启、传、铭文与行状，计十八篇，部分文章后附顾栋高、张元、惠栋、沈大成、鞠逊行所作简评。此本见于山东省图书馆，国家图书馆、上海图书馆、南京图书馆等亦有藏本。

2.《出塞集》

卢见曾所著诗集，一名《雅雨山人出塞集》，清道光二十年清雅堂刻本，半页九行，行十九字，小字双行，白口，单鱼尾，四周单边，与《雅雨堂诗文遗集》汇刻，一同收入《续修四库全书》。此集不分卷，收诗一百〇三首，附诗一首，集前有沈起元、马朴臣、马荣祖所作序，集后有汤先甲所作跋。此集作于清乾隆五年（1740）至清乾隆八年卢见曾因遭构陷遣戍军台期间。卢见曾含冤出塞，万里投荒，颠沛流离，几不自保，将所有情感与思绪均投注在《出塞集》中，诗风慷慨跌宕、意气潇洒，为其诗歌中成就之最高者。此集又收入《清代蒙古游记选辑三十四种》。此本见于山东省图书馆，国家图书馆、上海图书馆、南京图书馆等亦有藏本。另有清乾隆十一年精刻本，未见。

3.《读易便解》

卢见曾所著注《易》之书，清钞本，是书不分卷，涵盖上经、下经、系辞上传、系辞下传、说卦传、序卦传、杂卦传七部分。《山东文献集成》第一辑与《续修四库全书》经部均收录此书。卢见曾"年五十有一，远投塞外，始学《易》"[①]，乾隆五年，卢见曾被遣伊犁，戍台三载始赐还，其

---

① 卢见曾：《雅雨堂诗文遗集》，《山东文献集成》第1辑第37册，山东大学出版社，2006，第687页。

间精研易学。其《雅雨山人出塞集》中有《注易》一首,诗称:"篝火研朱夜每深,敢将分寸负光阴。宽闲帝与消灾地,忧患天开学易心。鸿渐陆时终有用,鱼当贯义却难寻。杞中但有包瓜在,泥井何须问旧禽。"① 由此推断《读易便解》一书当作于卢见曾遣戍塞外之时。

4.《国朝山左诗钞》

卢见曾所纂诗总集,清乾隆二十三年(1758)雅雨堂本,半页十行,行二十一字,小字双行,白口,单鱼尾,四周单边。此集是首部以山左诗人与诗作为对象进行选录的作品,也是清前期山左诗歌的一个历史性总结。于乾隆十八年始编选,至乾隆二十三年成书,历时五年,收清前期山东诗人六百二十七家,诗作五千九百余首,附诗一百一十九首。书凡六十卷,其中卷一至卷五六按科第之序收录国朝山左诗人五百八十三位,卷五七为卢氏家集,收卢氏诗人五位,卷五八收闺秀诗人十六位,卷五九收流寓诗人十二位,卷六〇收方外、青衣、仙鬼十人,以人系诗,各附小传及诸家评论并卢氏按语。丁仁《八千卷楼书目》与《清史稿·艺文志》著录此书。此本见于山东省图书馆,此外山东大学图书馆、上海图书馆、国家图书馆、南京图书馆、哈佛燕京图书馆等亦有藏本,版本略有差异,将在后文详述,此处从简。

5.《德州卢氏家谱》

卢见曾所编家谱,清乾隆二十三年雅雨堂刻本,此谱凡六卷,卷一为"恩纶"(附乡贤录),卷二为"世表",卷三为"世系",卷四为"志传",卷五为"行状",卷六为"坟图"。其中世系一卷列出卢氏自迁居德州之后绵延十五世以来所有家族子弟,自一世卢子兴起,至十五世卢同琳止,前后三百余年,涵盖卢氏德州支与陈官营支两支,涉及家族成员三百四十三人,其中陈官营支二百〇五人,德州支一百三十八人,颇为完备。顾栋高为此谱作序,盛赞其"深心密运,动与古会"②,其所得古谱义之精者有

---

① 卢见曾:《雅雨山人出塞集》,《山东文献集成》第 1 辑第 37 册,山东大学出版社,2006,第 772 页。
② 卢见曾编《德州卢氏家谱》,《德州卢氏家族研究》,线装书局,2012,第 295 页。

四，一曰"得古尊崇别子之义"①，以此谱以卢子兴为始祖，卢子兴本直隶涞水人，永乐年间以军籍住德州左卫，此谱以卢子兴为宗，使此支有别于涞水卢氏；二曰"得古兴灭继绝之义"②，以此谱著录卢氏子弟数百人，谨序昭穆之次，对于无子以兄弟子嗣之者以备详载；三曰"得古者慎重名器、尊重艺文之至意"③，以此谱中备载卢氏中第子弟所得纶章，记录卢氏以艺文得上赏之荣耀，可以之教诫子孙；四曰"得古人族葬之法"④，此谱卷六绘制卢氏坟图，皆以次聚葬，未有葬于茔兆之外者，如此百余年后仍可考索。此谱编纂之年，卢见曾仍在两淮盐运使任上，倥偬之日，成此家谱，而谱中时能见其深思、远虑，足见其对于卢氏家族的归属感以及对家族世代绵延的殷切期盼。此本见于国家图书馆，王守栋《德州卢氏家族研究》全本影印。

6.《渔洋感旧集小传》

卢见曾所作诗集小传。王士禛因"念二十年中，所得师友之益为多，日月既逝，人事屡迁"⑤，于是"取箧衍所藏平生师友之作，为之论次，都为一集，自虞山而下，凡若干人，诗若干首，又取向所著录《神韵集》一编，芟其十七附焉，通为八卷"⑥，《感旧集》"其搜剔也广而不滥，其持择也约而不遗"⑦，是重要的清初诗歌选本。《感旧集》流传不多，仅有黄叔琳家藏本，卢见曾得而重刻之，因感其中多错乱，遂延请淄川张元为之排次，并请惠栋、沈大成相助校勘，成《渔洋山人感旧集》十六卷。因王士禛集中单录诗作，未详诗人，卢见曾故著小传以为补，此集刘锦藻《清续文献通考》中著录。是集一函四册，凡四卷，前附王士禛原序、卢见曾所作序及凡例，传文详述诗人姓名、字号、里籍、著述，并引笔记、诗

---

① 卢见曾编《德州卢氏家谱》，《德州卢氏家族研究》，线装书局，2012，第295页。
② 卢见曾编《德州卢氏家谱》，《德州卢氏家族研究》，线装书局，2012，第295页。
③ 卢见曾编《德州卢氏家谱》，《德州卢氏家族研究》，线装书局，2012，第295页。
④ 卢见曾编《德州卢氏家谱》，《德州卢氏家族研究》，线装书局，2012，第295页。
⑤ 袁世硕主编：《王士禛全集》，齐鲁书社，2007，第1536页。
⑥ 袁世硕主编：《王士禛全集》，齐鲁书社，2007，第1536页。
⑦ 卢见曾：《雅雨堂诗文遗集》，《山东文献集成》第1辑第37册，山东大学出版社，2006，第701页。

话、志书、铭文中所载诗人相关资料,不但有补于诗人生平仕宦之史实,更评点诗人之诗学渊源与宗尚,实备艺文大观。此本见于上海图书馆,南京图书馆、国家图书馆亦有藏本。

7.《金山志》

卢见曾所纂志书,清乾隆二十七年(1762)雅雨堂本。金山在镇江府城西北扬子江中,始名浮玉山,南朝谓之氐父山,又名获符山,唐代更名金山。金山本未有专志,明正德年间进士张莱合金山、焦山、北固山为《三山志》,文笔颇为雅洁,然而过于简略,庐陵胡经所辑《金山志》则过于芜杂,释行海亦为金山作志,重于禅道而无其他发明,闽人刘名芳为志则志在增广,故舛误甚多,卢见曾于是"裁取诸志,核证群书,补缺订讹,俾归雅正"①,成此志书。此书开篇即为凡例,叙编纂之缘由、版式等问题,次则卢见曾所录金山宸翰,收康熙、乾隆二帝所作游金山诗文,并附金山志图,详绘金山四面之景。志文凡十卷,卷一为山水、建置,卷二为碑刻,卷三为方外,卷四为杂识,卷五为艺文,收赋,卷六、卷七、卷八为艺文,收诗与诗余,卷九、卷一〇为艺文,收文。此志见于沈云龙主编《中国名山胜迹志丛刊》第四辑,《中国佛寺史志汇刊》亦著录。

8.《玉尺楼曲谱》

卢见曾为《玉尺楼传奇》所作工尺谱,上海图书馆藏善本。《玉尺楼传奇》为朱夑所作戏剧。朱夑,字云裁,又字山渔,号公放,浙江长兴人,与郑燮、金农相友善,工书画、善篆刻,尤精于音律。卢见曾任两淮盐运使时延之入幕,未几即成《玉尺楼传奇》,卢见曾"为其谱《玉尺楼》剧本,虽不得与玉茗争工,于我朝洪孔两家,实堪鼎峙"②,后"授之黎园,扬州人争购之,于是有井水处,莫不知有朱公放矣"③,流布甚广。

9.《焦山志》

卢见曾所纂志书。《(嘉庆)丹徒县志》载,卢见曾编《金山志》十卷、《焦山志》十二卷,清人朱士端《彊识编》卷三尝引《焦山志》中所

---

① 卢见曾纂《金山志》,《中国名山胜迹志丛刊》第四辑,文海出版社,1971,第1页。
② 戴延年:《传沙录》,《昭代丛书》癸集,上海古籍出版社,1990,第3132页。
③ 汪启淑:《续印人传》,《清代传记丛刊》第86册,明文书局,1985,第373页。

❖ 卢见曾与《国朝山左诗钞》研究

摹鼎文论辩古文"叜"字，可知朱士端曾见卢见曾所纂《焦山志》，并使用之。《焦山志》今未见。

二 刊刻活动

卢见曾"最笃师友之谊，以故名人著作卓有可传，皆序梓而表章之，所刻已不下数十种"①。卢见曾力主风雅、潜心经术，以弘扬学术、奖掖风流为己任，居官两淮期间，利用其广泛的社会交往和雄厚的经济实力，搜寻善本名刊，刊刻以流布之，对于文化典籍的保存和推广起到了重要作用。此外，卢见曾还多方资助经济拮据、无力将著作付梓的友人，为其刻印诗文，使许多作品不致湮没无闻。卢见曾主持刊刻的图书皆由雅雨堂刻印，雅雨堂为卢见曾堂号，既是藏书室，也是卢氏私家刻书坊，刊刻了许多珍本古籍，以校刻精良为世所重。

（一）雅雨堂丛书

清乾隆二十一年（1756），卢见曾雅雨堂刊刻汉魏经学著作及唐宋笔记数种，合为《雅雨堂丛书》，嘉惠士林。此套丛书流传甚广，《八千卷楼书目》《清朝续文献通考》《书目问答》等许多典籍皆有著录。据《清朝续文献通考》所载，此书初刻包含图书十三种，分别为《李氏易传》《郑氏周易》《易释文》《尚书大传》《周易乾凿度》《大戴礼记》《高氏战国策》《匡谬正俗》《封氏闻见记》《唐摭言》《北梦琐言》《文昌杂录》《郑司农集》，此本见于南京图书馆、国家图书馆、韩国延世大学图书馆。除十三种本之外，《雅雨堂丛书》还以不同面目流传于世，如哈佛燕京图书馆藏有十一种四十册本，较十三种本少《易释文》和《郑司农集》；上海图书馆所藏则为十一种四十八册本，较十三种本缺少《大戴礼记》和《郑司农集》，而《唐摭言》则选录卢见曾复刻校定本，易名为《摭言》。这两种形式的《雅雨堂丛书》版式、内容较十三种本并无区别，至于数量的减少推测可能为流传过程中漏收。《雅雨堂丛书》十三种版式皆同，为清

---

① 卢见曾：《雅雨堂诗文遗集》，《山东文献集成》第1辑第37册，山东大学出版社，2006，第756页。

乾隆二十一年雅雨堂刻本，半页十行，行二十一字，白口，单鱼尾，四周单边，版心上镌书名，中刻卷次，下署雅雨堂。现分列如下，对其著者、内容、刊刻因由等略作考述。

1.《李氏易传》

是集为唐代李鼎祚所著，凡十七卷。集前有卢见曾所作《刻李氏易传序》和李鼎祚所作《周易集解序》，集后有计用章所作《李氏易传后序》。李鼎祚生平未见于史传，不可详考，其精通易学，有感于自汉代以来的易学著作穿凿之处甚多，遂作《周易集解》，集成诸家之学说，保存了唐前许多珍贵的易学文献。卢见曾认为汉魏易学去古未远，家法犹存，故推尊之，与李鼎祚不谋而合。为校正谬误，卢见曾重刻李鼎祚《周易集解》，并为之作序，遂成此书。

2.《郑氏周易》

是集由汉代郑玄著，宋代王应麟辑，清人惠栋增补，分上中下三卷，前有卢见曾所作《刻郑氏周易序》、郑玄所作《易赞》。郑玄（127—200），字康成，汉末经学大家。王应麟（1223—1296），字伯厚，号深宁，宋淳祐元年进士，学宗朱熹，涉猎百家。《周易》郑玄注是易学领域的官学，数百年来散佚颇多，虽经王应麟等经术大家多方辑补，仍遗漏不少，惠栋"世通古义，重加增辑，并益以汉上嵩山之说，厘为三卷"①，卢见曾以"汉学易义无多存"② 之故重刻此集，以备好古之士征引考证。

3.《易释文》

是集由唐代陆德明著，不分卷。陆德明（约550—630），名元朗，德明乃其字，以字行，唐太宗十八学士之一，新旧《唐书》皆有传，著有《老子疏》《易疏》《经典释文》。

4.《尚书大传》

是集由汉代伏生著，郑玄为之注，集凡四卷，前有卢见曾所作《刻尚

---

① 卢见曾：《雅雨堂诗文遗集》，《山东文献集成》第1辑第37册，山东大学出版社，2006，第688页。

② 卢见曾：《雅雨堂诗文遗集》，《山东文献集成》第1辑第37册，山东大学出版社，2006，第688页。

书大传序》，后附清人卢文弨所作补遗一卷。伏生（前260—前161），济南人，秦博士，西汉今文《尚书》鼻祖。此集于明时逐渐散佚，后卢见曾得之于吴中藏书家，时已残缺不全，然《五行传》首尾完备，"为二十一史史志之先河"①，卢见曾遂刊行之，以广今文之学。书成之后，卢文弨又著《尚书大传补遗》一卷、《尚书大传续补遗》一卷，卢见曾"爱其考据精确，实有功于是书，爱并刻之以广其传"②，遂附录于此集之后。其后卢文弨又作《尚书大传考异》一卷并跋文一则，跋文叙曰"其间（是书）传写异同盖所不免，因为作考异若干条，且念孙氏苦心搜讨，不为无功，凡有可以裨益是书者，亦慎取而集录之"③，经卢文弨之补遗、考异之后，此集愈发完备。

5.《周易乾凿度》

是集伪托仓颉作，作者不可详考，郑玄为之作注，集分上下二卷，前有卢见曾所作《刻周易乾凿度序》。此集为先秦时之著作，"为易纬之一种。旧题郑康成注，唐以前说经家多相引用"④，流传过程中颇多缺误，后卢见曾得嘉靖中期吴郡钱叔宝家藏本，与原本最近，又经卢文弨校正，遂刻成此集，以备汉学。

6.《大戴礼记》

是集由北周卢辩注，凡十三卷，集前有卢见曾所作重刻序、颖川韩元吉所作旧序、戴震所作《戴校大戴礼记目录后语》，集后有卢文弨所作跋，并附录辨误十一则。《大戴礼记》原存三十九篇，未题作者，朱熹认为乃郑玄所作，而考其内容，可见征引郑说之处，故此说为误。后王应麟于北周卢辩本传中见"大戴礼未有解诂，乃注之"之语，遂考定本书之注者为卢辩。卢辩，字景宣，范阳人，出身范阳卢氏，博通经籍，为太学博士。原本《大戴礼记》流传过程中或缺或重，错乱难读，卢见曾与卢文弨于黄叔琳处借得元刻本对众本进行校勘，又得戴震之助，"泛滥群书，参

---

① 卢见曾：《尚书大传序》，《雅雨堂丛书》第3册，广陵书社，2015，第1162页。
② 卢见曾：《尚书大传后跋》，《雅雨堂丛书》第3册，广陵书社，2015，第1293页。
③ 伏生：《尚书大传》，《雅雨堂丛书》第3册，广陵书社，2015，第1278页。
④ 丁丙辑，曹海花点校《善本书室藏书志》，浙江古籍出版社，2016，第37页。

互考订"①，遂成此书。

7.《高氏战国策》

是集由汉代高诱注，凡三十三卷，其中东周一卷、西周一卷、秦五卷、齐六卷、楚四卷、赵四卷、魏四卷、韩二卷、燕四卷、宋卫一卷、中山一卷。集前有卢见曾所作序、曾巩所作《重校战国策序》，集后附录李文叔《书战国策后》、王觉《题战国策》、孙元忠《书阁本战国策后》以及姚宏、钱谦益、陆贻典所作跋文。《战国策》一书非一时一人而成书，西汉刘向录为三十三卷，高诱后为之作注，然流传中皆有散佚，宋代曾巩为之增补，亦未全，鲍彪新注则重为编题，打乱了本来面目。卢见曾居官两淮期间，于吴中友人处借高氏注本，其较鲍本更为古雅，遂为之刊版行世。

8.《匡谬正俗》

是集由唐代颜师古著，凡八卷，集前有卢见曾作《匡谬正俗序》、颜师古之子颜扬庭作《上匡谬正俗表》以及汪应辰对《上匡谬正俗表》所作按语。《匡谬正俗》为辨别字音、字义之书，颜师古以世俗之言多谬误之故，"质诸经史，匡而正之"②，遂作此书，书未完而颜师古已下世，其子颜扬庭"敬奉遗文，谨遵先范，分为八卷，勒成一部"③。此书宋时仍有雕版，元明时已不见流传，卢见曾感"其中所引典籍及诸家训诂多上世逸书，言辨而确，可资后学见闻"④，遂为梓行。

9.《封氏闻见记》

是集由唐代封演著，凡十卷，集前有卢见曾所作《刻封氏闻见记序》。封演，唐天宝十五载（756）进士，官至御史中丞。其所作《封氏闻见记》初为五卷，记录典章制度、民俗生活、传说古迹与士大夫逸事，包含重要

---

① 卢见曾：《雅雨堂诗文遗集》，《山东文献集成》第1辑第37册，山东大学出版社，2006，第690页。
② 卢见曾：《雅雨堂诗文遗集》，《山东文献集成》第1辑第37册，山东大学出版社，2006，第694页。
③ 颜师古撰，刘晓东平议《匡谬正俗平议》，山东大学出版社，1999，第6页。
④ 卢见曾：《雅雨堂诗文遗集》，《山东文献集成》第1辑第37册，山东大学出版社，2006，第694页。

的唐文化史料，成书之后流传绝少，吴中间有藏者，然辗转相录，已然失其本来面目。然其"考据该洽，论辩详明，乃说部之佳者"①，卢见曾遂多方寻访，并于吴中得此散本，录为十卷，不过仍有缺略，如第三卷"铨曹"不全、"风宪"缺，尤以第七卷为甚，第七卷录"见闻"十一则，然仅存"蜀无兔鸽""月桂子""高唐馆""温汤"四则，其他皆缺，而"温汤"一则亦不完整。集后附录吴岫、夏庭芝、朱良育、孙允伽、陆贻典所作跋文，略备此书抄录流传情况。

10.《摭言》

是集由五代王定保著，凡十五卷，集前有卢见曾所作《刻摭言序》，集后有朱彝尊、王士禛所作跋。王定保（870—954），字翊圣，唐光化三年（900）进士，任容管巡官，后入刘隐幕府，晚年任官南汉，王定保雅好著述，《摭言》即其晚年之作，"是书述有唐一代贡举之制特详，多史志所未及，其一切杂事，亦足以觇名场之风气，验士习之淳浇，法戒兼陈，可为永鉴"②，王士禛称此书与《封氏闻见记》皆为秘本，十分可贵，卢见曾遂刊布以广其传。

11.《北梦琐言》

是集由孙光宪纂辑，凡二十卷，集前有卢见曾所作《刻北梦琐言序》和孙光宪原序。孙光宪（896—968），字孟文，号葆光子，历官至唐荆南节度副使，入宋后官黄州刺史。《北梦琐言》多录唐代贤哲之言行与五代十国旧事，可备考证，此书流传中亦多散佚，几失本真，叶万朴学斋中有藏本，又觅得吴岫家藏本，此书原貌遂完具，卢见曾恐其日久再散佚，为广旧闻遂刊布之。

12.《文昌杂录》

是集由宋代庞元英著，凡六卷，补遗一卷，集前有卢见曾所作《刻文昌杂录序》，后有卫传所作后序，以及庞元英所作跋文一则。庞元英，字懋贤，以荫起家，官至光禄寺卿。"文昌"即寓尚书省，《文昌杂录》记庞

---

① 卢见曾：《雅雨堂诗文遗集》，《山东文献集成》第1辑第37册，山东大学出版社，2006，第695页。
② 永瑢等：《四库全书总目》卷一四〇，中华书局，1965，第1186页。

元英之闻见，涉及官制、朝章、典故以及尚书省中事，因其久任尚书省主客郎，亲历朝章，故"其书事信，其著论确，观者如班云龙之庭而登群玉之府"①。《文昌杂录》为说部之佳作，然刊刻不多，流传亦受局限，卢见曾雅雨堂遂重新刻印之，以广记闻。

13.《郑司农集》

是集由汉代郑玄注，不分卷，未见序跋，收录郑玄所作文八篇，分别为《相风赋》《伏后议》《春夏封诸侯议》《戒子益恩书》《易赞》《诗谱叙》《尚书大传序》《鲁礼禘祫义》。

卢见曾醉心两汉经学，尤其推尊郑玄，故于郑氏之说几搜罗殆尽，居官扬州期间，与惠栋、沈大成、卢文弨、顾栋高等相交，得众人襄助，共校经籍，所取皆当时罕见之秘本，对于乾嘉经学之崛起做出了重要贡献。

（二）单行著作

卢见曾究心风雅，爱客礼士，除《雅雨堂丛书》十三种之外，还捐资助刻诗文经籍数十种，现简述于下。

1.《经义考》

清朱彝尊作，全书三百卷，蔚为大观，《诗》《书》《礼》《易》计一百六十七卷先刊，《春秋》以下缺焉未附。卢见曾转运两淮之时，朱彝尊之孙朱稻孙游于扬州，为卢见曾座上客，"出其祖所撰《经义考》后半未刻者，雅雨为刻其全"②。

2.《经学五书》

清万斯大著，此集包含《学礼质疑》《礼记偶笺》《仪礼商》《周官辨非》《学春秋随笔》五种。万斯大尝纂《春秋》，得二百四十二卷，悉毁于火，《经学五书》乃其后作，搜罗更复，卢见曾以其弃世未久，遗著尚存，不忍见其浮沉散佚，遂"为助其刻资之半，而重为序之"③。

---

① 庞元英：《文昌杂录》，《雅雨堂丛书》第6册，广陵书社，2015，第3569页。
② 王昶撰，周维德校辑《蒲褐山房诗话新编》，齐鲁书社，1988，第27页。
③ 卢见曾：《雅雨堂诗文遗集》，《山东文献集成》第1辑第37册，山东大学出版社，2006，第692页。

3.《金石录》

宋赵德甫著，凡三十卷，考订精核，议论卓越，然而善本不多，以谢世箕本、叶文庄本二本为佳，卢见曾偶见从谢本影印者，遂刊行之，并为作序。

4.《金石三例》

是集乃三种金石之作的合集，包含元代潘昂霄所作《金石例》十卷、明代王行所作《墓铭举例》四卷、清代黄宗羲所作《金石要例》一卷。此三家学问皆有根底，卢见曾极推重之，遂刻此书，并为作序。

5.《谈龙录》

清赵执信作，是谈艺之作，集中多有对王士禛的批评之语。卢见曾所刻《谈龙录》以《声调谱》为附，以乡邦后学之身份力图调和王、赵之矛盾，以之为"持门户者之过也"①，将其中批评王士禛之条目尽数删去，失其本真，此本在流传过程中造成了一定的负面影响，如袁枚称："相传所著《谭龙录》痛诋阮亭，余索观之，亦无甚牴牾"②，盖其所读为雅雨堂本之故。

6.《韩昌黎诗集编年笺注》

清方世举作，为韩愈诗之编年注本，十二卷。自唐代起便不断有学者编注韩愈诗集，方世举此书以新旧《唐书》、行状、墓志等材料校正诸家之误，并加以自注，内容极其丰富。方世举晚年欲售卖此书以求归隐，卢见曾"既归其赀且付剞劂"③，然卢见曾认为此集有贪多之病，尽删其重复、习见之注，故此雅雨堂本非方世举原本。

7.《苏诗补注》

清查慎行作，为苏轼诗之注本，苏诗注本甚富，舛误亦多，查慎行尝订补诸苏诗注本之误，积久成书，更为之编年，遂成《苏诗补注》一书。

---

① 卢见曾：《雅雨堂诗文遗集》，《山东文献集成》第1辑第37册，山东大学出版社，2006，第699页。
② 袁枚撰，顾学颉校点《随园诗话》卷五，人民文学出版社，1982，第144页。
③ 卢见曾：《雅雨堂诗文遗集》，《山东文献集成》第1辑第37册，山东大学出版社，2006，第699页。

卢见曾于黄叔琳处得此本，以其繁芜托同人为之校雠，"于其繁苶概为删削，于其缺遗间补一二"①，遂成此集。

8.《渔洋山人感旧集》

清王士禛所编诗总集，卢见曾整理刊刻，并为此集补传，前已著录，此处从简。

9.《旗亭记》

清金兆燕作传奇，金兆燕，字钟越，又字棕亭，安徽全椒人，"工院本，在扬州作《旗亭画壁记》，卢雅雨运使刻之"②。卢见曾不但为金兆燕刊刻此书，还"按以宫商"并"引梨园老教师为点版排场，稍变易其机柚，俾兼宜于俗雅间"③，集成适逢沈德潜过访，遂奏终曲，极为沈氏所赏。

10.《马相如遗诗》

清马朴臣著，马朴臣，字春迟，号相如，清雍正十年（1732）举人，授官内阁中书，马朴臣"以友朋为性命，有过从者，必酌以酒，明日断炊，弗顾也。殁于京师，几无以为殓，闻鬻马于市，始得盖棺"④。乾隆十九年（1754），马朴臣之子马腾元携遗稿求序于卢见曾，卢见曾为作序并梓行之。

11.《啸村诗》

清李葂著诗集。李葂，字啸村，安徽怀宁人，诗才敏异，顷刻成篇，著有《啸村诗》三卷。据《安徽通志》载，两淮运使卢见曾为刻传之，今存乾隆丙子镌雅雨堂藏板。是集分上中下三卷，卷上为七言律诗四十五首，卷中为五言律诗四十五首，卷下为七言绝句七十三首，集前有卢见曾、秦大士所作序，《清代诗文集汇编》据此本影印。

12.《辽东三老诗》

清李锴、戴亨、陈景元著。李锴，字铁君，一字眉山，号鹰青山人，

---

① 卢见曾：《雅雨堂诗文遗集》，《山东文献集成》第1辑第37册，山东大学出版社，2006，第701页。
② 王昶撰，周维德校辑《蒲褐山房诗话新编》，齐鲁书社，1988，第115页。
③ 卢见曾：《雅雨堂诗文遗集》，《山东文献集成》第1辑第37册，山东大学出版社，2006，第717页。
④ 沈德潜等编《清诗别裁集》，上海古籍出版社，2013，第1122页。

又号焦明子，辟居盘山鹰青峰下，日耽吟咏，"诗古奥峭拔"①，著有《睫巢集》。陈景元，字石闾，汉军镶红旗人，"诗拟孟郊、贾岛"②，著有《石闾集》。戴亨，字通乾，号遂堂，辽阳人，戴亨尝"依雅雨运使于邗上"③，生平最慕志性高洁的布衣隐士，襟怀超迈，诗笔刚健，著有《庆芝堂诗集》，卢见曾为刻《辽东三老诗》，择录其集中十之二三。

13.《弈理指归》

清施绍闇著。施绍闇字襄夏，号定庵，工诗善琴，极得沈德潜之褒奖。此《弈理指归》按五行布势，循八卦分门，颇为可传，据《海宁州志》载，此集乃两淮运使卢见曾为之付梓，今未见。

14.《焦山诗》

《八千卷楼书目》卷一九集部载："《焦山诗》一卷，国朝卢见曾编，抄本"④，《清史稿·艺文志》亦有著录，今未见。

卢见曾工于诗文，潜心经术，其著录之作虽因毁于火而流传不多，但其主持刊刻、资助出版的著作则有数十种，多以保存文献、以备大观为出发点，其文化使命感可见一斑。此外，以上所列著作，几乎都是卢见曾于两淮盐运使任上在扬州刊刻而成，这显然与扬州繁荣的刻书、藏书业不无关系，这些因素共同推动了其《国朝山左诗钞》的编纂。

---

① 《清史稿》卷四八五，中华书局，1977，第13378页。
② 《清史稿》卷四八五，中华书局，1977，第13378页。
③ 王昶撰，周维德校辑《蒲褐山房诗话新编》，齐鲁书社，1988，第9页。
④ 丁仁：《八千卷楼书目》，《续修四库全书·史部》第921册，上海古籍出版社，2002，第377页。

第二章
卢见曾的文学交游与《国朝山左诗钞》的编纂

卢见曾笃于文学，崇骚尚雅，其主持编纂的《国朝山左诗钞》是对清前期山左诗坛创作成果所作的系统总结，对于梳理、推动山左文学的发展起到重要作用。卢见曾早登科第，仕途显达，官居两淮盐运使，主盟扬州风雅十年，是扬州文学活动的重要发起者与参与者，对江南文学与学术的发展亦产生重要影响。对其文学交游和宴集活动进行考察，将有助于透视卢见曾的文学创作及文化活动，能够更好地把握卢见曾的文学地位与影响，而卢见曾交游对象中的多位均参与了《国朝山左诗钞》的编纂，客观上对《国朝山左诗钞》的成书起到了重要的推动作用。

第一节 卢见曾的文学交游网络

卢见曾早年乡居，于德州故里闭门读书，以姻亲、师友之故与山左名流有过诸多交往。科举中第之后，先后任官于洪雅、蒙城、六安、亳州、江宁、颍州、滦州、永平、天津、扬州，足迹半天下。官居之时，卢见曾兴学取士、奖掖后进、广交名流，带动一地文教之兴盛。得益于卢见曾的官员身份与其崇尚风雅的癖好，一大批文人聚集在卢见曾身边，形成了一个相当庞大的文学交游网络。而在这个庞大的文学交游网络不断聚合形成的过程中，卢见曾的文学思想、文化心态和社会影响力也在不断变化。

❖ 卢见曾与《国朝山左诗钞》研究

一 乡前辈与文学思想的启蒙

卢见曾于康熙二十九年（1690）生于德州，康熙三十年，其父卢道悦官河南偃师知县，卢见曾幼年随父居于偃师，应童子试时方归济南，其父友人高一麟有《送门人卢抱孙赴济南应童子试》诗饯别。此后至康熙六十年科举中第赐进士出身，卢见曾一直处于读书备考的状态之中。这一时期，他的交游对象主要分布在以其家乡德州为核心的山左地区，这些人中即包含了神韵诗派领袖王士禛、王士禛之拥趸田霡、德州乡贤孙勷等人。其中，王士禛与卢见曾往来不多，但对卢见曾产生的影响最为深远。

王士禛（1634—1711），又作王士祯，山东新城人，是清代著名诗人和诗论家，以"神韵论"开创一代诗风："当我朝开国之初，人皆厌明代王、李之肤廓，钟、谭之纤仄，于是谈诗者竞尚宋元。既而宋诗质直，流为有韵之语录；元诗缛艳，流为对句之小词。于是士禛等以清新俊逸之才，范水模山，批风抹月，倡天下以'不著一字，尽得风流'之说，天下遂翕然应之。"① 王士禛是卢见曾同乡前辈中文学影响力最为突出的一位，据《乡园忆旧录》载，卢见曾曾于少年时期拜见王士禛："昔郭华野总制与渔洋同在座，雅雨谒见，郭谓渔洋曰：'他日继君者此人。'渔洋颔之。"② 郭华野即郭琇（1638—1715），字瑞甫，华野为其号，山东即墨人，与卢见曾之父卢道悦为同年，《国朝山左诗钞》卷三二收郭琇诗六首，附有卢见曾按语："（郭琇）接圣驾日常主余家，余年十六，先生见所为制艺，深加奖许，笑谓渔洋先生：'此子文有赋心，将来能与公为后劲者。'渔洋颔之。"③ 卢见曾按语可证实《乡园忆旧录》所载内容真实不虚。据这两段材料可知，卢见曾于十六岁时得见王士禛，并得到王士禛的肯定，这次的相识对少年卢见曾而言是极大的鼓励，而在日后的生命历程之中，王士禛对于卢见曾的影响也着实反映在其文学活动与文学创作的诸多方面。

---

① 永瑢等：《四库全书总目》卷一七三，中华书局，1965，第1522页。
② 王培荀撰，蒲泽校点《乡园忆旧录》卷二，齐鲁书社，1993，第89页。
③ 卢见曾编《国朝山左诗钞》，第433页。

第二章　卢见曾的文学交游与《国朝山左诗钞》的编纂

袁枚《随园诗话》即称："卢雅雨先生转运扬州，以渔洋山人自命。"① 首先，卢见曾仿王士禛例进行红桥修禊。清顺治十七年（1660），王士禛赴扬州推官任，公事之余与各方文人广泛交游，文学活动极为丰富。康熙三年（1664）春，"与林古度茂之、杜濬于皇、张纲孙祖望、孙枝蔚豹人诸名士修禊红桥，有冶春诗，诸君皆和"②，王士禛红桥修禊活动之后，冶春唱和蔚然成风，卢见曾即称："扬州红桥自渔洋先生冶春唱和以后，修禊遂为故事。"③ 清乾隆二十二年（1757）上巳，卢见曾邀盛会于红桥，得诗四律，和者甚众，是对王士禛风雅之举的承继。其次，卢见曾在诗学倾向上尊崇王士禛，在编纂《国朝山左诗钞》之时，选诗数量最多者即为王士禛。卢见曾在《国朝山左诗钞·凡例》中称："渔洋先生集诗学之大成，主盟骚雅五十余年，海内风从。"④ 卢见曾不但以神韵论作为主要审美标准遴选《国朝山左诗钞》，其本人的诗歌创作也呈现出雍容平和、雅趣横生之态。最后，卢见曾保存诗文著述的文化使命感亦与王士禛一脉相承。王士禛尝选《渔洋山人感旧集》，卢见曾为之厘定刊刻，并为补《渔洋山人感旧集小传》四卷。王士禛欲选山左明诗而未果，卢见曾作《征选山左明诗启》以征文献并欲踵其遗志。卢见曾虽然在文学创作成就上不及王士禛，但以其独特的社会地位和丰富的文化活动而成为继王士禛之后在山左与江南都有着重要影响的作家，诚如董元度《上雅雨卢丈》诗曰："树帜群推大雅宗，别裁伪体障川东。邗江自昔繁华会，官阁依然淡泊风。几树琼花生笔底，二分明月贮胸中。平山坛坫吾乡事，王后卢前两巨公。"⑤

田霡（1652—？），山东德州人，生性颖悟，游学京师，才名显著，著有《鬲津草堂诗》《南游稿》《乃了集》等集。卢见曾弱冠开始学诗，即蒙田霡指授。田霡为之辨校声律、陶融风雅，卢见曾自称"于诗学源流粗

---

① 袁枚撰，顾学颉校点《随园诗话》卷一二，人民文学出版社，1982，第405页。
② 孙言诚点校《王士禛年谱》，中华书局，1992，第23页。
③ 卢见曾：《雅雨堂诗文遗集》，《山东文献集成》第1辑第37册，山东大学出版社，2006，第674页。
④ 卢见曾编《国朝山左诗钞》，第3页。
⑤ 董元度：《旧雨草堂诗》，《清代诗文集汇编》第316册，上海古籍出版社，2010，第16页。

❖ 卢见曾与《国朝山左诗钞》研究

有所得,实瓣香于先生者为多"①。田霡"学诗于渔洋,而山姜则兄也,学文于尧峰,而砚溪则友也,游玉府观武库,左袖右取,故其学益进,识益高,直入香山渭南之室"②。田霡为田雯季弟,又师承王士禛,具有较为阔达的诗学观,王士禛为作《鬲津草堂诗序》称赏其诗:"司空表圣作《诗品》凡二十四,有谓'冲淡'者,曰'遇之匪深,即之愈稀';有谓'自然'者,曰'俯拾即是,不取诸邻';有谓'清奇'者,曰'神出古异,澹不可收'。是三者,品之最上,而子益之诗有之。"③田霡学诗的取法路径深刻地影响了卢见曾的诗歌创作,卢见曾有《雅雨堂遗诗》上下卷和《出塞集》一卷,其中《雅雨堂遗诗》平和冲淡、充满雅趣,而《出塞集》则跌宕慷慨、意气潇洒,风格为之一变,虽有生平遭际变迁的影响,更多的也是受到田霡"左袖右取"阔达诗学观念的影响。二人之间亦常有诗文往来,尝与萧炘、卢扬曾同聚于书斋鬲津草堂,分姓咏唐人诗,各赋诗一首,载入《国朝山左诗钞》,田霡尝自作墓志铭,卢见曾有《书田香城先生自作墓志铭后》慨而叹之。田霡易箦之时仍口占诗《遗赠卢抱孙内表弟》:"道义之交古所尊,今当大别复何言。遗来书帙凭君看,犹有香城指爪痕。"④道尽二人一生之高谊。

与王士禛、田霡在文学旨趣上对卢见曾产生影响不同,德州乡贤孙勷对卢见曾的影响主要在于为其延誉。

孙勷(1657—?),字子未,号我山,山东德州人,著有《鹤侣斋集》,诗风清雅超拔,不染俗趣。袁枚《随园诗话》卷一六载:"马墨麟维翰与卢抱孙见曾未第时出公(孙勷)门。"⑤王培荀《乡园忆旧录》则称:"抱孙康熙辛丑登第,始谒子未先生,意殊落落,及见其与马唱和诗,大欣赏,乃过寓索饮,遂订交。"⑥《听雨楼随笔》"马维翰"条中王培荀更为详细地论及卢见曾与孙勷定交事曰:"川东观察墨麟马公维翰,浙江海盐

---

① 卢见曾编《国朝山左诗钞》,第558页。
② 卢见曾编《国朝山左诗钞》,第559页。
③ 袁世硕主编《王士禛全集》,齐鲁书社,2007,第1799页。
④ 卢见曾编《国朝山左诗钞》,第567页。
⑤ 袁枚撰,顾学颉校点《随园诗话》卷一六,人民文学出版社,1982,第548页。
⑥ 王培荀撰,蒲泽校点《乡园忆旧录》卷二,齐鲁书社,1993,第122页。

第二章 卢见曾的文学交游与《国朝山左诗钞》的编纂

人。康熙辛丑进士,与山左卢运使抱孙相善,孙子未先生见其联句诗,大奇之,为延誉,有南马北卢之目。"①《国朝山左诗钞》卷四〇收录孙勷诗二十一首,卢见曾按语中记录与孙勷交往之事:"余少随父任,未得从先生游,康熙辛丑登第,始谒先生于京邸,意殊落落,后见余与海盐马墨麟维翰所作联句诗于朝房,大欣赏,即就余寓索饮,以所持扇属书新作,遍为延誉,余因介维翰以交于先生。"②按语为卢见曾本人所作,其真实性无可置疑,由此可知,《随园诗话》所载定交时间有误,卢见曾与孙勷的定交当在康熙六十年(1721)卢见曾中第之后,初识之地当在京师。孙勷有诗赠马维翰与卢见曾曰:"卢全马异总能诗,韩孟云龙意可师。交比芝兰投臭味,韵将丝竹迭参差。古人不作原无恨,此日齐名更勿疑。老去自怜才力尽,恰欣二妙正同时。"③孙勷对两位后学的奖掖提携,可谓不遗余力。

可以说,王士禛于卢见曾而言是精神偶像,田霡于其而言亦师亦友,孙勷对其则有提携之恩,少年时期受到的鼓舞与成长过程中获得的教益,对卢见曾的文学思想和处世心态均产生了深远影响。

二 同年友与社交圈的扩大

康熙六十年,卢见曾中进士,是年中式者共一百六十三人,"副考官李绂博采名誉,所取皆一时俊髦"④,卢见曾居二甲第二十二名。"圣祖仁皇帝诏进士未入馆选者,咸一体命儒臣教习三年"⑤,卢见曾遂留京教习,并肆力于诗文,与同年友的交往也越发密切,"大魁后,同年百七十余人,无一不浃洽款曲"⑥。同年及第的经历所带来的认同感使年友成为一个相对稳固的交际圈子。其中若兼以乡缘,关系则更为紧密。在卢见曾的同年之中,隶籍山东者十三人,分别为邓钟岳、王敛福、祝寿名、袁耀玉、乔世

---

① 王培荀撰,魏尧西点校《听雨楼随笔》,巴蜀书社,1987,第9页。
② 卢见曾编《国朝山左诗钞》,第541页。
③ 袁枚撰,顾学颉校点《随园诗话》卷一六,人民文学出版社,1982,第548页。
④ 黄崇兰:《国朝贡举考略》,《贡举志五种》,武汉大学出版社,2009,第1134页。
⑤ 闵尔昌纂《碑传集补》第121册,明文书局,1985,第108页。
⑥ 卢见曾编《国朝山左诗钞》,第672页。

❖ 卢见曾与《国朝山左诗钞》研究

臣、周毓正、萧炘、全乾象、周知非、周大赉、董思恭、李捷元、张勿迁，往来较密且需加考辨者则为王敛福与乔世臣。

王敛福（1694—1753），字清范，号凝箕，山东诸城人，康熙辛丑科赐进士出身二甲第十四名，官至颍州府知府，有《箕水村诗集》《凤山诗集》《王太史宦稿》等诗文集，并纂修《颍州府志》。王敛福继卢见曾之后守颍州，承卢见曾之政策，疏浚河湖、治理水患，同乡、同年、同官一地的特殊经历使得王敛福与卢见曾相交颇为契合，《国朝山左诗钞》录王敛福诗一首，卢见曾在按语中记王敛福被参落职平反后唱和之事："余方转运两淮，同年马墨麟维翰为江常镇道副使，各赠以诗，凝箕亦有和章。"① 卢见曾《雅雨堂诗文遗集》卷下有《和同年王庶常敛福赠句》诗，与此按语相呼应，其诗云："一笑云泥迥世情，谁从偃蹇重狂生。花当开罢犹呼醉，马到门前总不行。秘府藏书频借看，天家赐禄亦分荣。清时倘问流传赋，尚有乡人识长卿。"②

"一笑云泥迥世情"此诗亦见于《国朝山左诗钞》乔世臣按语之中，而且包含了更多细节："同年乔丹葵世臣亦由庶吉士改吏部，声名与凝箕相埒，出知杭州府，意颇怏怏，然不数年丹葵累擢至江苏巡抚，而凝箕乃以颍州守终其身，升沉之不可料如此。丹葵在词馆日，与余交最契，赠余诗有'纷纷词赋陪雕辇，谁似凌云汉长卿'之句，余和章云：'一笑云泥迥世情，谁从偃蹇重狂生。花当开罢犹呼醉，马到门前总不行。秘府藏书频借看，天家赐禄亦分荣。清时倘问流传赋，尚有乡人识长卿。'丹葵兖州滋阳县人，庚子解元，征其遗诗不得，附记于此。"③乔世臣（1686—1735），字丹葵，号蓼圃，山东滋阳人，康熙辛丑科赐同进士出身三甲第五十七名，初为翰林院检讨，纂修明史，后改吏部郎中，累官至江苏巡抚，乔世臣颇有惠政，诗文亦有所得，著有《雪窗集》，诗入《国朝山左诗续钞》。根据卢见曾此段按语可知，"一笑云泥迥世情"此诗为卢见曾和

---

① 卢见曾编《国朝山左诗钞》，第673页。
② 卢见曾：《雅雨堂诗文遗集》，《山东文献集成》第1辑第37册，山东大学出版社，2006，第681~682页。
③ 卢见曾编《国朝山左诗钞》，第673页。

第二章　卢见曾的文学交游与《国朝山左诗钞》的编纂

同年乔世臣之作。

《雅雨堂诗文遗集》为卢见曾曾孙卢枢搜集整理而成,《和同年王庶常敛福赠句》属于其中"随得续入"①的部分,来历并不十分清楚。而《国朝山左诗钞》按语部分则为卢见曾手著,当更为可靠,而且考卢见曾和诗之内容,有"秘府藏书频借看,天家赐禄亦分荣"之句,秘府为禁中藏书之所,乔世臣曾任翰林院检讨,更易接触禁中典籍,故此诗当定为和乔世臣更确。

对于大多数古代文人而言,科举不单是走入仕途、实现个人胸怀抱负的重要机遇,同时也是个人从书斋走向社会的重要转折点,同年关系的建构能够在短时间内极大地提升个体的社会知名度、拓展个体的交游范围。就卢见曾而言,康熙六十年(1721)辛丑科考是其社交圈扩大的关键节点。除乡邦文人之外,数量庞大的他籍同年为卢见曾社交圈子的进一步扩大提供了可能。譬如与之往来颇密、交情极深的马维翰、沈起元与钱陈群。

马维翰(1693—1740),字墨临,号墨麟,又号侣仙,浙江海盐(今嘉兴)人,康熙辛丑科赐同进士出身三甲第三十三名,历官吏部主事、陕西道监察御史、工科给事中、江南常镇道,后丁忧归。马维翰器识宏达,有政绩有风骨,诗宗杜韩,"意不肯庸,语不肯弱,莽莽苍苍,纵笔挥霍,虽未神来,已梯峭险"②。马维翰与卢见曾同游于孙勷之门,得孙勷"南马北卢"之目。留京进士常有交游,卢见曾早年诗多不存,马维翰集中则有《诸同年饮海棠花下,有迟墨临不至之作,敬酬四韵》之诗,能反映诸同年交游往来之情景。卢见曾出知洪雅,马维翰作《送卢抱孙之洪雅令》诗,有"谁欤长须走相报,此中乃有平生亲"之句,抒写二人深厚情谊。马维翰亡故之后,卢见曾作诗哭之,诗曰:"词坛霸业焕遗文,矫首乾坤一痛君。长塞铙笳孤北鄙,中原旗鼓失南军。拥旄几共邗江月,昼壁常输羌笛云。从此天涯同调尽,凄风断雁不堪闻。"③当时卢见曾流放塞外,哀

---

① 卢见曾:《雅雨堂诗文遗集》,《山东文献集成》第1辑第37册,山东大学出版社,2006,第681页。
② 沈德潜等编《清诗别裁集》,上海古籍出版社,2013,第992页。
③ 卢见曾:《雅雨山人出塞集》,《山东文献集成》第1辑第37册,山东大学出版社,2006,第765页。此诗中,"昼壁"疑为"画壁"之误。

❖ 卢见曾与《国朝山左诗钞》研究

痛之情,尽寄于诗。"南马北卢"之说使得卢见曾与马维翰一起在诸同年中声名大振。

沈起元(1685—1763),字子大,江苏太仓人,康熙辛丑科赐进士出身二甲第十六名,改翰林院庶吉士,未散馆即授吏部验封司员外郎,终官光禄寺卿。沈起元工于诗文,有《敬亭诗草》《敬亭文稿》传世,其诗"格高者规抚杜陵,长篇百韵以下,俱近白傅,即小小咏吟,亦不入宋元纤佻之习"①,还精通易学,有《周易孔义集说》二十卷。沈起元与卢见曾之间有颇多的诗文往来,沈起元有《运使卢雅雨七十寿序》与《与卢运使(丁巳)》尺牍,同时还为卢见曾《雅雨山人出塞集》作序,称卢诗"跌宕慷慨而不失温柔敦厚之旨"②,诗则有《寿同年卢抱孙运使七十》四首与《题卢运使雅雨平山高会图小照》,卢见曾亦有《题沈敬亭方伯啖荔枝图小照》《题沈敬亭录虚真图小照》等诗,题图诗可见二人之雅趣。

钱陈群(1686—1744),字主敬,一字集斋,号香树,浙江海盐(今嘉兴)人,康熙辛丑科赐进士出身二甲第十六名,官至刑部侍郎,晚年蒙高宗南巡,"在籍加刑部尚书衔……晋太子太傅"③,卒谥文端。钱陈群以诗文获上赏,谕曰:"儒臣老辈中,能以诗文结恩遇、备商榷者,沈德潜故后,惟钱陈群一人而已。"④ 著有《香树斋诗集》十八卷、《香树斋诗续集》三十六卷、《香树斋文集》二十八卷、《香树斋文集续钞》五卷。钱陈群与卢见曾之往来多见诸诗文记载,诗如《卢抱孙明府饷六安茶》《送春日过退斋邸寓,送卢抱孙同年之官保阳》《题同年卢抱孙刺史出塞图》《与卢抱孙太守夜话》等。卢见曾亦有《和钱香树司寇养疴还嘉兴》诗,往来之情、赠答之意,皆见于诗。钱陈群与卢见曾不但为同年,亦为姻亲,据卢见曾所编《德州卢氏家谱》卷三所载,卢见曾次子卢谨的嗣子卢荫慈"聘浙江钱氏刑部左侍郎名陈群公孙女、兵部左侍郎名汝诚公女"⑤,

---

① 潘务正、李言点校《沈德潜诗文集》,人民文学出版社,2011,第2002页。
② 卢见曾:《雅雨堂诗文遗集》,《山东文献集成》第1辑第37册,山东大学出版社,2006,第758页。
③ 王钟翰点校《清史列传》卷一九,中华书局,1987,第1446页。
④ 王钟翰点校《清史列传》卷一九,中华书局,1987,第1446页。
⑤ 卢见曾编《德州卢氏家谱》,《德州卢氏家族研究》,线装书局,2012,第336页。

《香树斋文集》有《答卢雅雨同年婚启》一文，当为奉答卢见曾婚启所作，惜卢见曾所作婚启不存。

卢见曾与诸同年结识于科举中第之后的留京教习时期，此后宦迹参差，却仍然保持着较为紧密的联系，或诗文唱和，或宴游雅集，或相互提携，甚至约为婚姻，形成了颇为稳固的仕宦交游圈子。

三 卢氏幕府与扬州文化的繁荣

雍正二年（1724），卢见曾留京教习期满，擢授四川洪雅县令，由此至清乾隆二十七年（1762），卢见曾从两淮盐运使任上致仕归乡，三十余年的时间里他一直游宦各地，知洪雅、知蒙城、知六安、知亳州、知庐州、知颍州、都转两淮、遣戍伊犁、知滦州、知永平、转运长芦、复调两淮，宦迹、交游半天下，构建起一个更为庞大的文学交游网络。尤其是其复调两淮之后十年居扬时期，卢氏幕府不断壮大，将卢见曾的文学交游圈子和文化影响力推向新的高度。

幕者，帐也。幕府原指在外征战的将帅的营帐，后来逐渐扩大至可用以指代政要官僚之官署。"幕府由幕主、幕客组成：幕主是幕府的主人，即官僚政要之类的人物；幕客是由幕主聘请而来的客人，辅佐幕主从事政事、兵事、文事等活动。"①

乾隆十八年，卢见曾复调两淮盐运使，此后官居扬州十载，"四方名宿，怀文抱道与夫一技一能之士，奔走若赴玉帛敦盘之会"②，名士入幕，雅士与游，开启了他仕宦生涯也是其文学交游中最为辉煌的一段时期。舒位《乾嘉诗坛点将录》将卢见曾与李廷敬、曾燠、程晋芳四人列为"探信接宾四酒店头领四员"，更以卢见曾为首，美其名曰："摸着天"③。卢见曾扬州幕府也成为清代重要的学人幕府之一。

---

① 曹之：《中国古籍编撰史》，武汉大学出版社，2015，第364页。
② 卢见曾：《雅雨山人出塞集》，《山东文献集成》第1辑第37册，山东大学出版社，2006，第760页。
③ 舒位：《乾嘉诗坛点将录》，《三百年来诗坛人物评点小传汇录》，中州古籍出版社，1986，第16页。

❖ 卢见曾与《国朝山左诗钞》研究

卢见曾作为两淮都转盐运使，其幕府所承担的主要工作仍是政事，文事多借政事之暇，其影响却不容小觑。王昶《蒲褐山房诗话》已初载卢氏幕府之盛："时卢雅雨任运使，又能奔走寒畯，于是四方辐辏，而浙人尤多，如全谢山祖望、陈楞山撰、厉太鸿鹗、金寿门农、陶篁村元藻及授衣弟江皋，尤以领袖称。"① 涉及诗人有全祖望、陈撰、厉鹗、金农、陶元藻、江皋、陈章七人。李斗《扬州画舫录》中称："公两经转运，座中皆天下士，而贫而工诗者，无不折节下交。"② 并将"其时宾客，备记于左"③，列戴震、鲍皋、惠栋、汪楫、马曰琯、吴玉搢、严长明、朱稻孙、汪棣、易谐、郑燮、李葂、张宗苍、王又朴、高凤翰、祝应瑞、张铬、焦五斗、吴均、沈廷芳、梁巘、陈大可、周榘、胡裘锌、金兆燕、宋若水、宋森桂、张永贵、倪炳、僧文山、汪履之等三十余人。前文所述卢见曾之乡邦友人张元、宋弼、董元度等亦曾居于卢见曾署中，此外见于零星史料记载者还有戴亨、朱齐等数人。这些成员既有卢见曾游宦过程中提携过的晚生后学，也有卢见曾仕途不顺时候的同僚年友，既有因生计所困而寻求卢见曾襄助者，更有因某一方面才能极为出众而为卢见曾所赏识者，部分文士如郑燮、汪履之、李葂等人，在乾隆元年（1736）卢见曾初次转运两淮之时已经进入其交游网络，更多的则是在其二次转运两淮之时成为卢氏幕府成员，或笃于经术，或工于诗文，或精于度曲，或长于书画，卢氏幕府于风雅一道可谓曲尽。下面就其中之主要成员略行考述。④

首先是惠栋及笃于经术之幕客戴震、吴玉搢。

惠栋（1697—1758），字定宇，号松崖，江苏吴县人，生于经学世家，祖父惠周惕、父亲惠士奇于经术皆有所成，惠栋所学尤为精深，"于经史诸子、稗官野乘及七经谶纬之学，靡不肄业及之。小学本《尔雅》，六书本《说文》，余及《急就章》《经典释文》，汉魏碑碣，自《玉篇》《广韵》

---

① 王昶撰，周维德校辑《蒲褐山房诗话新编》，齐鲁书社，1988，第28页。
② 李斗：《扬州画舫录》卷一〇，中华书局，1960，第229页。
③ 李斗：《扬州画舫录》卷一〇，中华书局，1960，第229页。
④ 尚小明《学人游幕与清代学术》一书附录卢见曾幕府幕宾名录，包含成员四十七人，附以字号、籍贯、生卒年、在幕时间、幕中活动以及资料来源，颇为详备。此处所考之成员，以所长之不同，粗略划分，意在展示卢见曾幕府在文事活动中的丰富性和多样性。

第二章　卢见曾的文学交游与《国朝山左诗钞》的编纂

而下，勿论也"①，被称为"小红豆先生"，著有《周易述》《易汉学》《易例》《易微言》《九经古义》《古文尚书考》《明堂大道录禘说》《山海经训纂》《后汉书训纂》《渔洋精华录训纂》《松崖诗钞》等。惠栋以布衣终身，诏举明经不受，晚年家贫，设馆授生徒以自给，卢见曾钦敬惠栋之品性学问，延之入幕，《雅雨堂丛书》十三种，几出其手。此外，惠栋还辅助卢见曾辑选《国朝山左诗钞》。惠栋虽在卢见曾复调两淮盐运使后入幕，实际上，至迟在乾隆二年（1737）秋，惠栋已与卢见曾相识，并借校宋本《大戴礼记》："高安朱文端公刻《藏书》十三种，内有《大戴礼记》一种，序云：'于年友满制府案头得宋刻善本，录而读之，为正句读而付之梓。'则是本乃从宋刻本校刊。丁巳季秋从雅雨先生借校一过。"②其中之"丁巳"即指乾隆二年。

戴震（1724—1777），字东原，一字慎修，安徽休宁人，游于婺源江永之门，兼得其礼经、推步、钟律、音声、文字之学，著有《尚书义考》《毛郑诗考正》《声韵考》《水地记》《水经注》《考工记图注》《七经小记》《屈原赋注》《戴东原集》等书。据段玉裁所作年谱记载，乾隆二十二年，戴震"识惠先生栋于扬之都转运使卢君雅雨署内"③，可知戴震于是年入卢见曾幕府，成为卢见曾之座上客，并于卢氏幕府中与惠栋订交。

吴玉搢（1669—1774），字籍五，号山夫，江苏山阳人。吴玉搢精于小学，著有《别雅》《金石存》《说文引经考》《六书述部叙考》《山阳志遗》等书，参校《五礼通考》。

其次是严长明及工于诗文之幕客汪棣、王又朴、吴均。

严长明（1731—1787），字冬友，亦作东有，号道甫，江苏江宁人，乾隆南巡时诏赐举人，授内阁中书，后值军机处，著有《归求草堂诗文集》《西清备对》《毛诗地理疏证》《汉金石例》《三经答问》《三史答问》等二十余种。严长明与卢见曾为诗友，集中有多首与卢见曾同游唱和之

---

① 王钟翰点校《清史列传》卷六八，中华书局，1987，第5468页。
② 王欣夫撰，鲍正鹄、徐鹏标点整理《蛾术轩箧存善本书录》，上海古籍出版社，2002，第385页。
③ 赵玉新点校《戴震文集》，中华书局，1980，第223页。

❖ 卢见曾与《国朝山左诗钞》研究

作,诸如《雪中和雅雨先生自金山放船至焦山韵》《雅雨先生招集江颖长水榭观荷,分韵得霁字十四韵》《抵德州雅雨堂游宴和韵》等诗。《乡园忆旧录》亦载卢见曾与严长明商订《国朝山左诗钞》事,称卢见曾:"尝邀金陵严东有商订《山左诗钞》。"①

汪棣(1720—1801),字辇怀,号碧溪,一号对琴,江苏仪征人,廪贡生,官至刑部员外郎。诗入《淮海英灵续集》,诗话赞其曰:"对琴温醇怡旷,命笔微吟,濯濯无俗调"②,著有《持雅堂集》《春华阁词》。汪棣与卢见曾为诗友,卢见曾举红桥修禊,"凡业盐者不得与,唯对琴与之"③。

王又朴(1681—1760),字从山,号介山,天津人,雍正元年(1723)进士,官庐州府同知。王又朴善治经,精于易学,著有《易翼述信》十二卷,"古文受知于桐城方苞,许以力追秦汉"④,有《诗礼堂文集》五卷、《诗礼堂诗集》七卷。据《扬州画舫录》载,王又朴"以诗学受知于公(卢见曾),为诗友"⑤。

吴均,生卒年不详,字梅查,安徽歙县人,工于诗文,常与马曰琯、马曰璐相唱和,"公(卢见曾)数招之为诗牌之会"⑥。

再次是金兆燕、朱孝等精于度曲之幕客。

金兆燕(1719—1791),字钟越,又字棕亭,乾隆三十一年(1766)进士,官扬州教授迁国子博士,安徽全椒人。金兆燕工诗词,所作《游黄山》诗,极为王昶所赏识,著有《棕亭古文钞》十卷、《棕亭骈体文钞》八卷、《棕亭诗钞》十八卷,合为《国子先生集》。金兆燕善写诗文,"尤精元人散曲,公(卢见曾)延之使署十年,凡园亭集联及大戏词曲,皆出其手"⑦。金兆燕著有《旗亭记》,卢见曾既颇为欣赏此本之清隽辞藻,又

---

① 王培荀撰,蒲泽校点《乡园忆旧录》卷五,齐鲁书社,1993,第251页。
② 王豫、阮亨辑《淮海英灵续集》,《续修四库全书·集部》第1682册,上海古籍出版社,2002,第384页。
③ 李斗:《扬州画舫录》卷一○,中华书局,1960,第231页。
④ 王钟翰点校《清史列传》卷六八,中华书局,1987,第5473页。
⑤ 李斗:《扬州画舫录》卷一○,中华书局,1960,第232页。
⑥ 李斗:《扬州画舫录》卷一○,中华书局,1960,第233页。
⑦ 李斗:《扬州画舫录》卷一○,中华书局,1960,第234页。

第二章　卢见曾的文学交游与《国朝山左诗钞》的编纂

不满于其头绪繁多，遂"款之（金兆燕）于西园，与共商略，又引梨园老教师为点版排场，稍变异其机柚，俾兼宜于俗雅间"①。时沈德潜游于扬州，见此集，为之题辞六首，后卢见曾将此集付梓。金兆燕是卢见曾幕府中非常重要的成员，其集中不但有许多与卢见曾唱和之作，诸如《卢雅雨都转以亡友李啸村遗集雕本寄赠，开缄卒读，凄感交至，率题卷末，兼呈卢公四首》《又次卢雅雨都转红桥修禊韵四首》《昭文官署寄卢雅雨都转四首》《呈卢雅雨都转》等，还尝为卢见曾代笔作《祭蒋文恪公文》，卢氏幕府中部分公文亦出自金兆燕之手。

朱卉，生卒年不详，原名杏芳，字云栽，号公放，又号蒹稗老农，浙江归安人。朱卉久困场屋，遂弃举子业，纵情山水，"肆志于金石篆刻，犹不足以寄其嵩崟历落之概，乃从事于音律，凡五声相逐、七均相转、十二律相终始，以及九宫三变之微旨，数百年来因革是非，皆能指析其毫芒"②。著有《摹印篆》一卷、《印谱》一卷、《山渔刻印稿》一卷、《宫调谱》八十卷。卢见曾复调两淮盐运使，延朱卉入幕，"月余成《玉尺楼传奇》一部，授之黎园，扬州人争购之"③，卢见曾"为其谱《玉尺楼》剧本，虽不得与玉茗争工，于我朝洪孔两家，实堪鼎峙"④，卢见曾所作《玉尺楼曲谱》现藏上海图书馆。

最后是梁巘、陈大可、僧文山等长于书画之幕客。

梁巘（1710—1788），字闻山，号松斋，安徽亳州人，乾隆二十七年（1762）举人，知四川巴东。其"书法润泽，骨肉均匀"⑤，且著有《评书帖》《承晋斋积闻录》。卢见曾延梁巘入署，尺五楼、延山亭之题额皆出于梁巘之手。

陈大可，生卒年不详，字馀亭，浙江绍兴人，《扬州画舫录》载称其

---

① 卢见曾：《雅雨堂诗文遗集》，《山东文献集成》第 1 辑第 37 册，山东大学出版社，2006，第 717 页。
② 汪启淑：《续印人传》，《清代传记丛刊》第 86 册，明文书局，1985，第 372 页。
③ 汪启淑：《续印人传》，《清代传记丛刊》第 86 册，明文书局，1985，第 373 页。
④ 任中敏：《曲海扬波》卷二，《新曲苑》第 10 册，中华书局，1940，第 6 页。
⑤ 李斗：《扬州画舫录》卷一〇，中华书局，1960，第 234 页。

"工篆隶，二十四景榜联多出其手"①。

僧文山，生卒年不详，为扬州静慧寺僧人，《扬州画舫录》称其"书学退翁，受知于公（卢见曾），为书苏亭额。公子谟十岁师事之，能擘窠书，其时牙牌二十四景，半出其手"②。

此外，嘉兴钱载工兰竹，吴县张宗苍善山水，郑燮、金农、高凤翰更属扬州八怪，考卢见曾《雅雨堂诗遗集》，共有题图诗42首，占总数的1/5，而且绝大多数作于两淮任上，如《题边寿民泼墨图小照》《题程浔江太史松风涧响图小照》等，可见卢氏幕府之中书画之风大盛。以上诸家之外，卢氏幕宾中还有名曰倪炳者，开书肆，鬻古书，曾参与"雅雨堂丛书"的刊刻。卢氏幕府名士辈出，无论是诗文、书画、戏曲、经术还是刊刻，皆有能人，这些文人雅士的聚集为卢见曾文化事业的发展注入了巨大的能量，不断的文学碰撞与交流不但极大地拓展了卢见曾的文学交游网络，同时也将卢见曾的文化影响力推向了一个新的高度，极大地推动了扬州文化的繁荣。

第二节　扬州时期的文学雅集

雅集是文人生活的重要内容，也是文学交游的重要方式。卢见曾笃好风雅，爱才好客，交游十分广阔，马朴臣为其《雅雨山人出塞集》所作序言中即称其"政事之暇，即与诸君击钵刻烛飞笺洒翰于山亭水榭之间"③，览胜迹、赋闲游是卢见曾最为喜欢的活动。雍正三年（1725）卢见曾初知洪雅县，即建雅江书院，更于其间建雅雨楼，并易桂香阁名曰望春阁，以作登高览胜之用。雍正十二年卢见曾调任亳州知州，便尝举古香亭集会，古香亭位于亳州城西之西园，西园为邑人孙轶凡之别业，中有古香亭、得月亭、清风亭，"倚古松下，寒涛谡谡，韵出尘表"④，卢见曾亦有诗赠州

---

① 李斗：《扬州画舫录》卷一〇，中华书局，1960，第234页。
② 李斗：《扬州画舫录》卷一〇，中华书局，1960，第235页。
③ 卢见曾：《雅雨山人出塞集》，《山东文献集成》第1辑第37册，山东大学出版社，2006，第760页。
④ 钟泰、宗能征编纂《（光绪）亳州志》，《中国地方志集成·安徽府县志辑》第25册，江苏古籍出版社，1998，第75页。

第二章　卢见曾的文学交游与《国朝山左诗钞》的编纂

隐士孙应茂曰："古香亭畔众芳稠，胜日曾闻甲此州。莫怪近来花意懒，郎君官里去三秋。"① 诸如此类小规模的宴游几不可胜数，而规模较大、影响较广的则首推其居官扬州之时所举行的平山堂雅集与红桥修禊。

一　平山堂雅集

卢见曾《庚午年菊花更盛于前，赋诗赏之》其七后有小注，曰："郡署建平山上，因以平山名堂。堂之在蜀冈者，则南矣。昔寓扬州，程沜江太史每逢九日辄邀与畅饮，会诸老人登之。"② 据此可知，卢见曾在扬州之官署亦名"平山堂"，然而雅集之所，则在蜀冈之平山堂上。

平山堂位于蜀冈之巅，蜀冈在扬州府城西北四里之处，为扬州诸山之冠，亦为扬州府城之屏障，绵延四十余里，西接仪征、六合，东北抵茱萸湾，隔江与金陵相对，"西山诸水汇蜀冈前，回环曲折，而南至于砚池，两岸园亭如绮，交绣错然"③，蜀冈之下，山环水抱，风景十分秀美。庆历八年（1048），欧阳修调任扬州，于蜀冈之上筑览胜之所，堂成，因"江南诸山若拱列檐下"④，遂命名曰"平山堂"。后欧阳修复官翰林学士，临江刘敞调任扬州知州，作《登平山堂寄永叔内翰》，欧阳修有《和刘原甫平山堂见寄》诗，答之曰："督府繁华久已阑，至今形胜可跻攀。山横天地苍茫外，花发池台草莽间。万井笙歌遗俗在，一樽风月属君闲。遥知为我留真赏，恨不相随暂解颜。"⑤ 平山堂独具特色的山水之景为欧阳修的贬谪生涯带来些许慰藉，诸诗友相继和诗，梅尧臣有《和永叔答刘原甫游平山堂寄》，王令有《平山堂寄欧阳公二首》，这些唱和使得平山堂逐渐为文人雅士所知，并且成为文人宴游唱和的胜地，开平山堂雅集之先河。自宋代起，便常有文人以诗咏叹平山堂，王安石、晁补之皆有同题之《平山

---

① 钟泰、宗能征编纂《（光绪）亳州志》，《中国地方志集成·安徽府县志辑》第25册，江苏古籍出版社，1998，第75页。
② 卢见曾：《雅雨堂诗文遗集》，《山东文献集成》第1辑第37册，山东大学出版社，2006，第667页。
③ 赵之璧纂《平山堂图志》，成文出版社，1983，第6页。
④ 顾祖禹撰，贺次君、施和金点校《读史方舆纪要》第3册，中华书局，2012，第1125页。
⑤ 张春林编《欧阳修全集》，中国文史出版社，1999，第139页。

❖ 卢见曾与《国朝山左诗钞》研究

堂》诗，苏轼则有《西江月·平山堂》词。元代李孝光有《登平山堂故址》诗、赵汸有《平山堂次黄先生韵》，明代程嘉燧有《平山堂歌》、文翔凤有《白户部招游平山堂》诗、陆弼有《春日同社中诸君陪孙将军饮平山堂》诗，诗词酬唱已然成风。

入清之后，平山堂更是一跃而成为江南风雅之盛景，题咏之作，不可胜数，诸如王士禛有《春杪登平山堂眺江南山》，朱彝尊有《雨集平山送查编修嗣瑮、蔡舍人垲、方上舍世举、唐明府绍祖入都二十韵》，丁澎有《九日同人宴集，限登平山堂四韵，兼寄金长真太史》，孔尚任有《游平山堂》。不但诗人多有唱和，乾隆皇帝六次南巡，亦皆有平山堂题咏之作，如作于乾隆十六年（1751）春仲的《平山堂作》以及作于乾隆二十二年二月初十的《雨中游平山堂一律》，都可彰显平山堂在文人雅士心目中的重要地位。

卢见曾《重建竹西亭记》载："乾隆丙辰，余为都转盐运使，驻此，与同年程太史梦星大会名士于平山堂，登蜀冈眺望。"[①] 乾隆元年，卢见曾由江西广饶九南道擢升为两淮盐运使，驻理扬州，其《平山堂雅集》诗二首：

其一

蜀冈高倚碧霄寒，学士遗堂历劫残。江气混茫遥向海，山光低亚近平栏。空余咏啸酬嘉会，未解繁华负美官。还棹竹西歌吹路，红桥灯火月明看。

其二

选胜应输此地豪，江山雄丽称风骚。花簪第四名犹重，亭表无双韵自高。一石清才频代谢，三分明月又吾曹。衔官屈宋分明在，虚左逢迎未惜劳。[②]

[①] 卢见曾：《雅雨堂诗文遗集》，《山东文献集成》第1辑第37册，山东大学出版社，2006，第729页。
[②] 卢见曾：《雅雨堂诗文遗集》，《山东文献集成》第1辑第37册，山东大学出版社，2006，第659~660页。

第二章　卢见曾的文学交游与《国朝山左诗钞》的编纂

其一为咏怀之作，登高远眺，抚今追昔，由欧阳修及今，想及平山堂的不断衰败与数次修葺，生出浓浓的物是人非之感；其二则吟咏当下，不但盛赞蜀冈平山堂景色之雄丽，更充满江山更迭、人才辈出的豪壮之情，而这也奠定了此次平山堂雅集的总体基调。

卢见曾《平山堂雅集》其二诗后有小字自注称"谓西园也"，西园即高凤翰，西园乃其号。高凤翰时寓扬州，官仪征知县，宴集当日因公赴仪征，未及与会，次日补作《平山堂雅集》二首，进呈卢见曾，其诗小序中详细交代了前后因由："运使卢公盛选宾从，续会平山堂，追踪庐陵，人士竞传，得未曾有。余时适在扬州，以公赴仪，未得与会。是日，运使公传呼使者数辈来问，河下舟，翌日进见，补赓二章。"①

关于此次集会时间，卢见曾并未详述，《重建竹西亭记》仅交代其于乾隆丙辰（1736）到任两淮盐运使后大会名士于平山堂，集会是否发生于乾隆丙辰有待考证。考察高凤翰二首和诗，可知其收入高凤翰《南阜山人诗集类稿》卷四"鸿雪集上（自己酉至丁巳）"中，是集由高凤翰手订，其诗歌编年应当可信，结合程梦星《丁巳初夏，运使卢雅雨同年招同诸子集饮平山堂，次方邠鹤韵二首》，可以断定此次平山堂集会的时间应在卢见曾开始都转两淮的次年即乾隆二年（1737）初夏间，而这也是卢见曾担任两淮盐运使后第一次于平山堂举行集会。

高凤翰是卢见曾初转运两淮之时与之联系最为紧密的一位诗人，高凤翰之和诗既有对平山堂雅集盛景的描摹，更有对卢见曾爱才好客之举的礼赞，其一曰："平山烟月销沉久，盛事俄惊见玉川。易代主盟追六一，名流选客笑三千。垂杨影里雷塘路，弹指声中庆历年。应使后来邗水上，重翻旧事入新传。"② 尤其"易代主盟追六一，名流选客笑三千"之句，直将卢见曾与欧阳修相较，是对卢见曾的极大尊崇，而"应使后来邗水上，重

---

① 高凤翰：《南阜山人诗集类稿》，《清代诗文集汇编》第253册，上海古籍出版社，2010，第75页。
② 高凤翰：《南阜山人诗集类稿》，《清代诗文集汇编》第253册，上海古籍出版社，2010，第75页。

❖ 卢见曾与《国朝山左诗钞》研究

翻旧事入新传"则喻指卢氏之雅集,接续前朝风雅,又谱写了盛事。其二曰:"天半登临广宴开,白沙拨棹恨迟回。中原坛坫违鞭弭,湖海风云负酒杯。千古芜城重作赋,一时梁苑尽征才。多情却愧钱留守,十辈龙门遣使来。"① 此诗则着重表达了自己未能参与如此盛会的遗憾之情。

高凤翰未能与会,仅有和诗,可以确定的实际参会者,则有程梦星、方原博、储国钧。程梦星《今有堂集》有《丁巳初夏,运使卢雅雨同年招同诸子集饮平山堂,次方邿鹤韵二首》,此诗乃宴集之中,程梦星次方邿鹤韵而作,方邿鹤即方原博,其集不存,和诗不可详考。另,程梦星诗其二后附有小注称:"时储长源来自宜兴,见其新诗,因悼水榭同年"②,储长源即储国钧,长源为其字,其集会之诗亦不可考。目前仅见之与会和诗只有程梦星《丁巳初夏,运使卢雅雨同年招同诸子集饮平山堂,次方邿鹤韵二首》,诗中生动展现了名士荟萃、高谈阔论、觞咏赋诗之宴集场面:"又遣林僧扫石苔,清和时节客同来。南山依旧横青霭,东阁虚邀咏早梅。(客岁有茶园看梅之约,以事未果。)棋佐高谈争覆局,酒催奇字禁停杯。当筵芍药花如带,合向韩公后圃开。"③

卢见曾初次转运两淮,不过年余即被诬去官,此后十余年经历遣戍伊犁,辗转为官,直至乾隆十八年(1753)才复任两淮盐运使,重新开启平山堂雅集。其中规模最大的一次,在乾隆二十一年,此次集会中卢见曾之门生李葂将宴集之情景绘成《平山高会图》,与会之人多有题和,其中董元度有《题雅雨卢丈平山高会图》二首,其一曰:"好凭高处豁双眸,载酒频来作胜游。地脉远从三蜀接,山光坐向大江收。衔恩转运重持节,迟客登临独倚楼。一自冶春文宴后,代兴毕竟属齐州。"④ 此诗不但描绘盛会雅集之光景,还叙述卢见曾遣戍赐环,复调两淮的经历,最后一句将卢见曾平山堂雅集与王士禛红桥修禊相比,流露出同为山左诗人的自豪之情。

---

① 高凤翰:《南阜山人诗集类稿》,《清代诗文集汇编》第253册,上海古籍出版社,2010,第75页。
② 程梦星:《今有堂诗集》,《四库全书存目丛书补编》第42册,齐鲁书社,2001,第74页。
③ 程梦星:《今有堂诗集》,《四库全书存目丛书补编》第42册,齐鲁书社,2001,第74页。
④ 董元度:《旧雨草堂诗》,《清代诗文集汇编》第316册,上海古籍出版社,2010,第19页。

第二章　卢见曾的文学交游与《国朝山左诗钞》的编纂

董元度之外，江浙诗人和诗更多，有诗留存者有沈起元、沈德潜、钱陈群三人。

沈起元有《题卢运使雅雨平山高会图小照》，题后有小字注曰"丙子"，点出集会时间，其诗写盛会之景，由古及今，由今忆古，时光荏苒而流风不辍，尤其"沧桑有劫灰，风流故相望"一句更是隐含了平山堂流传数百年的文化底蕴。沈德潜亦有《题卢雅雨平山高会图》七绝六首，刻画群贤会集之景，对卢见曾之风雅之举给予充分肯定，其一曰："千树苍松万树梅，使君高会集群才。江干车马红桥路，多向平山授简来。"其三曰："最爱山头第五泉，汲来供客手亲煎。风流到处人争说，欲接欧阳七百年。"① 沈德潜与卢见曾初次见诸史料记载的交往即在此次平山堂雅集，此后卢见曾数举红桥修禊事，沈德潜亦有和诗，卢见曾助刻金兆燕之《旗亭记》，沈德潜亦有《题旗亭乐府》六首，二人交游一直延续至卢见曾致仕归乡。钱陈群则有《卢抱孙都转属题平山高会图，忆往纪游，得五言律十首，用少陵陪郑广文游何将军山林韵》，不但记当下宴游之情形，更追忆数年来平山堂中的数次雅集，分题裁纸、四时赏花，接续千载风流，其十曰："犹记将归意，回头唤奈何。望中青嶂合，梦里白云多。别后长相忆，诗成且放歌。偶然一展卷，聊以当来过。"② 平山堂宴集的流风成为文人生活中浓墨重彩的一笔。

平山堂是卢见曾游宴活动中非常重要的一个场所，除乾隆二年（1737）与乾隆二十一年卓有可考的大型集会活动之外，卢见曾还时常于平山堂举行小规模的集会，招游友人，诸如其与嵇璜、钱陈群等人的集会，则可谓过访则邀之，雅集即赋诗，颇为率性而充满文人意趣。

卢见曾与嵇璜于平山堂的宴集发生在乾隆十九年（1754），参与者还有钱陈群、李中简等人。嵇璜（1711—1794），字尚佐，一字黼庭，江苏无锡人，大学士嵇曾筠子，雍正八年（1730）进士，官至文渊阁大学士，嵇璜与父嵇曾筠皆长于治河，乾隆十八年江南黄、淮并涨，高堰等处亟须

---

① 潘务正、李言点校《沈德潜诗文集》，人民文学出版社，2011，第466页。
② 钱陈群：《香树斋诗续集》，《清代诗文集汇编》第261册，上海古籍出版社，2010，第299页。

❖ 卢见曾与《国朝山左诗钞》研究

修葺,"上命嵇璜偕工部侍郎德尔敏前往督修"①,次年闰四月,工事告竣,高宗皇帝甚为满意:"诸臣各能体朕宵旰忧勤之意,协力同心,克副委任,宜加优叙,以奖勤劳。侍郎嵇璜等俱着交吏部议叙。"② 嵇璜因公事处理得当,告假省亲,途经扬州,是年钱陈群"买舟将至邗上,道出梁溪,有题秦氏园亭兼怀味经侍郎诗,遂访同年卢抱孙都转于扬州官署,并邀蒋迪夫同饮"③,嵇璜与钱陈群同过扬州,卢见曾即邀二人小集,遂有平山堂之聚。钱陈群《平山堂纪游诗》之小序亦详述雅集之因由:"黼庭少司农奉命督修高堰石工将竣,得假省亲,后治装北上,经过邗江。余适舣舟维扬,卢抱孙都转邀游平山堂,明日余即渡江而归,黼庭、抱孙各寄诗索和,因次其韵。"④

嵇璜所寄之诗曰:"半生几度邗沟上,惜未一至平山堂。山灵有知应笑我,软红万斛堆胸肠。春风初回江上棹,清游便约相迎将。蓝舆轧轧转城北,木兰舟在横河塘。天然一洗脂粉陋,自有真色夸维扬。主人诗名噪海内,登坛旗鼓谁能当。秀州宿老来邂逅,致师摩垒军方张。繁余欲以不战胜,退避三舍走且僵。其时薄阴雨不作,花事渐澹风微凉。名园别墅斗奇趣,一重一掩罗岸旁。探幽肯惮苔藓滑,济胜漫诩腰脚强。逶迤不觉到山麓,万松夭矫排青苍。泉名第五品水味,差与西神相颉颃。摄衣拾级眺层阁,隔江云树烟微茫。嗟乎!此堂之成近千载,登临有句孰擅场。半山襄阳不可作,国朝最数王渔洋。雅雨后出掩前辈,独以古调传欧阳。名山名士夙缘在,坐令过客嗤奔忙。别来几日搅清梦,二分明月闲评量。寄语秀州游勿倦,好志此会期无忘。"⑤ 此诗写得颇为慷慨,先叙从未过游平山堂之遗憾,复称颂卢见曾名噪海内,赞钱陈群为诗坛耆宿,继而又写游访

---

① 王钟翰点校《清史列传》卷二一,中华书局,1987,第 1558 页。
② 王钟翰点校《清史列传》卷二一,中华书局,1987,第 1559 页。
③ 方士淦:《清钱文端公陈群年谱》,《新编中国名人年谱集成》第十辑,台湾商务印书馆,1980,第 70~71 页。
④ 钱陈群:《香树斋诗续集》,《清代诗文集汇编》第 261 册,上海古籍出版社,2010,第 274 页。
⑤ 钱陈群:《香树斋诗续集》,《清代诗文集汇编》第 261 册,上海古籍出版社,2010,第 275 页。

第二章 卢见曾的文学交游与《国朝山左诗钞》的编纂

途中所见之景,天气薄阴,将雨未雨,花事渐歇,软风微凉,而名园别墅相互掩映,青松夭矫,云树微茫,极为别致,登高远眺,不由抚今追昔,思及先贤欧阳修与王士禛,感慨流风仍在,古调亦传,作诗以纪佳会。

卢见曾《雅雨堂诗遗集》中有次韵之诗《春日陪嵇尚佐司农、钱香树司寇游平山堂,步司农寄到原韵》,诗曰:"冶春宴罢流风长,画船系遍平山堂。大雅不作山灵寂,寒号柱自搜枯肠。八驺高驾两诗老,不期而遇非邀将。我作地主合好会,扁舟载酒寻雷塘。名园栉比尽领略,大都幽折鲜发扬。跻堂顿觉眼界阔,远山入座纷相当。有如芙蓉刀剑削,有如云母屏风张。槛外老梅着花过,屈曲瘦干饥蛟僵。此州冲要苦兵火,繁华一过全荒凉。劫残谁复遗堂旧,点缀古迹罗其旁。湘灵病起我脚软,济胜惟有中散强。井汲五泉水清冽,亭攀万松阴郁苍。幽寻每爱跌龟仆,俯眴时有飞鸟翔。高刹梵音降飘渺,大江潮气浮混茫。遍搜奇胜满胸臆,乃建旗鼓登坛场。旧侣长城树帜惯,偏师我亦军莽洋。无端驿骑催客散,鸟啼花落空斜阳。挂帆讵因着履懒,乘传直为治河忙。邮筒转递二十韵,才溢八斗谁能量。和诗追寄秀州去,毋令逋欠推坐忘。"①

卢见曾此诗次嵇璜二十韵所作,述及匆促雅集之缘由,亦追述其修葺平山堂之旧事,对嵇璜亦颇有恭维,是典型的宴游之作。此次集会是临时起意,除卢见曾、嵇璜、钱陈群外,仍有其他诗人参与,如任丘李中简。李中简,字廉衣,号子静,又号文园,乾隆十三年(1748)进士,累官至翰林侍讲学士。是日李中简亦与会,并作《春日陪嵇尚佐司农、钱香树司寇游平山堂,步司农寄到原韵》。

卢见曾亦尝邀刘大櫆宴集平山堂。刘大櫆(1698—1779),字才甫,一字耕南,号海峰,安徽桐城人,乾隆十五年举经学,官黟县教谕。刘大櫆为桐城派三祖之一,著有《海峰诗集》《海峰文集》。刘大櫆于雍正初年入京,时卢见曾留京庶常,二人相识订交,刘大櫆为卢见曾之父作《偃师知县卢君传》称:"余与君之子见曾交,而后得闻君之贤。见曾字抱孙,

---

① 卢见曾:《雅雨堂诗文遗集》,《山东文献集成》第1辑第37册,山东大学出版社,2006,第670页。

❖ 卢见曾与《国朝山左诗钞》研究

澄然豁达有度,读其诗,闳俊可喜,以是知卢氏世有闻人矣。"① 刘大櫆过扬州,卢见曾于平山堂设宴,刘大櫆作《陪卢运使宴集平山堂》诗,其中"千古醉翁长在眼,一时词客又登堂"之句,喻指卢见曾复任两淮盐运使,重新主盟江南文场,颇见推崇之意。此次宴集,程之鵕亦有和诗。程之鵕,字羽宸,一字采山,安徽歙县贡生,著有《练江诗钞》。其虽未赴会,但有《次刘耕南陪卢雅雨运使宴平山堂韵》诗,称"怅未追陪同拾级,昨朝空一吊雷塘"②,表达了未能与会的怅惘之情。卢见曾集中未见与刘大櫆和诗,盖因乾隆三十三年(1768)盐引案发后卢氏遭抄没,卢见曾诗文散佚甚多,难复寻觅。

二 红桥修禊

卢见曾《雅雨堂诗遗集》卷下《红桥修禊》序曰:

> 扬州红桥自渔洋先生冶春唱和以后,修禊遂为故事,然其时平山堂废,保障湖淤,篇章虽盛,游览者不能无遗憾焉。乾隆十六年辛未圣驾南巡,始修平山堂御苑,而浚湖以通于蜀冈。岁次丁丑,再举巡狩之典,又浚迎恩河,潴水以入于湖,两岸园亭标胜景二十。保障湖曰拳石洞天,曰西园曲水,曰红桥揽胜,曰冶春诗社,曰长堤春柳,曰荷蒲薰风,曰碧玉交流,曰四桥烟雨,曰春台明月,曰白塔晴云,曰三过留踪,曰蜀冈晚照,曰万松叠翠,曰花屿双泉,曰双峰云栈,曰山亭野眺。迎恩河曰临水红霞,曰绿稻香来,曰竹楼小市,曰平冈艳雪。而红桥之观止矣。
>
> 翠华甫过,上巳方新,偶假余闲,随邀胜会,得诗四首。③

乾隆二十二年正月,乾隆皇帝开始二次南巡,二月过扬州,览平山堂

---

① 吴孟复标点《刘大櫆集》,上海古籍出版社,1990,第168页。
② 程之鵕:《练江诗钞》,《四库未收书辑刊》9辑第27册,北京出版社,1997,第192页。
③ 卢见曾:《雅雨堂诗文遗集》,《山东文献集成》第1辑第37册,山东大学出版社,2006,第674页。

第二章　卢见曾的文学交游与《国朝山左诗钞》的编纂

之胜景，二月十日作《雨中游平山堂一律》，此外还游览功德山、莲性寺、慧因寺，皆有诗作。卢见曾诗序中之园亭二十四景，皆为迎帝辇南巡所葺，景色秀美，蔚为大观，帝辇过扬州之后，卢见曾于上巳休沐之时，邀名士会聚红桥，成就红桥修禊之盛事。

修禊最早是消灾祈福活动，《周礼》有"女巫，掌岁时，祓除，衅浴"① 的记载，晋时，修禊活动已经带有民俗意味了："汉仪，季春上巳，官及百姓皆禊于东流水上，洗濯祓除去宿垢。而自魏以后，但用三日，不以上巳也。"② 修禊成为一种雅集活动则是在兰亭修禊之后，永和九年（353）上巳之日（三月初三），王羲之与友人集于会稽山阴之兰亭，曲水流觞，览胜赋诗，结为《兰亭集》，王羲之为此集作序，开文人雅集之先河，此后以宴饮、游赏、诗文唱和为主要活动内容的雅集吸引了历朝历代文人的参与。

在清代，影响最为深远的修禊活动当属红桥修禊。红桥，亦即虹桥，在保障湖上，"原系板桥，桥桩四层，层各四桩，板桥六层，层各四板，南北跨保障湖水口，围以红栏，故名红桥"③。最先引起广泛影响的上巳修禊活动乃王士禛与袁于令、丘象随、蒋阶、朱克生、张养重、刘梁嵩、陈允衡、陈维崧等人于康熙元年（1662）举行的红桥修禊，王士禛所作《浣溪纱》词"和者自茶村而下数君，江南北颇流传之，或有绘为图画者，于是过扬州者多问红桥矣"④。自此，红桥已经成为文人雅士争相游览之地。康熙三年，王士禛与林古度、张纲孙、杜濬、孙枝蔚、程邃、孙默等人再举红桥修禊，王士禛《冶春绝句》二十首一时传遍大江南北，和者甚众，红桥修禊的广泛影响力真正展现出来。

在王士禛与卢见曾红桥修禊活动中间，孔尚任亦进行过红桥修禊，活动时间为康熙二十七年（1688）上巳，与会者有吴绮、邓汉仪、费密、李沂、黄云、宗元鼎等二十四人，孔尚任不但作《三月三日泛舟红桥修禊》

---

① 吕友仁译注《周礼译注》，中州古籍出版社，2004，第333页。
② 《晋书》卷二一，中华书局，1974，第671页。
③ 李斗：《扬州画舫录》卷一〇，中华书局，1960，第241页。
④ 孙言诚点校《王士禛年谱》，中华书局，1992，第20~21页。

诗，更有《红桥修禊序》文，"一忧一乐，与天时人事相关，修禊之日适有时事快心，不觉形于笔墨，亦犹兰亭之兴怀，偶尔成文，妙绝千古"①。这次红桥修禊与会成员中有部分成员，如费密，实为王士禛诗友，此次修禊可谓是王士禛红桥修禊活动的扩大与延续。

需要特别指出的是，王士禛红桥修禊并不举于上巳这天，其两次集会，均言于是岁之"春"，康熙甲辰之会由和诗判断当在是年清明②，故部分史料中所言"修禊"并不一定实指发生于上巳节当天的活动，而是泛指一般的外出宴游。《劫余诗选》即载："乾隆二十六年，卢雅雨都转转运淮南，日招杭堇浦、金寿门、陈江皋、沈学子、王载阳、张轶青、郑板桥修禊，板桥手书清明日红桥泛舟诗侣。"③ 是年修禊即非在上巳，而在清明。闵华《澄秋阁集》中有《红桥秋禊词四首》，亦可证实彼时修禊活动已然不局限于上巳。

然而在一系列文人雅集活动之中，专举于上巳节的修禊活动仍有其特殊之处，带有文人交游与民俗祓禊双重意味的上巳修禊往往能够更大限度地吸引众诗人的参与。卢见曾于乾隆二十二年（1757）上巳举行的红桥修禊即吸引了众多诗人，《扬州画舫录》称："其时和修禊韵者七千余人，编次得三百余卷。"④ 袁枚《随园诗话》称："卢雅雨先生转运扬州，以渔洋山人自命，尝赋《红桥修禊》四章，一时和者千余人。"⑤ 李斗书中所言和者有七千之数，与《随园诗话》所载相较，推断应有夸饰之意，不过这也从侧面证明了卢见曾此次红桥修禊规模之宏大，而这也成为文学史和文化史上的盛事。

由于目前关于乾隆丁丑红桥修禊与会成员名单的记载材料极为有限，故关于究竟有多少人参会、有何人参会，尚存在一定争议。就目前所见研

---

① 孔尚任：《湖海集》，古典文学出版社，1957，第201页。
② 朱则杰：《王士禛"红桥修禊"考辨——兼谈结社、集会、唱和三者之关系》，《江苏大学学报（社会科学版）》2015年第1期。
③ 齐学裘：《劫余诗选》，《续修四库全书·集部》第1531册，上海古籍出版社，2002，第565页。
④ 李斗：《扬州画舫录》卷一〇，中华书局，1960，第229页。
⑤ 袁枚撰，顾学颉校点《随园诗话》卷一二，人民文学出版社，1982，第405页。

第二章 卢见曾的文学交游与《国朝山左诗钞》的编纂

究成果，关于参会成员有以下几种说法：其一，列出部分诗家："戴震、鲍皋、惠栋、吴玉搢、朱稻（应为朱稻孙）、汪棣、易谐、郑燮、李葂、张宗仓（应为苍）、王又朴、高凤翰、祝应瑞、焦五斗、吴均字（应为吴均）、梁㠀字（应为梁㠀）、钱载、陈大可、胡裘（应为胡裘锌）、金兆燕、宋若水、张永贵、洪征治、方本、吴粮（应为烺）、徐柱臣、史梦琦、万涵、朱棠、法嘉荪"①，并论称与会人数达七千人者，见贺万里《文游·狂欢·独酌——扬州雅集的三段论》；其二，列出王昶、郑燮、陶元藻三人，并确称有六十三人者，见张兵、侯冬《卢见曾幕府与清代中期扬州诗坛》；其三，列出郑燮、陈著、厉鹗、惠栋、沈大成、陈章、金农、汪士慎、李鱼单（应为鱓）、罗聘、金兆燕，称有数十人者，见胡遂、唐艺溱《红桥修禊与清代士人之心态流变》。

先来看第一种说法。《扬州画舫录》卷一〇卢见曾条目之后，李斗于书中宣称："公（卢见曾）两经转运，座中皆天下士，而贫而工诗者，无不折节下交……其时宾客，备记于左。"②后列自戴震至汪履之共计三十人，皆为卢见曾幕府成员，《文游·狂欢·独酌——扬州雅集的三段论》中所列举之诗人，均见于《扬州画舫录》，其范围超出李斗所列幕府成员并增加洪征治、方本、吴烺、徐柱臣、史梦琦、万涵、朱棠、法嘉荪八人。举其中所列高凤翰为例，高凤翰卒于乾隆十三年（1748）戊辰，绝无可能参与乾隆二十二年丁丑之会，此段材料当为误用，此名单亦不可信。

再看第二种说法。张兵、侯冬《卢见曾幕府与清代中期扬州诗坛》文中称："乾隆二十二年上巳，卢见曾再次主持红桥修禊，此次修禊规模极大、参与者极多，王昶、郑燮、陶元藻等六十三人参与了此次修禊，亲历此会的王昶记载了当时的盛况：'乾隆丁丑，余在广陵，时卢运使见曾大会吴越名士于红桥，凡六十三人，篁村与焉。有诗云："谁识二分明月好，一分应独照红桥。"为时称颂。'"③ 王昶《蒲褐山房诗话》中确有此段文字记载，刘锦藻《续文献通考》、徐世昌《晚晴簃诗汇》中亦沿袭王昶之

---

① 贺万里：《文游·狂欢·独酌——扬州雅集的三段论》，《艺术百家》2012年第5期。
② 李斗：《扬州画舫录》卷一〇，中华书局，1960，第229页。
③ 张兵、侯冬：《卢见曾幕府与清代中期扬州诗坛》，《甘肃社会科学》2012年第2期。

❖ 卢见曾与《国朝山左诗钞》研究

记载,称陶元藻参与了卢见曾在扬州红桥举行的六十三人集会,然此次集会并非丁丑上巳红桥修禊之会,后人在解读之时,误将红桥修禊等同于红桥宴集,才导致了这种错误。前文所引卢见曾《红桥修禊》诗序中明确指出"上巳方新",说明乾隆丁丑红桥修禊确实发生于三月三日上巳节之日。而除此日修禊活动之外,卢见曾于是年五月还有红桥之游,即王昶《春融堂集》卷六所载《卢运使雅雨见曾招同张补山庚、陈楞山撰、朱稼翁稻孙、金寿门农、张渔川四科、王载扬藻、沈学子大成、陈授衣章、董曲江元度及惠定宇、江宾谷诸君泛舟红桥,集江氏林亭观荷,分得"外"字三十八韵》,诗主要写亭林泛舟之景致,特别是"四座恣沉欢,芳游洵云最。犹忆上巳初,桃华发幽蔼。祓禊快浮杯,妍词写玒贝。雅集继前修,风徽被秀艾。"①"犹忆上巳初"一方面可以证明王昶确实参与了乾隆丁丑红桥修禊,其所称陶元藻与会之事亦可证实;另一方面还可以证明此次江氏林亭观荷之会应在上巳红桥修禊之后。陶元藻《泊鸥山房集》中则明确指出此次集会在五月十八日,见其诗《五月十八日同宫方伯尔劝、卢运使见曾、罗太史暹春、鞠太史逊行、周分司宣猷、王舍人昶、马孝廉荣祖暨文学陈章、陈皋、金农、沈大成、惠定宇、王嵩高、严长明、方和、查祖香、释复显等六十二人会于江园观荷,各赋五古一首,分得"菊"字》,江园、观荷、分韵,皆可与王昶之诗对照,可以断定六十三人之数即出于此。而且考陶篁村元藻《泊鸥山房集》,并无"谁识二分明月好,一分应独照红桥"之诗句,反有《由红桥至平山堂四首》,其二中有诗句与王昶所记诗句类似,诗曰:"层楼天半起笙歌,面面雕窗瞰碧波。若计扬州二分月,红桥应占一分多。"②此诗并无小注,创作时间亦不可详考,然考诗之内容,多为平山堂及红桥景致的描写,偶涉人物,亦喻欧阳修,全无宴集场面,难以判断是否为上巳红桥修禊日作。所以仅可断定陶元藻参与了卢见曾乾隆二十二年(1757)五月十八日泛舟红桥雅集江园的活动,而无法判断陶元藻是否参与了上巳之日的红桥修禊。此种说法亦有错误。

---

① 王昶撰,陈明洁、朱惠国、裴凤顺点校《春融堂集》,上海文化出版社,2013,第94页。
② 陶元藻:《泊鸥山房集》,《清代诗文集汇编》第341册,上海古籍出版社,2010,第245页。

第二章 卢见曾的文学交游与《国朝山左诗钞》的编纂

针对这种史料留存不多、文献记载不详的情况，反而是第三种说法中胡遂、唐艺溱《红桥修禊与清代士人之心态流变》文中的约指之法更为恰当。本书亦采用此方法，将有明确史料记载者备录之，其他诗人则待后续有材料支撑之时载入。《扬州画舫录》中称有三百余卷和诗，今未见，故只能从相关著述中爬梳《红桥修禊》和诗及其他相关记载，以考察此次红桥修禊的与会人员。

宴集之中，和诗是最为风雅的活动。关于和诗之用韵，《贡父诗话》中有言："唐诗赓和，有次韵（先后无易），有依韵（同在一韵），有用韵（用彼韵，不必次）。"① 卢见曾《红桥修禊》诗出，和者甚众，其中以次韵为多。

先看卢见曾《红桥修禊》诗四首：

其一

绿油春水木兰舟（十一尤），步步亭台邀逗留（十一尤）。十里生香新阆苑，二分明月旧扬州（十一尤）。已怜强酒还斟酌，莫倚能诗漫唱酬（十一尤）。昨日宸游亲侍从，天章捧出殿东头（十一尤）。

其二

重来修禊四经年（一先），孰识红桥顿改前（一先）。潴汊畅交灵雨后，浮图高插绮云巅（一先）。雕阑曲曲迷幽径，嫩柳纷纷拂画船（一先）。二十景中谁最胜，熙春台上月初圆（一先）。

其三

溪划双峰虹栈通（一东），山亭一眺尽河东（一东）。好来斗茗评泉水，会待围河受野风（一东）。月度重阑香细细，烟笼远树雨蒙蒙（一东）。莲歌渔唱身横处，俨在明湖碧涨中（一东）。

其四

迤逦平冈艳雪明（八庚），竹楼小市卖花声（八庚）。红桃水暖春偏好，绿稻香寒秋最清（八庚）。合有管弦频入夜，那教士女不空城

---

① 刘攽：《中山诗话》，何文焕辑《历代诗话》，中华书局，2004，第289页。

❖ 卢见曾与《国朝山左诗钞》研究

(八庚)。冶春旧调歌残后,格律诗坛试一更(八庚)。①

上述四首诗,主要描绘红桥之景,春水兰舟、步步亭台、雕阑幽径、熙台明月、迤逦平冈、竹楼小市、红桃水暖、绿稻香寒,香细细,雨蒙蒙,一系列意象的堆叠刻画出绮丽纤秾的江南之景,莲歌渔唱、轻音管弦,士女空城,又展现出修禊之日士民同乐之情景,"冶春旧调歌残后,格律诗坛试一更"之句则寄寓了卢见曾效法王士禛提倡风雅、主盟文坛之志愿。律诗皆用平水韵,考其用韵,其一用下平声韵之十一尤部,其二用下平声韵之一先部,其三用上平声韵之一东部,其四用下平声韵之八庚部。

次韵和卢见曾《红桥修禊》诗,且和诗仍存者有郑燮、沈德潜、彭启丰、杨汝谐、吴省钦、袁枚、金兆燕。

先看郑燮。郑燮与卢见曾的订交在乾隆初年卢见曾初任两淮盐运使时,后卢见曾被遣伊犁、郑燮为《雅雨山人出塞图》题诗,此后数年,郑板桥官居山左,卢见曾则辗转各地,直至乾隆十八年(1753)郑燮自潍县罢官归乡,寓居扬州,二人才重新建立起较为密切的往来关系。丁丑红桥修禊,郑燮亦与会,并作《和雅雨山人红桥修禊》四首以及《再和卢雅雨四首》,严格次卢见曾《红桥修禊》四首之韵,试举其《和雅雨山人红桥修禊》其一:"一线莎堤一叶舟(十一尤),柳浓莺脆恣淹留(十一尤)。雨晴芍药弥江县,水长秦淮似蒋州(十一尤)。薄幸春光容易老,迁延诗债几时酬(十一尤)?使君高唱凌颜谢,独立吴山顶上头(十一尤)。"②

其次是沈德潜。沈德潜(1673—1769),字确士,号归愚,江苏长洲人,乾隆四年(1739)进士,官至内阁学士兼礼部侍郎,沈德潜以"格调说"主盟诗坛,著述颇丰,尝编选《古诗源》《唐诗别裁集》《明诗别裁集》《清诗别裁集》,著有《归愚诗钞》《归愚文钞》。沈德潜有《和卢雅雨运使红桥修禊诗》四首,其一曰:"飞花片片扑仙舟,十里园亭许逗留。

---

① 卢见曾:《雅雨堂诗文遗集》,《山东文献集成》第1辑第37册,山东大学出版社,2006,第674页。
② 卞孝萱编《郑板桥全集》,齐鲁书社,1985,第129页。

第二章 卢见曾的文学交游与《国朝山左诗钞》的编纂

上巳风光同洛浜,维扬明丽胜苏州。壶觞不用红裙侍,赓唱齐将白雪酬。时值初三新月见,二分应挂苑西头。"① 此诗用下平声韵之十一尤韵,次卢见曾之韵,末句称"时值初三新月见,二分应挂苑西头",说明此诗作于初三日上巳当天,则沈德潜直接参与了乾隆丁丑上巳日的红桥修禊。沈德潜和诗中对卢见曾之诗才以及博雅之举称颂有加:"病起三春从圣明,无心闲听卖饧声。未陪花屿空神往,漫向兰亭想气清。诗格旧闻推颍水,骚坛今喜在芜城。金山故迹劳重志,博雅还同刘仲更。"② 不但将卢见曾比作寓居颍水的初唐四杰之卢照邻,还赞扬了其对《金山志》的重纂。

再看彭启丰。彭启丰(1701—1784),字翰文,号芝庭,别号香山老人,江苏长洲人,雍正五年(1727)进士,官至兵部尚书,彭启丰诗"笃雅,有绳尺"③,颇近中晚唐名家,著有《芝庭诗文稿》。乾隆二十年(1755)二月,彭启丰奏请终养,获允回籍,至乾隆二十六年十月以吏部侍郎重新起用,其间一直乡居,与江南文人有诸多交往。时卢见曾居官两淮,彭启丰与之交游非常密切,彭启丰过扬州,卢见曾招之游平山堂,彭启丰以事未赴会,作《舟过扬州卢运使招游平山堂,予不果赴,以诗述怀即和纪游元韵》。乾隆丁丑上巳,卢见曾修禊红桥,彭启丰与会,并作《红桥修禊诗和卢雅雨榷使韵》,其诗严格次卢见曾之韵,分别用下平声韵之十一尤部、下平声韵之一先部、上平声韵之一东部、下平声韵之八庚部,摹写名园迢递、江水空蒙、诗侣如织的红桥唱酬之景,如其一:"绿波翠蘸荡凫舟,胜地佳辰合逗留。旧事咏觞追曲水,新声丝竹载凉州。层轩复榭开屏障,语燕啼莺效唱酬。是处衣香人影乱,二分明月恰当头。"④ 尤其"二分明月恰当头"之句,正是应和卢见曾"二分明月旧扬州"之语。

杨汝谐有《红桥修禊和卢运使见曾韵》四首,试举其一:"曲尘遥趁木兰舟,叠鼓鸣箛坐两头。胜事百年流曲水,春心三月满扬州。烟花南部凭料理,冠盖西园好唱酬。自是老臣多燕喜,清晖何限足句留。"杨汝谐,

---

① 潘务正、李言点校《沈德潜诗文集》,人民文学出版社,2011,第455页。
② 潘务正、李言点校《沈德潜诗文集》,人民文学出版社,2011,第456页。
③ 徐世昌编,闻石点校《晚晴簃诗汇》,中华书局,1990,第2728页。
④ 彭启丰:《芝庭诗文稿》,清乾隆刻增修本。

❖ 卢见曾与《国朝山左诗钞》研究

生卒年不详，字皆言，又字柳汀，江苏华亭人，善书法，工诗文，著有《崇雅堂诗钞》，其"诗以意为主，色苍词磊，善写情，工体物"①。

吴省钦亦有《次韵卢运使丁丑红桥修禊》四首。吴省钦（1729—1803），字冲之，号白华，江苏南汇人，乾隆二十八年（1763）进士，累官至工部侍郎兼左都御史，工诗文，著有《白华草堂诗钞》。其次韵诗描绘了宾客如云、雅集高唱的宴会场景："水复山平稳荡舟，画桥一曲小延遛。烟花昨梦传三日，宾从如云动五州。图续西园看雅集，吟先东阁待华酬。凭君遍罚羊何酒，乌帽逍遥最上头。"②

与上文所述和诗相比，袁枚《奉和扬州卢雅雨观察红桥修禊之作》四首，则非次韵，亦非依韵，而是用韵。

其一

雷塘七里小桥红，隋苑烟花闾苑同。天子停銮留胜迹，大夫修禊采南风。黄金宫阙连云起，白塔毫光照月空。二十重春万层景，牙牌标出水西东。（一东）

其二

紫竹亭西歌吹闻，倾城车斗笛纷纷。杨花风散春堤雪，水面灯凉日暮云。荡子黄骢金缕曲，女儿高髻藕丝裙。人间此后论明月，未必扬州只二分。（十二文）

其三

欧苏当日擅风流，重整骚坛五百秋。四面云山新水榭，六朝歌管旧春愁。人骑仙鹤寻诗社，月送笙箫上酒楼。莫怪梅花东阁盛，年来何逊领扬州。（十一尤）

其四

二月迎銮理画桡，两扶筇杖到红桥。时非上巳春犹浅，游过钧天梦未消。绿绮琴传广陵散，青山人隔白门潮。凭公好取芜城赋，画作

---

① 徐世昌编，闻石点校《晚晴簃诗汇》，中华书局，1990，第4154页。
② 吴省钦：《白华前稿》，《续修四库全书·集部》第1448册，上海古籍出版社，2002，第95页。

第二章　卢见曾的文学交游与《国朝山左诗钞》的编纂

屏风寄鲍昭。(二萧)①

袁枚(1716—1798)，字子才，号简斋，又号随园老人，浙江钱塘人，乾隆四年(1739)进士，官溧水、江宁等地知县。袁枚论诗倡"性灵说"，其诗亦抒写性情，清真流利，著有《小仓山房诗文集》《随园诗话》。乾隆二十二年二月，高宗二次南巡过扬州，袁枚赴扬州扈跸，上巳之日，卢见曾修禊红桥，作《红桥修禊》四首，袁枚奉和如上。考其和诗，虽曰"奉和"，然其一用上平声韵之一东部，其二用上平声韵之十二文部，其三用下平声韵之十一尤部，其四用下平声韵之二萧部，与卢见曾《红桥修禊》诗之韵部不同，推断应为用韵之作，不过其中内容倒是直接对应卢见曾红桥修禊活动，诸如"牙牌"一句，即对照卢见曾牙牌二十四景②。然而袁枚《随园诗话》卷一二称："卢雅雨先生转运扬州，以渔洋山人自命，尝赋《红桥修禊》四章，一时和者千余人，余俱未见。"③由此推断，袁枚虽有和诗，其实应当并未与会，乃是会后补和。

金兆燕有和诗八首，亦非作于乾隆丁丑红桥修禊当日。其于是年春入都参加会试，落第之后夏日方归，故未能参与丁丑之红桥修禊，其和诗皆为夏日重游时候补和，诗题曰《丁巳夏自都门南归，舟过邗江，独游湖上，见壁间雅雨都转春日修禊唱和诗，漫步原韵即用奉呈四首》《又次卢雅雨都转红桥修禊韵四首》，皆步卢见曾《红桥修禊》原韵。

其他史料中记载和卢见曾《红桥修禊》诗或参加红桥修禊者还有汪棣、王昶、严长明、徐坚、戚振鹭、吴经。

汪棣(1720—1801)，字韡怀，卢氏幕府成员，事见《扬州画舫录》："(汪棣)与公(卢见曾)为诗友，虹桥之会，凡业盐者不得与，唯对琴与之。"④

王昶、严长明、徐坚三人与会之事则见于王昶《春融堂集》卷一八《友

---

① 王英志主编《袁枚全集》第1册，江苏古籍出版社，1993，第245页。
② 李斗《扬州画舫录》卷一〇僧文山条载称其"能擘窠书，其时牙牌二十四景，半出其手"。
③ 袁枚撰，顾学颉校点《随园诗话》卷一二，人民文学出版社，1982，第405页。
④ 李斗：《扬州画舫录》卷一〇，中华书局，1960，第231页。

❖ 卢见曾与《国朝山左诗钞》研究

竹出所摹董北苑〈夏山欲雨〉、文五峰〈夏山〉及吴渔山〈湖山秋晓〉三长卷，属题，追感旧游，率成长句》，其诗后半部分曰："旧游况已宿草丰，竹西鼓吹秋烟空。三人幸聚等駏蛩，裙屐来往乐未穷。南楼更可陪庾公，相与游艺连春冬。"其中"三人幸聚等駏蛩"后有小字注云："丁丑雅雨运使修禊红桥，同会者今惟君与东有及予三人尚在，而皆在西安，尤可异也。"① 其中之友竹即徐坚（1712—1798），字孝先，友竹为其号，江苏吴县人，工篆刻，著有《印戈说》。东有为严长明。严长明（1731—1787），号东有，字道甫，又字冬友，乾隆二十七年（1762）钦赐举人，官至内阁中书，"为诗文用思周密，和易而当于情"②，著有《归求草堂诗文集》。

戚振鹭，生卒年不详，字晴川，浙江德清人，雍正八年（1730）进士，累官至江西饶州知府。《吴兴诗话》载其参与卢见曾红桥修禊事："太守自塞外归，至扬州，和卢雅雨山人红桥诗有'白雪文章今历下，红桥烟月旧扬州'之句，雅雨立赠千金。"③

吴经，生卒年不详，字梅里，号恒斋，江苏奉贤诸生，《（光绪）重修奉贤县志》载其和卢见曾《红桥修禊》诗事："尹文端公督两江，延之幕中，后卒于维扬，著《梅里集》，已佚，仅传《和卢运使修禊诗》四章、《和程中丞梅花诗》十首而已。"④

综上，明确可考参与卢见曾乾隆丁丑上巳红桥修禊的诗人有郑燮、沈德潜、彭启丰、杨汝谐、吴省钦、王昶、严长明、徐坚、汪棪、李葂，未及与会但有和诗之诗人有袁枚、金兆燕二人，史料记载有和诗而无法考辨是否与会者则有戚振鹭、吴经二人。由于史料有限，能够实证者仅卢见曾、郑燮等十五人，而此数仅为是日与会人数的一部分，随着更多史料的发现，将继续补入其他参与者。

另，赵翼有《清明后一日，松坪前辈招同西岩、涵斋、棕亭湖舫雅集》

---

① 王昶撰，陈明洁、朱惠国、裴风顺点校《春融堂集》，上海文化出版社，2013，第349页。
② 王钟翰点校《清史列传》卷七二，中华书局，1987，第5929页。
③ 戴璐：《吴兴诗话》，《续修四库全书·集部》第1705册，上海古籍出版社，2002，第206页。
④ 韩佩金监修，张文虎总纂《（光绪）重修奉贤县志》，《中国地方志集成·上海府县志辑》第9册，上海书店出版社，2010，第928页。

诗六首，其五："红桥修禊客题诗（三十年前卢雅雨为运使时事），传是扬州极盛时。胜会不常今视昔，我曹应又有人思。"① 赵翼此诗作于乾隆五十年乙巳（1785），三十年前即为乾隆二十年乙亥，故可知卢见曾在乾隆二十年亦举红桥修禊，然而卢见曾诗文集散佚严重，集中未载当时之作，其他史料中记载亦不多，故此次红桥修禊仅作说明，不加详论。

第三节　交游网络与《国朝山左诗钞》的编纂队伍

《国朝山左诗钞》是卢见曾主持编纂的第一部以山左诗人为选录对象的诗歌总集，凡六十卷，收诗人六百二十七家，诗歌五千九百余首，系以小传、诗话、按语，卷帙浩繁。考卢见曾《国朝山左诗钞》凡例，可知此书之成并非卢见曾一人之力，而是得到了宋弼、董元度、颜懋价等十七位学人的帮助，自征求草创至参订考核再至订讹考异，各有分工，构建起颇为科学完备的编纂队伍，而《国朝山左诗钞》编纂队伍的构建实则建立在卢见曾庞大的交游网络之上，编纂队伍中其他成员的诗学旨趣、文学活动、地位声望同样对《国朝山左诗钞》产生了不容忽视的影响。

一　《国朝山左诗钞》的编纂队伍

卢见曾《国朝山左诗钞·凡例》中称：

> 是集征求草创，同里编修宋蒙泉弼之力为多。与共参订考核于京师者，庶吉士平原董曲江元度、明经曲阜颜介子懋价、编修献县纪晓岚昀也。其在扬州，则长洲惠定宇栋、华亭沈学子大成。曲江继至，下榻年余，与儿子谦遍检原本，搜剔遗落，漏下三鼓，犹就余商榷。余行则身中，止或馆舍，必携集以从。凡历五年之久而后成书。若夫订讹考异、参较旧闻，则侍讲武进刘圃三星炜、比部秀水王毂原又曾、中翰王兰泉昶及受业生江宁严东有长明。而购访遗集，当事诸

---

① 华夫主编《赵翼诗编年全集》第 3 册，天津古籍出版社，1996，第 826 页。

❖ 卢见曾与《国朝山左诗钞》研究

公,则中丞郭子肩一裕,方伯李箓涯渭,观察朱晓园在东、熊东山绎祖。借观藏书,在京则黄昆圃夫子,在扬则马秋玉员外曰琯及其弟半槎曰璐也。①

卢见曾在凡例中的这段记载,还原了《国朝山左诗钞》的编纂过程。乾隆十八年(1753),卢见曾自长芦盐运使调任两淮盐运使,在京期间即与宋弼商定编纂《国朝山左诗钞》事宜,此时董元度、颜懋价、纪昀皆在京师,遂共参与。其后卢见曾赴扬州任,爱才好客,礼贤下士,幕府中会集了诸多文人名士。惠栋、沈大成即在此时入幕,并参与到《国朝山左诗钞》的编纂过程之中。乾隆十七年董元度进士及第,旋即被选为庶吉士,据王昶记载,董元度"改庶常后,乞假南游,来往苏、扬间,寓卢雅雨署中最久"②。寓居卢见曾署中之时,董元度与卢见曾之子卢谦一起搜剔遗漏,并请卢见曾审核确定,至此《国朝山左诗钞》初稿最后的编纂工作宣告完成。此后所谓"订讹考异"则是具体而微的完善了。

按照分工之不同,参与编纂的诸位学人可大体分为五类:其一,参与"草创"者,宋弼;其二,"参订考核"者,董元度、颜懋价、纪昀、惠栋、沈大成、卢谦;其三,"订讹考异、参校旧闻"者,刘星炜、王又曾、王昶、严长明;第四,"购访遗集"者,郭一裕、李渭、朱在东;其五,"借观藏书"者,黄叔琳、马曰琯、马曰璐。凡十七人,下面分而述之。

首先是参与《国朝山左诗钞》草创者宋弼。宋弼(1703—1768),字蒙泉,山东德州人,乾隆十年举进士,授翰林院编修,后丁母忧,除服后起复为武英殿提调,分纂《续文献通考》,后出为甘肃按察司副使。宋弼完整地参与了《国朝山左诗钞》全部的编选过程,对《国朝山左诗钞》的影响仅次于卢见曾。

一方面,宋弼的编选理念在《国朝山左诗钞》中得到实施。宋弼坚持"盖棺论定"说,卢见曾称:"盖棺论定,以何水部之诗而昭明弗录,诚慎

---

① 卢见曾编《国朝山左诗钞》,第5页。
② 王昶撰,周维德校辑《蒲褐山房诗话新编》,齐鲁书社,1988,第58页。

第二章 卢见曾的文学交游与《国朝山左诗钞》的编纂 ❖

之也,蒙泉持此论甚坚,今从之"①,故《国朝山左诗钞》"其人存者,其诗不录"的选诗原则出自宋弼。

另一方面,宋弼还为部分作家撰写诗话,涉及文献搜集、生平叙述、诗风评点等多个角度。据统计,宋弼参与了宋琬、纪之竹、马世骥、朱纲、林之蒨、谢粲、胡训、张人崧、宋云会、刘伍宽、赵庆、李国柱条下诗话的撰写,其内容颇为丰富,或叙述文献搜集过程,或叙述诗人生平家世与个性特征,品评诗歌艺术风貌。

宋弼参与了不少文献搜集和整理工作,《国朝山左诗钞》卷一宋琬条下诗话称:"宋蒙泉弼曰:《安雅堂集》刻于康熙己卯,殊多漏略,亦无《入蜀》一集,是非渔洋所见公子思勃原本矣。近日其族人邦宪搜辑补刻为续集,前后共七百余首,而《海错》二绝句亦不载,闻其家有全集,征之不得,不胜惋叹。"②《国朝山左诗钞》宋琬小传中称其著述有《安雅堂集》,考察所选宋琬诗,卷一之八十四首出自《安雅堂集》,卷二之七十九首出自《安雅堂续集》,此《安雅堂集》即为宋弼所称康熙己卯(1699)刻本,而《安雅堂续集》则为宋弼所征之宋琬族人补刻本。宋琬不但征求全集,对于存诗不多的诗家,零星诗篇亦访录之,如卷三八马世骥条下载:"宋蒙泉曰:康熙庚子与马公同客母舅峩山先生家,容貌甚伟,年近八十犹强健,日吟诗不辍。今访其集未得,仅于友人处录《九日》一首。"③ 马世骥,字仲良,临清人,著述不可详考,或已散佚无踪,《国朝山左诗钞》收其《九日西园登高》一首,即为宋弼搜录所得。

文献收集之外,宋弼所著诗话还叙述了诗人的生平家世与个性特征,起到为诗人立传的作用。如卷四七林之蒨条下:"宋蒙泉曰:大令少奇贫,出游四方,久客黄州,多依幕舍,其子兴济与予同乡举,己未登第,改庶吉士,时犹家济宁,今流寓于楚矣。"④ 以及卷五五赵庆条下:"宋蒙泉曰:万君鬐年作《梅花赋》,《文选》皆成诵,有盛名于时,才隽学富,性嗜

---

① 卢见曾编《国朝山左诗钞》,第3页。
② 卢见曾编《国朝山左诗钞》,第16页。
③ 卢见曾编《国朝山左诗钞》,第521页。
④ 卢见曾编《国朝山左诗钞》,第633页。

❖ 卢见曾与《国朝山左诗钞》研究

酒，数困公车，益自放，竟以酒病卒。"① 生平家世、才情学力甚至羁游踪迹均有所反映。

宋弼诗话中更多的则是关于诗歌艺术风貌的品评，其间也寄寓了自身的诗学旨趣与选诗倾向。卷四九中宋弼为胡训所作诗话曰："宋蒙泉曰：西溪少孤，绩学嗜古，性方行介，处庸近中，殆如鸡群之鹤，诗材清隽，皆本胸臆流出，故不愧念东侍郎甥也。"② 卷五六李国柱条下载宋弼诗话曰："宋蒙泉曰：秋厓清逸绝俗，好读书，当其委形孤诣若不知有世事者，与同学金谷村策蹇诣青州，受业于秋谷先生之门，所为诗清赡深稳，有大历十子之风。"③ 宋弼学诗宗尚王士禛，喜清逸淡雅、超然尘外之作，其评点胡训与李国柱诗，亦强调二人诗"清"的特点，而这也是《国朝山左诗钞》清醇雅正选诗旨趣的缩影。

宋弼之外，当属董元度对《国朝山左诗钞》助力最多。董元度（1709—1787），字曲江，山东平原人。乾隆十七年（1752）举进士，入翰林院，官至山东东昌府教授，工诗文，著有《旧雨草堂诗》。董元度是继宋弼之后，对卢见曾《国朝山左诗钞》编选助力最大的人。《国朝山左诗钞》草创之初，卢见曾即"属同里宋蒙泉弼、平原董曲江元度及诸同人遍搜昭代之诗"④，为选诗备史料。董元度还参与了李杜、鞠濂、张方载、孙于虡、董元赓五位诗人名下诗话的撰写。从内容上来看，董元度诗话的主要内容是对诗人生平遭际的叙述，对于诗风关涉不多，与宋弼略有不同，盖因这五位诗人与董元度之间亦有着或多或少的接触，属所知或所交之人，其中鞠濂为董元度业师、董元赓为董元度兄长，对于生平经历所知颇详。如卷五三鞠濂条下："董曲江曰：先生秉铎吾乡，训迪士子，不专时艺。元度少从先生学，始知趋向。先生工古文，自史汉以至唐宋诸大家，咸手自校评，叙次段落，起伏照应，井井有法。于有明尊归太仆，本朝推汪钝翁，谓二公为文家正宗。登莱两郡先达碑碣志墓之文，半出其手。父大参公历

---

① 卢见曾编《国朝山左诗钞》，第731页。
② 卢见曾编《国朝山左诗钞》，第656页。
③ 卢见曾编《国朝山左诗钞》，第734页。
④ 卢见曾编《国朝山左诗钞》，第2页。

第二章　卢见曾的文学交游与《国朝山左诗钞》的编纂

官秦晋，幕中擘画，先生赞益为多，文章经济殆兼而有之，有《史记述评》若干卷，未授梓。子逊行，字谦牧，雍正己未进士，官翰林院编修，以诗古文业其家。"① 董元度此段诗话不但细数自己与鞠潊的师承关系，对于鞠潊的作文旨趣亦有阐述，此外对于鞠潊之父及其子皆有叙述，几可立传。董元度为卢见曾内甥，与卢见曾长子卢谦为中表兄弟，董元度改庶常之后，尝往来苏州、扬州之间，居扬州时寓居卢见曾官署中颇久。卢见曾称其"下榻年余，与儿子谦遍检原本，搜剔遗落，漏下三鼓，犹就余商榷"②，足以证明董元度与卢谦二人在《国朝山左诗钞》的校勘和核对上做了大量工作。

卢谦（1713—1785），字扨之，号蕴斋，卢见曾长子，久困场屋，例官陕西刑部司郎中，在广平府同知任上告老归乡。卢谦科举久不第，诸子之中，唯卢谦跟随卢见曾时日最久，《国朝山左诗钞》之参订考核亦多经卢谦之手。

颜懋价，生卒年不详，字介子，复圣颜回后裔，以选贡为邑教谕，著有《水木山房诗》一卷，今未见。颜懋价工诗善书，精于理学，尝作《丧葬正俗说》，以肥城丧葬之礼尚浮靡，力陈其弊，主张遵从古制，实在有功于名教。颜懋价于诗学倾向上，宗尚神韵理论，尝为黄千人《餐秀集》作序，"引严羽、王士禛之说訾謷馆阁之士"③。对《国朝山左诗钞》的纂修，颜懋价承担的主要工作即为卢见曾所称之"参订考核"，而除校定之外，颜懋价还为《国朝山左诗钞》提供史料。如卷二九收颜懋企诗三首，懋企字幼民，号西郭居士，为颜懋价之弟，《国朝山左诗钞》颜懋企条即引颜懋价所著《幼民行状》，生平、著述、诗文风貌皆有叙述。此外，颜懋价亦为《国朝山左诗钞》部分诗人补充诗话，而其中绝大多数为其同里曲阜诗家，考《国朝山左诗钞》，颜懋价所作诗话凡六则，分别为孔贞燦、孔衍杙、孔毓璘、魏恒祚、颜氏所作。卷五八收闺秀诗人，其中录颜氏诗十五首，此颜氏即为颜懋价之姑母，集中为颜氏作小传曰："颜氏，曲阜

---

① 卢见曾编《国朝山左诗钞》，第703页。
② 卢见曾编《国朝山左诗钞》，第5页。
③ 永瑢等：《四库全书总目》卷一八五，中华书局，1965，第1680页。

❖ 卢见曾与《国朝山左诗钞》研究

人,考功郎中光敏女,同邑孔兴焯妻,焯早卒,氏守节旌表,晚年自号恤纬老人,所著有《恤纬斋诗》"①,颜懋价为此条小传作诗话曰:"先姑自幼端慧,从父授书,旁及琴弈。夫既早亡,矢节甘贫,逾六十载,被旌如例。教嗣子及孙皆为诸生,集名《晚香堂诗》,后更名曰《恤纬》。"② 记颜氏生平、著述情况更为详备,弥补了小传之不足。

纪昀(1724—1805),字晓岚,一字春帆,晚号石云,又号观弈道人,谥文达,直隶献县(今河北沧州)人。卢见曾称《国朝山左诗钞》编纂之时与纪昀"共参订考核"③,且称董元度、颜懋价、纪昀对《国朝山左诗钞》的参订考核发生于京师:"与共参订考核于京师者,庶吉士平原董曲江元度、明经曲阜颜介子懋价、编修献县纪晓岚昀也。"④ 董元度、颜懋价生平不可详考,而纪昀为乾隆十九年(1754)进士,乾隆二十二年散馆授编修,卢见曾以编修呼之,可见纪昀等人参与《国朝山左诗钞》参订考核工作,当在乾隆二十二年纪昀授编修之后。

《国朝山左诗钞》刊刻于卢见曾两淮盐运使任中,是时其官居扬州,幕府之中人才济济,《国朝山左诗钞·凡例》中所称之惠栋、沈大成等人,皆来入幕,共襄盛举。

惠栋(1697—1758),字定宇,号松崖,江苏吴县(今江苏苏州)人。乾隆十九年卢见曾延请惠栋入府,资助其校阅经籍,准备校刻《雅雨堂丛书》,惠栋"馆德水卢使君衙斋,讲授之暇,篝灯撰著"⑤,参与了卢氏幕府许多经籍文章的撰写工作。卢见曾编辑《国朝山左诗钞》,惠栋亦为校勘。

沈大成(1700—1771),字学子,号沃田,华亭人,著有《学福斋集》。沈大成乃学人兼诗人,其耽心经籍,博闻多识,与惠栋同入卢见曾幕府之后,更是终日以学问互相砥砺,编注《三礼注疏》《杜氏通典》等

---

① 卢见曾编《国朝山左诗钞》,第769页。
② 卢见曾编《国朝山左诗钞》,第769页。
③ 卢见曾编《国朝山左诗钞》,第5页。
④ 卢见曾编《国朝山左诗钞》,第5页。
⑤ 惠栋:《松崖文钞》,《续修四库全书·集部》第1427册,上海古籍出版社,2002,第278页。

第二章 卢见曾的文学交游与《国朝山左诗钞》的编纂

典籍,其诗文创作亦颇为丰富,集凡六十八卷,诗"初学黄中允之隽,后出入唐、宋,不名一体"①。卢见曾既喜沈大成之诗,又钟爱其学识,得之如左右手。

《国朝山左诗钞》历时五年方成初稿,然而其体制颇为庞大,编纂或有舛误,故《国朝山左诗钞》初稿完成之后,卢见曾又延请学人,进行了颇为细致的校定工作,据其《凡例》中载"若夫订讹考异、参较旧闻则侍讲武进刘圃三星炜、比部秀水王縠原又曾、中翰王兰泉昶及受业生江宁严东有长明"②,参与校定工作的有刘星炜、王又曾、王昶与严长明。

刘星炜(1718—1772),字映榆,号圃三,乾隆十三年(1748)进士,授编修,官至工部侍郎,工诗,尤长于骈文,与袁枚、邵齐焘、孔广森、吴锡麒、曾燠、孙星衍、洪亮吉一并被选入《八家四六文钞》。刘星炜以提倡风雅为己任,奖掖后进不遗余力,于清乾隆二十三年应卢见曾之约,执掌安定书院,严长明、王鸣盛等皆出其门。是年《国朝山左诗钞》即将付梓,刘星炜为之校阅。

王又曾(1706—1762),字受铭,浙江秀水人,清乾隆十九年进士,官刑部主事,后辞官归,诗酒自娱,因其长期游历东南,纪游之作多且佳,袁枚赞其诗"工游览"③,而其作诗"专仿宋人,信手拈来,自多生趣"④,著有《丁辛老屋集》二十卷。

王昶(1725—1806),字德甫,号兰泉,江苏青浦人,乾隆十九年进士,官至刑部侍郎。王昶工诗文,是"吴中七子"之一,著有《春融堂集》六十八卷,另有《明词综》《金石萃编》《湖海诗传》等集。王昶曾入卢见曾幕府,对卢见曾刊刻书籍多有评骘。卢见曾重修王士禛《感旧集》,刻成之后即赠予王昶,王昶为之作跋,记录卢见曾重修《感旧集》本事,并指出卷一收程嘉燧诗四十二首,为误入,以程嘉燧卒于崇祯癸未(1643),王士禛时年九岁,一在山左,一在吴中,实难相见并辑录诗歌,

---

① 王昶撰,周维德校辑《蒲褐山房诗话新编》,齐鲁书社,1988,第69页。
② 卢见曾编《国朝山左诗钞》,第5页。
③ 袁枚撰,顾学颉校点《随园诗话》卷一〇,人民文学出版社,1982,第335页。
④ 王昶撰,周维德校辑《蒲褐山房诗话新编》,齐鲁书社,1988,第65页。

❖ 卢见曾与《国朝山左诗钞》研究

故推断为王士禛"以世家子弟久仰虞山，及宦游江北，伻来至苏台诗筒问询，而虞山即为作序，且赠以五言长句，有麟角牛毛之比，尤为感戢，故于虞山所爱者，亦多脍炙"①，遂于钱谦益《列朝诗集》中抄录程嘉燧诗，藏之日久，后杂入《感旧集》，卢见曾沿袭王士禛之误，王昶遂作跋文，"将以告运使考而正之"②。

严长明（1731—1787），字冬友，一字道甫，江宁人，幼即聪颖异于常人，出自方苞门下，被誉为"国器"，后于扬州马氏坐馆，遍览玲珑山馆之藏书，学问益进。清乾隆十九年（1754），严长明与惠栋同居于卢见曾扬州署中，卢见曾"尝邀金陵严东有商订《山左诗钞》"③。

另，《国朝山左诗钞》卷五七收卢见曾之父卢道悦诗五十八首，卢道悦名下有小字注曰："太仓沈起元填讳。"④ 出于尊亲的思想，卢见曾延请沈起元在《国朝山左诗钞》中填入卢道悦之名讳。沈起元（1685—1763），字子大，号敬亭，江苏太仓人，康熙六十年（1721）进士，官至光禄寺卿。沈起元与卢见曾交往密切，卢见曾之《出塞集》即为沈起元作序。乔亿《安定书院即事呈沈敬亭先生》诗曰："归休犹复为饥驱，不似高官似老儒。白发江湖当暮节，青灯笔砚拥寒垆。东南春足栽桃李（谓金陵、涂上及邗江掌教），齐鲁诗看半瑾瑜（谓选国朝山左诗）。浅薄将何参选政，几回开卷辄长吁。"⑤ 诗中"齐鲁诗看半瑾瑜"即指沈起元参编《国朝山左诗钞》事。目前虽暂无更多资料考证沈起元对于卢见曾编纂《国朝山左诗钞》所起到的具体作用，但填讳之举至少可证明沈起元曾参与《国朝山左诗钞》的编纂工作。

《国朝山左诗钞》收录六百二十七位诗人的五千九百余首诗歌，体制颇为庞大。在编纂过程中，搜集文献是最基础也最重要的工作。清初山左诗坛名家辈出，只有广泛收录，方能客观地展现山左诗坛的发展情况，然

---

① 王昶撰，陈明洁、朱惠国、裴风顺点校《春融堂集》，上海文化出版社，2013，第789页。
② 王昶撰，陈明洁、朱惠国、裴风顺点校《春融堂集》，上海文化出版社，2013，第789页。
③ 王培荀撰，蒲泽校点《乡园忆旧录》卷五，齐鲁书社，1993，第251页。
④ 卢见曾编《国朝山左诗钞》，第755页。
⑤ 乔亿：《窥园吟稿》，《清代诗文集汇编》第299册，上海古籍出版社，2010，第482页。

第二章　卢见曾的文学交游与《国朝山左诗钞》的编纂

而山左诗集在流传过程中有许多散佚难寻的情况，卢见曾在"采诗"过程中经历了许多曲折，也得到了郭一裕、李渭、朱在东、黄叔琳等学人的帮助。其中，郭一裕、李渭、朱在东、熊绎祖是帮助卢见曾购买、访求作家诗文别集者，黄叔琳、马曰琯、马曰璐则是直接提供自家藏书以备卢见曾抄录者。

郭一裕，生卒年不详，字子肩，号卓庵，湖北天门人，官至河南按察使司按察使，乾隆十九年（1754）任山东巡抚。

李渭，生卒年不详，字菉涯，号素园，河北高邑人，幼年即聪颖异乎常人，博闻多识，有经世之志，康熙六十年（1721）举进士，授中书舍人，官至山东布政使。

朱在东，生卒年不详，字元晖，号晓园，广西临桂人，乾隆十年进士，乾隆十九年任山东盐运使。《国朝山左诗钞》卷二三收马骕诗一首，题曰《池上作》，卢见曾按语称："宛斯先生学问政绩为吾乡闻人，而诗句流传绝少，余友建陵朱君晓园观察济东访得一诗邮寄。"[1]

熊绎祖，生卒年不详，字定思，号东山，湖北京山人，乾隆十五年官天津知府，乾隆十九年升山东登、青、莱道正，人品端方，极得上赏。《国朝山左诗钞》卷五六收刘储鲲诗十七首，小传称其著有《铁槎山房诗》，卢见曾按语称："《铁槎山房遗诗》，登莱道副使熊公绎祖所寄。"[2]

卢见曾选征山左诗之时，郭一裕等以上四人皆在山东为官，卢见曾借助官方力量在山东境内搜购遗集，极见成效。

除购访之外，许多诗文集由于刊印数量不多，极少于市面上流传，只能通过向藏书家借阅的方式进行抄录，以丰富的藏书向卢见曾提供帮助的则是黄叔琳、马曰琯和马曰璐。

黄叔琳（1672—1756），字宏献，号昆圃，顺天府大兴人，历仕康、雍、乾三朝，曾官山东布政使。黄叔琳为当世巨儒，家中藏书甚富，"退谷万卷楼藏书，今大半在黄氏昆季家中"[3]，黄氏养素堂是有名的藏书楼，

---

[1]　卢见曾编《国朝山左诗钞》，第313页。
[2]　卢见曾编《国朝山左诗钞》，第737页。
[3]　卢文弨：《抱经堂文集》，《续修四库全书·集部》第1432册，上海古籍出版社，2002，第594页。

❖ 卢见曾与《国朝山左诗钞》研究

四库馆开,广征遗书,黄氏献书百余种,而且黄氏藏书"共三十六架,续藏书六架,其中无甚秘笈,明季、国初人诗文集颇多录之"[①],其藏书备载于《养素堂藏书目录》之中。今检《养素堂藏书目录》,与《国朝山左诗钞》著述重合者有21位作家的23种集子,其对比如下表:

作家	国朝山左诗钞	养素堂藏书目录
王士禛	精华录定本	精华录训纂二套、精华录笺注一套
田 雯	山姜诗选、古欢堂集	山姜诗三本、古欢堂集八本
高 珩	栖云阁集	栖云阁诗四本、栖云阁诗略三本
孙宝侗	惇裕堂集	惇裕堂集二本
张尔岐	蒿庵诗集	蒿庵集四本
蓝 润	聿修堂集	聿修堂集四本
李澄中	卧象山房集	卧象山房集一本
唐梦赉	志壑堂集	志壑堂集十六本
孔毓埏	远秀堂集	远秀堂集四本
卢世㴶	尊水园集	尊水园集一套
法若真	黄山诗留	黄山诗留八本
王士禄	十笏草堂集	十笏草堂诗一套
赵执信	饴山诗集	饴山堂诗四本
谢重辉	杏村诗集	杏村诗集
冯廷櫆	冯舍人遗诗	冯舍人诗二本
曹贞吉	朝天集	朝天集一本
赵作舟	文喜堂集	文喜堂诗十四本
高之騱	强恕堂集	强恕堂诗一本
赵作肃	见山堂遗诗	见山堂诗一本
赵执端	宝菌堂遗诗	宝菌堂诗二本*
田 霢	鬲津草堂诗	鬲津草堂诗

* 《养素堂藏书目录》中将此集定作赵执信著,误。

另,卢见曾《国朝山左诗钞·序》中所提及之前代总集三种——元好问《中州集》、钱谦益《列朝诗选》、朱彝尊《明诗综》,以及诗话来源文

---

① 黄叔琳:《养素堂藏书目录》卷首,道光六年(1826)东武刘氏味经书屋钞本。

献《蚕尾集》《渔洋文略》《池北偶谈》《居易录》《香祖笔记》等,亦见于《养素堂藏书目录》,为黄叔琳所藏。这些藏书为卢见曾编纂《国朝山左诗钞》提供了很大助力。

与黄氏藏书楼不同,"扬州二马"——马曰琯和马曰璐的小玲珑山馆属于集藏书、刻书于一体的私家书坊。"二马"都好诗文,马曰琯嗜书如命,每见古籍秘本,必重金收购或借钞之,家有"小玲珑山馆"、"街南书屋"和"丛书楼",藏书达十余万卷,载《丛书楼书目》,今未见,故无从比照,然卢见曾有"玲珑山馆辟疆俦,邱索搜罗苦未休。数卷《论衡》藏秘笈,多君慷慨借荆州"[①]诗赠马曰琯,可以证明其曾借观马氏丛书楼之藏书。

二 编纂队伍构建的有利因素

卢见曾性喜交游,宦迹显达,广设文酒之会,通过诗歌唱和、图画题赠、雅集宴游、资助提携等方式,逐渐建立起了一个融合地缘、学缘与仕宦关系的极为阔大的文学交游网络。根据统计,见诸史料记载的卢见曾文学交游对象有179人,其中今江苏49人,山东29人,安徽29人,浙江25人,辽宁5人,河北6人,上海5人,湖北3人,陕西3人,湖南3人,河南2人,四川2人,北京1人,天津1人,山西1人,江西1人;另有旗人7人,籍贯不详者7人。从地域分布上以江浙和山东为重心,而考察交游对象之身份,则既有如文华殿大学士尹继善、文渊阁大学士嵇璜、刑部尚书崔应阶等身居高位者,有如光禄寺卿沈起元一般与卢见曾品位相当者,也有如永定县令李基确、铜沛同知孔传櫃等职官不显者;既有偏居乡野的布衣寒士,诸如辽东三布衣之陈景元、亳州隐士孙应茂,也有超脱尘俗的静慧寺僧文山、秋雨庵僧祖道;既有如初白先生查慎行之孙查歧昌、竹垞先生朱彝尊之孙朱稻孙这样的名门之后,亦有如钱塘胡裘锌、虞山王陆禔等声名不显的郡邑诸生;既有笃于经术之戴震、惠栋、沈大成,亦有

[①] 卢见曾:《雅雨堂诗文遗集》,《山东文献集成》第1辑第37册,山东大学出版社,2006,第659页。

❖ 卢见曾与《国朝山左诗钞》研究

工于书画之郑燮、李葂、高凤翰。总体而言，卢见曾的文学交游网络是一个庞大而相对复杂的圈子，卢见曾与宋弼、董元度、颜懋价、纪昀、惠栋、沈大成、卢谦、刘星炜、王又曾、王昶、严长明、郭一裕、李渭、朱在东、黄叔琳、马曰琯、马曰璐等十七人组成的《国朝山左诗钞》编纂团队则是卢见曾文学交游网络的一个缩影，成员之间相近的文化涵养、趋同的文化旨趣以及彼此之间的密切往来，都为《国朝山左诗钞》的编纂提供了有利条件。

首先，编纂队伍成员多笃于诗文，博学多识，具有很高的文化涵养。

就卢见曾而言，其"手所自著诗八集、文十余卷"①，虽遭火毁后存者不多，但目前仍有《雅雨堂诗遗集》二卷、《雅雨堂文遗集》四卷、《出塞集》一卷传世，诗文之外，卢见曾还编写《德州卢氏家谱》，纂辑《金山志》《焦山志》两种志书，作《玉尺楼曲谱》，著《读易便解》，另外还刊刻十三种子、史著作合为《雅雨堂丛书》并均为之作序，从谱牒志乘到经学典籍，其涉猎范围不可谓不广。其他参与《国朝山左诗钞》编纂的成员亦多学问渊通。

譬如宋弼，宋弼出身德州宋氏，"学使者间岁拔诸生之秀者，州县学各一人，贡成均"②，宋弼与祖父宋兆李、父宋来会三代皆膺此荣，宋弼在乾隆十年（1745）成进士，散馆即授翰林院编修，后擢升为《续文献通考》纂修官，其"学博而醇，诗文皆有法度"③，著有《思永堂文稿》四卷、《州乘余闻》二卷，补辑王士禛《五代诗话》，又辑乡人之作，编德州李国柱之诗与李基确、曹昕、金英之集合为《广川四子诗》，此外还承卢见曾之志编选《山左明诗钞》，对于山左诗坛贡献颇多。

又如纪昀，纪昀进士及第之后留京教习，散馆即授编修，乾隆皇帝甚至"以昀学问优，外任不能尽所长，命加四品衔，留庶子任"④，纪昀还任

---

① 卢见曾：《雅雨堂诗文遗集》，《山东文献集成》第1辑第37册，山东大学出版社，2006，第756页。
② 李恒辑《国朝耆献类征初编》，《清代传记丛刊》第155册，明文书局，1985，第401页。
③ 李恒辑《国朝耆献类征初编》，《清代传记丛刊》第155册，明文书局，1985，第405页。
④ 王钟翰点校《清史列传》卷二八，中华书局，1987，第2129页。

第二章　卢见曾的文学交游与《国朝山左诗钞》的编纂

《四库全书》纂修官,所著《四库全书总目提要》进退百家,各得要旨,蔚为大观,于诗文一道,纪昀亦颇有成就,骈散俱全、诸体兼善,著有《纪文达公遗集》十六卷。

至于惠栋、沈大成,则是专于经术的理学名家,惠栋生于经学世家,"清二百余年谈汉儒之学者,必以东吴惠氏为首"①,惠栋之祖父惠周惕、父亲惠士奇皆以经学显,惠栋幼即博通经史,学有渊源,"为学广博无涯涘,于经史多所论著"②,著有《九经古义》二十卷、《周易本义辨证》五卷、《后汉书补注》十五卷等十数种著作,惠栋尤精于汉易之学,其自著《周易述》精研汉儒之易学理论,并进行发微,见解深邃而独到。沈大成亦"耽心经籍,通经史百家之书,及九宫、纳甲、天文、乐律、九章诸术"③,曾校订《十三经注疏》《五代史》《昭明文选》等十余种经籍。《国朝山左诗钞》征引大量文献,经史子集均有涉猎,以卢见曾为首的编纂队伍博览精核,出入经史,承担《国朝山左诗钞》的纂辑和校勘工作是相当得宜的。

其次,编纂队伍成员有着相近的文学旨趣。

《国朝山左诗钞》的编纂队伍成员都有着著书立说以备文史的文化使命感,纪昀、惠栋、沈大成等人著述宏富,黄叔琳、马曰琯、马曰璐则耗费巨大财力搜罗典籍以备大观,弘扬风雅的文化追求体现在整个编纂队伍之中。就文学创作旨趣而言,《国朝山左诗钞》的编纂成员有许多的共通之处,这就为《国朝山左诗钞》的诗歌选录打下了稳定的基础。作为团队的核心,卢见曾坚持诗本性情的诗学观点,认为"诗者,性之符"④,诗歌因情而作,是表现"性情"的一种符号,只有表现"性情之真"的诗歌才能流传千载。主情的观点在其他成员诗学思想中亦有体现。如沈大成论诗,以为"情触景生,景因情立,二者交倚,缺一则蹷,唐音皆然,玉溪

---

① 《清史稿》卷四八一,中华书局,1977,第13179页。
② 陈黄中:《东庄遗集》,《清代诗文集汇编》第301册,上海古籍出版社,2010,第516页。
③ 王钟翰点校《清史列传》卷七二,中华书局,1987,第5901页。
④ 卢见曾:《雅雨堂诗文遗集》,《山东文献集成》第1辑第37册,山东大学出版社,2006,第712页。

❖ 卢见曾与《国朝山左诗钞》研究

生尤入三昧耳"①，王昶亦主张诗当从心而出："有所得辄发之于诗，行乎其所不得不行，止乎其所不得不止，动中自然，绝无矜张叫嚣之态。"② 卢见曾对于学问、性情之辨，认为"论诗之道，有兴会焉，有根柢焉，兴会发于性情，根柢原于学问"，惠栋长于经学，其诗文批评之中也带有浓厚的学术色彩，十分重视学问根底对于诗歌品质的影响，但其并未否定艺术形象对于诗歌的作用，对于"兴会"也十分重视，尤其肯定其与学问根底相结合所带来的艺术创造力："根柢原于学问，兴会发于性情，二者率不可得兼，然则有兼之者，岂不褒然一大家乎？"③ 与卢见曾在论诗之道、选诗理念上相通。

最后，编纂队伍成员的活动区域较为接近，彼此之间存在着复杂的地缘、学缘以及亲缘关系，往来较为密切。

考察《国朝山左诗钞》的编纂队伍，直接参与诗钞编纂以及修订的当为卢见曾（山东德州）、宋弼（山东德州）、董元度（山东平原）、颜懋价（山东曲阜）、纪昀（河北献县）、卢谦（山东德州）、惠栋（江苏吴县）、沈大成（江苏华亭）、刘星炜（江苏武进）、王又曾（浙江秀水）、王昶（江苏青浦）、严长明（江苏江宁）几人，就里籍而言，宋弼、董元度、卢谦、颜懋价均属山左，与卢见曾同里，具有天然的乡缘优势，而《国朝山作诗钞》纂辑之时，卢见曾于两淮盐运使任中，官居扬州官署，时惠栋、沈大成、严长明、王昶相继入幕，董元度流寓江淮，亦寄居卢见曾署中，编纂成员之间活动区域的接近为《国朝山左诗钞》的编纂提供了充分的地缘优势。另外，纪昀、王昶、王又曾之间则有同年之谊，三人同举于乾隆十九年（1754）甲戌科，纪昀中二甲第四名，王昶中二甲第七名，王又曾中三甲第十四名。此外，卢见曾与纪昀之间还存在着更为深入的姻族关系。考《德州卢氏家谱》知卢见曾长子卢谦育有长子卢荫仁、次子卢荫泽、三子卢荫文、四子卢荫慈、五子卢荫惠，其中三子卢荫文聘"献县纪

---

① 杨钟曦撰，刘承干参校《雪桥诗话三集》，北京古籍出版社，1991，第 307 页。
② 王昶撰，陈明洁、朱惠国、裴风顺点校《春融堂集》，上海文化出版社，2013，第 720 页。
③ 惠栋：《松崖文钞》，《续修四库全书·集部》第 1427 册，上海古籍出版社，2002，第 279 页。

第二章　卢见曾的文学交游与《国朝山左诗钞》的编纂 ❖

氏翰林院编修名昀公女"。错综复杂的关系使得《国朝山左诗钞》编纂队伍成员之间的交往更为深入而密切。

综上所述，《国朝山左诗钞》编纂成员本身的文化素养保障了《国朝山左诗钞》的编纂水准与质量，彼此之间相近的文学旨趣又为《国朝山左诗钞》的编纂统一了诗学倾向，而成员之间因地缘、学缘和亲缘而建立起来的密切的往来关系又为《国朝山左诗钞》的编选提供了便利条件。可以说，《国朝山左诗钞》的成书建立在卢见曾庞大而稳固的文学交游网络之上。

第三章
《国朝山左诗钞》的成书、体例与版本

《国朝山左诗钞》是第一部以清代山左诗人及其作品为选录对象的诗歌总集，其编纂历时五年之久，所选诗人都是山左诗坛上非常有代表性的作家，所录作品也都具有较高的艺术价值，堪称一部质量上乘的文学批评之作，具有重要的文学史价值。作为一部重量级的总集，《国朝山左诗钞》的成书是一个渐进的过程，有多种因素的推动，成书之后又经过数次修订，日臻完备。

第一节 《国朝山左诗钞》的成书背景与文献来源

《国朝山左诗钞》的编纂肇始于清乾隆十八年（1753），成书于清乾隆二十三年，由卢见曾雅雨堂刊行，流布甚广。其成书与卢见曾以诗系史的编选态度、主盟扬州的学者地位及清代繁荣的刻书、藏书传统均有密切关系，也是清代学人自觉进行文学总结的一个缩影。

一 成书背景

"采诗"是中国古典文化中的一个重要传统。作为身居高位的文人士大夫，卢见曾十分认同采诗，认为此举可以"观风俗而考得失"[1]，"季札

---

[1] 卢见曾：《雅雨堂诗文遗集》，《山东文献集成》第1辑第37册，山东大学出版社，2006，第736页。

第三章 《国朝山左诗钞》的成书、体例与版本

观乐能别其音,诗之系于地也"①。一地有一地之乡音,一地亦有一地之歌诗,卢见曾出身山左,对于乡邦文化具有非常深厚的认同感,《国朝山左诗钞》即肩负了卢见曾采诗观风俗、存诗备文史的愿望。

第一,山左诗坛成就斐然。清朝定鼎之初,北方士绅最先接纳清廷,最早实现稳定,而山左之乡,依岱宗,傍尼山,具有深厚的文学传统,"自历下李观察、边尚书、许佐史以来,振兴风雅,拔中原之纛,而词坛互禅,久而弥昌,今日之领袖英绝,为艺林所宗法者,指不胜屈"②,依托于强大的明代诗学传统与平和安稳的政治环境,清初山左诗坛得以迅猛发展,诞生了一批闻名海内的诗人,成为清诗重镇,以影响范围之广、诗人数量之多、艺术成就之高而备受瞩目:"本朝诗人,山左为盛,先清止公与莱阳宋观察荔裳(琬)同时,继之者新城王考功西樵(士禄)及其弟司寇,而安邱曹礼部升六(贞吉),诸城李翰林渔村(澄中),曲阜颜吏部修来(光敏),德州谢刑部方山(重辉)、田侍郎、冯舍人后先并起。然各有所就,了无扶同依傍,故诗家以为难。秀水朱翰林竹垞(彝尊)、南海陈处士元孝(恭尹)、蒲州吴征君天章(雯)及洪昉思,皆云然"③,赵执信所列举的这一系列山左大家,既有"诣臻最上、笼盖百家、囊括千载、为一代风雅之主者"④,又有"霸才独擅、自辟门户而异曲同工者"⑤,渊源甚广,渐被四方。

第二,山左诗歌散佚颇多。由于复本较少、编修删毁、流离丢失等种种原因,古典文献的保存颇为不易,清前期山左诗坛虽名士辈出,成果丰硕,但是诗歌保存情况亦不十分乐观。以宋琬为例,其诗文先有刻于康熙三十八年(1699)的《安雅堂集》,此后,其族人又为之补刻续集,即便

---

① 卢见曾:《雅雨堂诗文遗集》,《山东文献集成》第1辑第37册,山东大学出版社,2006,第736页。
② 王曰高:《槐轩集》,《清代诗文集汇编》第105册,上海古籍出版社,2010,第423~424页。
③ 赵执信、翁方纲撰,陈迩冬校点《谈龙录 石洲诗话》,人民文学出版社,1981,第14页。
④ 卢见曾:《雅雨堂诗文遗集》,《山东文献集成》第1辑第37册,山东大学出版社,2006,第736页。
⑤ 卢见曾:《雅雨堂诗文遗集》,《山东文献集成》第1辑第37册,山东大学出版社,2006,第736页。

❖ 卢见曾与《国朝山左诗钞》研究

如此，仍然漏收了其《忆故乡海错绝句》等诗，未能将宋琬创作成果完整保存。如宋琬这样诗文不断被搜集、整理、刊刻甚至补录的诗人，作品尚有缺漏，遑论那些声名不显的诗人了。如淄川赵金人本有《借山楼集》，惜毁于火，仅于《淄川县志》中存《江夏怀豹岩太史》诗一首；新城于觉世与弟于维世齐名，生平著述皆毁于火，仅遗诗三首，《国朝山左诗钞》钞其二。类似的作品散佚在山左诗人中频频发生，"遗文散失，姓氏无征，吾乡文献及今不为搜辑，再更数十年，零落澌灭尽矣"①，对山左诗歌进行搜集整理实在是迫在眉睫。

第三，清诗总集编纂蔚然成风。清代是中国古典文化的总结阶段，由于文化普及程度高、印刷业的进步，诗歌总集的编纂与前代相比也进入更为繁盛的发展时期，"诗至今日，与唐比盛，选诗者亦与唐比盛"②。在《国朝山左诗钞》成书前的顺治、康熙、雍正三朝，清诗总集选本已有百余种之多，这些总集"或分人，或分地，或分体，或不用圈评，或注而不评，或评注多于诗，为例不一"③，其中有选录遗民之作旨在怀念故国者，如冯舒《怀旧集》、卓尔堪《遗民诗》；有选群体之诗凸显相似诗学风尚者，如毛先舒《西陵十子诗选》、吴伟业《太仓十子诗选》；有专选名媛才女之诗以彰风雅者，如邹漪《诗媛八名家集》、胡孝思《本朝名媛诗钞》。根据所选诗人区域分布划分，有征选全国之诗者，如陈以刚《国朝诗品》，亦有选一地之诗者，如汪士钛《新都风雅》辑选徽州诗文。清诗总集呈现出极大繁荣的局面。

第四，稳定的社会环境。自清朝立国之初经几位帝王励精图治所创立的康乾盛世刚刚开始，清王朝在不断吸取历代王朝兴衰的教训后变革既有体制，创造了相对稳定的社会环境，而政治上"不分满汉"的政策也使得官场上维持了相对平和的论争。此时文网尚不算严密，乾隆皇帝关于图书禁毁、抽改、摈弃等政策尚未出台，文化上仍然处于相对宽松的状态。这一时期的社会经济也得到飞速发展，以乾隆二十年

---

① 卢见曾编《国朝山左诗钞》，第2页。
② 张缙彦：《扶轮新集序》，《扶轮新集》卷首，清顺治十八（1661）年刻本。
③ 谢正光、佘汝丰编著《清初人选清初诗汇考》，南京大学出版社，1998，第237页。

第三章　《国朝山左诗钞》的成书、体例与版本

(1755)为例,是年清廷平定准噶尔,政治版图再一次扩大,"是年各直省人口总计为一亿八千五百六十一万二千八百八十一人,各直省存仓米谷共计三千二百九十六万六千一百〇一石",是年户部实际存银四千二百九十九万七千零四十八两,较上年增五百余万两。① 平稳的社会环境大大推动了文化的发展,其中尤以江南地区为盛。卢见曾自乾隆十八年(1753)复调两淮盐运使,官居扬州十年,此时的扬州已经从惨痛的屠城中恢复过来,凭借长江、运河交汇处的独特地理位置,成为南北货物转运的重要集散地,极大地带动了商业经济的发展,而国家的盐业垄断政策又使其成为重要的盐务中心,盐业的巨大利润同样滋养着这座城市。稳定而富庶的社会环境为文人诗酒风流创造了极佳的条件,酬唱、结社、宴游,文化活动的丰富催生了扬州诗文及刻书业的发展,卢见曾雅雨堂即在这一时期刊刻了许多重要典籍,《国朝山左诗钞》亦成书于此时。

卢见曾为官之初,便具有深刻的文化使命感,其"在洪雅建雅江书院,在六安建赓飏书院,在永平建敬胜书院,在长芦建问津书院,扬州旧有安定书院,更因而廓其规制,严其教条,前后所成就者不可枚数"②。卢见曾极崇乡贤,认为"山左之诗甲于天下"③,早先王士禛已欲辑选刘孔和、丁耀亢等数十家之诗而未果,至卢见曾之时,虽不断有新诗产生,但旧作历久而湮灭者亦有不少,更激发卢见曾编选山左诗之志,故裒集山左诗之佳作着手编定《国朝山左诗钞》,既为彰显山左诗之硕果,又为昭示"圣朝风雅之盛"④,使天下宗诗者观之。

二　诗歌文献来源

《国朝山左诗钞》选录诗人六百二十七家,选录诗歌五千九百余首,规模庞大,涉及文献众多,卢见曾在《凡例》中称:"诸贤之诗,钞自本

---

① 中国人民大学清史研究所编《清史编年》第五卷上,中国人民大学出版社,1991,第538页。
② 闵尔昌纂《碑传集补》,《清代传记丛刊》第121册,明文书局,1985,第111页。
③ 卢见曾编《国朝山左诗钞》,第2页。
④ 卢见曾编《国朝山左诗钞》,第2页。

103

集者，或分体，或编年，各从其旧。有采于志乘以及说部、诗话或友人以一二篇邮寄者，往往宿负诗名，而收录无多。"① 据此可知卢见曾在选录之时，诗篇采录的几个主要来源分别为诗人别集、志乘、史部、诗话、友人邮寄零星篇目。

（一）别集

首先必须说明的是，《国朝山左诗钞》小传中虽然记载了众诗家的集子，然而并非小传所列所有诗集都是其资料来源，其中相当一部分集子应该只是属于听闻，未曾得见，故需对《国朝山左诗钞》著录诗人别集进行考辨。综览《国朝山左诗钞》，明确于诗后标注诗篇来源的有23位作家的63种集子，其书目如下：

1. 宋琬《安雅堂集》《安雅堂续集》

卷一、卷二合录宋琬诗163首，小传称其著有《安雅堂集》。诗话曰："《安雅堂集》刻于康熙己卯，殊多漏略，亦无《入蜀》一集，是非渔洋所见公子思勃原本矣。近日其族人邦宪搜辑补刻为续集，前后共七百余首，而《海错》二绝句亦不载，闻其家有全集，征之不得，不胜惋叹。"② 卷一选宋琬诗84首，于首篇《赠宫光紫》诗后附注称出自《安雅堂集》，即为诗话所称康熙己卯刻本；卷二选宋琬诗79首，于首篇《赋赠方尔止》诗后附注曰出自《安雅堂续集》，即为宋琬族人宋邦宪补刻本。

2. 赵进美《清止阁集》

卷三、卷四合录赵进美诗163首，小传称其著有《清止阁集》，并于诗话中援引赵进美《清止阁集自序》。卷三录赵进美诗113首，首篇《北征》诗后注称"《清止阁集》，始崇祯庚辰止癸未"③，《琅琊》诗后注"南征草"，《入州》诗后注"西征草"，《窗下梨花》诗后注"燕市草"；卷四录赵进美诗50首，首篇《出都》诗后注"楚役草"，《南康登楼》诗后注"白鹭草"。

---

① 卢见曾编《国朝山左诗钞》，第4页。
② 卢见曾编《国朝山左诗钞》，第16页。
③ 卢见曾编《国朝山左诗钞》，第40页。

第三章 《国朝山左诗钞》的成书、体例与版本

3. 孙廷铎《归来小咏》

卷五录孙廷铎诗18首,小传称其著有《说研堂集》,其《闻雁》诗后注"归来小咏"。

4. 高珩《栖云阁诗》

卷六录高珩诗151首,小传称其著有《栖云阁集》。诗话称:"赵宫赞秋谷为选《栖云阁集》,盖不及十之一云。"① 其首篇《都中》诗后注"栖云阁诗"。

5. 杜濬《岱游草》《听松轩草》《南明草》《修来园草》《白下草》

卷一一杜濬小传称其著有《湄湖吟》《湄村全集》。其《桃花涧》诗后注"岱游草",《小斋》诗后注"听松轩草",《初阳谷》诗后注"南明草",《辛丑夏夜憩大观楼,俯占星气,卧瞰江流,意甚乐之,余于此楼之咏,尤爱王贻上"凉月满江楼"之句,勉以和之》诗后注"修来园草",《广福寺秋日言怀》诗后注"白下草"。

6. 王士禄《表余堂集》《十笏草堂集》《西樵诗选》

卷一三、卷一四合录王士禄诗123首,小传称其有《表余堂》《十笏草堂》《辛申》《上浮》诸集以及《考功诗选》。其《八月十五夜》诗后注"表余堂集",《反乞食》诗后注"十笏草堂集",《游竹林毕由夹山下望招隐时以迫暮不及游》诗后注"西樵诗选"。

7. 王士禛《渔洋山人精华录》《蚕尾集》

卷一五、卷一六、卷一七合录王士禛诗399首,小传称其有《带经堂集》《精华录(定本)》。其《对酒》诗后注"丙申稿",《慈仁寺双松歌赠许天玉》诗后注"戊戌稿",《江上寄程昆仑》诗后注"庚子稿",《丹徒行吊宋武帝》诗后注"辛丑稿",《雨中度故关》诗后注"蜀道集",《送张宝庵宰新野》诗后注"蚕尾集"。

8. 于觉世《使越诗》

卷一八录于觉世诗13首,小传称其有"居巢、燕市、使越、岭南诸集"。其《平原岭短歌》诗后注"使越诗"。

---

① 卢见曾编《国朝山左诗钞》,第81页。

9. 丁耀亢《逍遥游草》《陆舫诗草》

卷一九收丁耀亢诗49首，小传称其有"逍遥游、陆舫、椒邱、江干、归止、听山亭诸集"①。其《石经峪》诗后注"逍遥游草"，《屠牛叹呈张中柱学士》诗后注"陆舫诗草"。

10. 谢重辉《杏村诗集》

卷三〇收谢重辉诗81首，小传称其著有《杏村诗集》，其《吴天章过访却送返中条》诗后亦注"杏村集"。

11. 曹贞吉《朝天集》《黄海纪游诗》《鸿爪集》

卷三一收曹贞吉诗71首，小传称其有"实庵诗略、朝天、鸿爪、黄海纪游诸诗"②。其《吴山晚眺》诗后注"十子诗略"，《雪中作》诗后注"朝天集"，《卧龙松歌》诗后注"黄海纪游诗"，《宿篙口》诗后注"鸿爪集"。

12. 安致远《柳村杂咏》《倦游草》

《国朝山左诗钞》卷三三收安致远诗21首，小传称其著有《纪城诗稿》。其《过郑州》诗后注"柳村杂咏"，《登青州北城楼》诗后注"倦游草"。

13. 张宣《西田吟》《濠梁途咏》《荆途草》《钟离草》

卷三四收张宣诗20首，小传称其有"西田、登岱、荆途诸草，濠梁途吟，丹崖集"③。其《田园杂兴》诗后注"西田吟"，《青城道中》诗后注"濠梁途咏"，《望八公山》诗后注"荆途草"，《长安山》诗后注"钟离草"。

14. 赵作舟《敝裘集》《原鸰集》《二瞻集》《东原集》《汇征集》《濯缨集》《使黔集》《含香集》《湘芷集》

卷三四收赵作舟诗22首，小传称其有《文喜堂集》。其《刘云子招赏菊》诗后注"敝裘集"，《汇泉偶成》诗后注"原鸰集"，《梁园杂诗》后注"二瞻集"，《秋日杂感遣兴》诗后注"东原集"，《哭望石少司马》诗后注"汇征集"，《津门旅兴》诗后注"濯缨集"，《抵贵阳》诗后注"使

---

① 卢见曾编《国朝山左诗钞》，第258页。
② 卢见曾编《国朝山左诗钞》，第412页。
③ 卢见曾编《国朝山左诗钞》，第455页。

第三章 《国朝山左诗钞》的成书、体例与版本

黔集",《车中口号》诗后注"含香集",《土溪村宿》诗后注"湘芷集"。

15. 赵执信《并门集》《闲斋集》《还山集》《观海集》《鼓枻集》《茆溪集》《红叶山楼集》《浮家集》《磺庵集》

卷三六、卷三七合收赵执信诗152首,小传称其著有《饴山诗集》。诗话称:"益都赵秋谷先生以诗名天下,生平所为诗凡数种,合若干卷,殁后阁学滇南李鹤峰因培视学吾乡,从其令嗣得先生手定本,俾余序之,以版行于世。"① 赵执信《饴山诗集》为卢见曾所梓行,合其诗集数种,《国朝山左诗钞》辑引诗篇,复注出处,《督亢怀古》诗后注"并门集",《送吴天章之太原》诗后注"闲斋集",《出都》诗后注"还山集",《与冯信州躬暨夜话感旧》诗后注"观海集",《谷城山咏留侯》诗后注"鼓枻集",《微山湖舟中作》诗后注"茆溪集",《夏日移居山庄》诗后注"红叶山楼集",《赠老友王羲文》诗后注"浮家集",《望春曲》诗后注"磺庵集"。

16. 冯廷櫆《晴川集》《京集》《雪林集》《曹村集》

卷三九收冯廷櫆诗131首,小传称其有"晴川、雪林、曹村等集"②,殁后由赵执信合选刻为《冯舍人遗诗》。《遣兴二首》诗后注"晴川集",《送翁大司空归常熟》诗后注"京集",《送卢喜臣之官偃师》诗后注"雪林集",《司马相如》诗后注"曹村集"。

17. 董思凝《海棠巢小草》《淮行草》

卷四一收董思凝诗10首,小传称其有《海棠巢小草》《淮行草》。其《咏慈仁寺松》诗后注"海棠巢小草",《河西晚眺》诗后注"淮行草"。

18. 田霡《乃了集》

卷四二收田霡诗107首,小传称其有《鬲津草堂诗》《七言绝句诗》《南游稿》《乃了集》。其绝大多数诗篇皆未注出处,仅最后一首《遗赠卢抱孙内表弟》诗后注有"乃了集"。

19. 张笃庆《郢中集》

卷四三、卷四四合录张笃庆诗131首,小传称其有《昆仑山房集》。

---

① 卢见曾编《国朝山左诗钞》,第483页。
② 卢见曾编《国朝山左诗钞》,第522页。

其《长清川路中望群山》诗后注"郓中集"。

20. 朱缃《云根清墅山房集》《观稼楼诗》《吴船书屋诗》

卷四六收朱缃诗47首,小传称其有"云根清墅山房、枫香、观稼楼、吴船书屋等集"①,诗话曰:"子青《枫香集》一卷。"② 其《麻姑堂》诗后注"云根清墅山房集",《再送丰原》诗后注"观稼楼诗",《齐河道上》诗后注"吴船书屋诗"。

21. 张谦宜《沉郁集》

卷四七收张谦宜诗41首,小传称其有《絸(亦作茧)斋集》《沉郁集》。其《嘉兴道上》诗后注"沉郁集"。

22. 高凤翰《击林集》《湖海集》《归云集》

卷五四收高凤翰诗87首,小传称其有"击林、湖海、岫云、鸿爪、归云等集"③。其《幽居》诗后注"击林集",《晚泊三山》诗后注"湖海集",《寄淮扬诸同学》诗后注"归云集"。

23. 卢道悦《公余漫草》

卷五七家集选卢道悦诗58首,小传称其有《公余漫草》《清福堂遗稿》,诗话援引沈起元之语曰:"《公余漫草》一编,治偃师日所刊……《清福堂遗稿》则陶令还乡香山居洛之作,雅雨同年《山左诗钞》既成,余为录先生诗五十八首入集。"④《登缑山》诗后注"公余草"。

虽未在诗篇之中标注出处,但是根据诗话、注释等材料能考证编纂团队实际见过本集者有如下15位诗人的18种集子。

1. 张忻《游夏草》

卷四张忻条下卢见曾按语:"北海先生……著述甚富,子文安公殁后,书籍散佚,近从掖水毛苟亭贽索得《游夏草》一册,云烟过鸟,为之慨然。"⑤

---

① 卢见曾编《国朝山左诗钞》,第610页。
② 卢见曾编《国朝山左诗钞》,第610页。
③ 卢见曾编《国朝山左诗钞》,第708页。
④ 卢见曾编《国朝山左诗钞》,第756页。
⑤ 卢见曾编《国朝山左诗钞》,第58页。

第三章 《国朝山左诗钞》的成书、体例与版本

2. 王启叡《辰集》《西湖诗》

卷五王启叡条下卢见曾按语："今所得二册，其一皆古体，署曰《辰集》，意当有十二册矣；其一则《西湖诗》，为蝇头细字，书法绝似邢太仆。所著又有四部古乐府云。"①

3. 王琢璞《云来馆集》

卷八王琢璞条下卢见曾按语："无瑕既殁，张稷若先生收其遗文，为之厘定，刻而传之。"②

4. 张尔岐《蒿庵集》

卷九张尔岐条下卢见曾按语："先生著述唯《仪礼郑注句读》及《夏小正传注》已经板行，《蒿庵集》，吴中藏书家有钞本，诗皆采自集中。"③

5. 叶承宗《泺函十卷》

卷一〇叶承宗条下卢见曾按语："弈绳其先浙江丽水人，文庄公琛之后，工南北词曲，号泺湄啸史，《泺函》第十卷皆杂曲也。又著《耳谈》，诙谐之词，亦见函中。"④

6. 张笃行《九石居遗稿》

卷一〇张笃行条下卢见曾按语："（张笃行）所著有《李杜诗注》《一弦琴谱》，诗多散佚，存者十之一二。"⑤

7. 赵起凤《色养集》《狂诫集》

卷一〇赵起凤条下卢见曾按语："先生又著《色养》《狂诫》诸集。"⑥

8. 田雯《山姜诗选》《古欢堂集》

卷二四田雯条下卢见曾按语："集大卷富，三覆阅而定此钞。"⑦

9. 高之騱《梓岩遗诗》

卷三三高之騱条下卢见曾按语："梓岩诗为予亡友胶州高西园所录，

---

① 卢见曾编《国朝山左诗钞》，第 79 页。
② 卢见曾编《国朝山左诗钞》，第 118 页。
③ 卢见曾编《国朝山左诗钞》，第 126 页。
④ 卢见曾编《国朝山左诗钞》，第 137 页。
⑤ 卢见曾编《国朝山左诗钞》，第 140 页。
⑥ 卢见曾编《国朝山左诗钞》，第 144 页。
⑦ 卢见曾编《国朝山左诗钞》，第 320 页。

为言梓岩幽忧佗傺、所遇多恶，年不及四十而死，搜其遗稿属沂水高君梓之。"①

10. 汪灏《倚云阁集》

卷四〇汪灏条下卢见曾按语："先生诗学殆出渔洋之门，本集原评，今并采入。"②

11. 李慎修《雪山诗草》

卷四九李慎修条下卢见曾按语："今遍征不得，得一册，皆晚年率意之作，不敢入集，失其本来面目，惟存《入台》一首而识其大凡如此。"③

12. 田同之《砚思集》

卷五一田同之条下卢见曾按语："砚思诗文出自家学，诗则兼治渔洋……著《砚思集》，外有《二学亭文涘》《晚香词》《诗说》《文说》《词说》。"④

13. 李本澂《东溪诗集》

卷五二李本澂条下卢见曾按语："司马公十三子清德世济，颇兼阿大中郎封胡遏末之美，今入集者，仅海若、龙川、听山三君，其长壁、太清、佩球、十洲、仙门诸先生诗集并未邮寄，存十一于千百，不胜掎摭星宿之叹。"⑤ 其中听山为李本澂号，海若为李本涵字，本涵著述未详，龙川为李本滽字，本滽著有《申秀堂集》，三人皆为兵部侍郎李赞元之子，诗以邮寄方式为卢见曾所见。

14. 张元《绿筠轩诗》

卷五五张元条下卢见曾按语："（元）论文衮衮妙有渊源，不可于近人中求之，尝以所为诗属余选定，余诺之而未有暇也，寒毡甫就，遽作古人，重阅遗诗，腹悲曷能自已。"⑥

15. 刘储鲲《铁槎山房遗诗》

卷五六刘储鲲条下卢见曾按语："《铁槎山房遗诗》，登莱道副使熊公

---

① 卢见曾编《国朝山左诗钞》，第 453 页。
② 卢见曾编《国朝山左诗钞》，第 537 页。
③ 卢见曾编《国朝山左诗钞》，第 652 页。
④ 卢见曾编《国朝山左诗钞》，第 674 页。
⑤ 卢见曾编《国朝山左诗钞》，第 693 页。
⑥ 卢见曾编《国朝山左诗钞》，第 721 页。

绎祖所寄。"①

另，卷五七卢氏家集中收卢世㴠、卢道悦、卢道和、卢承曾、卢扬曾五人诗，卢道悦《公余漫草》前已论及，其他几位中《国朝山左诗钞》有著述记载者为卢世㴠《尊水园集》、卢扬曾《问月轩集》，以宗族之故，卢见曾应该更易见到本集，故卢氏家族诗人作品择录应当多出本集。

（二）志乘

1. 《临清州志》

卷一四收临清柳焘诗一首，卢见曾按语称："公窳诗世未之见，检州志得诗一首。"②

2. 《淄川县志》

卷二一收淄川赵金人诗二首，卢见曾按语称："（金人）集毁于火，无从物色，于县志中得一首。"③

3. 《曹州志》

卷四四收曹州段云襄诗三首，卢见曾按语称："云襄数诗蒙泉于《曹州志》内检得。"④

（三）史部著作

1. 《南征纪略》

卷五张端条下按语："《孙太常祭告》一诗则采之文定《南征纪略》也。"⑤

2. 《幸鲁盛典》

卷四一收王懿诗一首，卢见曾按语称："先生文名清节并著，而诗未流传，仅于《幸鲁盛典》得一首录之。"⑥

---

① 卢见曾编《国朝山左诗钞》，第 737 页。
② 卢见曾编《国朝山左诗钞》，第 190 页。
③ 卢见曾编《国朝山左诗钞》，第 289 页。
④ 卢见曾编《国朝山左诗钞》，第 595 页。
⑤ 卢见曾编《国朝山左诗钞》，第 70 页。
⑥ 卢见曾编《国朝山左诗钞》，第 548 页。

（四）诗话著作

《渔洋诗话》

卷二一收王遵坦诗十二首，卢见曾按语称："集内……《题项王本纪》（即《题项王传》）、《咏古玉镜》见《渔洋诗话》。"①

（五）友人邮寄、抄录

1. 董元度

卷二一收赵金人诗二首，卢见曾按语称："董曲江记其《鹅管》（即所录《鹅管笛》）一首，并钞之。"②

卷五六收张方戬诗一首，卢见曾按语称："（方戬）遗集散失，董曲江内甥，其侄婿也，客扬州，记其诗一首，录之。"③

卷五六收董元赓诗二首，董元度按语称："箧中未带全集，仅记少作二首，行将返旧里捡遗集，搜罗以供哲匠评骘焉。"④

2. 朱在东

卷二三收马骕诗一首，卢见曾按语称："宛斯先生学问政绩为吾乡闻人，而诗句流传绝少，余友建陵朱君晓园观察济东访得一诗邮寄。"⑤

3. 宋弼

卷三八收马世骥诗一首，宋弼按语称："今访其集未得，仅于友人处录《九日》（即《九日西园登高》）一首。"⑥

卷四九收刘友田诗三首，卢见曾按语称："（友田）遗稿散佚，集中数篇，其婿宋弼所记录也。"⑦

4. 熊绎祖

卷五六收刘储鲲诗十七首，小传称其著有《铁槎山房诗》，卢见曾按

---

① 卢见曾编《国朝山左诗钞》，第279页。
② 卢见曾编《国朝山左诗钞》，第289页。
③ 卢见曾编《国朝山左诗钞》，第739页。
④ 卢见曾编《国朝山左诗钞》，第743页。
⑤ 卢见曾编《国朝山左诗钞》，第313页。
⑥ 卢见曾编《国朝山左诗钞》，第521页。
⑦ 卢见曾编《国朝山左诗钞》，第655页。

语中称:"《铁槎山房遗诗》,登莱道副使熊公绎祖所寄。"①

5. 其他

卷四收李永绍诗一首,卢见曾按语称:"先生诗未概见,《仪征入江》一绝于友人扇头见之。"②

卷三〇收吴自冲诗四首,卢见曾按语称:"(自冲)诗为田山姜先生所赏,惜无完帙,仅得邮寄数篇。"③

卷五〇收程彦例诗一首,卢见曾按语称:"(彦例)未三十卒,子幼,遗集散失无存,得诗一首于友人所藏扇头。"④

(六) 诗歌总集

1. 王士禛《感旧集》

卷九收任虞臣诗十六首,其中《晚晴》诗后附小字注曰:"从《感旧集》本。"诗曰:"落日当秋霁,清光欲半天。寒村归宿鸟,暝树乱炊烟。三五明星野,南东白露田。出门望樵牧,人语隔溪边。"⑤ 任虞臣著有《白石山房草》,今未见,故检他集,于《涛音集》中见其同题之作,诗曰:"落日当秋霁,赭光欲半天。夕村归宿鸟,暝树结炊烟。三五明星野,南东白露田。寥寥人静后,灯火隔篱边。"⑥ 两诗相较,《感旧集》本以"乱""望""人语"等意象,刻画了静中有动的寒村落日晚晴之景,较《涛音集》本更为生动。

2. 邓汉仪《诗观》

卷一八收李赞元诗六首,卢见曾按语称:"先生《滴翠园》诗未见本集,今所钞皆《诗观》原选。"⑦

3. 马长淑《渠风辑略》

卷三三收张贞诗二首,卢见曾按语称:"先生自叙半部稿,谓生平好

---

① 卢见曾编《国朝山左诗钞》,第737页。
② 卢见曾编《国朝山左诗钞》,第544页。
③ 卢见曾编《国朝山左诗钞》,第411页。
④ 卢见曾编《国朝山左诗钞》,第667页。
⑤ 卢见曾编《国朝山左诗钞》,第124~125页。
⑥ 王士禄、王士禛编选《涛音集》,《山东文献集成》第3辑,第38册,山东大学出版社,2010,第496~497页。
⑦ 卢见曾编《国朝山左诗钞》,第244页。

读诗、古文、词，及自操觚，则为文而不为诗，即偶为之，亦不似，盖其天性也。故卒舍诗而为文，是先生初不以诗名，故流传绝少耳，于《渠风集略》中钞得二首。"① 《国朝山左诗钞》卷三八马常沛条下附卢见曾按语："竹船弟长淑字蓼亭，余辛卯同年，以进士官磁州牧，常辑录邑中诗人之作为《渠风集略》，今所录安邱诸君子诗多津逮焉。"②

4. 江左诗人选本

此集未详其名。《国朝山左诗钞》卷一〇收单若鲁诗一首，卢见曾按语称："高密单氏自前万历以后，名人辈出，二百年来，科第蝉联，称为极盛，其家集征求未得，仅从江左诗人选本得国子先生诗一首。"③

三 诗话文献来源

卢见曾在《凡例》中称《明诗综》"前详爵里，后系诗话，于选诗体制为宜，向《感旧集补传》从之，今仍其例，以行实居先，逸事次之，见闻最确而书无可征者，以案语附后。"④ 《国朝山左诗钞》诗话内容涵盖诗人生平行状、创作经历、艺术风格甚至遗闻逸事，十分丰富，而其中绝大多数史料皆有出处可寻，这便涉及大量文献的征引，今考《国朝山左诗钞》诗话，其征引文献来源主要有以下39种。

1. 《渔洋诗话》

卷九董樵条下诗话："《渔洋诗话》：董樵游婺郡，闺秀倪氏仁吉高其人，制方竹为杖遗之，倪有绝句云：'怨入苍梧斑竹枝，潇湘渺渺水云思。分明记得华清夜，疏雨银釭独坐时。'又曰：樵有诗三四十卷，属余论定，未及报而樵卒。"⑤ 此外，卷一宋琬、卷一一冯溥、卷一二唐梦赉、卷一八曹申吉、卷二二朮翼宗、卷二五马澄、卷三四王士骊、卷四八王苹、卷五八纪映淮九位诗人名下诗话亦援引王士禛《渔洋诗话》。

---

① 卢见曾编《国朝山左诗钞》，第444页。
② 卢见曾编《国朝山左诗钞》，第512页。
③ 卢见曾编《国朝山左诗钞》，第136页。
④ 卢见曾编《国朝山左诗钞》，第3页。
⑤ 卢见曾编《国朝山左诗钞》，第120页。

第三章 《国朝山左诗钞》的成书、体例与版本 ❖

2.《静志居诗话》

卷八赵士喆条下诗话:"朱竹垞《静志居诗话》:伯濬倡山左大社以应复社,捍乡里之牧圉、效信国之集句,尝削稿纵横谈天下事,思上之朝见,陈启新用事,耻之不果,颠沛终老,殆临江节士、扶风豪士之流。"①此外,《国朝山左诗钞》卷九董樵条下诗话亦引此集。

3.《池北偶谈》

卷一宋琬条下诗话:"王渔洋士正《池北偶谈》:'康熙以来,诗人无出南施北宋之右。……'"②此外,卷五李森先、卷八徐振芳、卷一〇赵起凤、卷二三马骕、卷二三邵士梅、卷二九东野沛然、卷三一袁藩、卷三四赵作舟、卷三八孙宝侗、卷六〇释澄翰与释成楚,以及卷末之林四娘等十二位诗人名下诗话皆援引王士禛《池北偶谈》。

4.《颜山杂记》

卷四任濬条下诗话:"孙文定《颜山杂记》:'此邑先生任尚书濬按吴时所作也,尚书与余同在山间,村墅相接,奇才博识,文章凌轹秦汉。曩尝共事,司农每有剧谈,愧其综雅,今其既没,遗文散亡,家人竟无存录,良可惜也。……'"③

5.《香祖笔记》

卷一三王士禄条下诗话:"《香祖笔记》:先兄《考功集》诗屡经芟削,最后刻四卷,佳句佚者颇多,略记一二。如《潍县道中》云:'人烟通下密,桥路绕东丹。'《夏夜词》云:'梦觉闻花漏,星河一带横。'《感兴》云:'大人有赋言仙意,内景何方驻圣胎。'此类尚夥。"④

6.《居易录》

卷六高珩条下诗话:"《居易录》:吾乡念东高公下笔妙天下,而留意二氏之学,生平撰著不减万篇,常广东坡'劝尔一杯聊复醉,人间贫富海

---

① 卢见曾编《国朝山左诗钞》,第106页。
② 卢见曾编《国朝山左诗钞》,第16页。
③ 卢见曾编《国朝山左诗钞》,第63页。
④ 卢见曾编《国朝山左诗钞》,第171页。

115

茫茫'之意作小词八首，虽出游戏，亦绝调也。"① 此外，卷五孙廷铨、卷七张光启、卷一〇张四教、卷一八刘祚远、卷二〇张实居、卷二四田雯、卷二五赵其星、卷二七孔尚任、卷三〇谢重辉等九位诗人名下诗话亦援引王士禛《居易录》。

7.《古夫于亭杂录》

卷三二董讷条下诗话："《古夫于亭杂录》：董默庵以御史大夫改江南江西总督，有某御史者造之，甫就坐，大哭不已，董为感动，举坐讶之。某出，旋造大冶相余佺卢国柱，入门掀起即大笑。余惊问之，对曰：'董某去矣，拔去眼中钉也。'京师传之，皆恶其反覆，未几罢官。"② 此外，卷三四徐辀、卷五八梁颀、卷五八张秀等三位诗人名下诗话亦援引《古夫于亭杂录》。

8.《古欢录》

卷八赵士喆条下诗话："渔洋《古欢录》：伯濬隐成山之松椒，去家五百里，终身不一至，著《建文帝年谱》《辽宫词》《石室谈诗》若干卷，弟子董樵侍伯濬于成山。"③

9.《识小录》

卷九任彦芳条下诗话："毛师陆赟《识小录》：如求与刘孟门友善，为诗清丽有骨，孟门极称之。"④ 此外，卷二一宿凤翙、卷二二毛畹、卷三八毛霦、卷四八毛贡四位诗人名下小传亦引《识小录》语。

10.《今世说》

卷一二唐梦赉条下诗话："王丹麓《今世说》：孙怍庭称唐济武诗刻炼之工，山嚬水笑。"⑤ 此外，卷二二姜实节条下诗话亦引《今世说》语。

11.《分甘余话》

卷二三马骕条下诗话："《分甘余话》：康熙四十四年圣驾南巡至苏州，

---

① 卢见曾编《国朝山左诗钞》，第 81 页。
② 卢见曾编《国朝山左诗钞》，第 429 页。
③ 卢见曾编《国朝山左诗钞》，第 106 页。
④ 卢见曾编《国朝山左诗钞》，第 126 页。
⑤ 卢见曾编《国朝山左诗钞》，第 158 页。

一日垂问故灵璧知县马骕所著《绎史》，命大学士张玉书物色原板，明年四月令人赍白金二百两至本籍邹平县购板进入内府。"①

12. 王士禛《考功年谱》

卷一三王士禄条下诗话："《考功年谱》：君以康熙癸丑七月二十日酉时终于正寝，易箦之际，口鼻皆作旃檀香，既而遍体作莲华兰蕙种种异香，经三日夜不散，既敛乃已。"②

13.《沂州府志》

卷四沂水（属沂州府）刘应宾条下诗话："府志：'应宾成进士，任南宫令举最为吏部文选郎，值魏珰用事，引疾归。'"③

14.《曹县志》

卷四曹县李悦心条下诗话："县志：'悦心为御史，疏荐孙传庭，劾李待问，朝士惮之，致仕后与弟子讲课为乐，卒于家。'"④

15.《益都县志》

卷四益都王玉生条下诗话："县志：玉生以明经通判湖州，迁怀庆同知，晋保宁知府，历宦二十年，囊橐萧然，著书自乐。"⑤ 此外，卷四六张虞言名下诗话亦引《益都县志》语。

16.《济南府志》

卷五淄川（属济南府）王启叡条下诗话："府志：启叡曾祖纳言仕参政，启叡席先业，有才子之目，好为奇服杂佩，所居般水上游，辟榛凿崖为龙门园，有十四景诗，其称冰弦楼即此地也。"⑥ 此外，卷一〇叶承宗、卷一八张完臣、卷二一赵金人、卷二五毕际有等四位诗人名下诗话皆引《济南府志》语。

17.《山东通志》

卷八阳信毛如瑜条下诗话："通志：贵甫避乱，奉母入青州山中，母

---

① 卢见曾编《国朝山左诗钞》，第313页。
② 卢见曾编《国朝山左诗钞》，第171页。
③ 卢见曾编《国朝山左诗钞》，第57页。
④ 卢见曾编《国朝山左诗钞》，第63页。
⑤ 卢见曾编《国朝山左诗钞》，第66页。
⑥ 卢见曾编《国朝山左诗钞》，第79页。

卒，遂担簦杖策，遍游五岳名山凡四十年，终于家。"① 此外，卷一〇艾元徵、张四教、李道昌、王天眷、朱虚，卷一一冯溥、任克溥、杜濬、王登联，卷一八王陛，卷二三王曰高，卷二五刘新国，卷二七孔贞璨，卷三〇李迥，卷三二董讷、丁时，卷四〇汪灏、王沛憻，卷四一李本涵等十九位诗人名下小传皆引《山东通志》语。

18.《阳信志》

卷八阳信朱钰条下诗话："《阳信志·文行传》：钰素以忠孝自命，睥睨当世，有揽辔澄清之志，遭世大乱，与毛生如瑜、光生岳奇悲歌慷慨，见于篇章，天下既定，浪游吴越，既归遂卒。"②

19.《莱州府志》

卷一〇高密（属莱州府）单若鲁条下诗话："府志：若鲁分校己丑礼闱，甄拔多名宿，两官大司成勤于造就，归里后与人款曲，不立城府，人称长者。"③ 此外，卷一〇王舜年，卷二三王飓昌，卷四一刘以贵、王懿，卷四七张谦宜等五位诗人名下亦援引《莱州府志》语。

20.《续安邱志》

卷一〇安邱周历长条下诗话："《续安邱志·笃行传》：公官正郎时，父春秋高，例不许终养，遽请急归，晨昏色养，又结草庐，颜曰'澹足居乡'。恪恭慈爱，子掇巍科，循墙逾甚，位不副德，朝野惜之。"④ 此外，周历长弟周篆长条下诗话亦援引《续安邱志》："孝义传：篆长天性孝谨，庐墓六年，不履闺阃。"⑤

21.《武定府志》

卷一二沾化（属武定府）苏本湄条下诗话："府志：本湄所至有清操，每去任，行李萧然，抚州民歌之曰：'苏同知，贫不支。'所著有《息斋文集》《燕市吟》《之南草》《吹草》。"⑥ 此外，卷一八苏毓湄、卷二一尹天

---

① 卢见曾编《国朝山左诗钞》，第114页。
② 卢见曾编《国朝山左诗钞》，第115页。
③ 卢见曾编《国朝山左诗钞》，第136页。
④ 卢见曾编《国朝山左诗钞》，第142页。
⑤ 卢见曾编《国朝山左诗钞》，第144页。
⑥ 卢见曾编《国朝山左诗钞》，第170页。

民、卷三二丁启豫三位诗人名下诗话亦援引《武定府志》语。

22.《新城县志》

卷二二新城于维世条下诗话："县志：维世少为高才生，博通经史，为文章浑灏有奇气，诸生推为祭酒，数奇不偶，以明经终。晚乏嗣，一旦召逋负者悉折其券，未几子允脉生。"①

23.《苏州府志》

卷二二莱阳姜实节条下诗话："《苏州府志》：实节晚营生圹于虎邱，以父母不得合葬，不敢以妻袝。"② 此外，卷三二郭琇、卷三三张鏕、卷五〇徐士林三位诗人名下诗话亦援引《苏州府志》语。

24.《胶州志》

卷二五胶州李世锡条下诗话："《胶州志》：世锡生而夙慧，弱冠有文名，尤工诗。告归后游历山川，几遍海内，倦归，诛茅于云溪南岸，萧然自适，卒年八十余。"③ 此外，卷三二赵文炅、赵熙炅，卷五三宋云会三位诗人名下诗话亦援引《胶州志》语。

25.《平原县志》

卷三二平原董讷条下诗话："县志：康熙四十一年圣祖南巡，驻跸柳村之南楼，御书'眷念旧劳'四字，命悬之墓上，又询其诗集，子吏部思凝缮呈留览。其始终顾遇如此。"④

26.《青州府志》

卷八安邱（属青州府）徐振芳条下诗话："府志：振芳少负异才，天启丁卯试策有忤魏珰语，遂不售。诗多警语。"⑤ 此外，卷二三刘果，卷三三阎世绳、邱元复，卷三四王沛恩，卷四〇刘棨等五位诗人名下诗话亦援引《青州府志》语。

27.《登州府志》

《国朝山左诗钞》卷三四大嵩卫（后更名海阳，属登州府）赵作舟条

---

① 卢见曾编《国朝山左诗钞》，第294页。
② 卢见曾编《国朝山左诗钞》，第298页。
③ 卢见曾编《国朝山左诗钞》，第341页。
④ 卢见曾编《国朝山左诗钞》，第429页。
⑤ 卢见曾编《国朝山左诗钞》，第116页。

下诗话:"府志:作舟点试黔中,号称得人。历刑曹,颇理冤狱。观察楚中,消患未萌,沅湘蒙福。居官清慎,喜读书,多智略。先是顺治辛丑贼逼大嵩卫,作舟出家赀为戎兵馈饷,与守土者共谋固圉,凡六阅月,城以得全。"①

28.《博山县隐逸志》

卷四五博山光若愚条下诗话:"《博山县隐逸志》:若愚家贫,弃举子业,以医自给,暇辄读书,于《礼》经多所发明,著《类纂》三十二卷,三易稿而成,年七十四矣。"②

29.《淄川志》

卷八淄川王我聘条下诗话:"《淄川志·隐逸传》:冷岑壮岁弃儒,隐居三台山下,自号三台逸民,褐衣不完,有酒辄醉,尝曰:'人生清福独逸民耳。'性好吟咏,尤长于词曲,所存有《问姬》《偶然》及《蹬音》《秋啸》诸吟,皆入管弦。喜种菊,又好竹,故名斋曰'翠雨'。所作诗词为王季木所赏。"③

30.《蚕尾续集》

卷三八王启涑条下诗话:"《蚕尾续集》:儿子启涑于绿萝书屋之南,稍以己意布置,具邱壑,命之曰'清远山居'。清远山者,在浙之浦阳,盖道家所谓洞天福地之一,适与涑字符合,故以取名。"④

31.《研北随钞》

卷五八王竹素条下诗话:"《研北随钞》:竹素能诗,喜与名人唱和,生于七月八日,石寅赠句有云'巧让天孙方一夜,明当玉兔渐圆时',竹素大咨赏,时方新寡,遂委身从之,未几而卒,其诗散逸殆尽,独存寄石寅绝句。"⑤

32.《涛音集》

卷四张忻条下诗话:"《涛音集》西樵曰:'司寇所著《三芝馆集》购

---

① 卢见曾编《国朝山左诗钞》,第 457 页。
② 卢见曾编《国朝山左诗钞》,第 608 页。
③ 卢见曾编《国朝山左诗钞》,第 119 页。
④ 卢见曾编《国朝山左诗钞》,第 514 页。
⑤ 卢见曾编《国朝山左诗钞》,第 774 页。

之未得,《秋怀》三十章,亦披沙拣金,往往见宝也。'"① 此外,卷七张宗英、李宗仪,卷八赵士喆、赵士元、赵士亮、赵士完、赵士冕、张之维,卷九任唐臣、任虞臣,卷二一徐应鲁,卷二一张孕美,卷二二赵瀚,卷二三宿孔炜等十四位诗人名下诗话亦援引《涛音集》语。

33.《国雅》

卷二三陆丛桂条下诗话:"陈伯玑《国雅》:冲默子理学、史学皆有深诣,发为吟咏,乃其绪余。其人豪而坦,故近如道。魏鹤山称渊明同阮嗣宗之达而不至于放,冲默有焉。"②

34.《倚声初集》

卷一八杨通久条下诗话:"《倚声初集》阮亭曰:谕德公子圣喻、圣企、圣宜、圣美皆富文采,珠璧相照,不减羯末封胡,乃圣宜一令瀛州,遂尔宿草,不胜山阳之痛。"③ 此外,卷二三赵钥条下诗话亦援引《倚声初集》语。

35.《名家诗钞小传》

卷二八颜光敏条下诗话:"郑荔乡方坤《名家诗钞小传》:乐圃九岁工行草书,十三娴词赋,既连取科第,官近侍,旋自仪部擢铨曹,顾锐意著述,激扬风雅,思成一家言,以抗衡于韫退、荔裳、西樵、阮亭诸公之间。……"④

36.《掖海诗传》

卷四王盐鼎条下诗话:"《掖海诗传》:'方伯幼有殊才,由部郎渐历臬藩,中更多难。诗多凄怆,然以廉吏称。……'"⑤ 此外,卷五张端,卷八赵士冕、钱大受、满巽元,卷九刘鑫永,卷二一宿宓、张孕美,卷二二赵涛、赵玉瓒,卷二五孙图南,卷三四徐辐,卷四七赵衷,卷四九宿省,卷五三林冠玉等十四位诗人名下诗话亦援引《掖海诗传》语。

---

① 卢见曾编《国朝山左诗钞》,第 58 页。
② 卢见曾编《国朝山左诗钞》,第 317 页。
③ 卢见曾编《国朝山左诗钞》,第 250 页。
④ 卢见曾编《国朝山左诗钞》,第 377 页。
⑤ 卢见曾编《国朝山左诗钞》,第 59 页。

37.《掖海诗传补》

卷九王尔膂条下诗话："《掖海诗传补》：东莱王氏，代有闻人，而笃学好古、卓尔不群者，首推泡斋先生。泡斋自幼开敏，老师宿儒咸惊叹，以为不可及。……"①

38.《四书释地续》

《国朝山左诗钞》卷八满巽元条下诗话："阎百诗《四书释地续》登泰山一条下云：亡友赵石寅诵其亡友满虬隐一绝句云'天下不曾小，仲尼眼界虚。请君亦复去，登泰山何如？'予为神往者久之。"②

39.《石村画诀》

卷二七孔衍栻条下诗话援引其《石村画诀》，讲述"渴笔烘染"之法："《石村画诀》：古今画家用水染渲，不易之法也。渴笔烘染，古人未辟此境，余幼师石田，一树一石必究其用意处，久之似稍有所得。"③

第二节 《国朝山左诗钞》的编选体例

作为一部地域性诗歌总集，《国朝山左诗钞》具有一定的时空界限，从时间跨度上来看，其"断自国初"④，即清入关的1644年，凡是名节、事迹已经被《明诗综》著录的作家，《国朝山左诗钞》概不重录，此书于乾隆二十三年（1758）成书，其间共115年，这是《国朝山左诗钞》的时间界限。而从空间维度来看，《国朝山左诗钞》以"山左"地区为选择空间，即太行山以东的山东地区。清初山东区划沿袭明制，设济南、登州、兖州三道，包含济南、兖州、东昌、青州、登州、莱州、武定、沂州、泰安、曹州十府以及济宁、临清二州，至雍正末年，经过政区的不断调整，山东形成了济南、兖州、东昌、青州、登州、莱州、武定、沂州、泰安、曹州十府并立的局面，这是《国朝山左诗钞》编纂之时的行政分区，也是

---

① 卢见曾编《国朝山左诗钞》，第128页。
② 卢见曾编《国朝山左诗钞》，第115页。
③ 卢见曾编《国朝山左诗钞》，第370页。
④ 卢见曾编《国朝山左诗钞》，第3页。

第三章 《国朝山左诗钞》的成书、体例与版本 ❖

《国朝山左诗钞》选录诗人的区域范围。以此段时空中的诗人、作品为选录对象进行排次并使之成为一个可备诗史的文学体式是卢见曾确立《国朝山左诗钞》编选体例要解决的根本问题。

总集的编选可上溯至西晋挚虞的《文章流别》:"总集者,以建安之后,辞赋转繁,众家之集,日以滋广,晋代挚虞苦览者之劳倦,于是采摘孔翠,芟剪繁芜,自诗赋而下,各为条贯,合而编之,谓为流别。"①可惜此书已经散佚不存,未得窥见全貌。萧统所编《文选》与徐陵所编专收诗歌的《玉台新咏》真正开启了总集编选的风气。自此以后,诗文选本不断涌现,成为一种重要的表现形式,总集之编选体例也不断完善。卢见曾称朱彝尊《明诗综》"于选诗体制为宜"②,吸收借鉴最多,同时也在《明诗综》《列朝诗集》等总集的基础上进行了发展,确立了较为合理的地域性清诗总集体例,对其后地域性诗歌总集的编纂有一定的典范意义。

一 以人系诗

体式是诗歌总集编选首先要确定的一个问题。考察历代诗歌总集的体制,有通代之诗歌总集,如沈德潜《古诗源》,以时代为断辑选唐前古逸、汉诗、魏诗、晋诗、宋诗、齐诗、梁诗、陈诗、隋诗等数代之诗,展现了中古诗学的源流嬗变;亦有断代之诗歌总集,如彭定求《全唐诗》,以帝王居先,次及乐府、杂曲并全唐诗家,网罗赅备,足备大观。断代诗歌总集中亦有分体、分家之别。分体者如《唐诗品汇》分出五古、七古、五绝、七绝、五律、五言排律、七律等七大部分,分家者如朱彝尊《明诗综》自明太祖至下,以作家为别,每人各系以诗,《国朝山左诗钞》即承继此例。卢见曾辑选《国朝山左诗钞》欲备一代之诗史,"上自名公巨卿,下及隐逸方外,莫不毕载"③,选录作家六百二十七家,遂以作家为目,列姓名及选录篇数,次即小传、诗作、按语或部分评点。如卷一〇选录李浃

---

① 《隋书》卷三五,中华书局,1973,第1089页。
② 卢见曾编《国朝山左诗钞》,第3页。
③ 卢见曾编《国朝山左诗钞》,第2页。

123

❖ 卢见曾与《国朝山左诗钞》研究

诗二十五首，卷帙之中先列作家李浃之姓名，后注选诗数量"二十五首"，下即李浃小传："浃，字霖瞻，号陶庵，德州人，顺治丙戌进士，授延庆州知州，改芮城知县，有《陶庵集》。"① 小传之后以小字附录王士禛所作《陶庵诗选序》和潘耒所作《陶庵诗序》部分，对李浃之诗学宗尚加以说明。其后则是所选诗歌二十五首顺次排列，部分诗篇之后附有王士禛所作评语，如其《夏日杂言》诗后有小字注曰："渔洋曰：清兴满眼，得襄阳、右丞之遗。"② 这样的编排方式以作家为主，又不失作品之特性，能够更好地展现作家的创作实际。

而对于诗作数量不多的作家，《国朝山左诗钞》采取了"变通"的选录方法，"若诗本无多，或因人相附，或因事类编，例以义起，固不妨于变通也"③，体现了《国朝山左诗钞》在编选上的灵活性。因人相附者如卷五〇黄鸿中条，诗钞选黄鸿中诗一首。黄鸿中，字仲宣，号容堂，康熙五十七年（1718）进士，官翰林侍读学士，卢见曾按语称："先生与同邑杨仲玉、周仲恺皆以端亮古处为桑梓所敬服，号'即墨三仲'，辛卯榜先生第四，侄焘世第五，各魁一经，工制义及古文词，诗非所长，间作而已。"④ 因事类编者如卷八毛如瑜条，诗钞选毛如瑜诗二首。毛如瑜，字贵甫，自号太瘦生，明诸生，避明季之乱入青州山中，毛如瑜小传后以小字附录阳信诸生光岳奇："阳信诸生有殉甲申之变者曰光岳奇，字平子，号隐然。《府志》称其博学善属文，逆闯之变，号泣投井以死。传其《淫雨》诗一首：'乘橇惭往哲，曳尾幸涂泥。疏阵听还密，高云望复低。鸡声鸣旧怨，蜗角篆新题。宁待桃花水，仙源路始迷。'附记于此。"⑤ 此段文字中不但详述光岳奇之字号、事迹，还附录其诗一首，其著录形式与正常所录作家几乎相同，然以按语形式附录于毛如瑜之后，盖以其诗本无多，文学成就不显也。

---

① 卢见曾编《国朝山左诗钞》，第 130 页。
② 卢见曾编《国朝山左诗钞》，第 130 页。
③ 卢见曾编《国朝山左诗钞》，第 3 页。
④ 卢见曾编《国朝山左诗钞》，第 664 页。
⑤ 卢见曾编《国朝山左诗钞》，第 114~115 页。

第三章 《国朝山左诗钞》的成书、体例与版本 ❖

二 "以名家为纲""以科第为断"

《国朝山左诗钞》收诗时间跨度自国初起至乾隆二十三年止,前后一百一十五年。卢见曾在《国朝山左诗钞》凡例中称:"盖棺论定,以何水部之诗而昭明弗录,诚慎之也。蒙泉持此论甚坚,今从之。"① 晁公武《郡斋读书志》载:"窦常谓统著《文选》,以何逊在世,不录其文。其人既往,而后其文刻定。然则所录皆前人之作也。"② 故不录生者乃卢见曾、宋弼等承《文选》之例而从之。另外,为了凸显"诗随世变"的观点,卢见曾在选录作家之时,采取"凡名节事迹著在前朝,已载《明诗综》者,概不重录"③ 的标准,而对于那些历跨明清两朝而在清生活日久,"服习声教"④ 者如赵士喆、董樵、徐夜等人,因《明诗综》著录不多,故采入《国朝山左诗钞》之中,以备大观。在此标准的指导之下,《国朝山左诗钞》共选录诗人六百二十七家,如何对数量庞大的诗人群进行有序的排布,成为诗钞编选首先要考虑的重要问题。卢见曾参考王士禛《感旧集》体例,最终以科第作为主要排列依据:"编次先后不得不以科第为断,然前辈遗诗多少不同,每本以多者冠其前,从渔洋《感旧集》例也。"⑤

以《国朝山左诗钞》卷四为例,此卷共收录十三位诗人,其中赵进美在卷三已收诗一百一十三首,卷四收录其五十首。卷四中其余十二位诗人排列如下:刘应宾,明万历癸丑(1613)进士;张忻,明天启乙丑(1625)进士;王盐鼎,明天启甲子(1624)举人;刘正宗,明崇祯戊辰(1628)进士;宋之普,明崇祯戊辰(1628)进士;任濬,明崇祯辛未(1631)进士;李悦心,明崇祯甲戌(1634)进士;姜开,明崇祯癸酉(1633)副榜贡生;郑与侨,明崇祯丙子(1636)举人;赵贯台,明崇祯

---

① 卢见曾编《国朝山左诗钞》,第3页。
② 晁公武:《昭德先生郡斋读书志》,《四部丛刊三编·史部》,上海书店,1985,第499页。
③ 卢见曾编《国朝山左诗钞》,第3页。
④ 卢见曾编《国朝山左诗钞》,第3页。
⑤ 卢见曾编《国朝山左诗钞》,第3页。

丙子（1636）举人；贾应宠，崇祯间贡生；王玉生，明拔贡生。对于这十二位诗人的排序，《国朝山左诗钞》坚持以科第先后为主要依据，中第时间早者居前，中第时间晚者居后，时间不详者再约略置后。

虽然将科第先后作为主要排序依据，但在涉及成就卓著的名家巨匠之时，《国朝山左诗钞》还灵活采取了尚齿序的处理方法："国初，宋荔裳、赵清止、高念东三名家集最大，故列为纲。而诸公则按科第先后附焉。念东成进士在清止之后，而清止叙宋诗，谓其以弟畜予，乡党尚齿，故先荔裳。"[①] 宋琬为顺治丁亥（1647）进士，赵进美为明崇祯庚辰（1640）进士，高珩为明崇祯癸未（1643）进士。若按科第排序，三人应先赵进美、次高珩、次宋琬，然由于赵进美尊宋琬为兄，故将宋琬置于赵前，于是《国朝山左诗钞》卷一、二收宋琬诗一百六十三首，卷三、四收赵进美诗一百六十三首。卷五首录孙廷铨诗二十六首，孙廷铨于明崇祯庚辰（1640）中进士，先于高珩三年，故列于高珩之前，而按照卢见曾"每本以多者冠其前"的原则，高珩诗收一百五十一首，远多于孙廷铨，只能于下卷单列，故置于第六卷。

三 "选诗有传""各系诗话"

诗歌总集的编选历史已久，然而由于编选理念的差异，总集的体例、面貌呈现多样之姿。选诗之时附以作家小传的传统始于殷璠《河岳英灵集》，殷璠小传中往往叙及作家的生平、个性及其创作特征，如叙李白："白性嗜酒，志不拘检，常林栖十数载。故其为文章，率皆纵逸。至于《蜀道难》等篇，可谓奇之又奇。然自骚人以还，鲜有此体调也。"[②] 元好问《中州集》中作家小传的内容更为详细，字号、科第、职官、著述、风格，甚至生平之重要节点均有记述，如叙吴激："激，字彦高，宋宰臣拭之子，王履道外孙，而米芾元章婿也。工诗能文，字画得其妇翁笔意。将命帅府，以知名留之，仕为翰林待制，出知深州，到官三日而

[①] 卢见曾编《国朝山左诗钞》，第3页。
[②] 王克让：《河岳英灵集注》，巴蜀书社，2006，第36页。

卒。有《东山集》十卷，并《乐府》，行于世。……"① 钱谦益编选《列朝诗集》，所作《列朝诗集小传》更为详细，"以诗存史"的目的更为突出。朱彝尊《明诗综》选录三千四百余家，"或因诗而存其人，或因人而存其诗，间缀以诗话，述其本事，期不失作者之旨"②，体例上愈发完备。卢见曾认为《明诗综》小传"以行实居先，逸事次之，见闻最确而书无可征者，以案语附后"③的方式能够更好地反映作者之生平与创作，遂以《明诗综》为主要参照对象，完善了作家小传的模式，构建了"字号＋科第＋职官＋著述＋诗话/行状/逸事＋按语"的小传模式，基本实现了以传存史的编选目的。需要特别指出的是，《国朝山左诗钞》小传在述及诗人著述之时仅列诗集④，未及文集、词集以及其他学术著作。

如莱阳赵隆条下小传叙其生平创作："隆字泰器，号次公，崇弟，岁贡生，官武义知县，有《糳帻山人集》"⑤，又附以按语说明赵隆父子同在复社的相关史实："案：次公先生名在复社，检姓氏册，又有先生考士骥，名盖当时。父子同在社者甚多，如宋澄岚及林寺之类，又赵际昌字梦白、赵尔汲字紫水、赵金鼎字伯肃、赵金甒、赵临远，共五人，皆天水群从同在籍也。"⑥为清前期山左作家研究提供了许多珍贵的史料。

四 诗歌排布，"各从其旧"

卢见曾《国朝山左诗钞》在体例上的另一创建即体现在诗篇排列上"各从本集"的观点："诸贤之诗，钞自本集者，或分体，或编年，各从其旧。"⑦《国朝山左诗钞》最主要的文献来源便是作家的诗文别集，而诗人别集的排列各有不同，卢见曾在采录之时基本承袭了原集之排列方式，这虽然导致《国朝山左诗钞》诗歌排列失去统一的次序，然而却能更好地展

---

① 元好问编《中州集》，中华书局，1962，第12页。
② 朱彝尊纂《明诗综》，中华书局，2007，第1页。
③ 卢见曾编《国朝山左诗钞》，第3页。
④ 对于诗文集合刻的作品而言，则未有此种区分。
⑤ 卢见曾编《国朝山左诗钞》，第192页。
⑥ 卢见曾编《国朝山左诗钞》，第192页。
⑦ 卢见曾编《国朝山左诗钞》，第4页。

❖ 卢见曾与《国朝山左诗钞》研究

现作家作品的原貌,未失却"备诗史"的初衷。

诗人田雯"才力既高,取材复富,欲兼唐宋而擅之,山左诗家中另开一径"①,卢见曾《国朝山左诗钞》选田雯诗亦富,计有一百二十七首。田雯,字子纶,一字纶霞,号山姜,著有《古欢堂集》,此集包含诗十五卷、文二十二卷、《黔书》上下二卷、《长河志籍考》十卷。其中诗歌部分分体排列,卷一为古杂体,卷二、卷三、卷四为五言古体,卷五、卷六、卷七为七言古体,卷八、卷九为五言律诗,卷一〇为五言排律,卷一一、卷一二为七言律,卷一三、卷一四、卷一五为五七言绝句。卢见曾《国朝山左诗钞》所选一百二十七首诗皆采自此集,而《国朝山左诗钞》中田雯诗之排次完全袭自《古欢堂集》,以《国朝山左诗钞》卷二四所录田雯六十一首诗为例,其与《古欢堂集》排布对比如下表所示:

国朝山左诗钞	诗题	古欢堂集
卷二四	癸丑	卷二,五言古体
	纵鹘诗和黄方振	
	村西看杏花晚至广恩寺	
	同郭广文登千佛山	
	翠微寺	
	山脚晚行	
	咏史	卷三,五言古体
	阻风和汤西崖惠元龙联句韵	
	济南分题	卷四,五言古体
	招元龙食饼	
	白马渡	
	石花	
	题李龙眠画卷	卷五,七言古体
	题恽香山辋川图卷子	

---

① 沈德潜等编《清诗别裁集》,上海古籍出版社,2013,第216页。

128

第三章 《国朝山左诗钞》的成书、体例与版本

续表

国朝山左诗钞	诗题	古欢堂集
卷二四	报国寺送全郎中	卷五，七言古体
	长句送峨嵋南归	
	同木斋梁河方振饮季霖寓斋赋赠	
	寒食送刘木斋提学江南	
	戏题友人扇上五蝶	
	秋夜饮宋子昭斋作歌	
	题夏圭画	
	移居诗	
	登采石矶太白楼观萧尺木画壁歌	卷六，七言古体
	皖城西拜山谷老人墓	
	郑簠八分书歌	
	高植墓石歌	
	题杏村读书图为谢员外方山	
	元祐党籍碑歌答乔子静	
	三丰道人壁影歌	卷七，七言古体
	碧峣书院歌吊杨升庵先生	
	东川女官歌	
	题庞雪崖像	
	临漳县怀古	
	北邙山歌	
	十二连城歌	
	送友还蜀	卷八，五言律诗
	野行	
	送屺公南还	
	七夕	
	舍弟归里	
	送宋荔裳先生之蜀	
	懒	
	偶登潞河城楼	
	祖家园看芍药分体	
	饮申叔旆寓斋	

129

❖ 卢见曾与《国朝山左诗钞》研究

续表

国朝山左诗钞	诗题	古欢堂集
卷二四	大佛寺 东北山先生 三月三十日 题新居壁 刘富川殉节诗	卷八，五言律诗

《国朝山左诗钞》卷二四所录田雯诗的排列方式依照原集《古欢堂集》呈现出分体的特征，而且与大多数古典诗集的排列方式相似，即以古体为先，近体为后。

除分体之外，因承继原集之排布方式，《国朝山左诗钞》在部分卷次中呈现出"编年"的排列方式，如卷三〇所录谢重辉诗。谢重辉，字千仞，号方山，与田雯并列金台十子，著有《杏村诗集》。此集为王士禛点评本，收录了谢重辉晚年自康熙四十一年（1702）至康熙四十七年的诗作，按年编排，每年一卷，分为壬午诗、癸未诗、甲申诗、乙酉诗、丙戌诗、丁亥诗和戊子诗七卷。《国朝山左诗钞》选谢重辉诗八十一首，除补遗五首外，其他皆来自《杏村诗集》，其排布顺序亦全然袭自《杏村诗集》，不分诗体，以年系诗，而对于两年之中同题之作，如《记园中草木》诸作，则采取了合并的方式，系为同题。这就与前文所述录田雯诗之时采取的分体排布有所不同，这不但体现了《国朝山左诗钞》在诗作排布上的灵活性，同时也反映了卢见曾作为后学对先贤之作的敬重，不敢妄作调整，《国朝山左诗钞》之"钞"的特性亦可见一斑。

总体而言，《国朝山左诗钞》在编纂体例上以继承为主，所吸纳借鉴者，主要为朱彝尊编选的《明诗综》，突破不多。其根本原因在于诗歌总集编纂日渐兴盛，体例已趋成熟，有较多具有典范意义的总集可供借鉴，《国朝山左诗钞》即博采众长，在吸收元好问《中州集》、钱谦益《列朝诗集》和朱彝尊《明诗综》等总集优良传统的基础上展开编纂。当然《国朝山左诗钞》也并非完全套搬其他诗歌总集模式，而是在继承的基础上加以改进，如其在小传中对家族脉络的引入、在诗歌排布上对作家原集的尊

第三章 《国朝山左诗钞》的成书、体例与版本

重均体现出卢见曾作为同里后学对前辈先哲及其作品的重视与尊崇，亦体现出其在诗歌总集编纂上的客观严谨。

作为第一部以山东诗人为选录对象的诗歌总集，《国朝山左诗钞》的出现在清代山左诗坛上产生了重要的影响，其不但汇集清初至清乾隆山左诗人、作品，极大地彰显了清代山左诗坛的诗歌成就，更带动了地域诗歌总集编纂的优良风气，推动了"国朝山左"系列诗钞的产生。目前所知"国朝山左"系列诗钞包含宋弼所编《国朝山左诗续钞》四卷、《国朝山左诗补钞》七卷，张鹏展所编《国朝山左诗续钞》三十二卷，余正酉所编《国朝山左诗汇钞后集》。这几部总集的产生均与《国朝山左诗钞》有着不可分割的关系。

先看《国朝山左诗续钞》与《国朝山左诗补钞》。

最初起意为《国朝山左诗钞》作补、作续的是参与了《国朝山左诗钞》纂辑的宋弼。宋弼在《国朝山左诗续钞补钞序》中称："钞诗而系之山左者，以其为山左之人之诗也。称国朝者，以别于明代也。称续钞、补钞者，以有前钞也。有前钞矣，又必续之补之者，其人其诗有所未备而钞之之义与意亦有所未尽也。"① 可见《国朝山左诗续钞》与《国朝山左诗补钞》为补《国朝山左诗钞》之不足而编纂，而续钞与补钞所收录的内容与范围又有所不同，"前刻既成，殊戾本怀，而成事不说，固执无益，是以收其简漏，益以新搜，凡得姓氏若干，诗篇若干，以为续钞。其原选不当逸者及前仅摭录而后睹全本者，录为补钞，共若干卷"②。正是由于编刻《国朝山左诗钞》之时留有遗憾，宋弼才作续钞、补钞以完善之，对于《国朝山左诗钞》疏漏未录者，辑入续钞之中，共得四卷，对于《国朝山左诗钞》摘录不全者，则辑入补钞之中，共得七卷。根据宋弼序言的落款，可知宋弼此二集的完成时间当在乾隆三十二年丁亥（1767）仲秋，然而宋弼补录完成之后，将之"藏之箧笥，以俟后贤"③，并未立即付梓。

---

① 宋弼编《国朝山左诗补钞》，《山东文献集成》第 1 辑第 42 册，山东大学出版社，2006，第 669 页。
② 宋弼编《国朝山左诗补钞》，《山东文献集成》第 1 辑第 42 册，山东大学出版社，2006，第 669~670 页。
③ 宋弼编《国朝山左诗补钞》，《山东文献集成》第 1 辑第 42 册，山东大学出版社，2006，第 670 页。

❖ 卢见曾与《国朝山左诗钞》研究

嘉庆十五年（1810），上林张鹏展督学山左，有感于"德州卢运使雅雨堂纂国朝山左诗六十卷，表乡献也，梓里之谊也"①，遂于"校士余暇，征十郡二州之著述，巨编散帙，裒集荟萃，后先咸叙，高下并收，续纂三十二卷"②。此编是在宋弼所编《国朝山左诗续钞》与《国朝山左诗补钞》的基础上完成的。

宋弼初选《国朝山左诗续钞》凡四卷，包含二百一十七位诗人，为《国朝山左诗钞》成书之后未及采入集中的诗人与作品，《国朝山左诗补钞》凡七卷，收录的是前钞已有诗人之未录之作。张鹏展纂辑《国朝山左诗续钞》之时，将宋弼的四卷本《国朝山左诗续钞》纳入集中，"以季代先后与今所搜辑者相为排次，不必复为区别"③，对于宋弼的七卷本《国朝山左诗补钞》，张鹏展为之裁减，并为三卷，以宋弼参编《国朝山左诗钞》之时未及见宋琬全集之故，张鹏展从宋琬《安雅堂未刻诗》以及《入蜀集》中选录了若干首，作为第一卷，辑入《国朝山左诗补钞》之中，遂成四卷本，并将之与三十二卷本的《国朝山左诗续钞》一同付梓，即今所见《国朝山左诗续钞》与《国朝山左诗补钞》，此二书均为清嘉庆十八年四照楼刻本，现藏于山东省图书馆，其中《国朝山左诗续钞》三十二卷，为上林张鹏展编，前有张鹏展所作序以及凡例；《国朝山左诗补钞》四卷，前有张鹏展序以及宋弼所作《国朝山左诗续钞补钞序》。

因是续作、补作，《国朝山左诗续钞》与《国朝山左诗补钞》几乎处处可见《国朝山左诗钞》的影子，现择二书部分凡例内容略比较之：

《国朝山左诗钞·凡例》	《国朝山左诗续钞·凡例》
是集以钞为名，不敢居于选也。选家标立风旨……非余末学所敢加于前贤也。	诗以钞名，不同选例，前钞之论具矣，今从其义，题曰续钞。

---

① 张鹏展编《国朝山左诗续钞》，《山东文献集成》第1辑第42册，山东大学出版社，2006，第2页。
② 张鹏展编《国朝山左诗续钞》，《山东文献集成》第1辑第42册，山东大学出版社，2006，第2页。
③ 宋弼编《国朝山左诗补钞》，《山东文献集成》第1辑第42册，山东大学出版社，2006，第668页。

第三章 《国朝山左诗钞》的成书、体例与版本

续表

《国朝山左诗钞·凡例》	《国朝山左诗续钞·凡例》
窃谓《明诗综》前详爵里，后系诗话，于选诗体制为宜，向《感旧集补传》从之，今仍其例。	前钞于诸家名下前详爵里，后系诗话，论世知人，不容废也，今并用其例。
编次先后不得不以科第为断……他如子先父登第，仍先其父，兄弟叔侄则各从本科，隐逸诸公约略世次为叙。	编次先后并以科名为断，惟子居父前者不能不稍为更易，至于文学隐逸之士，或无从详核，则按其世次约略叙之。
诸贤之诗，钞自本集者，或分体，或编年，各从其旧。	各家本集或分体，或编年，兹钞并依原本，至零星搜辑者，则随手钞录。
	应制之作自有矩度，宜别为专选，故前钞不载，今仍其例。
盖棺论定，以何水部之诗而昭明弗录，诚慎之也。	前钞凡其人存者不录，今遵之。

对比两书之凡例可知张鹏展《国朝山左诗续钞》在体例上基本上承袭了《国朝山左诗钞》的模式，比如"其人存者其诗不录"，选诗"并依原本"以及不录应制之作等，这是《国朝山左诗钞》在选诗体例上的胜利。四卷本《国朝山左诗补钞》收录诗人一百二十三家（包含闺秀一位，流寓三位，方外一位），诗作四百一十一首，其中宋琬单置于卷一，录诗六十一首，为全本之冠，由于《国朝山左诗补钞》是补《国朝山左诗钞》之作，所以集中只列诗人与诗作，未再补入小传、诗话、按语等附件材料。而三十二卷本《国朝山左诗续钞》是张鹏展融合宋弼四卷本《国朝山左诗续钞》之后纂辑而成，收录诗人一千三百二十七人，收诗四千八百四十一首，体式几乎与《国朝山左诗钞》相同。当然，在具体操作上，三十二卷本《国朝山左诗续钞》对于《国朝山左诗钞》亦有所突破，譬如"字之异音、句之拗法，苟有来历，考古者自可推寻，前钞或附辨证，今概从略"[①]，卢见曾对所录诗作中的遗闻典故以及声律平仄进行过考辨，而在张鹏展集中，类似情况则未予以说明。

再看《国朝山左诗汇钞后集》。

---

① 张鹏展编《国朝山左诗续钞》，《山东文献集成》第 1 辑第 42 册，山东大学出版社，2006，第 7 页。

❖ 卢见曾与《国朝山左诗钞》研究

此集由历城余正酉纂辑,是集凡三十九卷,收录诗人三百八十六家、诗作四千六百零三首,成书于道光二十九年己酉(1849)。张鹏展纂修《国朝山左诗续钞》之时,余正酉即参与了校对,对于卢见曾、宋弼、张鹏展三人的裒集之功极为推崇:"乾隆戊寅己卯间①,德州卢雅雨先生辑《山左诗钞》六十卷,宋蒙泉先生继之,成《补钞》七卷、《续钞》四卷。嘉庆庚午上林张南崧先生督学山左,又续三十二卷。统计二千余家,得诗万二千首,海右人文,于斯为盛"②,卢见曾、宋弼、张鹏展所纂之集体式几乎一脉相承,皆采取"其人存者其诗不录"的方式,所以其选录范围自清初始,至嘉庆癸酉(1813)张鹏展《国朝山左诗续钞》成书为止,而"三钞摭拾虽勤,尚有漏略,而由庚午迄今,宗工哲匠又复指不胜屈,亟宜及时搜采"③,故余正酉"爰取三先生所辑,荟萃厘订,撷其精华,间就闻见所及,略加诠补,意在存诗,编为前集,新搜者并稍变旧例,兼收见在诸公,以俟论定,存诗且以存人,列为后集,于一例钞存之中,微寓区别之意"④。根据余正酉所述,其所谓"前集"应当是《国朝山左诗钞》《国朝山左诗续钞》《国朝山左诗补钞》的精华本,然而以其"逡巡未出"⑤之故,今所未见,而"后集"即今所见道光二十九年(1849)海棠书屋藏本。《国朝山左诗汇钞后集》在体制上亦基本承袭前钞之例,最大的变更即在于"收见在诸公",而且编纂者余正酉本人之诗亦列入"家集"卷中。《国朝山左诗汇钞后集》成书后颇为学人所赏,时人有诗颂之曰:"……吾友秋门才卓越,看诗眼明皎如月。抉剔珠玉出泥沙,牛鬼蛇神纷殄灭……二东自昔称大风,文章海岱多巨公。宋廉访暨卢都转,

---

① 《国朝山左诗钞》初刻本成书于乾隆二十三年(1758),余正酉所称"乾隆己卯间"是《国朝山左诗钞》重校定本刻印的时间。
② 余正酉编《国朝山左诗汇钞后集》,《山东文献集成》第1辑第42册,山东大学出版社,2006,第722页。
③ 余正酉编《国朝山左诗汇钞后集》,《山东文献集成》第1辑第42册,山东大学出版社,2006,第722页。
④ 余正酉编《国朝山左诗汇钞后集》,《山东文献集成》第1辑第42册,山东大学出版社,2006,第722页。
⑤ 余正酉编《国朝山左诗汇钞后集》,《山东文献集成》第1辑第42册,山东大学出版社,2006,第724页。

第三章 《国朝山左诗钞》的成书、体例与版本

品题缀辑光熊熊。南崧学使继搜讨,东海网尽珊瑚红……文献从兹信可征,无复雕虫嗤摘藻。千秋万世谁瓣香,定配雅雨蒙泉两诗老。"① "国朝山左"系列诗钞的功绩于此诗中可窥见一斑矣。

从卢见曾《国朝山左诗钞》至张鹏展《国朝山左诗续钞》、宋弼《国朝山左诗补钞》,再至余正酉《国朝山左诗汇钞后集》,四部总集几乎将清初至道光年间的诗家囊括殆尽,几部诗钞共同展现了清代山东诗歌的发展历史与风格流衍,真正地实现了卢见曾最初所希冀的"备一代之诗史"的愿望,而这很大程度上得益于卢见曾《国朝山左诗钞》的首创之功。《国朝山左诗钞》不但为后续几部诗钞提供了较为严谨的可供参考的编选凡例,更重要的是传递出了保存乡邦文献的文化责任感与使命感,正是得益于接续不断的"国朝山左"系列诗钞,清代山东诗歌的面貌和成就才能够最大限度地彰显出来。

除"国朝山左"系列诗钞之外,宋弼《山左明诗钞》的编纂也有卢见曾与《国朝山左诗钞》的推动作用。卢见曾在《国朝山左诗钞·凡例》末尾处称:"渔洋拟选吾乡明诗五十余家为一集而未果,不揣鄙陋,欲踵成之,广征明代作者以为前编,故蒙泉原本所录姜如农、刘节之以下十数家俱不入此钞,所望于梓里名流访辑邮致者又其一也。"② 卢见曾推尊王士禛,在编选《国朝山左诗钞》之时已经有承王士禛遗志编纂山左明诗的打算,并作了《选征山左明诗启》,而且在王士禛《选明代山左诗钞采访目录》五十种的基础上作《续开六郡采访名人书目》,以征揽诗集。是时辅助卢见曾进行《山左明诗钞》初选工作的仍是宋弼,然而此集未及完成,卢见曾即因两淮盐引案下狱亡故,宋弼旋亦卒于洛阳,卢氏家产遭抄没,包含《山左明诗钞》在内的十数万书籍收归官府。今所见《山左明诗钞》即为李文藻从官署中购出刊刻而成,此集刊刻于乾隆三十六年(1771),集凡三十五卷,收录诗人四百三十一人,收诗三千四百九十五首,其体制完全同于《国朝山左诗钞》,诗人名下各附小传、诗话,诗中亦偶作按语

---

① 马星翼:《东泉诗话》,清道光二十一年(1841)刻本。
② 卢见曾编《国朝山左诗钞》,第5页。

以为注释或评点。《山左明诗钞》与"国朝山左"系列诗钞共同呈现了明清两朝山左诗坛诗歌发展的完整脉络。

第三节 《国朝山左诗钞》版本源流考

《国朝山左诗钞》初刻本为清乾隆二十三年（1758）雅雨堂刻本。此版书名页采用左中右三栏式，中刻大字书名"国朝山左诗钞"，右上方刻刊刻时间"乾隆戊寅镌"，左下方刻"雅雨堂藏板"，卷首有卢见曾所作序及凡例，正文半页十行，行二十一字，小字双行，白口，单鱼尾，四周单边，版心上刻书名"国朝山左诗钞"，下刻"雅雨堂"。此集凡六十卷，"得人六百二十余家，得诗五千九百有奇，又附见诗一百十九首"①，其中卷一至卷五六按科第之序收录国朝山左诗人五百八十三位，卷五七为卢氏家集，收卢氏诗人五位，卷五八收闺秀诗人十六位，卷五九收流寓诗人十二位，卷六〇收方外、青衣、仙鬼十人，以人系诗，各附小传及诸家评论并卢氏按语。

《国朝山左诗钞》内容丰富，刊刻精良，许多志书、笔记甚至诗文集都援引该书。《国朝山左诗钞》流布甚广，然而其版本却无太多记载，学界多以"清乾隆二十三年雅雨堂刻本"统称之，然而通过对现存文献的仔细比对发现《国朝山左诗钞》在乾隆戊寅初刻本的基础上进行过几次校订，每次修订都涉及部分刊板的改动，故其版本也发生了相应的变化，然版本变化之原因、诸版本之间的差异均未见于任何学术论著之中，甚至学者在引用此部总集之时，会因版本原因而产生错误，如洪亮吉在《北江诗话》中论及宋荦请王士禛作诗以为王宋齐名之证，称王士禛所为诗"不录集中，见卢运使见曾所辑《山左诗钞》"②，洪亮吉所论之诗便是王士禛所作《叹老口号寄宋牧仲开府》，此诗确实为乾隆戊寅初刻本《国朝山左诗钞》所录，然而该诗已经在后来的重校定本中被删除，而且此后再未增加

---

① 卢见曾编《国朝山左诗钞》，第5页。
② 洪亮吉撰，陈迩冬点校《北江诗话》，人民文学出版社，1998，第98页。

第三章 《国朝山左诗钞》的成书、体例与版本 ❖

至诗钞之中，可见洪亮吉所见《国朝山左诗钞》仍为乾隆戊寅初刻本，而当时已然有多个版本同时流传于世了。若时人所见为重校本《国朝山左诗钞》，则洪亮吉此论更难成立。版本差异对于书籍使用的影响可见一斑，故着实有必要对雅雨堂所刻《国朝山左诗钞》的版本流变情况进行一番考索。

经过对所见几种版本的《国朝山左诗钞》对比发现，几个版本的主体版式全部相同，皆为雅雨堂版，故《国朝山左诗钞》在乾隆戊寅初刻本之后的几次改版，皆以雅雨堂藏板为底本，新本乃是在前本的基础上进行的修缮、调整，逐渐形成了不同版本的《国朝山左诗钞》。目前所见，除乾隆戊寅初刻本之外，尚有三种改定本，分别为乾隆己卯重校定本甲本、乾隆己卯重校定本乙本和铲版重刻本，下面分别进行论述。

一 乾隆己卯重校定本甲本

此本四函二十册，计六十卷，每册首页均印有"合众图书馆藏书印"和"蒋抑卮印"。书名页同乾隆戊寅初刻本，亦采用左中右三栏式，字体较前版无变化，只在右上方"乾隆戊寅镌"五字下钤红色木记曰："己卯重校定本"，卷首亦是卢见曾所作序及凡例，正文页半页十行，行二十一字，小字双行同，四周单边，白口，单鱼尾，版心上刻书名"国朝山左诗钞"，下刻"雅雨堂"，上海图书馆藏。

此本较乾隆戊寅初刻本，改动共计七十九处，[①] 其中目录十一处，正文中六十八处。根据改动形式之不同，可统归为五类。

其一，更改标题者，凡八处：卷二宋琬《喜表弟董樵至》其二增加标题变为《赠周计伯郡丞》、卷八赵士冕《虎邱秋泛》更名为《虎邱秋泛同与公南明无补日生孝章伟楚》、卷一一王樛《寺后得微径，西北行，削壁孤亭，流泉绕其下，以退翁名》更名为《卧佛寺后得微径，西北行，削壁孤亭，流泉绕其下，以退翁名》、卷一四王士禧《漫兴》更名为《漫兴八首追和徐淮韵》、卷一七王士禛《悼亡诗》更名为《悼亡诗为张宜人作》、

---

① 具体改动情况见附录。

137

卷一九王乘箓《雪霁》更名为《雪霁过长城岭》、卷一九王乘箓《吹笙》更名为《五莲山》、卷五三宋来会《信阳道中》更名为《信阳山行》。

其二，抽换作品者，凡六处：卷六高珩《掩关》换为《清夜》、卷二三赵仑《忆月》换为《赋得丹凤城南秋夜长》、卷二五马澄《德闻春日视耕有作次韵寄之》换为《有饷予虎邱茶及草席者，诗以谢之》、卷二八颜光敏《战城南》换为《赠张杞园》、卷五三张方载《听人弹琵琶》换为《闭门》、卷五四高凤翰《钓台论古》换为《客徐中丞署，过小沧浪亭感旧作》。

其三，删除作品者，凡三处：卷八满巽元其人其诗全部删除，卷一七王士禛《叹老口号寄宋牧仲开府》《王子千副使焦麓剔铭图》二诗删除，卷五五姜本渭其人其诗皆删除。

其四，增加作品者，凡二处：卷八朱钰诗由二首增至六首，增加《秋怀》二首、《闰中秋》、《自棣州回柬寄平子》；卷五五朱若宾诗由六首增至九首，增加《题黄德涵画鹰》《遣怀二首》。

其五，改动注释者，凡六十处，此类多为标题之后附加钞诗数量或对标题部分内容作注，如卷四赵进美《武昌杂感》题后加小字"钞四"，注明钞诗数量；卷一八黄贞麟《湖口》题后加小字"是日夜舟行五百余里"，注明写作背景；卷八张之维《松椒代言》题后本有小字注"选四"，改定本小字注为"钞四"，"选"与"钞"虽只一字之差，却正应了卢见曾"是集以钞为名，不敢居于选也"①的创作初衷。

二 乾隆己卯重校定本乙本

此本四函二十册，凡六十卷，每册卷首均印有"诸城季友堂路氏珍藏图书之印"。书名页镌刻时间、书名和版式同戊寅初刻本和己卯重校定本甲本，右上方"乾隆戊寅镌"下方亦钤有"己卯重校定本"六字。卷首亦是卢见曾所作序及凡例，正文页半页十行，行二十一字，小字双行同，四周单边，白口，单鱼尾，版心上刻书名"国朝山左诗钞"，下刻"雅雨

---

① 卢见曾编《国朝山左诗钞》，第3页。

堂",山东大学图书馆藏。另有哈佛燕京图书馆藏十二册本,内容版式均与此本相同。

粗看版本情况,此本似与甲本完全相同,然细校正文,发现二者仍存较大差异,可推断乾隆己卯年(1759),《国朝山左诗钞》或校定两次,此本改动较甲本更大,故当为后作,定为乙本。此本与乾隆己卯重校定本甲本相比,新增改动六十八处,①皆在正文之中,根据形式之不同,亦大略分为五类。

其一,更改标题者,凡七处:卷一七王士禛《送冰修归海昌兼寄朱生》更名为《送冰修归海昌(予戊申岁送冰修南还,赋竹枝歌三首,今十二年矣)》、卷二七孔兴永《冬》更名为《冬景》、卷三一曹贞吉《石林题画绝句》更名为《为石林题画绝句》、卷三三李应廌《丰润道中》更名为《丰润道中感怀》、卷三六赵执信《衢州杂感》更名为《自龙游至衢州杂感》、卷三八马常沛《邀客》更名为《邀客东墅》、卷四四张笃庆《明正德宫词》其六更名为《正德内教场歌》。

其二,抽换作品者,凡六处:卷三〇吴自冲《不寐》换为《邗江春涨》、卷三三李应廌《九日馆课》换为《楼望》、卷三七赵执信《观音岩》换为《韶石重题二绝句》、卷四一董思凝《晓发》换为《东昌道中》、卷四三张笃庆《石丈仿米襄阳秋山烟雨图》换为《寒郊射猎行》、卷四四张笃庆《明季咏史》组诗最后三首换为《昆仑曲》三首。

其三,删除内容者,凡二处:卷三八马世骥其人其诗皆删除,卷三六赵执信小传中卢见曾按语部分删除。

其四,增加作品者,一处:卷三六赵执信增《获鹿至井陉道中》诗二首。

其五,改动注释者,凡五十二处,同甲本,以增补钞诗数目为主,间以作注,如卷三六赵执信《登州杂诗》加小字"钞六"注明录诗数目,卷三三安致远《登岱》诗后加小字"岳江草"注明诗之出处,或调整诗篇之位置,如卷四四张笃庆《明季咏史》组诗三首之二、三前后位置与前本相反。

---

① 具体改动情况见附录。

❖ 卢见曾与《国朝山左诗钞》研究

三 铲版重刻本

此本凡二十册，计六十卷，卷首书名页与戊寅初刻本相同，书名页以略透明薄纸包裹，以为保护。页中版式与前三版皆同，半页十行，行二十一字，四周单边，白口，单鱼尾，版心上刻书名"国朝山左诗钞"，下刻"雅雨堂"，卷首亦是卢见曾所作序及凡例，目录页有朱文印章题曰"王培孙纪念物"，上海图书馆藏。

此本较戊寅初刻本、己卯重校定本甲本和己卯重校定本乙本主要改动在于对部分刊版进行了"铲版"处理，即将某些刊版中的部分字句铲去，印刷之后，铲版处呈现为空白。此本"铲版"内容共计十六处，[1] 主要集中在钱谦益、吴伟业、龚鼎孳、陈恭尹四人，根据铲版位置与形式之不同，可大致分为以下几种状况。其一，对序言、凡例内容的铲版，戊寅初刻本及己卯重校定二本中，卢见曾在序和凡例中都论及总集的编选，并引述了《明诗综》《中州集》《列朝诗集》等诗歌总集为例，然在铲版重刻本中，"钱牧斋《列朝诗选》"[2] 与"钱宗伯《列朝诗选》"[3] 两句皆抹除留白。其二，对小传所引序文中作家名字的铲版，如卷七程先贞小传下引钱谦益序文曰："钱牧斋序：正夫为歌诗，汲古起雅……"[4] 其中"钱牧斋序"四字被抹除留白，序文内容则予以存留，卷二一杨通睿小传中引吴伟业所作《左论德杨公墓志》部分内容，小字共八行，起手处"吴梅村"三字亦是如此处理。其三，对小传所引序文的全部内容予以削除，如卷一宋琬小传之下，引钱谦益和吴伟业所作序文，小字九行半，全部抹除留白。其四，对收录作品中奉和钱、吴等人者予以删除留白，此本共计三首，分别是卷五一王洪谋《读钱牧斋集》与卷五七卢世㴶《奉寄钱牧斋先生》《奉寄虞山先生》。

---

[1] 具体改动情况见附录。
[2] 卢见曾编《国朝山左诗钞》，第2页。
[3] 卢见曾编《国朝山左诗钞》，第3页。
[4] 卢见曾编《国朝山左诗钞》，第96页。

四　校定因由探析

版本变化是古籍刊刻出版过程中的常见现象，"每一种版本都和这种或那种、一种或数种其他版本有着千丝万缕的联系，或据以改版重印，或据以校改文字，或据以增删篇章"[1]。《国朝山左诗钞》的几个版本在基础版式上并无明显改动，所改动的均为诗人、诗作等相关内容，上文中已经以表格和数据统计的形式展示出来，而其不断重校、重印的原因则更加值得探讨。根据对改动内容的分析与推断，可知其原因主要集中于以下几个方面，下面分别展开论述。

（一）订正刊刻谬误

乾隆戊寅初刻本《国朝山左诗钞》收录诗人六百二十七家，收录作品五千九百余首，诚如卢见曾所期待的："遍搜昭代之诗，上自名公钜卿，下及隐逸方外，莫不毕载"[2]，堪称卷帙浩繁，刊刻虽然精良，舛误亦所难免。故《国朝山左诗钞》改版最基本的出发点便是订正刊刻谬误。根据改版情况可知《国朝山左诗钞》刊刻之误多集中在以下几处。

其一，订计数之误。《国朝山左诗钞》在目录与正文中对收录作家的作品数量均做了记录，直接在姓名之后备注"×首"，然而由于包含组诗，所以偶有计数错误的情况出现，改版过程中不断地对这些错误进行了修订。如目录中卷三七载录赵执贲诗二首，正文中实录一首，目录中卷四八载录王苹诗三十四首，正文实录三十五首，乾隆己卯重校定本甲本均予以更正。

其二，订标题之误。《国朝山左诗钞》所录诗歌来源较为广泛，除直接引自作家诗歌别集之外，还常常从志书和其他总集中引录，甚至从墙壁、扇头抄录，故部分诗歌的署名与通行版本略有不同。以上几次改版过程中，改动标题者共计十三处，诸如《信阳道中》更名为《信阳山行》，

---

[1] 郭英德、于雪棠编著《中国古典文献学的理论与方法》，北京师范大学出版社，2008，第139页。
[2] 卢见曾编《国朝山左诗钞》，第2页。

❖ 卢见曾与《国朝山左诗钞》研究

《丰润道中》更名为《丰润道中感怀》一类的改动，多为补充部分内容，使诗题的指向更为明确，变动并不算大。乾隆己卯重校定本甲本对卷二宋琬《喜表弟董樵至》、卷一九王乘箓《吹笙》的改动则不同。《国朝山左诗钞》卷二录宋琬《喜表弟董樵至》二首，其二曰："佐郡领云州，弓刀出塞游。人烟稀马邑，玉雪湿貂裘。访古过青冢，开尊醉白楼。寄言魏光禄，莫惜作书邮。"此诗见于《安雅堂未刻稿》卷三，题为《赠周计伯郡丞四首》，并在题后注小字"时擢太原太守"①，魏宪辑《百名家诗选》卷二三亦录此诗，题为《赠周计伯郡丞，时方擢太原太守》，可知《国朝山左诗钞》著录有误，故己卯重校定本甲本在此诗前加注诗名为《赠周计伯郡丞》。卷一九收王乘箓诗曰："春水逶迤落涧松，松间元鹤偶相逢。吹笙醉上升仙石，云满莲花第五峰。"②王乘箓，号钟仙，诸城人，诸城有五莲山，"在九仙东一里许，巨峰五，如青莲矗起"③，考此诗之意境，实写五莲山之景，乾隆戊寅初刻本题为《吹笙》，吹笙只为游山之一时之景，乾隆己卯重校定本甲本中将诗题更为《五莲山》，实为纠谬，亦更合诗意。

其三，订出处之误，《国朝山左诗钞》所引之诗大多注明出自何集，如引赵进美诗，即标注出《南征草》《西征草》《燕市草》《楚役草》《白鹭草》等多个别集。然而《国朝山左诗钞》选录作品很多，涉及文献数量庞大，更有不少是直接从友人处抄录而来，故偶存出处有误者，亦所难免，此种情况在几次重校本中有十三处被订正。如卷三九收冯廷櫆诗一百三十一首，首录《遣兴二首》，小字注明出自《晴川集》，此二首诗出自《冯舍人遗诗》，是集乃冯廷櫆殁后其孙所辑，随年编次，分别为《京集》《晴川集》《雪林集》《曹村集》，考《冯舍人遗诗》可知《遣兴二首》位于《京集》古今体诗六十八首之卷首，故《国朝山左诗钞》注为《晴川集》乃著录有误，己卯重校定本乙本对此进行了订正，重新注明出处，系为《京集》。卷三四收赵作舟诗二十二首，其中以小字注明出处者

---

① 宋琬：《安雅堂未刻稿》，《续修四库全书·集部》第1405册，上海古籍出版社，2002，第137页。
② 卢见曾编《国朝山左诗钞》，第266页。
③ 卞颖、王劝纂修《（康熙）诸城县志》卷二，清康熙十二年（1673）刻本。

142

第三章 《国朝山左诗钞》的成书、体例与版本 ❖

即有八首，分别注为"弊裘集""原鸰集""二瞻集""东原集""汇征集""濯缨集""使黔集""含香集"，这在整部《国朝山左诗钞》中甚为罕见。赵作舟，字浮山，大嵩卫人，顺治解元，康熙己未（1679）进士，赵执信称其于丁卯秋校试贵州，《（雍正）山东通志》亦称其曾典试黔中，《国朝山左诗钞》著录之《使黔集》当作于此时。其诗文虽由其六世孙赵铭彝合刻为《文喜堂集》，但此集今不得见，故无法考辨卷中内容，乾隆己卯重校定本乙本《国朝山左诗钞》将八处注解悉数删除，推断应为著录有误。

（二）完善选诗理念

著录过程中的计数和刊刻错误是重校的基础工作，而对作品进行增删以使选集更符合某一诗学观念则是更高层次的改版。《国朝山左诗钞》初刻本完成于乾隆二十三年（1758），己卯重校定本甲本、乙本皆成书于次年。乾隆二十四年，卢见曾仍任两淮盐运使，居扬州，据《蛾术轩箧存善本书录》记载，当时有《周易述》二十三卷补三卷，署名清元和惠栋集注并疏，为乾隆二十四年德州卢见曾雅雨堂刊印初本。据此可知是年卢见曾雅雨堂仍在不断刊刻图书，故《国朝山左诗钞》己卯二本的改版应皆有卢见曾的亲自参与，或为其主导，是其诗学思想和选诗观念的进一步完善。

对诗歌选本的倾向性进行考察，选诗数量是最为直观且客观的因素。卢见曾在《国朝山左诗钞》凡例中称："是集以钞为名，不敢居于选也"[1]，力图各存本色，似乎模糊了其选诗理念，然而根据其所选作家、作品之数量，可明显看出其以"神韵说"为主体审美标准的诗学倾向。《国朝山左诗钞》戊寅初刻本选录王士禛诗三百九十九首，位居选诗数量之首，超过第二位的宋琬一百三十六首，占绝对优势，而且所选王士禛诗基本出自王士禛手订之《渔洋山人感旧集》，此集最能凸显其对于神韵诗风的艺术追求。卢见曾称"渔洋先生集诗学之大成"[2]，《国朝山左诗钞》选王士禛诗数量最多，"非缘不能割爱，正以示天下，使知先生之精微广大、无所不

---

[1] 卢见曾编《国朝山左诗钞》，第3页。
[2] 卢见曾编《国朝山左诗钞》，第3页。

❖ 卢见曾与《国朝山左诗钞》研究

备尔"①，戊寅初刻本中其对王士禛与神韵说的推崇已可见一斑，己卯重校定本乙本对赵执信所做之改动，最能印证其对此种诗风的偏爱。

乾隆戊寅初刻本《国朝山左诗钞》录赵执信诗一百五十二首，小传内容亦十分丰富，不但详述其姓名、字号、家族、科第、职官、著述，还引吴雯《并门集序》、陈恭尹《观海集序》、卢见曾《重刻赵秋谷先生〈谈龙录〉并声调谱序》以及宋弼所作祭文。己卯重校定本乙本中对赵执信的改动，最先便是删除宋弼所作祭文及卢见曾两段按语，其原文曰：

> 又蒙泉祭先生文：渔洋冠古诗家宗师，先生嗣兴，不激不随，文无定体，何妨分道，双鹄并翔，心契其妙。我闻渔洋始重先生，形迹偶间，伊畏匪憎。先生论诗曰："王第一"，语言之妙，天下无匹。渔洋之卒，先生奔视痛哭而言："典型杳矣。"王固不朽，赵亦称最，先生而作斯言，不愧与鄙见盖相发明云。
>
> 后先生集出，同年沈光禄起元序其文，而属余序其诗，乃复为之序，载本集。②

此两段文字出自卢见曾之手，所引内容则来自宋弼，自《国朝山左诗钞》草创，宋弼便是重要的编选者，其二人的论述完全可以代表《国朝山左诗钞》对赵执信的态度。该段论述有意识地缓和了赵执信与王士禛之间的分歧，甚至提出了"王固不朽，赵亦称最"的观点，几乎将赵执信提高至与王士禛相当的地位，可见在选刻之初，《国朝山左诗钞》对于赵执信其人及诗文观都是十分肯定的。然而乾隆己卯重校定本乙本将此段文字全部删除，其用意不可不察。乾隆二十四年，卢见曾刻赵执信《声调谱》并为之作序，序中论及声调之学的发展渊源，称"饴山声调之学实得之渔洋，与常熟冯氏自不相涉"③，卢见曾对王士禛与赵执信在诗学、声调之学的传承

---
① 卢见曾编《国朝山左诗钞》，第3页。
② 卢见曾编《国朝山左诗钞》，第483页。
③ 卢见曾：《雅雨堂诗文遗集》，《山东文献集成》第1辑第37册，山东大学出版社，2006，第697页。

第三章 《国朝山左诗钞》的成书、体例与版本

关系愈加重视，逐渐推翻了早前认为二者"双鹄并翔"的观念。

这种诗学倾向的变化在对赵执信诗作的改版上体现得尤为明显。乾隆己卯重校定本乙本卷三六增加赵执信诗二首，题为《获鹿至井陉道中》：

其一
城边沙水路，数里入山村。高处云对屋，秋来草没门。牛羊缘涧远，童稚避人喧。却听樵歌返，前峰日已昏。

其二
晓日不照地，群峰方障天。行人听鸡起，鸟道接河悬。远树犹藏雨，高城半出烟。秋来无限思，牢落付山川。①

此二首皆为五言，五言以含蓄见长，不着议论，意味深远，是神韵诗最为偏重的体裁。两诗都写途中之景，通过朴实自然的意象营造出时空变化的深邃之感，视野幽深阔大，情志表达亦委婉曲折，读来颇有神韵泠然之感。

与增加《获鹿至井陉道中》二首相比，乾隆己卯重校定本乙本对赵执信《观音岩》的抽换则更能表现卢见曾对神韵诗风的偏爱。乾隆戊寅初刻本中卷三七录《观音岩》一首，诗曰：

叙舟仰崇岩，不雨露自滴。躐级凌空行，导火扪星入。屡转失向背，绝顶得开辟。佛座积香烟，出户孤云直。轮囷青莲花，百丈烛江色。前见万巉岏，争头刺天碧。非唯阅幽峭，亦复豁胸臆。安得桓子野，临波弄长笛。②

乾隆己卯重校定本乙本中则将《观音岩》替换为《韶石重题二绝句》，诗曰：

---

① 卢见曾编《国朝山左诗钞》，乾隆己卯重校定本乙本，山东大学图书馆藏。
② 卢见曾编《国朝山左诗钞》，第496页。

❖ 卢见曾与《国朝山左诗钞》研究

寒风夜雨送艅艎，泷吏相逢笑客忙。今日归程如有约，淡烟斜日曲红冈。

余霞分映碧丛丛，回首迢遥望益工。北客来游须着眼，当垆三十六屏风。①

赵执信《观音岩》一诗作于康熙丁丑年（1697），此时赵执信已因观剧惹祸罢官，于是年游粤后北归，一路游历，以诗志见闻，有《鼓枻集》。"鼓枻"之典出自《楚辞》"渔父莞尔而笑，鼓枻而去"②，多喻隐志，此集最能代表赵执信罢官之后欲隐欲仕的复杂心态。《观音岩》一诗极力铺排，气势雄浑，极具阳刚之美，颇有东坡风调，是一首风格鲜明的学宋诗。《韶石重题二绝句》亦出自《鼓枻集》，却一反雄浑之意，无论是其一中的淡烟斜日，还是其二中的余霞晚照，都营造出一种幽远迷蒙之境，情韵悠长。

其他抽换诸作，内容也多以写景、纪行为主，景色或浑茫或幽远，多带有言有尽而意无穷之感，与神韵诗风十分契合。如卷五四，戊寅初刻本中收高凤翰《钓台论古》诗，曰："并吞狼虎秦无道，楚汉亡秦诈力同。逐鹿不成真弃父，沐猴已死自藏弓。成功何用三齐贵，论将应知一剑终。千古销沉两市侩，无劳悲诧说英雄。"③ 此诗吟咏秦汉旧事，将楚汉与暴秦等同视之，对于刘邦、项羽两位历史人物各有抨击，以"市侩"称之，其讽刺之尖锐可见一斑，这其中显然蕴含了高凤翰对于王朝兴替社会现象的不满，言语犀利，极富锋芒，而具有深刻的社会现实意义。己卯重校定本甲本将该诗抹除，替换为《客徐中丞署，过小沧浪亭感旧作》，诗曰："宋玉耽骚曾辟地（牧仲抚军所建），高阳旧馆客重来。烟埋石井垂荒草，泥坏枯池上劫灰。白发尚书花外影，青衿司马夜深杯。眼前几许升沉事，惆怅无人首重回。"④ 此诗亦是咏史，高凤翰将楚人宋玉、汉人郦食其、宋人张先与唐人白居易之典故串联，典雅凝练，将"眼前"荒凉之景与

---

① 卢见曾编《国朝山左诗钞》，乾隆己卯重校定本乙本，山东大学图书馆藏。
② 马茂元选注《楚辞选》，人民文学出版社，1998，第165页。
③ 卢见曾编《国朝山左诗钞》，第714页。
④ 卢见曾编《国朝山左诗钞》，乾隆己卯重校定本乙本，山东大学图书馆藏。

第三章 《国朝山左诗钞》的成书、体例与版本

"旧时"潇洒之情杂糅并暗成对比,言语委婉,情意幽深,与《钓台论古》诗的张扬刚劲大为不同,有王士禛《秋柳》苍茫幽远之感,是典型的神韵诗。

由此可知,卢见曾在《国朝山左诗钞》的改版过程中,有意识地选录更符合神韵论审美内涵的作品,逐渐使《国朝山左诗钞》的选诗标准向王士禛神韵论靠拢,《国朝山左诗钞》的唐诗学选诗倾向也愈发突出。

(三)规避政治隐患

有清一代,笔祸甚多。许多文人避之唯恐不及,以致龚自珍有"避席畏闻文字狱,著书都为稻粱谋"[1]之句讽之,然而面对残酷的政治刑罚,改版避祸是许多文人本能的而且是不得不做的选择。《国朝山左诗钞》在乾隆己卯年所做的两次改版中已隐隐地体现出这种"避祸"的思想,及至铲版重刻本的出现,以铲版留白的形式铲除钱谦益、吴伟业、龚鼎孳、陈恭尹四人之诗,可谓旗帜鲜明地顺应政治号召了。

乾隆己卯重校定本甲本《国朝山左诗钞》已将原刻本卷八所录满巽元其人其诗全部删除。满巽元,即满之章,字必发,号虬隐,掖县诸生。满巽元博学多识,有王佐之才,而且"好谈兵,以天下为己任"[2],甲申之变中,率众守城后归隐宁海山中,精研机甲之器。永历二年(1648)满巽元与明宗室朱慈燃潜逃南京,散尽家财招兵,入李定国之伍,公开抗清,后兵败被执,身受酷刑,以身殉节。满巽元身死后,其子亦随之死于狱中,其妻张氏携幼子、二女投河而死,其弟满之磐出逃,不知所踪,满氏一门几灭。乾隆戊寅初刻本中满巽元小传仅"巽元,号虬隐,掖县诸生"[3]数语而已,复引姜埰所作《满文学传》之部分内容,亦只述其才华、交际,未及殉节之事。收录满巽元诗三首,分别为《挽徐行吾先生》《客去》《淮河》,多写生活中交游、行旅之事,未及政治。然满巽元以身反清,罹罪而亡,将其纳入集中,在文字狱兴盛的乾隆朝极易招致祸患,故《国朝

---

[1] 龚自珍:《龚自珍全集》,上海人民出版社,1975,第471页。
[2] 钱海岳:《南明史》卷六一,中华书局,2006,第2860页。
[3] 卢见曾编《国朝山左诗钞》,第115页。

❖ 卢见曾与《国朝山左诗钞》研究

山左诗钞》刊刻次年即在重校定本中将之删除,以避祸端。删除满巽元或许出于卢见曾的政治敏感,而铲版重刻本则是卢见曾后人在王朝政策指导下进行的改版。

乾隆三十三年(1768),两淮盐引案事发,卢见曾被牵连下狱,后纪昀、王昶等漏言事发,卢见曾因隐匿银两,着斩监候,未及行刑,便病死狱中。纪昀、王昶等均革职流放,卢见曾之子卢谦被发往军台,德州卢氏一族遭到毁灭性的打击。乾隆三十六年,卢谦被"特旨赐环"①,卢氏宗族子弟重新获得了科举入仕的机会,但是卢见曾的亡故和卢谦三年流放、落魄的生活,使卢氏家族愈发小心谨慎。

乾隆四十一年十一月十七日,乾隆皇帝在纂修《四库全书》的过程中发布诏谕,力图对"明季诸人书集,词意抵触本朝者"②实施销毁,同时对于清初仕清之大臣严厉谴责,认为其不能"死节","其人实不足齿,其书岂可复存"③,为"励臣节而正人心"④,于是大力禁毁图书,根据内容之不同采取不同的禁毁方式,有全毁之书,有抽毁之书。所谓抽毁,即抽而毁之,或削去数卷,或削去数篇,或改定字句,原书仍存,而为残卷。乾隆谕旨中曾对抽毁之事做十分明确的说明,以诗文总集为例:"若汇选各家诗文,内有钱谦益、屈大均所作,自当削去,其余原可留存,不必因一二匪人致累及众。"⑤

诏谕一出,举国之书皆受波及。此时卢见曾已故去八年,主持《国朝山左诗钞》改版的当为卢见曾之子卢谦。卢谦是卢见曾长子,"承藉家学,又多见老师宿儒,聆其议论,故学问文章具有根柢"⑥,而且卢见曾早先编纂《国朝山左诗钞》之时,卢谦便参与其中,与董元度共校原本,"曲江继至,下榻年余,与儿子谦遍检原本,搜剔遗落"⑦。另外,乾隆四十一年

---

① 孙致中等校点《纪晓岚文集》第1册,河北教育出版社,1995,第363页。
② 永瑢等:《四库全书总目》卷首,中华书局,1965,第3页。
③ 永瑢等:《四库全书总目》卷首,中华书局,1965,第3页。
④ 永瑢等:《四库全书总目》卷首,中华书局,1965,第3页。
⑤ 永瑢等:《四库全书总目》卷首,中华书局,1965,第4页。
⑥ 孙致中等校点《纪晓岚文集》第1册,河北教育出版社,1995,第363页。
⑦ 卢见曾编《国朝山左诗钞》,第5页。

第三章 《国朝山左诗钞》的成书、体例与版本

卢谦时任广平府同知，无论是学术能力还是宗族地位，以及对于《国朝山左诗钞》的熟悉程度，此时的卢氏家族中无人能出卢谦之右，故铲版重刻本当在卢谦的授意之下进行了改版，或者卢谦亲自参与了改版，其目的便是响应乾隆诏谕的号召，对《国朝山左诗钞》进行筛选，与钱、吴等四人相关文献都被删除，山左诗人奉和之作亦不复存，当然由于校刻疏漏，亦有删削未尽之处，如卷七程先贞小传中仅删除钱谦益之名，其序文予以保留；卷二一杨通睿小传中仅删除吴伟业其名，序文予以保留；卷三六赵执信小传中仅删除陈恭尹其名，序文亦予以保留。

《国朝山左诗钞》的修订是一个渐进的过程，根据已经发现的材料可知，《国朝山左诗钞》至少存在乾隆戊寅初刻本、乾隆己卯重校定本甲本、乾隆己卯重校定本乙本、铲版重刻本四个版本。不断的修订与重印，使其逐渐成为一个质量上乘的诗歌选本。四种版本《国朝山左诗钞》的出现对于厘清卢见曾及卢氏后人的诗学观念、文化心态有重要意义，尤其是带着政治烙印的铲版重刻本《国朝山左诗钞》的发现，对于研究乾隆朝的文化环境以及文字狱案有重要的参考意义，值得给予更多关注。

另据刘声木《桐城文学渊源撰述考》一书载，姚范有《评点国朝山左诗钞》四十余卷。今此本未见。

在以上几个版本之中，乾隆戊寅初刻本较改版诸本，虽存在些许刊刻谬误，但是其作为山左诗歌总集的框架、体例已然完备，而在此后的几次改版过程中，卢见曾及其后人亦未更改序言、凡例等内容，所进行之改动并未使《国朝山左诗钞》整体面目发生重大改动，故本书仍以乾隆戊寅初刻本《国朝山左诗钞》为研究对象，在部分问题的考察上，会引述其他版本内容以作论证。

卢见曾主持编纂的《国朝山左诗钞》"遍搜昭代之诗"，在保存乡邦文献上起到了非常重要的作用，同时对于其他总集选本的编选亦起到重要的参考作用。作为第一部以山东通省诗人及其诗作为选录对象的诗歌总集，《国朝山左诗钞》的出现在清代山左诗坛上产生了深远影响，其不但汇集清初至清乾隆山左诗人、作品，极大地彰显了清代山左诗坛的诗歌成就，更带动了地域诗歌总集编纂的优良风气，推动了"国朝山左"系列诗钞的产生。

第四章
《国朝山左诗钞》的诗学旨趣

  目前学界对于《国朝山左诗钞》的研究主要集中于其文献价值之上，对于其选学思想和诗学旨趣少有深入分析。作为清诗选本，《国朝山左诗钞》展现了明末清初尤其是清前期百余年间山左诗歌创作的总体格局，对诗坛风气和诗人事迹的记录与品评，反映了清前期山左诗学的变迁和诗人心态的转向，记录了鲜活的诗人创作群像，其篇章架构、诗人与诗篇取舍无不是反复斟酌之后的慎重之举，体现了严肃的选家思维。

第一节 卢见曾的诗歌创作与诗学思想

  作为《国朝山左诗钞》的编纂者，卢见曾本人的诗学观念和编选思想渗透到了《国朝山左诗钞》的方方面面，欲考察《国朝山左诗钞》的选学思想，实有必要对卢见曾本人的诗学观念做一番考察。而诗人的诗学观念一方面反映在其自身的诗歌创作之中，另一方面则体现在其诗歌理论著作之中。根据前文所述卢见曾著述可知，其诗文著作散佚颇多，并无诗话或诗论著作传世，然其《雅雨堂文遗集》中序、记、书、跋、辨、启、论、传、祭文、志铭、行述各类文章皆备，行文之中，时常流露出其对于诗歌创作的态度与想法，为考察其诗学思想和编辑思想提供了可靠依据。

一 诗歌创作

  由于卢氏曾遭抄没，卢见曾现存诗歌数目不多，其《雅雨堂诗遗集》

分上下二卷，几经搜罗，收诗不过二百七十余首，《雅雨山人出塞集》虽刊刻单行，诗歌也不过百首出头。由于人生境遇的起伏，卢见曾《雅雨堂诗遗集》与《雅雨山人出塞集》在艺术风貌上呈现出鲜明差异。总体来看，《雅雨堂诗遗集》安闲自在、雅趣横生，极得盛世文人的雍容风调，而《雅雨山人出塞集》写于遣戍塞外之时，才气遒劲、跌宕慷慨而又不失潇洒意气，风格为之一变。

（一）雍容平和的《雅雨堂诗遗集》

《雅雨堂诗遗集》是卢见曾遗诗的汇编整理本，此集由卢见曾后学德州金在恒编次，由卢见曾曾孙卢枢校勘并付梓。根据诗内小注可知，此集中之诗分别隶属于卢见曾《雅雨集》《平山堂集》《邯郸集》《北平集》《平山堂后集》《里门感旧集》等六种集子，乃零星篇目汇集而成。从内容上来看，《雅雨堂诗遗集》主要写卢见曾的日常生活。有游宦途中的纪行、赠友之作，如《赴洪雅任，道经河内，赠同年梅明府》："献赋同高第，承恩异远天。朔风严蜀道，晴雪丽丹泉。此地投陈辖，何时共祖鞭。刀州四千里，回首杳风烟。"[1] 此诗作于雍正二年（1724），梅明府即卢见曾同年梅枚，字功升，江西南城人，是年卢见曾授四川洪雅知县，梅枚官河内知县，所谓"承恩异远天"即指二人异地为官，此时二人均是初入仕途，一句"何时共祖鞭"写出二人奋勉争先，欲有所作为的经世之志。有官署日常交游、唱和之作，如前文述及的《平山堂雅集》以及《红桥修禊》等写大型游宴活动；亦有署中赏花之作，如"艳色不争桃李媚，幽芳只许桂兰亲。炎凉阅后交游罕，爱尔风流似淡人"[2]（《盆菊升堂赋诗赏之》其一）写菊之淡雅高洁；还有追悼亡友之作，如"前月才同哭旧俦，那堪君又去荒邱"（《哭马蟹谷主事》）、"可怜廿载同游处，怅触伤心事事非"（《哭魏峻庵华亭令》），写得哀婉动人。《雅雨堂诗遗集》中数量最多的当属题画诗，有二十六首之多，约占其现存诗歌总数的十分之一，如"水剩山残足

---

[1] 卢见曾：《雅雨堂诗文遗集》，《山东文献集成》第1辑第37册，山东大学出版社，2006，第657页。

[2] 卢见曾：《雅雨堂诗文遗集》，《山东文献集成》第1辑第37册，山东大学出版社，2006，第663页。

❖ 卢见曾与《国朝山左诗钞》研究

钓游,数椽犹是旧菟裘。还余一片如霜月,曾照筹边百尺楼"(《题胡中丞复斋旧隐图》)等。由于"画"之特殊意象与意境,题画之作往往带有更为浓厚的文人意趣,能够更为充分地体现诗歌的清逸之气,然而也正是由于不能完全脱离"画"的影响,所以诗歌的表达内容会受到一定局限,卢见曾所题之图多为人物小照以及春晓、归渔、听月等意境超妙之作,诗歌自然而然地也就带上了雍容平和的文人雅趣,但是关涉民生等现实题材的诗歌则鲜少见于集中。

(二) 慷慨而不失敦厚的《雅雨山人出塞集》

《雅雨山人出塞集》又名《出塞集》,诗歌风貌与《雅雨堂诗遗集》迥然不同。乾隆二年(1737),卢见曾被诬陷结党营私,乾隆五年,被流放伊犁戍台,乾隆八年赐环。《雅雨山人出塞集》即作于乾隆五年至乾隆八年间,是卢见曾流放时期的心灵写照。沈起元为《雅雨山人出塞集》作序称"读之蒸若夏云,烂若春葩,声戛金石,既无消沮萧飒之状,而亦无不平之鸣"[1],总体而言,可谓"跌荡慷慨而不失温柔敦厚之旨"[2]。

先看其《雅雨山人出塞集》之首篇《承恩出塞留别扬州诸故人》:"解网深仁且莫论,孤臣犹在识天恩。三年便许朝金阙,万里何辞出玉门。沙暗阴山秋猎壮,雪明瀚海夏裘温。多情应信扬州月,直送征轮到塞垣。"[3] 此诗是结党营私案结案之后,卢见曾由扬州赴京时所作,题为"承恩出塞",诗中亦未流出半分不平之鸣,即便前有漫漫出塞路,后有依依不舍人,可是卢见曾诗中只有豪情,未见颓音,潇洒意气流于笔端。此诗基本上奠定了卢见曾《雅雨山人出塞集》的根本基调。

虽然塞外三载之中,卢见曾频繁遭遇恶劣环境,诸如"大漠风交疾,阴沉雪乱飞。手僵常散辔,泪冻不沾衣。投宿身何所,兼程计又非。平生

---

[1] 卢见曾:《雅雨山人出塞集》,《山东文献集成》第1辑第37册,山东大学出版社,2006,第758页。

[2] 卢见曾:《雅雨山人出塞集》,《山东文献集成》第1辑第37册,山东大学出版社,2006,第758页。

[3] 卢见曾:《雅雨山人出塞集》,《山东文献集成》第1辑第37册,山东大学出版社,2006,第761页。

第四章 《国朝山左诗钞》的诗学旨趣

憎狲犬,转怪吠声稀。"①(《雪》)甚至接连遭遇亲友亡故,如《哭亡弟昭曾》:"从今永永见无期,万里哭君君可知。记得临行曾抱首,当时犹是痛生离。"②可是磨难痛苦之下,其坚定的心志未改:

万里经年书到新,开时转笑费鱼鳞。料来狼狈原应尔,便说平安那当真。簏有经遗惟笃志,锥无地立莫愁贫。天心复后观临泰,冻破梅梢却是春。(《接儿谦来书寄之》)③

此诗是卢见曾回复长子卢谦书信时所寄,卢见曾被诬流放,其宗族、子女亦陷入艰难境地,其"料来狼狈原应尔,便说平安那当真"一句道出所有游子与家人之间只愿报喜不愿报忧的普遍心态,然而在难以掩饰的艰难狼狈和亲人的牵肠挂肚面前,所谓"平安"又如何可信呢?正如何士容诗中所云"每因疾病愁家远,强说平安下笔难"④,卢见曾之诗,并未粉饰流放生活,甚至直言"狼狈",可是即便是面对如此艰难的生活,卢见曾仍然认为要"惟笃志",要"莫愁贫",甚至于以穷且益坚的心态发出"冻破梅梢却是春"的呼喊,其昂扬乐观的心志从未改变。即便是被诬流放,卢见曾亦未见消沉,甚至自称"学易于今正假年"⑤,将流放当成了生命的进修,以宽和的目光审视异域的风情,留下了颇具特色的《杭霭竹枝词》十三首。

卢见曾《杭霭竹枝词》产生了较大的文学影响力,《竹叶亭杂记》卷六称:"《塞外竹枝词》注云:'基城主人俚调',先曹州公戏作也。自识云:'卢抱孙《出塞集》有《竹枝词》十三首,工妙异常,惜不尽夷民情

---

① 卢见曾:《雅雨山人出塞集》,《山东文献集成》第1辑第37册,山东大学出版社,2006,第762页。
② 卢见曾:《雅雨山人出塞集》,《山东文献集成》第1辑第37册,山东大学出版社,2006,第767页。
③ 卢见曾:《雅雨山人出塞集》,《山东文献集成》第1辑第37册,山东大学出版社,2006,第767页。
④ 袁枚撰,顾学颉校点《随园诗话》卷二,人民文学出版社,1982,第36页。
⑤ 卢见曾:《雅雨山人出塞集》,《山东文献集成》第1辑第37册,山东大学出版社,2006,第767页。

153

❖ 卢见曾与《国朝山左诗钞》研究

事,故补写之,其已道者不及也。续貂之诮所不计'云。"① 塞外竹枝词是清代竹枝词的重要组成部分,而卢见曾《杭霭竹枝词》十三首在一定程度上推动了塞外竹枝词的创作,其诗歌亦着实新奇可喜。试举三例如下:

其一
　　正朔钦遵贺岁新,佛天参罢拜周亲。出门礼数先台长,哈达高擎道塞因。(俗以素帛献尊长,名曰哈达。塞因其请安之词。)

其六
　　驱马牵羊载酒尊,委禽礼物剧阗喧。双镮却闭缘何故,要待阿翁亲款门。(纳采日必亲翁跪门,女家乃出迎。)

其九
　　炎夏朝寒似晚秋,说来花木总关愁。那知春色曾偏到,杭霭山青发绣球。②

卢见曾一反前人写边塞必及朔漠、羌笛、战鼓的战争传统,以平实的笔调摹写边塞平凡百姓的日常生活,展现了独特的社会风貌。其诗中不但有异域独特习俗,诸如敬献"哈达"、亲翁跪门等民俗,甚至还直接将民族语言诸如"塞因"之类的词语化用至诗歌,使诗歌于新奇之中呈现出一种陌生化的特点。至于其第九首,则经历了由忧愁到欣喜的情感变化,流放塞外虽不至于使卢见曾颓丧沉沦,却也让他饱受折磨,"炎夏朝寒似晚秋"的独特气候不但给人的生活带来不便,花木更是难以存活,可是春到杭霭之后,竟然催生了绣球花,诗人惊喜之情融入笔端,使这些摹写边塞之情貌的诗歌一反悲慨苍凉的风调而变得刚健清新起来。

《雅雨山人出塞集》中评价最高的一篇,当属其《生祭蒋萝村文》,汪启淑《水曹清暇录》称其"想奇笔健,洵为可传"③,高凤翰则有《读

---

① 姚元之:《竹叶亭杂记》,中华书局,1982,第139页。
② 卢见曾:《雅雨山人出塞集》,《山东文献集成》第1辑第37册,山东大学出版社,2006,第768页。
③ 汪启淑撰,杨辉君点校《水曹清暇录》,北京古籍出版社,1998,第181页。

154

第四章 《国朝山左诗钞》的诗学旨趣

〈出塞集〉,尤爱〈生祭蒋萝村〉一篇,沉郁顿挫,有放翁学杜之妙,特赋一首》,袁枚《随园诗话》则附以一段故事:"卢雅雨先生与蒋萝村副宪同谪塞外,蒋年老,虑不得归,卢戏作文生祭之,文甚谲诡。尹文端公一日谓余曰:'汝见卢《出塞集》乎?'曰:'见矣。'曰:'汝最爱何诗?'余未答,公曰:'汝且勿言,我猜必是《生祭蒋萝村文》。'余不觉大笑而首肯者再,喜师弟之印可也。"[①] 诸诗人对《生祭蒋萝村文》的肯定主要在于其奇矫的艺术风格。卢见曾《生祭蒋萝村文》为四言古体,长达576言,无论是篇章立意还是意象使用,均体现出一种矫健奇诡之风:

先生之寿,七十有七。先生之壮,如其壮日。先生旷达,不讳其恤。先生有教,乃载之笔。先生书来,示我云云。昔同转运,与君为寅。今同谪戍,与君为邻。我欲生祭,乞君一言。仆谢不敏,非甘懒惰。诅老咒生,毋乃不可。既而思之,公非欺我。辱公之教,奈何弗果。爰卜吉日,乃驾黄骊。羔羊蒸炙,酪酥淋漓。干糇窨酒,载携载随。造庐展笑,大放厥辞。昔公早达,久食天禄。遭际尧廷,达聪明目。讵乏名猷,而登宪副。有其志之,非仆所录。仆识公晚,盖始投荒。过公信宿,示我周行。拜辞黄耉,既感且伤。何以图报,祝寿而康。今年闻公,报三周岁。忆公语我,军台有制。诸弛刑徒,考绩为例。瓜代为常,喜而不寐。何期命宫,磨蝎流连。帝闻臣罪,未闻臣年。草霜风烛,能否再延。鞭指裂肤,禁否再残。有死之心,无生之气。仆忝同群,敢忘敦慰。言之违心,听之无味。破涕用奇,于是乎祭。世之祭者,罗列鼎牲。岂无醑奠,谁进一觥。岂无呼告,谁应一声。祷尔曰诔,莫若及生。我闻设台,防厄鲁特。雪山为窟,师老难克。鬼能为厉,殊便杀贼。生不如人,死当报国。我闻西域,佛教常新。恒河沙数,皆不坏身。此去天竺,无间关津。一灵不昧,便入法门。我闻阎罗,即包孝肃。其家庐州,仆曾为牧。牧不负神,神应电瞩。为问年来,神颜怿不。我闻冥司,分隶城隍。我辈头衔,颇与相

[①] 袁枚撰,顾学颉校点《随园诗话》卷三,人民文学出版社,1982,第68页。

当。定容抗礼，谦尊而光。岂如井底，妄肆蛙张。我闻此地，李陵所窜。苗裔及唐，犹通祖贯。游子河梁，妙绝词翰。地下相逢，定非冰炭。我闻归化，葬古昭君。青冢表表，血食为神。乃心汉阙，同乡是亲。死如卜宅，请傍佳人。凡诸幻想，谓死有觉。有觉而死，不改其乐。若本无知，何嫌沙漠。沧桑以来，谁非委壑。公曰信哉，君言慨慷。君浮我白，我奉君觞。饮既尽兴，食亦充肠。饮食醉饱，是为尚飨。①

蒋萝村年老戍台，担忧不能活着归乡，遂有生祭之念，嘱卢见曾为其作诗文，卢遂为此篇，"破涕用奇"四字奠定全篇风貌。首先，生祭行为本身便是标新立异之举，出于对诅老咒生的避讳，生祭诗文本不常见，"宋以前惟陶靖节有自祭文，后此王炎午有生祭文丞相文，他不多见，近时卢雅雨《出塞集》有生祭蒋萝村副宪文"②。生祭之举不常见，生祭之文更罕见，卢见曾却从亡者的角度出发，认为只有生祭才能为亡者所感知，才能真正有实效："世之祭者，罗列鼎牲。岂无酹奠，谁进一觥。岂无呼告，谁应一声。祷尔曰诔，莫若及生。"其于精神上已经超出时人而趋近于"古异"了。其次，从意象使用与意境塑造上来看，《生祭蒋萝村文》使用了大量的带有奇幻特征的物象，营造出奇诡的意境，如"鬼""不坏身""阎罗""冥司""城隍"等，以及"包孝肃""李陵""昭君"等带有浓厚历史意蕴的文化典故，佛教、道教相杂糅，生前、死后相羁绊，六个"我闻"构筑起多个幻想的空间，充满生新之感。再次，《生祭蒋萝村文》还传达出一种超然旷达的心态，"沧桑以来，谁非委壑"，人固有一死，"有觉而死"，诚如诗人所设想的一样，可继续以壮志报国，可潜心修行以求得道，可与前哲诗词相唱甚至于依傍佳人，如此死后必然不改其乐，"若本无知"，死于何地又有何异？卢见曾《生祭蒋萝村文》与其说是一篇祭文，不若说是对蒋萝村的开解劝慰。孙起栋有《过德州忆卢雅雨塞

---

① 卢见曾：《雅雨山人出塞集》，《山东文献集成》第1辑第37册，山东大学出版社，2006，第769~770页。
② 梁玉绳：《瞥记》，《续修四库全书·子部》第1157册，上海古籍出版社，2002，第71页。

上遗事》诗，曰："平生风义王炎午，一死规师古谊敦。何事文家侈诡谲，也传生祭蒋萝村。"① 所谓"一死规师古敦谊"肯定的就是卢见曾超然的生死观对于蒋萝村的劝勉之意义。《生祭蒋萝村文》以奇绝之笔写潇洒意气，无怪乎为后世所推崇。

卢见曾存诗不多，仅《雅雨堂诗遗集》与《雅雨山人出塞集》二种，就成就而言，《雅雨山人出塞集》远高于《雅雨堂诗遗集》，徐世昌《晚晴簃诗汇》选卢见曾诗五首，均取自《雅雨山人出塞集》，且附诗话称其"诗笔健拔，而词旨深厚，穷居塞外，有惓惓望阙之忱"②。与《雅雨堂诗遗集》相比，卢见曾《雅雨山人出塞集》中的诗作确实骨力更为深厚，而由于蒙冤被遣，远戍伊犁，经历冰霜摧残，其对故乡亲友的思念、对重归朝堂的渴望使其诗歌之中融入了更为浓厚的情感因素，诗多慷慨却不哀顿，较之《雅雨堂诗遗集》无风石亦无波澜的雍容雅趣，《雅雨山人出塞集》则颇为砥砺。然而"砺之而其气益挚，其才益遒，其识趣益广远而深粹，其文章之世宙乃开辟而一新"③，诗歌意蕴更显得深刻厚重，这也是卢见曾诗歌的成就所在。

二 诗学思想

卢见曾并无系统的论诗著作，其诗学理论散见于其所作诗文序、跋以及部分《国朝山左诗钞》诗话之中。而且卢见曾处在神韵论流风未灭，格调说与性灵说逐渐兴起的康乾之际，其诗学思想几乎是湮没在时代思潮光芒之下的，然而正是由于处于诗学思潮碰撞交流的时代之中，其诗学观念的开放性更强，而这种开放性也极大地影响了他之于《国朝山左诗钞》选诗的理念。故在探究《国朝山左诗钞》的选学旨趣之前，须先明晰卢见曾的诗学思想。

---

① 孙起栋：《辽西草》，岳麓书社，2013，第72页。
② 徐世昌编，闻石点校《晚晴簃诗汇》，中华书局，1990，第2498页。
③ 卢见曾：《雅雨山人出塞集》，《山东文献集成》第1辑第37册，山东大学出版社，2006，第759页。

❖ 卢见曾与《国朝山左诗钞》研究

（一）"诗以道性情"

卢见曾的诗学思想是在集成并调和前代诗论的基础上建立起来的，尤其体现在其对诗学本体论的阐述上。对于诗歌本质，卢见曾坚持"诗以道性情"的观点。诗本乎"性情"一说并非新论，凡论诗歌者，几乎无人不谈及"性情"，而对"性情"内涵的偏重，则各有不同。王士禛后学诠释神韵派之性情称："诗之妙在于神韵，而神韵之妙存乎性情。性情正大者，所见之景写来无不正大；性情高旷者，所见之景写来无不高旷；性情幽闭者，所见之景写来无不幽闭；性情恬适者，所见之景写来无不恬适。本乎性情，征于兴象，发为吟咏，而精神出焉，风韵流焉。故诗之有神韵者，必其胸襟先无适俗之韵也。"① 所谓"正大""高旷""幽闭""恬适"指的多是人的境界与情调，而尤其强调"无适俗之韵"，亦即追求一种高邈、超脱的心灵状态。沈德潜的性情中则带有明显的儒家诗教色彩："诗必原本性情、关乎人伦日用及古今成败兴坏之故者，方为可存，所谓其言有物也。若一无关系，徒办浮华，又或叫号撞搪以出之，非风人之指矣。尤有甚者，动作温柔乡语，如王次回《凝雨集》之类，最足害人心术，一概不存。"② 与沈德潜反对王彦泓一类的"温柔乡语"不同，袁枚将男女之情引入诗歌所要反映的性情之中，认为"情之所先，莫如男女"③。与神韵、格调、性灵三派的理论相比，卢见曾在坚持"性情"其质需"真"这一点上与三者均是相通的：

> 诗以道性情，诗作于千载以上而能使千载以下读其诗者可歌可泣，忾然想见其为人，此非缘饰之工，亦惟其性情之真，有以不朽于斯世而已。若使不病而呻吟，处顺而感慨，后之人何从而尚论之？④

这是卢见曾《赵秋谷先生诗序》中的部分内容，卢见曾对赵执信之诗

---

① 何应鼎编述《渔洋山人精华录会心偶笔》卷三，山东大学图书馆藏清刻本。
② 沈德潜等编《清诗别裁集》，上海古籍出版社，2013，第2页。
③ 王英志主编《袁枚全集》第2册，江苏古籍出版社，1993，第527页。
④ 卢见曾：《雅雨堂诗文遗集》，《山东文献集成》第1辑第37册，山东大学出版社，2006，第704~705页。

第四章 《国朝山左诗钞》的诗学旨趣

颇为推崇,雅雨堂重刻赵执信集,卢见曾所作诗序中援引吴雯、陈恭尹称赏赵诗"直而不俚,高而不诡……自写性真,力去浮靡"[①]等语,并赞其诗"不朽于斯世",充分肯定了赵执信诗歌的文学地位与影响,而对于赵执信诗歌能够得到如此高的评价的原因,卢见曾将之归结于"性情之真",他认为正是因为赵诗书写的是真情挚性,所以后世之人才能够通过读其诗而想见其遭际、气概、怀抱、学识、精神,识其人而见其志,其诗亦流传不朽。

除在性质上对"性情"提出"真"的要求之外,在"性情"的具体内涵上,卢见曾却并无明显偏重,而是充分肯定"性情"的多样性,甚至反对以单一标准对"性情"进行衡量:

> 窃谓诗以道性情,其体有风、雅、颂之不同,又有比、兴、赋之异,自三百篇以至今日为诗者,第各就其性情之所近,必欲执一格以绳之,岂通论哉。[②]

《诗经》是中国古典诗歌的源头,《诗大序》中提出了"诗之六义",即风、雅、颂、赋、比、兴,其中"风雅颂"关系的是诗之"体","赋比兴"关系的则是诗之"辞",故"赋、比、兴是诗之所用,风、雅、颂是诗之成形"[③]。卢见曾对于《诗经》的诗歌体用之论是认可的,然而无论诗歌之内容与形式存在怎样的差异,诗歌所要"道性情"的根本目的是统一的。在卢见曾看来,诗歌是用来表达思想感情的,自《诗经》开始的中国古典诗歌无不是诗人根据自我思想感情之不同而进行的发挥,诗歌风貌与诗人性情之间存在着直接的关联。性情不一,诗歌面目自然千差万别,不能以单一标准去规范人之性情,自然就不能以单一标准去规范诗歌风貌。

作为士大夫文人,卢见曾交游广阔,应酬繁多,集中有不少应酬之

[①] 卢见曾:《雅雨堂诗文遗集》,《山东文献集成》第1辑第37册,山东大学出版社,2006,第704页。
[②] 卢见曾:《雅雨堂诗文遗集》,《山东文献集成》第1辑第37册,山东大学出版社,2006,第699页。
[③] 李学勤主编《十三经注疏·毛诗正义》,北京大学出版社,1999,第13页。

❖ 卢见曾与《国朝山左诗钞》研究

作,对于应酬之作,卢见曾在《黄山诗集节录序》中声称:"诗家有抒写性情之作,即有不得已应酬之作。"①在卢见曾看来,应酬之作是与性情之作相对立的,而且常常是不得已而为之的,同时,应酬之作对于诗歌艺术风貌而言往往是有损害的,即所谓"逢迎减性情"②。逢迎之所以损害性情,正是在于逢迎之作多不得已而为之,在于其"情"不够真挚,而"情"之"挚"在卢见曾看来是极为重要的诗歌创作要素:

> 缘情以为诗,情之不挚,其诗未有能工者也。古之为诗者,必有笃至之性、温厚之思,缠绵悱恻不能自已,而后形之吟咏,或优柔和缓,矢平中之音,或离奇倜诡,汪洋恣肆,至于不可方物,要皆发乎情之所欲言,而非以为牵率酬应之具,故曰:诗者,性之符。③

"主情"论是明代诗学中非常重要的一个组成部分,前七子之徐祯卿强调"因情以发气,因气以成声,因声而绘词,因词而定韵,此诗之源也"④;云间派领袖陈子龙亦认为"明其源,审其境,达其情,本也……;辨其体,修其辞,次也"⑤。在清代诗学中,"主情"论亦产生了十分深远的影响。卢见曾亦坚持"诗缘情"论,强调"情"的重要作用,他认为"情"是诗歌创作的根本出发点,"情"之内涵与特质对于诗歌有关键的影响。对于"情"之特征,卢见曾强调其"挚",即所咏内容必须是发自肺腑的真情实感而非出自应酬敷衍,如此具备真挚之情才能创作出精巧之诗。而对于"挚情"的内涵,卢见曾则认为是"笃至之性,温厚之思",好的诗歌均出于"挚情",呈现的艺术风貌却可以存在不同,情之温厚者,

---

① 卢见曾:《雅雨堂诗文遗集》,《山东文献集成》第1辑第37册,山东大学出版社,2006,第711页。
② 卢见曾:《雅雨堂诗文遗集》,《山东文献集成》第1辑第37册,山东大学出版社,2006,第673页。
③ 卢见曾:《雅雨堂诗文遗集》,《山东文献集成》第1辑第37册,山东大学出版社,2006,第712页。
④ 徐祯卿:《谈艺录》,何文焕辑《历代诗话》中华书局,2004,第765页。
⑤ 陈子龙:《陈子龙文集》下册,华东师范大学出版社,1988,第248页。

诗便优柔和缓；情之激烈者，诗便汪洋恣肆，归根结底，诗歌的内容与风貌仍是由诗人之性情所决定，诗歌是表现诗人性情的一种媒介与符号。

卢见曾强调的"诗缘情"与钟嵘朴素唯物主义诗学观所提倡的"气之动物，物之感人，故摇荡性情，行诸舞咏"①之说不同，钟嵘诗论中强调的是自然景物对人的感发作用，"性情"是受气、物刺激而触发的，所以后世才有诸如"诗穷而后工"的论断，卢见曾对"诗穷而后工"之论进行了反驳："欧阳子称诗必穷而后工，特以情之发也，必有所触。穷愁之士，轮囷抑塞，迫于外遇，易以激发其志意耳，假令其人自有深情至性，酝酿磅礴，不容遏抑，虽身处清华，吾知其诗当益工，必非憔悴枯槁之士所可拟也。"②卢见曾并不全然反对"诗穷而后工"之论，而是将"性情"提高至绝对的位置，认为只要有"深情至性"，无论是处境艰难还是身世显贵，都能够实现诗之"工"。

卢见曾坚持"诗以道性情"，尤其强调情之"至"，即其"正"与其"真"，这其实是温柔敦厚的儒家诗教观的体现。身为士大夫文人，卢见曾的诗学立场受官方诗学思想的影响颇深。其刊刻典籍、编纂总集大多站在昭示风雅之盛的出发点上，如其自述刻王士禛《渔洋山人感旧集》之缘由："自古一代之兴，川岳钟其秀灵，必有文章极盛之会，以抒泄其菁英郁勃之气，其发为诗歌，朝廷之上用以鼓吹休明，即散见山林槃涧之间，片璧碎金，都堪宝贵。"③其中即明确指出诗歌于朝廷有"鼓吹休明"之用。所以其《雅雨堂遗诗》书写的内容以宴集、题赠、游赏为主，于平和雍容之中彰显朝代之兴，由此出发，"以昭我盛朝风雅之盛"④也成为其编选《国朝山左诗钞》的基本宗旨。

（二）"学与才之不可偏废"

自清初起，崇尚博学的思潮便渐成风气。宋人严羽重视诗之别才、别

---

① 陈延杰注《诗品注》，人民文学出版社，1980，第1页。
② 卢见曾：《雅雨堂诗文遗集》，《山东文献集成》第1辑第37册，山东大学出版社，2006，第712页。
③ 卢见曾：《雅雨堂诗文遗集》，《山东文献集成》第1辑第37册，山东大学出版社，2006，第701页。
④ 卢见曾编《国朝山左诗钞》，第2页。

❖ 卢见曾与《国朝山左诗钞》研究

趣，反对才学、义理："诗有别材，非关书也；诗有别趣，非关理也。然非多读书，多穷理，则不能极其至，所谓不涉理路，不落言筌者上也。……以文字为诗，以才学为诗，以议论为诗，夫岂不工，终非古人之诗也。"① 承严羽"妙悟说"而起的王士禛对严羽的才、学之辩进行了调和，他认为"夫诗之道，有根柢焉，有兴会焉，二者不可得兼。镜中之象，水中之月，相中之色，羚羊挂角，无迹可求，此兴会也。本之风雅，以导其源，溯之楚《骚》、汉魏乐府诗，以达其流，博之九经、三史、诸子，以穷其变，此根柢也。根柢原于学问，兴会发于性情"②。王士禛将原于学问的"根柢"与发于性情的"兴会"并立为诗歌创作的两种根本取径，其诗学论断中亦常有"为诗须要多读书，以养其气"③一类的论断，虽然他认为根底与兴会"二者不可得兼"，却十分重视学问滋养性情的独特作用。其在《师友诗传录》中回答"作诗，学力与性情必兼具而后愉快"④的问题时称："司空表圣云：'不著一字，尽得风流。'此性情之说也。扬子云云：'读千赋则能赋。'此学问之说也。二者相辅而行，不可偏废。若无性情而侈言学问，则昔人有讥点鬼簿、獭祭鱼者矣。学力深，始能见性情，此一语是造微破的之论。"⑤ 卢见曾完全地继承了王士禛的这种论断，其在《国朝山左诗钞》凡例中称：

> 渔洋论诗之道有兴会焉，有根柢焉。兴会发于性情，根柢原于学问。世谓诗有别才，非关学者，非笃论也。如任文水《十三经注疏序》，王泡斋《论经史》，刘沧岚《郑康成论》，非读书万卷，不能具此卓识。今分载于各小传之下，所以开拓学诗者之心胸，使知诗非袭取。⑥

---

① 郭绍虞校释《沧浪诗话校释》，人民文学出版社，1983，第 26 页。
② 袁世硕主编《王士禛全集》，齐鲁书社，2007，第 1560 页。
③ 王士禛口授，何世璂述《然灯记闻》，王夫之等撰《清诗话》上册，上海古籍出版社，1963，第 120 页。
④ 王士禛等：《师友诗传录》，王夫之等撰《清诗话》上册，上海古籍出版社，1963，第 125 页。
⑤ 王士禛等：《师友诗传录》，王夫之等撰《清诗话》上册，上海古籍出版社，1963，第 125 页。
⑥ 卢见曾编《国朝山左诗钞》，第 4 页。

第四章 《国朝山左诗钞》的诗学旨趣

卢见曾认为"诗有别才,非关学也"的论断并非确切的评论,其对"学问"的重视几乎贯穿其生命的始终。卢见曾之父卢道悦"工举子业……尤善决人科第,百不失一"①,于经史子集均多涉猎,卢见曾幼承庭训,树立了严谨的治学态度。此后师从田霡,研习古诗声调之学,游宦数十年间,广设书院,励教兴学,不但独立注《易》,其所往来者更是有惠栋、戴震、沈大成、沈起元等儒学大家。卢见曾宗尚古学,刊刻《雅雨堂丛书》经籍十三种,为诸公治学提供了多方面的支持。"重学"是卢见曾一以贯之的态度与观念。如其凡例中所提及的任文水(任潜)、王泡斋(王尔膂)、刘沧岚(刘以贵)均为山左经学名宿,《国朝山左诗钞》选任潜诗一首、王尔膂诗三首,未选刘以贵诗,然而他们论述经史的文章却被引入《国朝山左诗钞》小传之后,卢见曾欲以此"开拓学诗者之心胸,使知诗非袭取"②,所依赖的即是"学问"对于诗歌的滋养作用。

卢见曾对于诗歌才、学之辩的通达性十分鲜明地展现在了其对于沈树本诗歌的态度上。沈树本(1671—1743),字厚余,号操堂,又号轮翁,浙江归安人,清康熙五十一年(1712)进士,居一甲第二名,是年卢见曾亦进京赴考,并未高中,却与沈树本相识。沈树本工诗,其诗出入苏轼、陆游之间,沈德潜《清诗别裁集》选其诗十一首,诗话曰:"从来学苏诗者,只得其随手征引,波澜不穷,其弊往往流于纵肆,此独于用意正大处求之,即质之元遗山,必无沧海横流之目。"③ 沈树本学问渊通,为诗宗尚宋调,与杨守知、柯煜、陆奎勋并称"浙西四子"。卢见曾为沈树本诗集作序,即涉及才、学之辩:

> 诗原于三百篇,至汉魏而始有五言,至唐而诸体咸备,而即分有才与学之两途。以少陵之含天盖地、包举宇内,犹曰"老去渐于诗律

---

① 卢见曾:《雅雨堂诗文遗集》,《山东文献集成》第1辑第37册,山东大学出版社,2006,第753页。
② 卢见曾编《国朝山左诗钞》,第4页。
③ 沈德潜等编《清诗别裁集》,上海古籍出版社,2013,第910页。

细"。昌黎称孟郊之诗曰"妥帖力排奡",又曰"敷柔肆纡余,奋猛卷海潦",夫诗至排奡,奋猛可去,极其才之所至而犹不能不俯就乎妥帖纡余之法则,信矣学与才之不可偏废也。①

卢见曾认为在唐代诗体齐备之后始有"才"与"学"之分,其实沈约"灵运之兴会标举,延年之体裁明密,并方轨前秀,垂范后昆"②之说已然涵盖了"才""学"之辩了,"兴会标举"通常关涉隐秘的灵感,即"才"也,而"体裁明密"则关乎严谨的法则,即"学"也,沈约以"方轨前秀,垂范后昆"之论将"才"与"学"并置了。卢见曾此论与沈约相通,以杜甫为例,其可谓具有"含天盖地、包举宇内"的惊世之才的,仍旧积蓄一生之力方于诗律上有所成就,孟郊之诗骨力强劲、豪健生新,亦不能不遵守宽和恰当的诗歌法则。所以"才"与"学"对于诗人而言是缺一不可的。

卢见曾在《沈轮翁诗序》中还叙述了沈树本学诗之事,亦涉及作诗之法。沈树本生而颖异,"少时作诗,富于才,下笔数千言立就"③,后江都顾图河以陆游《九月一日夜,读诗稿有感,走笔作歌》诗示之,沈树本心有所得,尽焚前稿。陆游此诗为论诗之作,其诗曰:"我昔学诗未有得,残余未免从人乞。力屡气馁心自知,妄取虚名有惭色。四十从戎驻南郑,酣宴军中夜连日。打球筑场一千步,阅马列厩三万匹。华灯纵博声满楼,宝钗艳舞光照席。琵琶弦急冰雹乱,羯鼓手匀风雨疾。诗家三昧忽见前,屈贾在眼元历历。天机云锦用在我,剪裁妙处非刀尺。世间才杰固不乏,秋毫未合天地隔。放翁老死何足论,广陵散绝还堪惜。"④陆游这首诗是其创作经验的总结,他认为若单有诗才,而无学识、经历的支撑,即便为诗也不过拾人牙慧而已,只有辅之以扎实的学识、广博的经历,才能够成就绝

---

① 卢见曾:《雅雨堂诗文遗集》,《山东文献集成》第1辑第37册,山东大学出版社,2006,第708页。
② 《宋书》,中华书局,1974,第1778~1779页。
③ 卢见曾:《雅雨堂诗文遗集》,《山东文献集成》第1辑第37册,山东大学出版社,2006,第708页。
④ 钱仲联点校《剑南诗稿》,岳麓书社,1998,第613页。

响,即其所谓"汝果欲学诗,功夫在诗外"①。卢见曾对于沈树本在学诗过程中的这种变化极为欣赏,亦是其主张"才"与"学"不可偏废的佐证。

卢见曾《雅雨堂诗遗集》书写文人雅趣,所咏题材无外乎冶游、唱和、题画,意象多为山水、景物、书画,是其平和雍容为官生活的集中体现,反观《雅雨山人出塞集》却情韵深挚,意象新奇,因为遣戍塞外这样独特的人生经历而富于独特的艺术风貌。卢见曾本人的诗歌创作已然能够体现出他所倡导的"诗以道性情"与"学与才之不可偏废"的诗学观,而他的这种诗学态度在《国朝山左诗钞》之中亦有体现。

第二节 《国朝山左诗钞》的唐诗学本位观

《国朝山左诗钞》刊刻之后引起了较为广泛的影响,茹纶常赞《国朝山左诗钞》曰:"六百家应无滥厕,五千首更有专攻。"② 充分肯定了其选本价值。然而,目前学界对于《国朝山左诗钞》的研究主要集中于其文献价值之上,对于其选诗宗旨和诗学倾向少有深入分析,仅有黄金元《略论卢见曾编纂的〈国朝山左诗钞〉》一文从选诗的多样性和会通性、知人论世观以及重学问根底三个角度谈及《国朝山左诗钞》的编纂理念③,对于诗学倾向亦未充分展开。《国朝山左诗钞》不但贯彻了卢见曾的诗学主张,对于清代诗学中无法回避的唐宋诗之争,更是以"选"的形式彰显了自己的诗学立场,不但大量选入宗唐派诗人,选录清醇雅正之诗歌,还以小传、评点等多种形式褒扬唐风,呈现出鲜明的唐诗学本位倾向。

一 偏好唐风,兼取宋调

对于诗歌选本,诗人纳入与否、诗人位次的排布、诗歌篇目的遴选、选诗数量的把控等多个方面都体现着"选"的性质。即便是以"钞"为名

---

① 钱仲联点校《剑南诗稿》,岳麓书社,1998,第1601页。
② 茹纶常:《容斋诗集》,《续修四库全书·集部》第1457册,上海古籍出版社,2002,第260页。
③ 黄金元:《略论卢见曾编纂的〈国朝山左诗钞〉》,《厦门教育学院学报》2007年第2期。

的《国朝山左诗钞》,在数量众多的清前期山左诗人和诗作之中也只收录了六百二十七位诗人的五千九百余首作品,其编纂过程又怎么能够脱离"选"呢?卢见曾以后学身份遴选先贤之作,字里行间,极为审慎,极少自发议论,但是《国朝山左诗钞》所选诗人主要生活在诗歌与诗论皆发展迅猛的清初至乾隆初年,诗歌倾向的问题是始终处于讨论之下的话题,对此,卢见曾在诗话以及按语中,援引了诸多文献,对所选诗人的诗学旨趣和诗歌风貌作了说明,正是这些材料,反映出《国朝山左诗钞》的综合取向。

《国朝山左诗钞》选录诗人六百二十七家,较为明确地指出诗歌风貌或诗学宗尚的作家有45位,其姓名、选诗数量、诗歌宗尚以及诗风评价相关内容均如下表所示:

倾向	作家	收诗数量（首）	《国朝山左诗钞》诗话
宗唐	赵进美	163	公少为诗,清真绝俗,得王、孟之趣,使江西诗尤刻意二谢。
	刘正宗	22	非汉魏晋宋不取材,近体则断自开元、大历以还。
	孙廷铨	18	诗五卷,五言尤擅场,闭关诸作非彭泽、右丞不足拟也。
	张宗英	3	诗不学初盛,而风流闲静如茗香琴寂,别有会心,乃中晚之秀也。
	张之维	11	诗工五言古体,嵌空刻露,如灵璧奇石,然神味清恬,自陶、柳门庭中来。
	任虞臣	16	五言秀净萧远,衣钵右丞。
	李浃	25	古诗大抵原本于陶,而杂采诸家之美……天然超诣,得之柳州左司马为多。
	王樛	47	诗矜赏右丞,其浏漓沉郁则志中所云得意于沧溟、渭南者也。
	王清	3	先生诸作格法既遒,识意复厉,初盛风轨赖以复存。
	王士禛	399	其为诗备诸体,不名一家,自汉魏以下兼宗而集其成,大抵以神韵为标准,以自然为极则,风味在陶、韦、王、孟间。
	徐夜	40	五言诗似陶渊明,巉刻处更似孟郊,中岁以往,屏居田庐邈与世绝,写林木之趣,道田家之致,率皆世外语,储、王以下不及也。
	萧惟枢	10	五言……皆意味深长,不减唐人。
	颜光敏	79	诸篇皆苍郁雄高,出入于工部、昌黎之间;五言原本三谢,七古似李颀、杜甫,近体秀逸深厚出入钱、刘。

第四章 《国朝山左诗钞》的诗学旨趣

续表

倾向	作家	收诗数量（首）	《国朝山左诗钞》诗话
宗唐	宿孔昕	4	为诗用思惊骛，筋节成于杜陵。
	王琢璞	3	为诗不多，雅有少陵遗意。
	谢重辉	83	其为诗浮云不系，卷舒自如，有乐天自得之妙。
	冯溥	42	出入三唐乐府，五言古尤有汉魏遗音。
	袁藩	13	其诗清和淡雅，得摩诘随州之神。
	安致远	21	诗根柢摩诘，文规模庐陵。
	李钟麟	2	日与二三友人登山临水，赋诗遣兴，尤喜集唐。
	李澄中	67	其诗高岸，以汉魏唐人为宗，不屑屑于近时习也。
	韩维垲	25	评其诗，以为前身王右丞也。
	苏伟	4	今所遗者，虽寥寥无几，而和平温厚之音在元和伯仲间。
	李雍熙	8	为诗古澹闲远，有陶令风。
	田同之	65	得唐贤三昧风味。
	张元	44	其诗不骋奇，不斗巧，以南以雅，深契乎六朝、三唐之旨，始终自守，不稍牵于世俗之趋舍。
	李国柱	3	所为诗清赡深稳，有大历十子之风。
	马长春	6	其语似孟东野。
	卢世㴶	85	称诗一遵少陵，顾其诗亦颇类青莲。
	卢道悦	58	《公余漫草》一编……格老气厚，意到笔随，有自得之趣，无出位之言……《清福堂遗稿》则陶令还乡、香山居洛之作。
兼取	曹贞吉	71	始得法于三唐，后乃旁及两宋，泛滥于金元诸家；诗气清力厚，似根本于杜、韩，更放之于香山、剑南。
	冯廷櫆	127	其诗标新领异，与时消息而神韵泠然，去俗远矣，古体取法青莲，极之昌黎、眉山，比兴深切，风格超峻，以余力为奇情险语，迈古骇今。
	赵善庆	24	大抵植基于阮、陈，取裁于二谢，沿溯于高、岑，而近体多近放翁，综而论之，其妙在本色。
	封元震	3	罢官后乃肆力于诗，日取汉、魏、六朝、唐、宋、元、明及当代诸名公之集于几榻，手不停披。
	王元枢	21	好楚屈平《离骚》，嗜汉魏诸什，尤笃陈思王曹植，六朝、唐则爱谢灵运、陶潜、杜甫、李白、王维、韩愈、李商隐数人。
宗宋	宋琬	163	浙江后诗颇拟放翁，五言歌行时闯杜、韩之奥。
	赵士喆	39	诗颇宗少陵，古近诸体渊源并远，其放笔坦纵，时近苏、陆，要是豪人本色。
	唐梦赉	73	诗其源出于苏、陆。

167

❖ 卢见曾与《国朝山左诗钞》研究

续表

倾向	作家	收诗数量（首）	《国朝山左诗钞》诗话
学明	王遵坦	12	博雅嗜古，诗学杨用修，源本乐府。
	宿宓	1	祖何、李而宗历下，不践竟陵之域。
	王士骥	2	诗亦不多，出于钟、谭。
	马天撰	2	清气迎人，稳中带秀，不屑支词，不为僻调，戛戛乎大雅之音，至其精工处可以入七子之室，加以锻炼，不难上蹑钱、刘。
	张笃庆	38	诗尤以歌行擅场，如《邢太保赐剑行》《赵千里海天落照图歌》等篇不失空同、大复家法。
	朱细	47	昔吾乡沧溟先生于诗别创一格，瑰词雄响，至今开卷如见其人，以子青之格调，累进而日上，复可以张历下之军，拔骚坛之帜无疑矣。
	杜濦	13	诗有奇气，类山阴徐渭，风流儒雅，吐属无一俗语。

根据上表统计，从诗歌宗尚的角度划分，可大体将《国朝山左诗钞》收录诗人分为四类：其一，宗唐者，作家凡 30 位，诗歌总数为 1369 首；其二，兼宗各家者，作家凡 5 位，诗歌总数为 246 首；其三，宗宋者，作家凡 3 位，诗歌总数为 275 首；其四，学明者，作家凡 7 位，诗歌总数为 115 首。

兼取诸家以及宗宋者暂且不论，且先看学明者。据统计，《国朝山左诗钞》中诗歌取向或者诗歌风貌近明诗人者有王遵坦、宿宓、王士骥、马天撰、张笃庆、朱细、杜濦七位。其中王遵坦"诗学杨用修"[1]，杨用修即杨慎（1488—1559），而杨慎"沉酣六朝，揽采晚唐"[2]，认为"宋诗信不及唐"[3]，是典型的宗唐派诗家。宿宓"祖何、李而宗历下"[4]，马天撰"精工处可以入七子之室"[5]，张笃庆部分诗篇"不失空同、大复家法"[6]，朱细"可以张历下之军"[7]，这四位诗人所宗尚的明代诗家主要为前后七子

---

[1] 卢见曾编《国朝山左诗钞》，第 279 页。
[2] 钱谦益：《列朝诗集小传》，上海古籍出版社，1959，第 354 页。
[3] 杨慎著，王仲镛笺证《升庵诗话笺证》，上海古籍出版社，1987，第 147 页。
[4] 卢见曾编《国朝山左诗钞》，第 286 页。
[5] 卢见曾编《国朝山左诗钞》，第 358 页。
[6] 卢见曾编《国朝山左诗钞》，第 571 页。
[7] 卢见曾编《国朝山左诗钞》，第 610 页。

第四章　《国朝山左诗钞》的诗学旨趣

以及其追随者历下诗派。其中"何""大复"即何景明,"李""空同"即李梦阳,何、李同属前七子,是明代复古派的先驱,扬唐抑宋,力主唐调:"诗至唐,古调亡矣,然自有唐调可歌咏,高者犹足被管弦。宋人主理不主调,于是宋调亦亡。黄、陈师法杜甫,号大家,今其词艰涩,不香色流动,如入神庙坐土木骸,即冠服与人等,谓之人可乎?"① 历下诗派则是由因边贡、李攀龙的乡缘影响而在济南形成的复古派的追随者组成,诗歌宗尚基本承袭前后七子,亦以唐诗为正宗。因此,王遵坦、宿宓、马天撰、张笃庆、朱缃五位诗人均可归入学明进而宗唐的行列。杜漺诗风格近于徐渭(1521—1593)。徐渭是明代诗坛上颇具个性的一位作家,处于复古诗学浪潮之下,却笃力反对七子派的模拟和雕饰,力写情真,他虽然大力抨击七子派的宗唐弊病,自身创作却受到唐诗的深刻影响,其诗"英眉仙掌,全以气别,然亦不以气矜"② "系盛唐诗人英逸之气的传承"③,杜漺诗中之"奇气"亦即此种"英逸"之气。因此,此六位诗人亦可归入宗唐的队伍之中。而王士骐"诗出于钟、谭"④,走的则是孤峭幽深,诡谲晦涩的宋诗路子。

如此再看,则宗唐之作家人数为36位,诗歌总数1482首;宗宋之诗家4位,诗歌总数277首;不分唐、宋,兼取各家之作家5位,诗歌总数246首。《国朝山左诗钞》对于宗唐之诗人及诗歌采录数量明显占有绝对优势,偏好唐风的诗学主张显而易见。

虽然唐诗风调的作品在《国朝山左诗钞》中占据了相当的分量,但是卢见曾并未因为偏好唐诗而贬抑宋诗,而是采取了"兼纳"的处理方式。根据上表所示,《国朝山左诗钞》中明确点出宗宋倾向的作家有宋琬、赵士喆、唐梦赉三位,三人诗歌总数计275首,在整体诗歌中占比虽然不大,但是每一位诗人的选诗数量均位居前列。其中,选宋琬诗163首,数目仅

---

① 李梦阳:《空同集》,《景印文渊阁四库全书·集部》第1262册,台湾商务印书馆,1986,第477页。
② 王夫之评选,陈新校点《明诗评选》,文化艺术出版社,1997,第59页。
③ 孙学堂:《明代诗学与唐诗》,齐鲁书社,2012,第251页。
④ 卢见曾编《国朝山左诗钞》,第344页。

次于王士禛，居于选诗数目榜的第 2 位；选唐梦赉诗 73 首，居于选诗数目榜的第 16 位；选赵士喆诗 39 首，居于选诗数目榜的第 32 位。这在 80% 的诗人选诗数量不足 10 首的《国朝山左诗钞》中比重不可谓不重。所以说，在整体倾向上，《国朝山左诗钞》偏好唐风，兼取宋调，对于不分唐宋之诗家亦择其优者选入，在唐诗学主体倾向明确的情况之下，呈现出一种极具包容性的选诗心态。

二　尤主渔洋

根据前文统计可知，《国朝山左诗钞》以唐诗学为主体选诗倾向，然而因唐诗初、盛、中、晚风调不同，其在"唐诗学"的总体倾向之下亦各有侧重。在《国朝山左诗钞》所录宗唐派诸家中，既有张元、田同之一般"深契乎六朝、三唐之旨"①"得唐贤三昧风味"② 者，亦有偏重一段者，如王清诗体近初盛唐，张宗英诗则是"中晚之秀"③，然而，宗唐派诸诗人师法对象中占绝大多数的还是以陶渊明、王维、孟浩然、柳宗元等为宗尚的古澹闲远的山水田园一脉。据上表所示，明确以陶、王、孟、柳为旨归的诗人有赵进美、孙廷铎、张之维、任虞臣、李浹、王樛、王士禛、徐夜、袁藩、安致远、韩维垲、李雍熙，总计 12 位，约占全体宗唐诗人的 1/3，诗歌总数 786 首，约占全体宗唐诗人诗歌总数的 53%。在这些诗人中，王士禛以其突出的创作成就和理论总结而居于核心地位。

中国古典诗学发展至清代开始进入总结阶段，许多诗人在诗学宗尚上均逐渐呈现出多元化与渐进性的特征，山左诗坛之中尤以王士禛及其神韵论最具代表性。王士禛虽以神韵说主盟诗坛，但是其诗学观念亦经过复杂的转变过程，精微广大，内涵丰富。俞兆晟在《渔洋诗话序》中转述王士禛之语，总结了其一生的诗学经历：

　　吾老矣，还念平生，论诗凡屡变；而交游中，亦如日之随影，忽

---

① 卢见曾编《国朝山左诗钞》，第 721 页。
② 卢见曾编《国朝山左诗钞》，第 674 页。
③ 卢见曾编《国朝山左诗钞》，第 105 页。

第四章 《国朝山左诗钞》的诗学旨趣

不知其转移也。少年初筮仕时,惟务博综该洽,以求兼长。文章江左,烟月扬州,人海花场,比肩接迹。入吾室者,俱操唐音;韵胜于才,推为祭酒。然而空存昔梦,何堪涉想?中岁越三唐而事两宋,良由物情厌故,笔意喜生,耳目为之顿新,心思于焉避熟。明知长庆以后,已有滥觞;而淳熙以前,俱奉为正的。当其燕市逢人,征途揖客,争相提倡,远近翕然宗之。既而清利流为空疏,新灵浸以佶屈,顾瞻世道,憨焉心忧。于是以太音希声,药淫哇锢习,《唐贤三昧》之选,所谓乃造平淡时也,然而境亦从兹老矣。①

根据上述文字可知,王士禛少年学诗务求"兼长",实主唐音,中年时期师事两宋,晚年又复归唐音。王士禛中岁"越三唐而事两宋"的诗学转向,是由于心思趋于"避熟"而宋诗恰恰呈现"生新"之特点,然一味求"生新"往往会导致诗歌空疏且佶屈聱牙,所以王士禛虽肯定过宋诗,就诗学根本而言,仍以唐音为正,而且尤其称赏陶、韦、王、孟一派。卢见曾对王士禛的诗学成就和文化影响极为尊崇,认为"渔洋先生集诗学之大成"②,在选录《国朝山左诗钞》之时王士禛在其中的地位可谓无人能出其右。

首先,《国朝山左诗钞》选王士禛诗数量最众。《国朝山左诗钞》以卷一五、卷一六、卷一七三卷的篇幅收录王士禛诗歌399首,选诗数量居于首位,而且远远高于排列其后的宋琬和赵进美的163首。

其次,《国朝山左诗钞》选王士禛399首诗,除个别篇目外,绝大多数均出自其手订③《渔洋山人精华录》。王士禛的诗学理论经历了"越三唐而事两宋"后又复归唐音的变化,其诗歌创作亦经历了这样的一种过程,这种创作风格的变化完整地体现在了《渔洋山人精华录》中。此集所录

---

① 王士禛:《渔洋诗话》,王夫之等撰《清诗话》上册,上海古籍出版社,1963,第163页。
② 卢见曾编《国朝山左诗钞》,第3页。
③ 见王士禛撰,惠栋、金荣注,宫晓卫、孙言诚、周晶、闫昭典点校整理《渔洋山人精华录集注》,齐鲁书社,2009。此书附录王士禛与林佶往来手札,证实《渔洋山人精华录》一书确是在王士禛的亲自参与之下完成,能够准确反映王士禛的创作思想。

❖ 卢见曾与《国朝山左诗钞》研究

1600余首诗歌是从王士禛全部诗作中撷取而成,由王士禛门人林佶在王士禛本人授意之下纂辑而成,最能代表王士禛的诗学旨趣,胡撝中尝以诗赞此集曰:"道破诗三昧,多师即汝师。含情余蕴藉,博趣极淋漓。神马尻轮驾,风斤意匠披。酸咸滋味外,可得几人知。"① 《渔洋山人精华录》所收作品,创作时间自顺治十三年丙申(1656)起,至康熙三十四年乙亥(1695)止,几乎涵盖了王士禛整个创作生涯。其清空淡远、含蓄蕴藉的神韵诗歌的创作高峰期主要集中在其早年任扬州推官时期以及晚年复归唐音之后,而在此之间,王士禛于康熙四年因迁官入京,诗歌风貌有过一段时间的转变,就是其在《渔洋诗话序》中自述的那样,开始学习宋诗风调,追求生新之感,以气贯诗,淡化了抒情,此种特色的诗歌主要集中于其作于康熙十一年的《蜀道集》中。《蜀道集》有诗355首,《渔洋山人精华录》以卷五、卷六两卷录之,所录共265首,约占《渔洋山人精华录》诗歌总数的16%。而《国朝山左诗钞》所选王士禛诗歌出自《蜀道集》者凡55首,约占其选诗总数的14%,与《渔洋山人精华录》的诗歌比重是接近的。由此可见,《国朝山左诗钞》在选录王士禛诗歌之时,基本上依据了王士禛本人的去取标准,仍以神韵风格的作品为主体,而且间杂以部分诗评,如卷一五所录《青山》诗后即附以陈允衡之评曰:"并无迹象可求。"② 又如卷一六《雨登湘中阁眺望》诗后附邓汉仪之评曰:"阮亭五言古体,其短章,萧远简隽,厥妙难名。如此作是真韦、柳集中不易得者。"③ 对王士禛不着一字、尽得风流的神韵诗歌给予了充分肯定。对于王士禛诗歌中气势磅礴、劲健豪放的作品,《国朝山左诗钞》亦未完全回避,而且亦偶有诗评,对其壮美诗风进行了肯定,如卷一六《观音碛》诗后即引陈奕禧之评,称"新城《蜀道集》题碛诗极尽奇幻之趣"④。只是落差极大的数量对比还是完全地遵守了《国朝山左诗钞》以唐诗学为旨归的基本倾向。

再次,《国朝山左诗钞》中有大量诗歌出自王士禛编纂的诗歌选本。

---

① 潘衍桐编纂《两浙輶轩续录》,夏勇、熊湘整理,浙江古籍出版社,2014,第3805页。
② 卢见曾编《国朝山左诗钞》,第200页。
③ 卢见曾编《国朝山左诗钞》,第212页。
④ 卢见曾编《国朝山左诗钞》,第219页。

第四章 《国朝山左诗钞》的诗学旨趣

王士禛不但著述宏富，还整理编选过大量前人及时人的诗歌作品，诸如《唐贤三昧集》《渔洋山人感旧集》等。王士禛编选的《十子诗略》为时人之诗的合集，具有重要的文献和诗学价值。《居易录》载其刊刻始末："丙辰、丁巳间，商丘宋牧仲、邙阳王幼华、安丘曹升六、曲阜颜修来、黄冈叶井叔、德州田子纶谢千仞、晋江丁雁水及门人江阴曹颂嘉、江都汪季甪皆来谈艺，予为定《十子诗》刻之。"① 十子之中曹贞吉、颜光敏、谢重辉、田雯均为山左诗人，诗皆收入《国朝山左诗钞》，其中谢重辉、曹贞吉之诗歌皆取自王士禛编刻的《十子诗略》。《国朝山左诗钞》卷三〇录谢重辉诗81首，除5首补遗之作外，其余全部出自《十子诗略》本《杏村诗集》，卷三一录曹贞吉诗71首，其中《吴山晚眺》《丹阳道中夜作》等35首诗皆辑自《十子诗略》，其余诗作才自曹贞吉之别集《朝天集》《黄海纪游诗》《鸿爪集》中择录。谢重辉诗"学陶公，未极自然，而旨趣已高，摆脱尘坌，真朴处，殊近储太祝"②，其诗歌路径是沿袭陶渊明以至王、孟一脉的，他也是王士禛神韵派诗人的代表之一。而曹贞吉的师法对象较谢重辉而言则更为多样，张贞称其"始得法于三唐，后乃旁及两宋，泛滥于金元诸家"③，汪士铉亦称其诗"气清力厚，似根本于杜、韩，更放而之香山、剑南"④。比较《国朝山左诗钞》所选曹贞吉诗，其中出自《十子诗略》者笔调多隽永，偶涉沉郁之情，寄兴却属幽远，如"太息法曹今已去，空余灌木聚寒鸦"（《过平山堂怀阮亭仪部》）⑤、"故园回首西风里，剩有烟云护钓竿"（《秋暮感怀》）⑥等句。出自《朝天集》《黄海纪游诗》中的部分诗歌却往往能够得到"森然如奇鬼"（《磨盘山感怀》）⑦、"皇皇大章，笔气亦极老横"（《过滕县见行井田处偶成》）⑧甚至"纵横变

---

① 袁世硕主编《王士禛全集》，齐鲁书社，2007，第3761页。
② 沈德潜等编《清诗别裁集》，上海古籍出版社，2013，第534页。
③ 卢见曾编《国朝山左诗钞》，第412页。
④ 卢见曾编《国朝山左诗钞》，第412页。
⑤ 卢见曾编《国朝山左诗钞》，第413页。
⑥ 卢见曾编《国朝山左诗钞》，第413页。
⑦ 卢见曾编《国朝山左诗钞》，第419页。
⑧ 卢见曾编《国朝山左诗钞》，第419页。

幻，神似东坡"（《蒙山出云歌》）①一类的评价，较《十子诗略》大为不同。自《十子诗略》中辑选诗歌，正是出于对王士禛审美旨趣的肯定。

最后，《国朝山左诗钞》大量引用王士禛的著述与评点。王士禛不但论诗谈艺之作甚夥，亦喜评点诗文，作家别集中常见其评点之语。《国朝山左诗钞》除选录作家、作品之外，还附以小传和按语，载录作家生平事迹、交游活动与诗歌风貌，涉及大量史料，王士禛的著作和评点在其中占据很大分量。据统计，《国朝山左诗钞》附件资料中所涉王士禛著作有《池北偶谈》《渔洋诗话》《涛音集》《渔洋文略》《居易录》《古欢录》《古夫于亭杂录》《蚕尾续集》《香祖笔记》。以《涛音集》为例，《涛音集》是王士禛与其兄王士禄辑选的掖县诗人的诗歌总集，凡八卷，收录诗人43家，各附小传与诗评。《国朝山左诗钞》辑录掖县诗人47位，其中23位与《涛音集》相同，这部分诗人的诗歌作品之后往往引用王士禄、王士禛兄弟《涛音集》中的评语，如《国朝山左诗钞》卷八赵士亮《秋兴》诗后即引附小字："《涛音集》贻上曰：余最喜丁野鹤'秋老苍梧山鬼哭，天高白帝夜猿啼'之句，此正足相敌。"②除上述几部著作外，还有未注明出自何集的单篇墓铭志表17则、序跋16则、札记2则、传记4则、题诗7处。除此之外，《国朝山左诗钞》还引述了大量王士禛对于单首诗歌的评点。据统计，集中之诗有王士禛诗评者凡89首，考其旨趣，首先以"清淡"为尚，如卷一评李涍《夏日杂言》曰："清兴满眼，得襄阳、右丞之遗。"③卷五评孙廷铎《仲秋晦日，同吕仲英、王协一、张斗文饮西阜，薄暮口占》诗曰："淡隽至此，所谓不著一字，尽得风流。"④其次，重视得古人风神之作，如卷二〇评张实居《赠宜两》曰："气古、格古、词古，集中如此等作真足追配古人，高步一代。"⑤卷三四评张宣《盘山道中》曰："起端最合古法。"⑥其诗评中亦彰显了其崇古，尤崇"清淡"之风的

---

① 卢见曾编《国朝山左诗钞》，第420页。
② 卢见曾编《国朝山左诗钞》，第111页。
③ 卢见曾编《国朝山左诗钞》，第130页。
④ 卢见曾编《国朝山左诗钞》，第76页。
⑤ 卢见曾编《国朝山左诗钞》，第271页。
⑥ 卢见曾编《国朝山左诗钞》，第456页。

第四章 《国朝山左诗钞》的诗学旨趣

倾向,这无疑是偏重唐诗风貌的。当然王士禛诗评中亦有肯定豪壮之诗的句子,如卷二六中对孙蕙《金山》诗的评价曰:"第四句豪健有气,'惊涛溅佛身'真寒俭矣。"①卢见曾将这些诗评辑入集中,已经显示出其对于王士禛此种旨趣的认同。

王士禛在《国朝山左诗钞》中首屈一指的影响不仅仅体现在其诗歌、著述的大量引入,还体现在当其他作家的诗学旨趣与王士禛产生分歧之时,《国朝山左诗钞》对渔洋诗风的偏重,这一点在对田雯诗的取舍上表现得尤为明显。

田雯(1635—1704),字紫纶,号山姜,山东德州人,康熙三年(1664)进士,官至户部侍郎。田雯是与王士禛同时期的作家,其学诗初宗渔洋,成为王士禛中年推广宗宋诗学主张的主将,此后王士禛复归唐音,而田雯则始终不减对宋诗的偏爱,"康熙中,士禛负海内重名,其论诗主风调。雯负其纵横排奡之气,欲以奇丽抗之"②,逐渐在诗学观念上"与渔洋相颉颃"③。田雯论诗,极喜生新,"人不奇则诗必不工,诗不工则可以弗作"④,"诗要作出是我向来所未见者,才是好诗"⑤。创作风貌上,田雯之诗清词丽句与硬语涩韵并存,兼唐宋而取之。

《国朝山左诗钞》以卷二四与卷二五两卷之目选田雯诗127首,数量不但仅为王士禛诗的1/3,而且次于宋琬、赵进美的163首、赵执信的152首、高珩的151首、冯廷櫆和张笃庆的131首,居选诗数量之第8位。《国朝山左诗钞》按语称田雯诗"纵横跌宕可喜,举凡随物写形、缘情叙事,无不顿挫开阖,各臻其胜,间一出奇则如夏云之突兀、怪松之礌砢,未易名状"⑥,所强调的是田雯诗奇伟巨丽的特点,这种奇丽生新的特质在田雯

---

① 卢见曾编《国朝山左诗钞》,第356页。
② 《清史稿》卷四八四,中华书局,1977,第13330页。
③ 卢见曾编《国朝山左诗钞》,第320页。
④ 田雯:《古欢堂集》,《景印文渊阁四库全书·集部》第1324册,台湾商务印书馆,1986,第242页。
⑤ 田雯:《古欢堂集》,《景印文渊阁四库全书·集部》第1324册,台湾商务印书馆,1986,第181~182页。
⑥ 卢见曾编《国朝山左诗钞》,第320页。

的古体诗中表现最为突出，其近体诗中却不乏自然冲淡之作。《国朝山左诗钞》选田雯五古23首、七古23首，合计46首，五、七言律诗及五、七言绝句合计81首，数量几乎是其古体诗的两倍。而田雯《古欢堂集》中古近体诗合计15卷，古体为7卷，古近体诗总数相当，其中卷一为古杂体，最能体现田雯擅兼唐宋的艺术实践，《国朝山左诗钞》却一首未录，这不能不说是唐诗学本位观指导下的有意为之。

三　唐诗学本位倾向的成因

唐诗是中国古典诗歌的巅峰，而"唐诗学"是"有关唐诗的学问，它来自人们对唐诗的研究"[1]。贯穿整个清代诗学史的唐、宋诗之争的问题归根结底仍是唐诗学的问题，宗唐者自然力主唐诗风调，而倡言宋诗者，也多少带有扭转宗唐之弊的成分。与前代相比，清代诗学的融通性更强，整体来看，"诗论家不再固守鸿沟，偏执一隅，而是力破樊篱，转益多师，走出了融通唐宋兼取汉魏六朝的学古新路"[2]。《国朝山左诗钞》编纂于乾隆十八年（1753）至乾隆二十三年，是时王士禛神韵论流风渐弱，沈德潜的格调说、袁枚的性灵论以及翁方纲的肌理说日渐兴盛，流派纷立，异彩纷呈。在诗论并起、各成一家的时代背景之下，部分诗歌总集的选家产生了"兼取"的意识，卢见曾即在《国朝山左诗钞》凡例中称：

> 是集以钞为名，不敢居于选也。选家标立风旨，合者收之，不合者去之，使入吾选者，如金入冶，融炼一色，乃为宗匠。钞则各存本色，窃尝谓诗有二十四品，非一格之所可拘，入主出奴，亦古今文人之一病，非余末学所敢加于前贤也。[3]

此段文字一方面出于卢见曾的自谦，即所谓身为"末学"不敢与能够"标立风旨"的"宗匠"比肩；另一方面则透露出其较为圆融的选诗理念。

---

[1] 陈伯海主编《唐诗学史稿》，人民文学出版社，2011，第1页。
[2] 陈伯海主编《唐诗学史稿》，人民文学出版社，2011，第495~496页。
[3] 卢见曾编《国朝山左诗钞》，第3页。

第四章 《国朝山左诗钞》的诗学旨趣

在这段论述中，卢见曾阐述了其对于"选"和"钞"两种总集编选方式的看法。在卢见曾看来，"选"是基于一定诗学标准之上的遴选，以一定的"风旨"为参考，选取符合该种风格的作品，最终呈现出来的诗歌总集的整体风貌是一致的。"钞"则不同，"钞"最大的特点是"各存本色"，即便诗歌风貌千差万别，亦可同时选入一集，不应该"入主出奴"，因风格之异而生高下之分，最终呈现出来的总集应该具有诗歌风格的多样性。

对于以保存乡邦文献为基本目的的地域性诗歌总集而言，卢见曾的这种编选理念无疑是非常合理的。然而就已经成书的《国朝山左诗钞》而言，基于前文对选诗数量以及引用文献的考察，能够明显看出《国朝山左诗钞》扬唐抑宋、尤主渔洋的思想倾向，而就所选王士禛、田雯等作家诗歌的风格特征而言，清新婉丽、意境幽远之作亦占绝大多数。由此可知，《国朝山左诗钞》并未因为"各存本色"的辑选理念而成为不加考量的诗歌杂钞，反而有着较为鲜明的整体倾向。王培荀《乡园忆旧录》中对《国朝山左诗钞》的总体面目做了概括：

> 所取大都清醇雅正，一切纤侧怪谲，概置不录。其余伪体：以晦涩为幽深，以诘屈为古奥，以枯淡为高老，以浮艳为才华，以粗犷为豪迈，后来所矜尚，皆先生之所裁也。[①]

"清醇雅正"一词包含清净、纯正、典雅等多个层次的含义，尤其后文中将之与"纤侧怪谲"的诸伪体区分开来，说明"清醇雅正"之诗是与晦涩、诘屈、枯淡、浮艳、粗犷相对立的艺术风格，而《国朝山左诗钞》对此种艺术风格的追求与卢见曾本人的诗学取向、《国朝山左诗钞》编纂之时官方的诗学立场均有关联。

前文已论及卢见曾的诗文创作与诗学思想，如前所述，卢见曾本人的诗歌创作呈现出雍容雅正的唐诗风调。其《雅雨堂诗遗集》以赠答、游赏、宴集、题图为主，尤其是数量众多的文人宴集、游赏以及题图诗充满

[①] 王培荀撰，蒲泽校点《乡园忆旧录》卷二，齐鲁书社，1993，第89页。

❖ 卢见曾与《国朝山左诗钞》研究

了文人雅趣，而其《雅雨山人出塞集》虽然作于流放途中，备历艰辛，然而诗中既无不平之鸣又无身世荣辱之感，诚如沈起元所说"未尝不跌荡慷慨，而不失温柔敦厚之旨"①，同样是符合唐诗雅正风貌的。而在诗学倾向上，卢见曾不但主"情"，而且主"挚情"，强调真情至性对于诗歌的根本作用，同时主张"才"与"学"不可偏废，强调以学问滋养性情，此举不但能够避免拾人牙慧，同时亦能彰显古调雅音，一如读《易》为卢见曾带来的改变一样："余（马朴臣）反复读之（指《雅雨山人出塞集》），其气挚抑，何渊以和也；其才遒抑，何超以旷也；其识趣之广远深粹，有流露于语言之外者，则读《易》之功也。"②

除受自身审美取向影响之外，卢见曾在编纂《国朝山左诗钞》之时还力图与乾隆朝"示千秋风雅之正则"③的文化政策相统一。卢见曾生于山左文学世家德州卢氏，乡贤影响与家风浸染的双重作用使卢见曾具有深厚的文化使命感，其一生仕宦，足迹半天下，其于任所广修书院、除弊兴学，洪雅雅江书院、六安赓飏书院、亳州柳湖书院等均得其助力以兴，此外还助刻经籍，弘扬文教，有《雅雨堂丛书》十三种传世。清乾隆十八年（1753），卢见曾复调两淮盐运使，居官扬州，爱才礼士，广结名流，风雅大盛，独特的政治身份为《国朝山左诗钞》的编纂提供了可能，卢见曾遂协同一众学人广征文献、参订考核，力图"备一代之诗史，以昭我圣朝风雅之盛"④。彼时经历了顺治、康熙、雍正三朝而得以恢复与发展的清王朝政治稳固、经济繁荣，以文治国成为乾隆皇帝进一步稳固统治的重要决策。康熙皇帝在文学上倾向于唐代"清新雅正"之作，认为"唐人诗命意高远，用事清新，吟咏再三，意味不穷。近代人诗虽工，然英华外露，终乏唐人深厚雄浑之气"⑤，对深厚雄浑的唐诗极为肯定，还敕编《全唐诗》

---

① 卢见曾：《雅雨山人出塞集》，《山东文献集成》第 1 辑第 37 册，山东大学出版社，2006，第 758 页。
② 卢见曾：《雅雨山人出塞集》，《山东文献集成》第 1 辑第 37 册，山东大学出版社，2006，第 760 页。
③ 冉苒校点《唐宋诗醇》，中国三峡出版社，1997，第 1 页。
④ 卢见曾编《国朝山左诗钞》，第 2 页。
⑤ 中仁主编《康熙御批》，中国华侨出版社，2000，第 1196 页。

并为之作序，认为"诗至唐而众体悉备，亦诸法毕该，故称诗者必视唐人为标准，如射之就彀率，治器之就规矩焉"①，将唐诗作为一种基本的诗歌规范。乾隆承康熙之制，重文治，有诗癖，倡导温柔敦厚的诗教观，敕修书籍数量之众为历代罕有②，其中集部八种，除御制诗文之外，还有《御选唐宋诗醇》《御选唐宋文醇》等五种，乾隆所作《御选唐宋诗醇序》中明言："文有唐宋大家之目，而诗无称焉者，宋之文足可以匹唐，而诗则实不足以匹唐也。既不足以匹而必为是选者，则以唐宋文醇之例，有文醇不可无诗醇。"③ 表达了鲜明的重唐诗轻宋诗的观点。此后沈德潜以格调之说辑选《国朝诗别裁集》即是在乾隆此种诗学观念的指引之下。作为乾隆朝臣的卢见曾亦凭借自身独特的社会地位及广泛的文化影响力编选《国朝山左诗钞》，彰显盛朝文化之盛，引导清正醇雅诗风，"所取大都清醇雅正"④，正是对乾隆诗学观念的积极响应。

《国朝山左诗钞》通过有意识地调控选诗数量、以小传褒扬诗歌成就等方式，以诗歌选本的形式梳理了清前期山左诗坛宗法盛唐，尤主王、孟，且不排斥中晚唐，甚至兼纳部分宋调的隐约而开阔的诗学体系，实现了对整个清前期山左诗坛的客观反映。作为一部地域性诗歌总集，《国朝山左诗钞》以开放包容的选诗理念为依托，在保存乡邦文献的基础上，力图与时代文艺思潮相互碰撞，不但准确抓住诗学主流，对其后的诗学发展亦产生了深远影响。

第三节 《国朝山左诗钞》的"备史"意识

从整体风貌上来考察，《国朝山左诗钞》所选诗歌以清新隽永、雅正端方为主，这使得其集中清雅的短章占据了诗歌主体。但是，卢见曾曾叔

---

① 彭定求等编《全唐诗》，中华书局，1980，第5页。
② 李靓：《乾隆文学思想研究——以"醇雅"观为中心》，中央民族大学博士学位论文，2013。
③ 冉苒校点《唐宋诗醇》，中国三峡出版社，1997，第1页。
④ 王培荀撰，蒲泽校点《乡园忆旧录》卷二，齐鲁书社，1993，第89页。

❖ 卢见曾与《国朝山左诗钞》研究

祖卢世潍精研杜诗且有注杜之作,卢见曾本人亦尝批校《杜子美诗集》,其对于极具现实主义特色的杜诗是极为推崇的。而且清代的诗歌总集,在编纂之初往往便带有编纂者备录诗史的主观意图,邓汉仪即在其所编选之《诗观》中宣称其目的在于"追国雅而绍诗史"①。《国朝山左诗钞》选录范围上起清初,下至乾隆二十三年(1758),其间百一十余年的时间里既包含了由明入清朝代鼎革之后的混乱动荡,也包含了康乾盛世的逐步繁荣,这是清诗逐渐彰显自身面目的时期,也是一段蕴含波澜的历史,故"备一代之诗史"②也成为卢见曾辑选《国朝山左诗钞》的出发点。在选录诗歌、编撰作家小传与诗话的过程中,卢见曾十分重视诗歌内容以及史料内容中对社会历史的反映,对于重大的社会事件、真实的人民生活以及诗人曲折的心路历程均有展现,展现出鲜明的"备史"意识。

一 反映重大历史事件

反映时事是述"史"最基本的内涵。出于"备诗史"的目的,卢见曾《国朝山左诗钞》注重对反映兴亡、展现政局的诗歌的择录,正如赵进美诗所称"慷慨纪乱离,悲凉感畴昔"③,可补史之阙。

先看对明季之乱的反映。

自明英宗起逐渐尖锐、扩大的农民和地主阶级的矛盾导致了一系列的农民起义活动,"崇祯元年,宁远和固原相继发生兵变,固原变兵搜州库,白水二王、府谷王嘉允、宜州(宜川)王佐挂、飞山虎、大红狼等一时并起"④,农民起义的序幕拉开了。崇祯十七年(1644),李自成攻入北京,张献忠占领四川,崇祯帝自缢煤山,农民起义达到顶峰。这段历史时期中,山东不但经历了孔有德叛乱与清军两次南下,李自成的大顺军亦在山东建立起政权,明朝灭亡,清廷定鼎,各方势力倾轧,给山东士民带来了深重的灾难,《国朝山左诗钞》选录诗歌对这些重要的历史事件均有所

---

① 邓汉仪评选《诗观》卷首,清康熙慎墨堂刻本。
② 卢见曾编《国朝山左诗钞》,第2页。
③ 卢见曾编《国朝山左诗钞》,第45页。
④ 吕振羽:《简明中国通史》,生活·读书·新知三联书店,1949,第731页。

第四章 《国朝山左诗钞》的诗学旨趣

展现。

《国朝山左诗钞》卷九收任虞臣《吊王台甫先生》，其诗曰："死国君无责，捐身我有心。不知天下士，先到首阳岑。岂讳匹夫节，真称空谷音。至今淮水上，白日日阴阴。"① 王台甫，生平不详，此诗题后有小字叙其经历称："邳人，闻甲申变，自缢象山下。"② 任虞臣此诗记录了王台甫殉节的史实，对于其为国捐躯行为所体现出的崇高气节致以礼赞。殉节是朝代更迭时期非常重要的社会现象，而明季殉节臣民数量之多"迥非汉、唐、宋所可及"③，虽然选录标准并不十分统一，然而见诸《皇明四朝成仁录》《明末忠烈纪实》《雪交亭正气录》《钦定胜朝殉节诸臣录》等一系列载录死节者之书中的殉节者已达数千人之多。与轰轰烈烈的江南相比，山左似乎稍显平淡，然而殉节仍然是时代更迭之时山左地区不容忽视的社会现象。如王台甫一般因为殉节之举被收入《国朝山左诗钞》的还有名不见经传的掖县诸生毛秉正、阳信诸生光岳奇，甚至还有合门殉节的新城王与胤。《国朝山左诗钞》卷一〇收叶承宗所作五古长篇《挽王百斯三烈》：

> 桓台有真气，殉节一何酷。吁嗟百斯君，可以立臣鹄。学诗自庭趋，教忠缘世笃。刘向蓤已燃，桓典骢难触。抗章阐幽贞，浮云蔽忠告。一朝辞禁闼，言归锦秋曲。疏传正悬车，槐堂乐事足。刑天忽舞干，国步倏云促。鼎湖弓莫攀，秦庭泣谁属。呼天计无之，愿言从鬼录。未遂沧海航，弗就汨罗浴。（初欲航海，又欲投河，救免）猴冠居上座，荐绅尽犴狱。吾家世受恩，此身焉可辱。有弟奉亲闻，死忠父所欲。帝秦恸鲁连，下画殉王蠋。夫妻纽共投，父子环相续。雕梁双练影，千秋忠义束。（孺人、长君同时自经）乌衣燕语哀，青毡汗尤沃。黎邱形已幻，精卫恨方歇。良人既已歼，百身奚可赎。所幸发孙枝，猗猗如竹绿。抱置朗陵膝，聊慰西河瞩。贞心对先皇，烈性激

---

① 卢见曾编《国朝山左诗钞》，第125页。
② 卢见曾编《国朝山左诗钞》，第125页。
③ 舒赫德、于敏中：《钦定胜朝殉节诸臣录》，《台湾文献史料丛刊》第六辑，台湾大通书局，2009，第5页。

181

❖ 卢见曾与《国朝山左诗钞》研究

流俗。芳躅光家乘,徽迹存史录。男儿欲致身,君能了此局。与君同兰籍,道义时相勖。瑶琴已绝弦,佳城竟埋玉。作歌当招魂,君还听此不。①

王与胤(1589—1644),字永锡,一字百斯,济南新城人,崇祯元年(1628)进士,官至应天学政,"甲申闻京师陷,暨妻、子登楼自经死,乾隆中赐谥'节愍'"②。叶承宗此诗以诗笔叙史实,不但记录了王与胤航海、投河、自经三次赴死的经历,更站在王与胤的视角上,书写了其"呼天计无之,愿言从鬼录"的悲愤的心理状态,城陷之后,"猴冠居上座,荐绅尽犴狱",大顺军攻陷京师,主掌政权,士绅则陷入水深火热之中,"猴冠"一词寄寓了尖锐的讽刺。《国朝山左诗钞》除收录叶承宗此诗叙述王与胤合门殉节之事外,还附录了钱谦益《王侍御遗诗赞》中的部分内容:"新城王侍御,讳与允(原文作胤,因避讳之故,《国朝山左诗钞》改作允),字百斯,故大司马象乾之从子,方伯象晋之次子也。中崇祯元年进士,选翰林院庶吉士,出为御史,抗疏忤时相。闭门养父,清斋礼佛,禅观如道人。甲申三月,涕泣不食,再拜与父诀。篝灯拒户,与其妻于孺人、子士和皆自缢死。从子士正③刻其遗诗二十余章。"④ 叶承宗之诗加上钱谦益之赞,几乎完整地还原了王与胤一门殉节的历史事件,同时也寄寓了时人对于这种高义的崇敬。朱彝尊《静志居诗话》论及王与胤、王士和父子,对王氏一门亦致礼赞:"新城王氏,科第最盛,尽节死者亦最多。崇祯五年,吴桥兵变南趋,时则保定同知象复,暨其子举人与夔死焉。十五年城再破,时则贡生与朋暨其子举人士熊、生员士雅死焉。至是侍御(王与胤)暨妻于孺人、子士和又死焉。王氏之门才甲一世矣。"⑤

---

① 卢见曾编《国朝山左诗钞》,第137页。
② 陈田辑《明诗纪事》,上海古籍出版社,1993,第2899页。
③ 《续修四库全书》本钱谦益《有学集·王侍御遗诗赞》作"从子士祺",考新城王氏世系表,并无士祺此人,而今所见王与胤《陇首集》,为王士禛校刻,收入《四库全书存目丛书》中,故钱谦益原文有误,当为士禛。
④ 卢见曾编《国朝山左诗钞》,第137页。
⑤ 朱彝尊撰,姚祖恩编,黄君坦点校《静志居诗话》,人民文学出版社,1990,第619页。

182

第四章　《国朝山左诗钞》的诗学旨趣 ❖

除对殉节事件进行记载之外,《国朝山左诗钞》还载录了士民在明季之乱中流离失所的生存现实。如《国朝山左诗钞》卷一三所录莱芜诗人谭其志,字尚之,号醉仙,别号卉饮,太学生,著有《醉仙诗集》,《国朝山左诗钞》择录程云为其所撰墓志,补其诗话,称其遭明季之乱,怀一怪石,携一画帧,奔入深山岩壑之中,并录其《入山》诗一首,曰:"求死得不死,黄冠入山去。清磐冷云心,古道白日暮。采芝果何人,期与斯人遇。"①"求死得不死,黄冠入山去"一句,反映了当时无数遗民诗人殉节不成、皈依禅道、退隐深山的共同的心理状态。

留下惨痛记忆的"左兵屠城"事件在《国朝山左诗钞》中也有所展现。

《国朝山左诗钞》卷八录徐振芳《安庆》诗一首,其诗曰:"舒州旧是繁华地,瓦砾邱墟荆棘生。湖上平章能误国,山头廷尉敢屠城。当时天意高难问,终古江流恨有声。闲上龙眠峰顶望,萧疏烟树晚霞明。"② 此诗题后有小字序,其言称:"左兵以'清君侧'为名,所过皆焚僇,皖产一阮,正君侧之恶也,然焚僇者何辜哉!"③ 左兵即左良玉之队伍,左良玉(1599—1645),字昆山,山东临清人,是镇压农民起义的重要军事将领,崇祯十年(1637),"(左良玉)大破贼于舒城、六安,连战三捷。贼犹潜窜大山中,应天巡抚张国维檄良玉入山搜剿,良玉新立功,骄蹇不奉调,逾月乃出舒城,所拥降兵残,村集为墟"④。徐振芳诗中"舒州旧是繁华地,瓦砾邱墟荆棘生"一句,对应的即是左良玉率军劫掠舒城(亦称舒州,今属六安)之事,明政府发起的镇压农民起义的军事活动虽然一定程度上打击了农民起义军的势力,却给平民百姓带来了深重的灾难,而军事指挥者的暴虐骄奢则加重了这种苦难。崇祯十六年二月,左良玉率兵数十万停泊在皖河入江口,数月之间昼夜戒严。顺治二年(1645),史可法准备北伐,清军则开始进攻江南,是时,左良玉亦"以'清君侧'为名征讨

---

① 卢见曾编《国朝山左诗钞》,第193页。
② 卢见曾编《国朝山左诗钞》,第116页。
③ 卢见曾编《国朝山左诗钞》,第116页。
④ 查继佐:《罪惟录》,浙江古籍出版社,1986,第2409页。

❖ 卢见曾与《国朝山左诗钞》研究

马士英，正兴师东下，逼近南京"①，继而"四月初一日，前船突掠急水镇，初四日攻望江南关不克，初七日破安庆，上下声援俱绝，邑中惟婴城死守，而急水、华阳、雷港、莲花洲诸村镇焚掠无孑遗……"②徐振芳诗中所记之事即对应左良玉屠戮安庆的这段历史，由诗及小序，折射出当时混乱又动荡的时代环境。

险些撼动清廷政治统治的三藩之乱在《国朝山左诗钞》中亦有迹可循。

《国朝山左诗钞》卷二三收诸城诗人王钺诗十首。钺字仲威，号任庵，顺治十六年（1659）进士，官西宁知县。卢见曾在为王钺纂辑诗话之时，援引了王士禛所作《任庵王公墓志铭》，节录的部分即包含王钺对抗三藩之乱的事迹："（王钺）知西宁县八年，讼庭阒寂，人娴诗书。癸丑，吴三桂反，甲寅，刘进忠、孙延龄相继反。六月，延龄陷梧州，西宁距梧八十里，顺流下，半日可达，梧镇帅班际盛驻兵水口，欲移师避寇，公与际盛书极言不可，际盛然之，相拒二十余日，贼果退去。"③西宁县即今郁南县，位于广东省西部，与广西之梧州毗邻，是时吴三桂坐镇云南，尚可喜拥兵广东，耿精忠占据福建，康熙十二年（1673）"削藩"之议出，吴三桂率先发动叛乱，继而三藩之乱起，直至康熙二十年，清军攻陷云贵，长达八年的三藩之乱才宣告结束。这一历史时期中，云南、广西、广东、福建、贵州、四川、湖南、浙江、湖北、甘肃、山西等地皆被牵连进动荡之中。

《国朝山左诗钞》卷一七所录王士禛《寄李邺园尚书》即反映了福建乱起并被平定的景象："闽天烽火达钱塘，太乙灵旗指越疆。文武共推周吉甫，勋名谁并郭汾阳。椎牛五夜千夫膳，射虎三秋百战场。今日罗平妖鸟尽，早闻忧国鬓如霜。"④诗题中的李邺园，即山东武定官员李之芳，邺园为其字，顺治四年进士，官至文华殿大学士，卒谥文襄。《国朝山左诗

---

① 朱绍侯、张海鹏、齐涛主编《中国古代史》下，福建人民出版社，2000，第366页。
② 刘天维修《（康熙）安庆府望江县志》卷一一，清康熙刻增修本。
③ 卢见曾编《国朝山左诗钞》，第314页。
④ 卢见曾编《国朝山左诗钞》，第231页。

第四章 《国朝山左诗钞》的诗学旨趣 ❖

钞》卷一一收录李之芳其人其诗，录其诗一首，数量上并不算多，然而却以颇大篇幅编纂诗话，援引张玉书所作《李文襄公墓志铭》以及王士禛所作《文襄李公神道碑》两则材料，其中张玉书《李文襄公墓志铭》中截取的部分内容详述了其任浙闽总督之时平定耿精忠叛乱之事："（康熙）十二年（李之芳）以兵部侍郎总督浙江。十三年三月，闽逆告变，公檄诸将士分守要害，遣副将王廷梅等力御仙霞关。五月，自杭趋衢州。七月，贼军数万攻衢，公以大义激励将士进击，于坑西鼓勇直入，一可当百，贼遂却。时贼党犹炽温处金严各属煽乱，公以计招降伪将韩斌、王得功，生擒贼渠汪磐、缪国英等。十五年夏，进攻三衢，伪将马九玉等抗拒河西大溪滩，公间道袭击，贼首尾受敌，遂克复江山县。马九玉绕道夺仙霞关，公据关口夹击之，贼将金应虎等迎降，大师遂入闽，逾年浙东悉定。"① 此外，《国朝山左诗钞》卷一八平原张完臣所作《刘富川殉节诗》，以及卷二四德州田雯的同题之作，反映的也是三藩之乱中抵抗三藩叛军最终不屈而死的富川知县刘钦邻的节义之举。《国朝山左诗钞》以诗话和诗歌的形式将这段历史载入集中，成为考察诗人生平、透视历史背景的重要参考依据。

以上所反映的历史事件基本是在明清易代之际以及之后清王朝尚不算稳定的阶段中所发生的斗争，随着政局的逐渐稳定，经济、文化逐渐繁荣，诗歌中自然而然地开始出现反映承平盛世的作品，《国朝山左诗钞》卷三一即录有安邱曹贞吉《元宵前二日内直获观御前烟火恭纪》诗，其中不乏"太平天子宴芳辰，手挈大造开阳春""我愿年丰多黍谷，金波穆穆平如縠"以及"圣主为欢欢未足，小臣常傍玉堂宿"② 一类的颂德之句。当然对于山左地区而言，最为重要的反映承平盛世的诗歌还是作于康熙东巡过泰山、曲阜之时。《国朝山左诗钞》卷二七有衍圣公孔毓圻《康熙甲子驾幸阙里恭纪一百韵》，卷三五有诸城李澄中《皇帝阙里释奠歌》，卷四一有胶州王懿《圣驾幸阙里恭纪》。

---

① 卢见曾编《国朝山左诗钞》，第150页。
② 卢见曾编《国朝山左诗钞》，第414～415页。

185

❖ 卢见曾与《国朝山左诗钞》研究

据《清实录·圣祖实录》载，康熙二十三年（1684）九月十二日，"礼部遵旨议复：'虞舜东巡至于岱宗，燔柴致祭；汉高过鲁，以太牢祀孔子，俱系巡历所至，行致祭礼。今皇上圣德神功，同符尧舜，仿古之制，爰事东巡，经过泰山阙里，亦应致祭。泰山，照祀五岳礼行；孔子，照阙里祀典行。'从之"①，于是康熙二十三年十月十日康熙帝登泰山，并于次日祀泰山之神，而十一月十七日则驾幸曲阜并于次日祭祀至圣先师孔子。《圣祖实录》中对于驾幸曲阜之事有颇为详尽的记载，李澄中《皇帝阙里释奠歌》则以诗歌形式记录了这段历史：

维年甲子十月时，皇帝问俗先亲师。诸侯朝会泰岳毕，翠华更指泗水湄。左亳右社两观出，层城曲阜何逶迤。登堂礼器制度古，山罍玉豆兼鼎彝。麋幡首尾杂彩绘，应鼓响答笙管吹。翩翩翟籥自万舞，猗那歌颂无参差。我皇盥献肃再拜，微风不动飘灵旗。于昭至圣俨陟降，馨香明德遥相追。杏坛卓立怀英碑，书藏鲁壁闻竹丝。老桧依稀记手植，风霜驳蚀苔藓皮。旋纹屈蟠金铁骨，苍鳞怒苴虬龙枝。更遵辇路谒古冢，石坛弥望形累累。千章乔木绝鸟雀，楷旁剩有丛生蓍。真宗东封驻跸处，至今亭子留遗规。宸章高揭悬日月，十行快睹尔雅辞。诗律赋记妙风格，天葩灿烂云霞垂。凤盖亲留表异数，御额题作千年基。庙中玉节寒猗旎，檐前金薤春葳蕤。鬼神岁岁共呵护，屏除木魅奔妖螭。世官博士逮四子，元公遗爱分诸姬。圣朝名器岂滥与，要为吾道存纲维。汉帝太牢志过鲁，贞观释奠宏唐基。岂若吾皇阐精一，修明经传文在兹。亲逢盛典愧扬厉，恭诵辟雍明堂诗。②

此诗虽为颂德之作，却真实地记录了王朝盛事，诗中不但叙述了康熙东巡的时间与路径，还刻画了祭祀典礼的器物与场面，以亲历者的视角展现了康熙东巡的盛典。

---

① 《清实录》第5册，中华书局，2008，第4079页。
② 卢见曾编《国朝山左诗钞》，第471页。

从易代之际的动荡纷争到康熙东巡的辉煌盛景,《国朝山左诗钞》通过选诗,勾勒出了清王朝从确立到逐渐走向平稳、走向繁荣的历史轨迹,对重要历史事件的记录与刻画使得《国朝山左诗钞》成为一部关涉社会现实的诗歌选本。

二 反映民生疾苦

前文所述及的皆是清王朝发展历史上的重要事件和关键节点,而但凡较大的历史事件发生,最先受到影响的通常都是平民百姓,反映民生疾苦,也成为"诗史"的重要内涵之一。《国朝山左诗钞》在择录诗歌之时,对于反映人民生活的作品进行了大量采录。

首先是对战争导致的乱离与苦痛的反映。如《国朝山左诗钞》卷九遗民诗人董樵的《田家》诗,其辞曰:"年来遭丧乱,骨肉死锋镝。里中半流亡,存者日露宿。今年淫雨多,高田变陵谷。昨方葺旧庐,垣篱尚未复。井臼半水没,炉灶泥沙覆。秋谷种未下,忧禾入鱼腹。里胥自县来,语急颜色蹙。传惊新官吏,法重追呼速。加派有别名,历历存案牍。公私溢旧额,禁言岁不熟。那知力田者,日艰于一粥。草根掘地赤,木皮取树秃。此时但嗷嗷,先春惟卖犊。百词致艰难,谁为当官祝。无计谢里胥,相对仰天哭。"① 董樵,字樵谷,一字鹦谷,号东湖,山东莱阳人,明代诸生,著有《南游草》《岱游草》《耦耕堂诗》等集。董樵经历了明清易代的大变局,甚至组织过反清复明的力量,然而皆以失败告终,此后董樵便退隐深山,效法古人,牧豕采薪,朱彝尊称其为"高蹈之士,甲申后徙居文登海滨,日荷茶入市易米,人莫知其住处"②。董樵此《田家》诗,从丧乱流离写起,战乱已经导致人民流离失所甚至无辜殒命,而严酷的自然灾害又给农业生产带来巨大打击,在这样的双重困苦之下,名目各异的苛捐杂税直将人民逼向绝境。层层递进的苦难还原了易代时期人民生活的真实图景。诸如此类的诗歌,在《国朝山左诗钞》中并不鲜见,如卷三赵进美

---

① 卢见曾编《国朝山左诗钞》,第121页。
② 朱彝尊撰,姚祖恩编,黄君坦点校《静志居诗话》,人民文学出版社,1990,第697页。

❖ 卢见曾与《国朝山左诗钞》研究

的"饱经丧乱睡易惊,寡妻群盗今如此"(《春雨叹》)①、卷一八苏毓眉的"兵戈乍退胆犹惊,白骨谁怜四野横"(《史家坞》)②、卷二三王敬公的"一村归劫火,独成见残兵。魑魅逐风啸,豺狼当路横"(《宿化城寺》)③,兵戈之乱导致的荒芜惨淡景象数见不鲜。

其次是对自然灾害导致的艰难生计的反映。即便是科技水平日新月异的当代社会,严峻的自然灾害仍然会导致无法估量的生命和财产损失。古代农业社会生产力水平较低,抗灾能力较差,一旦有自然灾害发生,对人民生活的打击更为严峻。反映自然灾害所导致的艰难生计也成为中国古典诗歌中非常重要的一个内容,因与人民生活息息相关,而具备了更高的述史意味。清朝统治时期可以说是中国历史上自然灾害"发生频率高,大面积灾害多且常数灾并发"④的一段时期,而作为农业大省的山左地区受自然灾害的影响很大,《清稗类钞》中即称:"康、雍间,山左大饥,白骨枕藉,鬻子女者值仅数百钱。某州筑万人坑,以埋胔掩骼。"⑤对灾难中的人民生活的反映遂成为《国朝山左诗钞》"诗史"意识的一个突出表现。譬如《国朝山左诗钞》中多次提到的"甲申岁饥"(甲申即1704年),卷四○诸城王沛憻诗话中引述《山东通志》部分内容,称:"康熙甲申岁大饥,沛憻倡绅衿自赈亲党,而以官米平粜。"⑥卷四七王坦诗话中亦称:"甲申山左饥,(王坦)奉母命出粟周贫,自亲而疏,凡万余石,粟尽复购南米,瞻粜兼行,乡人德之。"⑦卢见曾辑入这两则材料的目的是彰显诗人为政救民之功德,然而从侧面来看,这也着实反映出康熙朝时期由于水旱等自然灾害,农民生活极为艰难。

《国朝山左诗钞》卷四八收录的王莘《癸未东州大饥,乙酉夏五竹坞述壬午沂州饥馑诸状,感忆见闻,即事成吟,示竹坞得五十八韵》是刻画

---

① 卢见曾编《国朝山左诗钞》,第 51 页。
② 卢见曾编《国朝山左诗钞》,第 252 页。
③ 卢见曾编《国朝山左诗钞》,第 312 页。
④ 郝治清主编《中国古代灾害史研究》,中国社会科学出版社,2007,第 273 页。
⑤ 徐珂编撰《清稗类钞》,中华书局,1984,第 2671 页。
⑥ 卢见曾编《国朝山左诗钞》,第 545 页。
⑦ 卢见曾编《国朝山左诗钞》,第 629 页。

第四章　《国朝山左诗钞》的诗学旨趣

康熙中期山左数年饥馑情形的典范之作。此诗采自王苹《二十四泉草堂集》卷七，根据诗集编年，可知此卷收录的是王苹作于康熙四十四年（1705）至康熙四十六年之间的作品，原题为《癸未东州大饥，思欲赋诗纪事，客子兀兀未暇以为，今年夏五遇竹坞于兴圣寺斋，具述壬午沂州饥馑诸状，因感忆见闻所及，即事成吟，示竹坞得五十八韵》，与《国朝山左诗钞》表述略有差异，意思却是相通的。诗题对于创作背景做了详细的叙述，据此可以断定，此诗作于康熙四十四年，在作此诗之前，康熙四十一年，沂州遭遇大饥荒，康熙四十二年，东州遭遇大饥荒，再兼前文所述的"甲申岁饥"，可以说在这段历史时期中，山左地区是处于连年的灾荒之中的。

　　王苹此诗诗注合一，淋漓尽致地展现了灾荒连年之时农民的悲惨生活："我昔癸未春，甫下南宫第。……维时礼百神，大臣持节出。往迎昆山公，岳路盲风值。浩荡触不周，岩壑欲辟易。（五月廿日，风异，数日不息）未几六月雨，见闻心弥悸。（六月二日，怪雨三日夜不止，山东通省同日告灾）初疑决天河，奔崩过铁骑。旋如道马陵，万弩发不意。复如陂匡庐，天绅溜檐际。……原田付波臣，巨浪打睥睨。生民尽其鱼，远树浮若荠。……山东百州邑，告凶同日至。……流亡里闬空，田庐卒污莱。骨肉鬻中途，大半沟壑弃。……榆面共柳糜，珍重至馈贻。春来复大疫，十室九户闭。兽疾中饿夫，牛医争相致。死者为虫沙，存者亦魑魅。萧条湖山间，谁洒北邙泪。埋骨法苾刍，茫茫鲜封识。（甲申春，疫人患兽疾，死亡枕藉，官于历山下决深坎数十以贮积骸）……"① 先是异风，继而是怪雨，重重灾难之中再兼以瘟疫，人民在这样严峻的灾难面前真是生不如蝼蚁。王苹此诗不但刻画了百姓流离失所、卖儿鬻女、客死荒野的重重惨状，还以注释的方式，交代了灾害发生的具体时间，灾害发生时候的异象，诗史合一。

　　此外，《国朝山左诗钞》卷二八所录颜光敏《戊申六月十七日齐鲁地大震歌以纪之》记载的则是发生于康熙七年的大地震，诗歌详细叙述了地

---

①　卢见曾编《国朝山左诗钞》，第 637~638 页。

❖ 卢见曾与《国朝山左诗钞》研究

震来临之时百姓和禽畜惊惶无措的景象:"踉跄裸体走旷野,摩挲大树同鸱蹲。荒鸡不鸣狗乱吠,行冲南纪犹哼哼。"①

对这些自然灾害的记载反映的正是人民生活中非常重要的一个侧面。关于灾后赈济,王苹诗中已有"天子眷东顾,一朝布德惠。转漕截江南,追呼缓夏税"②之类的记载,考山东各地方志,康熙年间亦有数次减免赋税的记载,这些诗歌其实也是对真实历史事实的反映。

清代的水患与黄河、永定河等河道的治理不善有着密切的关联,为缓解水患,清廷投入大量人力物力整治河道。这种改善民生的重要举措亦见于《国朝山左诗钞》所采录的诗歌之中。譬如卷二六所录孙蕙《卷扫行》,孙蕙(1632—1685),字树百,号泰岩,淄川人,顺治十八年(1661)进士,官宝应知县,《清史列传》中载称:"县水旱七年,荒疲甚。蕙饮冰茹檗,抚字维劳,大吏以苛令浚河,将中以非法,士民感愤,不呼而至者万余人,负畚河干,两月之工,六日夕遂成。"③孙蕙在治河上做出了重要贡献,《清史列传》孙蕙条下很大篇幅的文字都在叙述孙蕙的治河之举,其《卷扫行》即作于其巡视河工之时,写的是河工做"扫"的情形,因为是亲历之事,所以更具真实性与现实性:"一日潭边虎帐开,从官犒罢云昭回。欻忽冯夷闻击鼓,龙母腾跳鲛人哀。牛酒须臾悬异格,短衣席帽扫师来。扫师一扫金千数,匠心惨淡营朝暮。十围枯尽叹金城,蘼芜几断王孙路。溯洄中流白露寒,芦叶空江飒秋雨。贔屃湖干等建标,令严昼寂风刁刁。金铁一声蜃气静,黄头舟子无喧器。穹然水面高十丈,群灵遁迹波光摇。扫师此际多纪律,撒手直捣天吴窟。"④作为地方官吏,孙蕙深知灾荒和酷吏对于百姓生活所造成的重创。除《卷扫行》外,《国朝山左诗钞》所录其《清水潭感赋》《安宜行》《浚河行》等诗皆是反映现实、同情民瘼之作,对于人民群众苦灾、苦役、苦赋的痛苦生活做了全景展现,刻画了人民生活的真实图景。

---

① 卢见曾编《国朝山左诗钞》,第383~384页。
② 卢见曾编《国朝山左诗钞》,第638页。
③ 王钟翰点校《清史列传》卷七〇,中华书局,1987,第5717页。
④ 卢见曾编《国朝山左诗钞》,第353页。

第四章　《国朝山左诗钞》的诗学旨趣

除对战乱、灾荒带来的流离失所有深刻反映之外，《国朝山左诗钞》也载录了部分抨击陋习、陋俗的史料，如卷四〇诸城诗人刘棨名下诗话即叙述了他革除"弃女"陋俗之事："公初任长沙令，革弃女恶俗，全活甚夥。"①

战乱、灾荒、弊政、陋俗是直接威胁人民生活的几个主要因素，而这些因素又与深刻复杂的社会背景息息相关，对这些内容的反映，实际上就是对最广泛而深刻的社会历史的反映。

三　反映诗人的心路历程

《国朝山左诗钞》在选诗之时，不但重视对重大历史事件、广泛社会生活的展现，对于展现深微婉转的文人心理的诗歌也做了大量采录。其收录的诗人从经历兴亡的贰臣、遗民诗人开始，一直到经历了康熙朝步入乾隆时期的盛世诗人为止，在这个历史进程中，文人心态是在不断发生变化的，而每个文人由于遭际之不同，诗歌中所反映的思绪又有个体差异。《国朝山左诗钞》对诗人心路历程的展现，不但使之具有了社会史的价值，同时还具备了文人心态史的价值，以山左为基础，折射出整个清前期文人的心态变化。

先看对易代时期文人心态的反应。考察《国朝山左诗钞》收录诗人，其中卷四所录刘应宾、刘正宗、任濬、张忻以及卷五所录张端皆入《清史列传·贰臣传》，而卷八赵士喆，卷九董樵，卷一九徐夜，卷二二姜安节、赵瀚则入了卓尔堪的《明遗民诗》。顺治三年（1646），清廷首开科举考试，一甲榜首被山东聊城的傅以渐摘得，而一、二、三甲中第的全部373位举子的里籍分布基本在山西、山东、河南、直隶、顺天五地，其中山东举子共计91名，约占总数的24%，而江南不过2名、浙江不过4名。这种巨大的数据对比之下反映出来的正是山左与江南截然不同的社会形势，清初时候，遗民群体主要集中于江浙与岭南一带，而山左地区由于在明末饱受农民起义军的劫掠，最先接纳清廷统治，相较之下，山左的遗民群体

---

① 卢见曾编《国朝山左诗钞》，第544页。

191

❖ 卢见曾与《国朝山左诗钞》研究

无论是数量还是反抗活动的激烈程度均不及江浙与岭南。这也就形成了山左地区遗民与贰臣共存的局面，对此，《国朝山左诗钞》采取了贰臣、遗民兼录的方式，从数量对比上来看，《国朝山左诗钞》选刘应宾等5位贰臣诗人诗共计35首，选赵士喆等5位遗民诗人诗共计122首，遗民诗人诗歌明显占据数量优势，贰臣、遗民兼录一定程度上模糊了政治因素在文学上的冲突，但鲜明的数量差异还是能够间接地体现出《国朝山左诗钞》对于经历兴亡、坚守气节的遗民心态的认同。

以既入《国朝山左诗钞》又入《明遗民诗》的诗人徐夜为例。徐夜（1611—1683），字嵇庵，又字东痴，新城人，明诸生。徐夜"初名元善，入清后，慕嵇叔夜之为人，更名夜，字嵇庵，隐居东郊郑潢河上。掘门土室，绝迹城市。……顾炎武不轻许可，亲至山中访之。炎武尝有诗曰：'今日大梁非故国，夷门愁杀老侯嬴。'夜之诗曰：'不堪频北望，曾是旧神州。'盖皆有不与同中国之慨，足证同心。"① 卓尔堪《明遗民诗》选徐夜诗九首，亦有简单的小传说明字号、籍贯："东痴，原名元善，字长公，山东新城人。"②《国朝山左诗钞》选录徐夜诗40首，从数量上来看，选其诗数目居于诗钞之第31位，算是收录诗歌数量较多的作家之一。从内容上来看，《国朝山左诗钞》所选诗歌以纪兴、抒怀为主，《初夏田园》《季夏西山》《南窗杂兴》等诗刻画的主要是"清晨荷锄出，田间人尚稀"③ 一类的乡居生活，而数量更多的则是徐夜作为遗民诗人的感事抒怀之作，如其《九日得顾宁人书约游黄山》诗，全诗曰："故国千年恨，他乡九日心。山陵余涕泪，风雨罢登临。异县传书远，经时怨别深。陶潜篱下意，谁复继高吟。"④ 此诗卓尔堪《明遗民诗》亦选，开篇即追思"故国"，故国不国，处处皆是客居，不需登临，已经生出漂泊之感，"山陵余涕泪，风雨罢登临"一句将经历国破的遗民诗人深沉的痛苦真切地展现了出来，而面对国破的惨痛现实，诗人也只有归隐田园，这种幽微的心曲在徐夜许多诗

---

① 邓之诚：《清诗纪事初编》卷二，上海古籍出版社，1984，第160~161页。
② 卓尔堪编《明遗民诗》卷一一，中华书局，1961，第460页。
③ 卢见曾编《国朝山左诗钞》，第254页。
④ 卢见曾编《国朝山左诗钞》，第257页。

第四章　《国朝山左诗钞》的诗学旨趣

中均有体现,如"残叶守旧柯,时节征流变。不为稻粱谋,何事南征雁"(《闻雁》)[①]、"所以嗟来食,宁死不肯茹。彼独为何人,清光照行楮。千载首阳风,移邻相与处"(《饥颂》)[②]等,均透露出其作为遗民胸中有不平却无力改变局势只能退守山林、坚守气节的复杂心态。

对于贰臣诗人,《国朝山左诗钞》所选诗歌重点展现了诗人温雅平和的心绪,诗歌内容鲜少涉及社会现实,多以个体生活为主。如卷四选掖县诗人张忻。张忻,字静之,号北海,掖县人,明天启五年(1625)进士,在明朝官至刑部尚书。据《清史列传·贰臣传》载:"给事中姜埰先以言事下狱,会岁疫,出诸囚,埰亦出,即谒谢宾客。庄烈帝闻之,以诰忻,忻惧,复系之狱。流贼李自成陷京师,忻从贼。"[③] 入清后,张忻任兵部侍郎,巡抚天津,成为贰臣。《国朝山左诗钞》选其诗七首,小传中简述了其字号、里籍以及科第、职官、著述,诗话之中亦仅涉及其著述散佚之事,并未对其经历有所褒贬,所选七首诗分别为《折柳曲》二首、《送伯父还里兼呈诸叔父》、《夏日偶成》,以及《秋怀》三首,其中《折柳曲》与《送伯父还里兼呈诸叔父》反映的皆是为亲友送行的离情别绪,《夏日偶成》则是病起后的触景生情之作,且以景致摹写为主,情感并不十分浓厚。至于《秋怀》中虽有带有明显的颂德之意的"闻道楼船劳供挽,海波赖得圣人平"[④] 等句,整体看来,仍是醇雅之作,并未充满谄媚。

《清史稿·选举志》载:"顺康间,海内大师宿儒以名节相高,或廷臣交章论荐,疆吏备礼敦促,坚卧不起。"[⑤] 遗民"坚卧不起"的情况到康熙十八年(1679)后,发生了转变。是年,清廷开设博学鸿词科,纳才求贤,"上承顺治、康熙初年的战乱局面,下启康乾盛世的到来"[⑥],成为清代历史的一个重要节点。康熙十八年不但是清朝历史的重要转折点,也是清代文人心态变化的重要节点。据《己未词科录》记载,是年经亲试取中

---

① 卢见曾编《国朝山左诗钞》,第257页。
② 卢见曾编《国朝山左诗钞》,第255页。
③ 王钟翰点校《清史列传》卷七九,中华书局,1987,第6617页。
④ 卢见曾编《国朝山左诗钞》,第58页。
⑤ 《清史稿》卷一〇九,中华书局,1977,第3183页。
⑥ 赵刚:《康熙博学鸿词科与清初政治变迁》,《故宫博物院院刊》1993年第1期。

❖ 卢见曾与《国朝山左诗钞》研究

荐举到文学的人员一等二十人，二等三十人，其中不乏朱彝尊、陈维崧、李因笃、汪琬、施闰章、尤侗、毛奇龄、曹禾等在文坛上极具影响力的大家。博学鸿词科的开设极大地影响了汉族文人的心态，赢得了绝大多数汉族文人的归顺。对于占据选录作家主体的康熙诗坛诗人，《国朝山左诗钞》的选诗内容主要集中在白日闲兴、师友赠答、览胜纪行等方面，当然也有不少书写感喟的拟古、咏史之作，而且随着越来越多的文人出仕，反映经世之志的作品也开始被收入其中，如卷四〇所录汪灏《送侍讲陈广陵扈从北征》，其诗曰："圣人怒小丑，鞑靼统五兵。倚马草飞檄，东观咨文英。胸中富武库，陈琳久知名。扈从有光辉，亲见出凤城。鞶革韡前覆，雕羽腰间横。下马别亲知，腾身一鸟轻。顾盼贾余勇，足令六嬴惊。暗阵布天语，蓐食分御羹。飞狐雪满碛，龙堆月当营。诗献从军乐，歌成饮马行。平生怀壮志，结交喜幽并。蹉跎叹衰迟，筋力羞射生。见猎空心喜，未敢请长缨。安得同袍子，狼胥共遐征。眷顾翔云外，岂免心悬旌。所恃帝天威，雷霆击修鲸。尘扫远天尽，日放九塞明。敕君五朵云，大书燕然铭。饮至受上赏，史局千秋荣。"① 陈广陵即陈元龙（1652—1736），广陵为其字。陈元龙，号乾斋，浙江海宁人，康熙二十四年（1685）榜眼，授编修，入直南书房，康熙三十五年扈从征噶尔丹，汪灏此诗即作于此时，诗中以"圣人"指代康熙帝，以"小丑"指代噶尔丹，从根本上肯定了北征的正当性，而其中"平生怀壮志""所恃帝天威"等语句，无不流露出臣子为盛朝建功、为君主尽忠的思想，至末句"饮至受上赏，史局千秋荣"，希望通过建功立业在青史留名的心理已然昭示出盛世文人的普遍心态了。

以上是从大的文人心态的角度对《国朝山左诗钞》进行的考察，而《国朝山左诗钞》所选诗歌对单个作家心路历程变化的展现则更为鲜明一些，《国朝山左诗钞》在选录诗歌之时，有意识地辑入诗人生命历程中的关键之作，以诗存人，相对完整地展现了其心路历程。如卷一、卷二选宋琬诗，宋琬（1614—1673），字玉叔，号荔裳，莱阳人，顺治四年（1647）进士，历官四川按察使，著有《安雅堂集》。宋琬一生充满波折，中岁之

---

① 卢见曾编《国朝山左诗钞》，第540~541页。

第四章 《国朝山左诗钞》的诗学旨趣

时,"琬同族子因宿憾,思陷琬,遂以与闻谋逆告变,立逮下狱,阖门缧系者三载"①,对宋琬的人生造成重创。《国朝山左诗钞》即选反映其此时心绪的《庚寅狱中感怀》诗三首,诗中"俯仰终古间,谁知龙与蠖""自非空桑子,岂不念所生""沉忧荡精魂,欲诉谁为理"②等诗句,无不流露出其陷入狱中、担忧亲人、申诉无门的痛苦与绝望。《国朝山左诗钞》所选其《义虎行》则赞颂义虎救人,并发出"作诗表厥异,愧彼中山狼"③的感慨,对于诬告其下狱的族侄宋炳表现出了强烈的愤慨。被诬谋逆案申雪之后,宋琬度过了一段短暂的平静生活,《国朝山左诗钞》也选录了诸如《甲午初冬同赵一鹤、欧阳介庵宿鸡山寺》《雨后湖亭》等反映其这一时期优游平和心绪的作品。康熙十二年(1673),宋琬自四川入京述职,时逢吴三桂叛乱,成都陷落,宋琬家人陷于蜀中,宋琬"闻变惊恸,遂以疾卒"④,诗零落散佚,卢见曾编纂《国朝山左诗钞》之时虽多方搜罗,亦并不十分完备,未能反映宋琬此时心态,是为憾事。

除以历时的线索反映诗人心路历程之外,《国朝山左诗钞》还注重选录反映诗人生存经历与心灵感悟的作品,如卷五八所选闺秀诗人颜氏的《赠别藕兰主人归济南》。颜氏即颜光敏之女颜小来,号恤纬老人,其夫孔兴炜早卒,颜氏为之守节,著有《恤纬斋诗》。此《赠别藕兰主人归济南》诗是颜氏为送别好友孔丽贞所作。孔丽贞,字蕴光,孔毓埏之女,戴文谌之妻,精于诗画翰墨,著有《藕兰阁草》。颜小来丧夫,孔丽贞则先经历丧夫,后经历兄长、父母之逝,天亲骨肉凋零殆尽,颜氏此诗附有小序,悉数孔丽贞半生之苦衷,诗亦悲凉凄怆,道尽辛酸:"蓬转信无定,人间多别离。曰归愁短发,分手易前期。闺阁神仙品,绮罗冰雪姿。长成惟嗜学,生小自吟诗。黄鹄歌何速,青鸾舞已迟。既伤慈母背,旋痛阿爷随。黾勉营丧葬,仓皇誓墓碑。一门同作鬼,两世竟亡儿。妇烈箕裘重,女嬬继述奇。剪刀收破碎,书簏理残遗。反鲁寻田宅,辞齐阅岁时。萧条君与

---

① 王钟翰点校《清史列传》卷七〇,中华书局,1987,第5710页。
② 卢见曾编《国朝山左诗钞》,第27页。
③ 卢见曾编《国朝山左诗钞》,第28页。
④ 王钟翰点校《清史列传》卷七〇,中华书局,1987,第5710页。

我，邂逅友兼师。……"① 此诗饱含凄风怨雨，道尽了闺阁女性凄楚的一生，这种在痛苦中压抑或者挣扎、只能彼此抚慰的现象展现了绝大多数女性诗人共同的生存状态。

在《国朝山左诗钞》所选诗歌中，从数量上来看占据较大优势的还是平和淡雅的闲兴之作，反映重大的历史事件、描摹真切的民生疾苦、书写幽微曲折的心理活动的诗歌作品数量并不算很多。然而正是这些数量并不多的诗歌以其深沉的社会思考、厚重的情感内蕴展现了清前期山左地区真实的社会发展史和鲜活的文人生态史，同时也体现了《国朝山左诗钞》的思想价值。

---

① 卢见曾编《国朝山左诗钞》，第769页。

第五章
《国朝山左诗钞》的文献价值与文学影响

诗歌总集汇聚众多文人作品，以时代和地域为断，呈现出多样化的特征，不但蕴含诗歌发展的历史，更包含丰富的文献材料，具有极高的文学和文献价值。卢见曾编纂的《国朝山左诗钞》是第一部山东通省诗歌总集，也是非常有代表性的清诗选本，内容宏富、体制完备，其中收录的诗作、小传等史料，具有重要的校勘与辑佚价值。《国朝山左诗钞》选录诗歌之时，有意识地对乡园名胜古迹、园亭物产以及小说遗闻逸事随笔附以考辨，其目的虽为增广见闻，实际上却提供了丰富的文化史料，具有重要的文化意义。而《国朝山左诗钞》付梓之后，流布甚广，不但为山东地方志、地域诗歌选本的编纂提供了史料，更从文化意义上推动了清诗总集编纂的历史进程，带动了一批地域性清诗总集的诞生，产生了较为深远的影响。

第一节 《国朝山左诗钞》的辑佚价值

《国朝山左诗钞》以保存乡邦文献为出发点，收录遗集、佚诗数量众多，而且为每位诗人撰写小传，并援引大量文献以备诗话，许多文献今已难再得见，《国朝山左诗钞》在为后世研究提供大量史料的同时也具备了很高的辑佚与校勘价值。

一 正文中的补遗之作

根据前文所述，《国朝山左诗钞》所采录的诗歌主要有诗歌别集、诗

❖ 卢见曾与《国朝山左诗钞》研究

歌总集、方志著作、史部著作等几大来源，其中数量最为庞大的作品出自诗歌别集，而由于刊刻未备、零落散佚等原因，许多诗歌别集收录诗人作品并不十分完备，对此，卢见曾在辑选《国朝山左诗钞》之时进行了诗歌补遗，这部分诗作均不见于诗人别集，具有重要的辑佚价值。《国朝山左诗钞》明确以小字形式标注为"补遗"或"集外"之作者涉及十位诗人的四十八首诗，其诗人及佚作如下。

1. 赵进美，增补二首：《吴门二首》

《国朝山左诗钞》赵进美小传称其有《清止阁集》，今所见《清止阁集》为清钞本，藏于山东省图书馆，收入《山东文献集成》，是集凡二十卷，其中诗九卷。《国朝山左诗钞》所引之《吴门二首》不见于此本《清止阁集》，亦不见于其他总集或方志，为《国朝山左诗钞》所独有，其辑佚价值不容忽视。

2. 高珩，增补二十四首：《清明送客》、《送人归省》、《将抵武昌》、《秋风》、《洞庭舟中》、《有感》、《送迈尘下第归里》、《次王敬哉秋怀韵》、《送张孔绣之沁水荆石署中》、《忆华东先生语》、《游山阴和唐太史赠许竹隐韵》（二首）、《夜坐》、《即事》（二首）、《桃源图》、《梅》、《柳絮》、《维扬怀古》、《琼花观》、《都门秋日》、《偶忆溧阳同馆》、《候仙园消夏》、《候仙园有感》

《国朝山左诗钞》卷六高珩《清明送客》诗后有小注曰："以下皆集外诗。"① 自《清明送客》诗起至卷末共有高珩诗二十四首，诗题如前所列。《国朝山左诗钞》小传称高珩有《栖云阁集》，今所见《栖云阁集》为赵执信选定，收入《清代诗文集汇编》，是集凡十六卷，分体编排，《国朝山左诗钞》所注集外诗二十四首均不见于此本。另有《栖云阁诗拾遗》三卷，前有宋弼序言："第闻先生诗盈二尺许，或疑其多遗美矣。予至济南，乃觏其全，即老人所阅原本也。古体丹黄精细，几无遗憾，近体二十余大册，写者多复出其所选，间有漏略，因撷拾所遗，得二百篇以归先生

---

① 卢见曾编《国朝山左诗钞》，第94页。

198

第五章　《国朝山左诗钞》的文献价值与文学影响　❖

曾孙，俾附前集之后。"① 据此可知，此遗诗三卷为宋弼整理，而宋弼此序作于乾隆丙子秋，即乾隆二十一年（1756）秋，是时宋弼正在协助卢见曾编纂《国朝山左诗钞》，对比《国朝山左诗钞》所录高珩集外诗二十四首与《栖云阁诗拾遗》可知，此二十四首诗皆见于宋弼《栖云阁诗拾遗》，推断此集《栖云阁诗拾遗》当为宋弼在《国朝山左诗钞》搜罗文献的过程中所辑录，而卢见曾则顺势将遗诗选入《国朝山左诗钞》，这二十四首诗主要为纪景述怀之作，简易超旷，具有较高的审美价值。另考《感旧集》，其卷五收高珩诗十三首，其中《清明送客》《候仙园消夏》《候仙园有感》三诗《感旧集》亦选，其他诸作《感旧集》中则不存。

3. 冯溥，增补一首：《题汉文帝幸代图》

《国朝山左诗钞》卷一一冯溥《题汉文帝幸代图》诗后有小字注称："补遗。"②《国朝山左诗钞》小传称冯溥有《佳山堂集》，今考冯溥著述，见其《佳山堂集》，收入《清代诗文集汇编》，此本为清康熙刻本，其中《佳山堂诗集》十卷、《佳山堂二集》九卷。综览此集，察其卷六有《题汉文帝幸代图》一诗，而《国朝山左诗钞》却将《题汉文帝幸代图》视为补遗之作，考其原因，或许单纯地出于纂辑过程中的文献著录错误，亦或许是因为卢见曾所见《佳山堂集》与现今所见之《佳山堂集》版本存在差异。

4. 王士禄，增补四首：《虎头崖观奇石歌》《历下旧居怀宗梅岑》《古意》《小长干曲》

《国朝山左诗钞》卷一四王士禄《虎头崖观奇石歌》后小注云："以下补遗。"③ 检《国朝山左诗钞》，卷一四自《虎头崖观奇石歌》之后，尚录王士禄诗三首，分别为《历下旧居怀宗梅岑》《古意》《小长干曲》。《国朝山左诗钞》小传称王士禄著有"《表余堂》《十笏草堂》《辛甲》《上浮》诸集，《考功诗选》"④，其中《表余堂诗》《十笏草堂辛甲集》《十

---

① 高珩：《栖云阁诗》，《清代诗文集汇编》第40册，上海古籍出版社，2010，第650页。
② 卢见曾编《国朝山左诗钞》，第148页。
③ 卢见曾编《国朝山左诗钞》，第187页。
④ 卢见曾编《国朝山左诗钞》，第171页。

笏草堂上浮集》即包含于《司勋五种集》之中,另,《考功诗选》集中之诗皆出于《表余堂诗》《十笏草堂诗选》《十笏草堂辛甲集》《十笏草堂上浮集》[①]。《清代诗文集汇编》收清初刻增修本王士禄《十笏草堂诗选》十一卷,此集分体编排,卷二为七古丙申诗,中录《虎头崖观奇石歌》,与《国朝山左诗钞》所录诗同,而《历下旧居怀宗梅岑》《古意》《小长干曲》三首则不见于上述几部集子之中,为集外之作。张象津《答诸城李雨樵第一书》中述及王士禄之著述:"西樵先生诗,一时一地之作,脱稿入梓,散本多矣,至《司勋五种集》之刻,为其总集,后又有《西樵诗选》之刻,最后乃有《考功诗集》之刻,即今载《渔洋全集》者是也。"[②] 王士禄别集随时刊刻,单本数目较多,卢见曾编辑《国朝山左诗钞》时所见《表余堂诗》《十笏草堂辛甲集》《十笏草堂上浮集》《考功诗选》虽代表了王士禄诗歌创作的主要成就,然而亦不算完备,故有补遗之举。

5. 于觉世,增补三首:《送别北山都谏》《感怀和家兄回狂韵》《春日杂诗次耿又朴太史韵》

《国朝山作诗钞》卷一八录于觉世《送别北山都谏》,此诗后附小字曰:"以下补遗。"[③] 检《国朝山左诗钞》,此诗后尚有于觉世诗二首,分别为《感怀和家兄回狂韵》《春日杂诗次耿又朴太史韵》。《国朝山左诗钞》于觉世小传称其有"《居巢》《燕市》《使越》《岭南》诸集"[④],今皆未见,其诗散见于《桓台于氏家谱》以及方志之中。《国朝山左诗钞》补遗三首,其中《送别北山都谏》《感怀和家兄回狂韵》亦为《晚晴簃诗汇》卷三一所录,此外《送别北山都谏》亦载于《万首清人绝句》。与于觉世其他诗篇相比,《送别北山都谏》《感怀和家兄回狂韵》《春日杂诗次耿又朴太史韵》这三首诗着实更能体现其"触目成吟,不用雕缋,牵饰随

[①] 贺琴:《明清时期山左新城王氏家族文学研究》,山东大学博士学位论文,2015,第199~204页。
[②] 杨士骧修,孙葆田等纂《(宣统)山东通志》,《中国地方志集成·省志辑·山东》第7册,凤凰出版社,2004,第269页。
[③] 卢见曾编《国朝山左诗钞》,第252页。
[④] 卢见曾编《国朝山左诗钞》,第250页。

第五章　《国朝山左诗钞》的文献价值与文学影响 ❖

意,挥斥而得"① 的特点。

6. 丁耀亢,增补四首:《老树》《老马》《老女》《老将》

《国朝山左诗钞》卷一九丁耀亢《老树》诗后注曰:"补遗。"②《国朝山左诗钞》丁耀亢小传称其有"《逍遥游》、《陆舫》、《椒邱》、《江干》、《归止》(当为归山)、《听山亭》诸集"③,这几种集子均见于《清代诗文集汇编》影印清顺治康熙选刻丁野鹤集八种本,其中《逍遥游》二卷、《陆舫诗草》五卷、《椒邱诗》二卷、《江干草》一卷、《归山草》一卷、《听山亭草》一卷,翻检丁耀亢的这几种集子,并未见《国朝山左诗钞》补遗之《老树》一诗,此诗之后的《老马》《老女》《老将》亦未见。王士禛《古夫于亭杂录》卷五记载:"丁著《天史诗》,多奇句,如《老将》云:'低头怜战马,落日大江东。'《老马》云:'西风双掠耳,落日一回头。'此例皆警策。"④ 据此可知《老树》等诗当出自《天史诗》中,即邓之诚所谓"《问天》一刻"⑤,后经学者考证,此集为《问天亭放言》,现存抄本,"共收诗83题103首,古、律、歌行各体皆有,首冠丘石常《序》,《序》后为目录,正文前署'同社丘玉常子如甫、丘石常子虞甫阅,东武丁耀亢野鹤甫著'"⑥。中州古籍出版社1999年出版《丁耀亢全集》,附录《问天亭放言》,即有《老树》《老马》《老女》《老将》四首,而此四首诗均不载于卢见曾所见诸集,故为补遗之作。

7. 张实居,增补一首:《阶前白丁香》

《国朝山左诗钞》卷二〇张实居《阶前白丁香》诗后注曰:"补遗。"⑦《国朝山左诗钞》张实居小传称其著有《萧亭诗选》,今检此集,《四库全书存目丛书》集部收录,其所本者为北京师范大学图书馆藏清

---

① 卢见曾编《国朝山左诗钞》,第250页。
② 卢见曾编《国朝山左诗钞》,地264页。
③ 卢见曾编《国朝山左诗钞》,第258页。
④ 王士禛:《古夫于亭杂录》,《清代史料笔记丛刊》,中华书局,1988,第115页。
⑤ 邓之诚:《清诗纪事初编》卷六,上海古籍出版社,1984,第682页。
⑥ 张崇琛:《丁耀亢佚诗〈问天亭放言〉考论》,《济宁师专学报》2000年第1期。
⑦ 卢见曾编《国朝山左诗钞》,第276页。

201

❖ 卢见曾与《国朝山左诗钞》研究

康熙刻王渔洋遗书本，凡六卷，卷首先有王士禛序，后有孙元衡序，《清代诗文集汇编》影印清康熙刻本，除卷首先有孙元衡序，后附王士禛序外，其他内容版式，皆与《四库存目》本相同，此本为王士禛批点本，卷一《晓寒》诗后有王士禛评语："结逼温李。此萧亭少作，又有咏白丁香句云：'人含旧恨青山外，花结新愁细雨中'，予最激赏，今不载，附识于此。"① 王士禛激赏之句即出自《国朝山左诗钞》补遗之《阶前白丁香》诗。

8. 谢重辉，增补五首：《法海寺寻澄上人不遇》《退谷精舍》《悼亡》《说饼联句》《筵上咏铁脚联句》

《国朝山左诗钞》卷三〇谢重辉《法海寺寻澄上人不遇》诗后有小字注称："以下补遗。"② 此首诗后尚有谢重辉诗四首，如前所述。《国朝山左诗钞》小传称谢重辉著有《杏村诗集》，此集为王士禛选刻《十子诗略》之一，现存清康熙刻本，收录谢重辉晚年之作，凡七卷，诗皆编年，辑入《清代诗文集汇编》，亦见于《四库全书存目丛书》。翻检《杏村诗集》，《国朝山左诗钞》补遗之五首诗，皆不载于集中，为集外之作。其中《法海寺寻澄上人不遇》一诗为谢重辉早年居官京师之作，当为少作，已见清旷之风。至于《说饼联句》《筵上咏铁脚联句》两首联句诗，则可考察谢重辉与诸诗友之交往，其中《说饼联句》诗中参与赋诗者有谢重辉（方山）、王士禛（阮亭）、潘耒（次耕）、曹禾（峨眉），《筵上咏铁脚联句》参与赋诗者有谢重辉（方山）、宋荦（牧仲）、王士禛（阮亭）、周天游（紫海）、程谦（山尊）、袁启旭（士旦）、钱柏龄（介维），为考辨谢重辉之文学交游提供了史料。

9. 曹贞吉，增补七首：《题读碑图》《题文姬归汉图同王阮亭作》《题元祐党籍碑》《书浯溪碑后》《马上望大泽》《柝声》《冬日东莱道中感怀》

《国朝山左诗钞》卷三一曹贞吉《题读碑图》诗后有小字注曰："以

---

① 张实居：《萧亭诗选》，《四库全书存目丛书·集部》第234册，齐鲁书社，1997，第296页。
② 卢见曾编《国朝山左诗钞》，第407页。

第五章 《国朝山左诗钞》的文献价值与文学影响

下补遗。"① 自此诗以下,尚有如上所述诗六首。《国朝山左诗钞》小传称曹贞吉著有"《实庵诗略》《朝天》《鸿爪》《黄海纪游》诸诗"②,卢见曾所谓《实庵诗略》,推断当为王士禛于康熙十六年(1677)选定的《十子诗略》本,然"《十子诗略》刊板分归各家,传本无多"③,当时已不可得见,今所见曹贞吉《实庵诗略》仅存卷之三,见于《清代诗文集汇编》影印的清康熙刻安邱曹氏家集九种,此外,《朝天集》《鸿爪集》《黄海纪游诗》亦见于此本。翻检诸集,未见上述七首诗,故可定为集外之作。曹贞吉之诗"始得法于三唐,后乃旁及两宋,泛滥于金元诸家"④,《国朝山左诗钞》选诗以清醇雅正为主要审美旨趣,同时又强调"不拘一格",卷三一曹贞吉补遗诸作不但气深力厚,而时有散文笔法,如"修也凝立若有得,眉间失喜谈津津"⑤(《题读碑图》)之"也"的使用等,可以看出《国朝山左诗钞》对于宋调亦可接纳的遴选态度。

10. 李澄中,增补二首:《题画》《曼殊诗》

《国朝山左诗钞》卷三五李澄中《题画》诗后有小字注曰:"以下补遗。"⑥ 此诗之后,尚有李澄中《曼殊诗》一首。《国朝山左诗钞》李澄中小传称其著有《卧象山房集》,今考此集,有山东省图书馆藏清稿本,辑入《山东文献集成》,其中诗集三十二卷,翻检全集,未见《国朝山左诗钞》补遗二篇,确为集外之作。

二 正文中的他人唱和

《国朝山左诗钞》除辑录山左诗人诗作之外,还附有部分其他诗人的唱和之作,这些诗歌具有保存文献和考辨交游的双重价值。综览《国朝山左诗钞》,附录和诗者凡五处,辑录诗歌十九首。

---

① 卢见曾编《国朝山左诗钞》,第 422 页。
② 卢见曾编《国朝山左诗钞》,第 412 页。
③ 徐世昌编,闻石点校《晚晴簃诗汇》,中华书局,1990,第 1639 页。
④ 张贞:《杞田集》,《清代诗文集汇编》第 147 册,上海古籍出版社,2010,第 468 页。
⑤ 卢见曾编《国朝山左诗钞》,第 422 页。
⑥ 卢见曾编《国朝山左诗钞》,第 478 页。

❖ 卢见曾与《国朝山左诗钞》研究

1. 孙善继《吴生窟室画松歌》

《国朝山左诗钞》卷一五录王士禛《和窟室画松歌》，诗有小序曰："孙黄门家园今为林氏别墅，石几上有黄门《画松歌》，颇极奇伟，乃和之。"① 王士禛此诗乃为和孙黄门《画松歌》而作，孙黄门即孙善继，黄门为其号。孙善继，字达甫，又号却浮，山东掖县人，万历十七年（1589）进士，官至工科给事中。《（民国）山东通志》称其著有《孙善继诗文》，今未见。《（乾隆）掖县志》孙继善小传称其"所著诗文亦华赡"②。《涛音集》载："黄门风流豪宕，声藉一时，而篇什少传于代，此歌刻林观察园中，予与家贻上读而赏之，因录以传。"③ 孙善继之《吴生窟室画松歌》为原作，由王士禄、王士禛兄弟自林氏别墅石刻上抄录至《涛音集》中，卢见曾《国朝山作诗钞》选王士禛《和窟室画松歌》，附以孙善继原题，并援引《涛音集》跋文，一则说明王士禛之诗的创作缘起，二则使孙善继之诗得以保存并更为广泛地流传开来。另外，《国朝山左诗钞》还援引嘉善沈心之语，对于绘松图之"吴生"的来历做了说明："吴义之，苏州人，善丹青，自号金碧道人，客孙黄门善继家，为西园窟室画松，黄门作长歌志之，新城王西樵、阮亭皆有赓章，后卒于胡郎中仁居园中，无子。"④ 既记吴义之其人，又补充了孙善继与吴义之的交游史料。

2. 王士禛、施闰章、曹贞吉、林尧英、于觉世、汪楫、曹禾、汪懋麟、陈维崧、朱彝尊、丁炜等《和移居诗》

《国朝山左诗钞》卷二四录田雯《移居诗》，其后附王士禛、施闰章、曹贞吉、林尧英、于觉世、汪楫、曹禾、汪懋麟、陈维崧、朱彝尊、丁炜所作同题和诗，每人一篇，凡十一首，诗后还附有陈维崧所作《移居诗序》以及《古欢堂诗话》中对《移居诗》及相关和诗创作背景的介绍："己未余领东曹节慎库，七月自横街移居粉房巷，先至其处，督奴子搬家

---

① 卢见曾编《国朝山左诗钞》，第 196 页。
② 张思勉修，于始瞻纂《（乾隆）掖县志》，《中国地方志集成·山东府县志辑》第 45 册，凤凰出版社，2004，第 437 页。
③ 王士禄、王士禛编选《涛音集》，《山东文献集成》第 3 辑第 38 册，山东大学出版社，2010，第 435 页。
④ 卢见曾编《国朝山左诗钞》，第 196 页。

第五章 《国朝山左诗钞》的文献价值与文学影响

具。闷坐久，作诗一篇题壁上，有'东野家具少于车''墙脚残立山姜花'之句。俄渔洋至，见而和之，次日遍传都下，和者百人。"[1] 根据此段材料可以考知田雯《移居诗》及相关的唱和活动发生在康熙十八年（1679）己未，是年康熙帝开博学鸿词科，召试天下人才，施闰章、汪琬等皆以此入翰林，田雯时官工部虞衡司郎中，王士禛时官翰林侍读，皆在京师。而此前两年的康熙十六年，王士禛编选田雯、曹禾、曹贞吉、汪懋麟等十人之诗，合为《十子诗略》，王士禛与"金台十子"的文学影响力逐渐扩大开来，田雯《移居诗》和者如此之众，便是山左诗人影响力扩大的一个体现。考诗人别集，王士禛和诗见于其《带经堂集》，题为《和田子纶郎中移居》；施闰章和诗见于其《学余堂集》，题为《和田子纶水部移居元韵》；汪楫和诗见于其《京华诗》，题为《田子纶工部移居次原韵》；汪懋麟和诗见于其《百尺梧桐阁遗稿》，题为《子纶工部地震后移居作诗自嘲依韵和之》；陈维崧和诗见于其《湖海楼集》，题为《移居诗为田纶霞郎中赋即次原韵》；朱彝尊和诗见于其《曝书亭集》，题为《和田侍郎雯移居韵》；丁炜和诗见于其《问山诗集》，题为《次和田子纶移居》。曹贞吉诗集有《珂雪集》《贞吉诗略》《朝天集》《鸿爪集》《黄山纪游诗》等五种，均未见其《和移居诗》，当为集外之作。至于林尧英、于觉世、曹禾三人，未见别集，《国朝山左诗钞》载录的《和移居诗》因而具有更大的补遗价值。

3. 田雯《小忽雷歌》、王士禛《樊棫，郓城人，明侍郎敬、尚书继祖之裔孙。善琴，尤以琵琶擅名。戊寅在京师，大宗伯涓来兄携以过予，云：棫欲得一诗久，今且往闽中，特为弹〈出塞〉等曲。后八年，舍弟幔亭遇之蓬莱阁，复申前请，为赋五绝句》、张笃庆《和渔洋先生赠樊棫诗》

《国朝山左诗钞》卷二七录孔尚任《小忽雷》诗一首并序，附以田雯《小忽雷歌》一首。据孔尚任《小忽雷》诗序可知此小忽雷乃其于康熙三十年在集市中购得，"质理之精，可方良玉，雕镂之巧，疑出鬼工"，制作十分精巧，孔尚任有感于其距今八百余年，"频经丧乱，此器徒存，而

---

[1] 卢见曾编《国朝山左诗钞》，第328页。

已无习之之人，俗艺且然伤哉"①，遂作《小忽雷》诗二首，而据田雯《小忽雷歌》中"孔生东堂邀我歌，青衫司马奈尔何。元都道士倘相访，郓州还忆樊花坡"②之句以及诗后田雯小注："余于丁丑四月同天坛高炼师听樊生花坡弹小忽雷入调"③，可知孔尚任尝于康熙三十六年（1697）丁丑四月邀请田雯与高炼师（道士，生平不详）同听樊花坡演奏《小忽雷》，并皆作诗以纪之。卢见曾以按语纪人，述樊花坡事："案：樊生名袯，《蚕尾续集》《昆仑山房集》皆有赠诗，各钞一首于后"④，遂附王士禛《樊袯，郓城人，明侍郎敬、尚书继祖之裔孙。善琴，尤以琵琶擅名。戊寅在京师，大宗伯涓来兄携以过予，云：袯欲得一诗久，今且往闽中，特为弹〈出塞〉等曲。后八年，舍弟幔亭遇之蓬莱阁，复申前请，为赋五绝句》（钞一首）与张笃庆《和渔洋先生赠樊袯诗》。此处附诗，一则补充了《国朝山左诗钞》的诗歌内容，二则载录樊袯其人及相关交游史料，此外更补充了孔尚任与田雯、高炼师、樊袯以及王士禛、张笃庆之间因《小忽雷》诗而产生交游与唱和的史料，为作家研究提供重要参考。

4. 田霡《鬲津草堂分姓咏唐诗人得田游岩》、卢扬曾《鬲津草堂分姓咏唐诗人得卢鸿》、卢见曾《鬲津草堂分姓咏唐诗人得卢鸿》

《国朝山左诗钞》卷五一萧炘《鬲津草堂分姓咏唐诗人得萧颖士》诗后附田霡原诗《鬲津草堂分姓咏唐诗人得田游岩》以及卢扬曾与卢见曾之同题诗《鬲津草堂分姓咏唐诗人得卢鸿》。田霡有清刻本《鬲津草堂诗》，包含《古体诗》一卷、《今体诗》一卷、《鬲津草堂绝句诗》一卷、《鬲津草堂七十以后诗》（包含《菊隐集》一卷、《南游稿》一卷）以及《鬲津草堂乃了集》一卷，其中皆未有《鬲津草堂分姓咏唐诗人得田游岩》一诗，当为集外之作，可为田霡《鬲津草堂诗》补遗。卢见曾《鬲津草堂分姓咏唐诗人得卢鸿》诗见于《雅雨堂诗遗集》，后有小字注"以下随得续入"⑤，可

---

① 卢见曾编《国朝山左诗钞》，第369页。
② 卢见曾编《国朝山左诗钞》，第370页。
③ 卢见曾编《国朝山左诗钞》，第370页。
④ 卢见曾编《国朝山左诗钞》，第370页。
⑤ 卢见曾：《雅雨堂诗文遗集》，《山东文献集成》第1辑第37册，山东大学出版社，2006，第681页。

第五章　《国朝山左诗钞》的文献价值与文学影响

见此诗当初亦未载入集中,乃后来补入。卢扬曾著述不多,《国朝山左诗钞》于卷五七家集之中收其诗六首,并称其有《问月轩集》,今未见,此《鬲津草堂分姓咏唐诗人得卢鸿》诗可丰富卢扬曾之诗作。此三首附诗与萧炘之诗一起,共同还原了田霡、萧炘、卢见曾、卢扬曾同在鬲津草堂中分题唱和交游的情况,具有重要的史料价值。

5. 卢见曾《平山堂雅集》二首

《国朝山左诗钞》卷五四高凤翰《平山堂雅集》二首诗后附卢见曾原作二首,此二首诗卢见曾《雅雨堂诗遗集》亦载入。

三　诗话中的附诗

卢见曾在确定《国朝山左诗钞》体例之时,认为选诗当有"传",如此"前详爵里,后系诗话,于选诗体制为宜"[①],《国朝山左诗钞》诗话或论述诗歌风貌,或叙述诗人生平交游,或载入诗人作品来源,内容极为丰富,而其中亦附录相关诗人之诗歌,极大地丰富了《国朝山左诗钞》的诗歌数量。据统计,《国朝山作诗钞》诗话中的附诗共有四十六首,隶属于十七位诗人,其中以附录王士禛诗为最多,有二十四首,其他诗人一般为一首,多者不过三五首,这些诗歌自然而然地拓展了《国朝山左诗钞》的诗歌内容,而从功能上来看,这些附诗主要的作用是阐明文学交游关系,其次则是以诗存人。下面择其中有重要补遗价值或于交游有重要参考之诗分类略作考辨。

从阐明文学交游关系的层面来看,诗话中的这些附诗的内容多是其他诗人叙写与《国朝山左诗钞》所选录诗人的交往或对其诗歌进行品评。诗话所附王士禛诗在这一点上体现得尤为明显。《国朝山左诗钞·凡例》称王士禛喜奖掖风流,故"吾乡前辈见于先生赠答,而征诗未得,及表扬忠节无别见者,皆录之,以碑铭传记及笔记诸书附载于后,以存其人。若本传已载所赠答之诗,先生集内即不重录"[②]。《国朝山左诗钞》正文以三卷

---

① 卢见曾编《国朝山左诗钞》,第3页。
② 卢见曾编《国朝山左诗钞》,第3页。

❖ 卢见曾与《国朝山左诗钞》研究

之数辑选王士禛诗三百九十九首,加上诗话中的附诗,《国朝山左诗钞》中王士禛诗歌数量已超四百首。

卢见曾在《国朝山左诗钞·凡例》中称:"吾乡之有渔洋,亦如建安陈思、元嘉谢客,同时诸贤之诗大半经其品藻。"① 王士禛执康熙诗坛之牛耳,其独特的文化地位使得其与同时期诗人交游最多,题赠、唱和、追怀之作也最多,《国朝山左诗钞》诗话中附录的王士禛诗有诗人品评之作,如卷六高珩诗话中引王士禛诗则意在以王诗称颂高珩,中引王士禛《送念东先生予告还山八首》之其中三首,其一云:"暮游碧玉阆风颠,朝过扶桑近日边。戏弄东王与西母,神芝行处满琼田。"卢见曾感慨曰:"直以神仙中人目之,非无以也。"②

还有通过附诗展现文学交游与唱和活动的情况,如卷一一冯溥诗话中叙高珩、王士禛、冯溥三人于康熙十九年(1680)冬日的唱和,先引高珩之绝句云:"户倚双藤禅宇开,无人知是相公来。相看一笑忘朝市,风味依然两秀才。"冯溥和诗为:"隐几僧寮户不开,天亲无著忆从来。而今相对浑忘却,只识维摩是辨才。"王士禛则和曰:"二老前身二大士,重逢半日画炉灰。他年古寺经行处,记取寒山拾得来。"③

当然更多的是怀人之作,如卷三赵进美诗话中载录王士禛诗曰:"风尘憔悴赵黄门,岭表迁移役梦魂。昨见端州书一纸,说诗真欲到河源。"④ 彼时赵进美寄书王士禛讨论诗之得失,王士禛对赵进美论诗之旨颇为认同,此诗即出自王士禛《岁暮怀人绝句三十二首》,为王士禛抒写感慨之作,除此首之外,《国朝山左诗钞》诗话引王士禛怀人诗尚有五首,所追怀之诗人分别为赵士完(卷八)、高玶(卷一〇,《国朝山左诗钞》未录高玶之诗,此诗附于高珩诗话之后,以渔洋诗纪高玶其人)、傅扆(卷一八)、邱石常(卷二〇)、于维世(卷二二)。其他则为题赠、送别等作,分别有《题张仲子诗后》(载卷七张光启诗话)、《题法黄石春云出岫

---

① 卢见曾编《国朝山左诗钞》,第4页。
② 卢见曾编《国朝山左诗钞》,第81页。
③ 卢见曾编《国朝山左诗钞》,第145页。
④ 卢见曾编《国朝山左诗钞》,第39页。

第五章 《国朝山左诗钞》的文献价值与文学影响

图》（载卷一〇法若真诗话）、《赠别柳三公鼐》（载卷一四柳堉诗话）、《家兄闻于陵司寇李公罢遣歌妓，作歌讽之，余亦戏呈五绝句奉献》（载卷二一李雍熙诗话）、《徐鲁侯龙、侯钱伯衡、刘五河玉瑟复招游园林》（载卷二一徐应鲁诗话）、《题术石发诗卷》（载卷二二术翼宗诗话）、《题马宛斯小照三首》（载卷二三马骕诗话）、《寄考功诗》（见卷三四徐辐诗话，此诗载于《古夫于亭杂录》，未入王士禛诗别集中）。

附诗之中有悼念亡友之作，如《国朝山左诗钞》卷八满巽元诗话中引赵琳诗："天下不曾小，仲尼眼界虚。请君亦复去，登泰山何如。"[1]《国朝山左诗钞》卷八亦录赵琳诗二首，赵琳著有《桐斋稿》，今似不存，诗话中此诗可补赵琳之诗，此段材料乃卢见曾引自阎若璩《四书释地》，为赵琳悼念亡友满巽元而作，满巽元生平史料不甚丰富，此诗亦可为考证满巽元交游提供史料。还有诗人送别之作，如卷五李呈祥诗话中附录郝浴送李呈祥归乡诗："冲泥跋马送君行，回首银州感慨生。一路河山闻圣旨，七年风雪泣交情。解巢乳燕穿云出，抱树惊蝉冒雨鸣。无那故人还送酒，懒残不及见调羹。"并援引邓汉仪之诗评曰："于绝塞送迁客之归，折柳之情，自与寻常迥别。"[2] 郝浴（1623—1683），字雪海，号复阳，直隶定州（今河北保定）人，顺治六年（1649）进士，官至广西巡抚。《国朝山作诗钞》附录的这首诗可为考察李呈祥与郝浴交往提供史料。

当然更多的附诗是为了补充《国朝山左诗钞》选录诗人在某些时段中的经历、思想或诗歌风格，在以诗述史的同时达到了保存诗歌的目的。如《国朝山左诗钞》卷一二于正文选录唐梦赉诗七十二首之外，还在诗话中援引《渔洋诗话》，附录唐梦赉《社燕》之诗，盛赞此诗可与袁凯《白燕》诗相较。卷一三王士禄诗话之中则援引王士禛诗序中所提及的王士禄《读孟襄阳诗有作》来说明王士禄尚孟浩然清淡诗风的诗学微旨。

卢见曾编纂《国朝山左诗钞》，欲备一代之诗史，搜罗清前期山左诗人可谓竭尽全力，对于部分诗歌成就不算突出而又具有一定文学和社会意

---

[1] 卢见曾编《国朝山左诗钞》，第115页。
[2] 卢见曾编《国朝山左诗钞》，第71页。

❖ 卢见曾与《国朝山左诗钞》研究

义的诗人,通常将之置于相关诗人诗话之下,以诗存人或以人存诗。如下文两段材料:

>   掖县诸生有殉甲申之难者曰毛秉正,闻变投海死,后五十年于屋檐际得书一册,字皆黑污,中一诗云:"七尺付江鱼,谁能更卜居。灵修空复尔,故国竟何如。湘水流无尽,兰荃怨有余。彭咸今可接,泽畔漫踌躇。"附录于此。①

>   阳信诸生有殉甲申之变者曰光岳奇,字平子,号隐然。府志称其博学善属文,逆闻之变,号泣投井以死,传其淫雨诗一首:"乘橇惭往哲,曳尾幸涂泥。疏阵听还密,高云望复低。鸡声鸣旧怨,蜗角篆新题。宁待桃花水,仙源路始迷。"附记于此。②

钱大受,字伯衡,掖县贡生,其人载《掖海诗传》,《国朝山左诗钞》录其诗三首,诗话中附记之人为其同里诸生毛秉正,毛秉正生平著述均不可详考,《(乾隆)掖县志》称其于甲申年(崇祯十七年,1644)三月之后,"恒半夜而泣,行吟草泽间,寻投海死"③,掖县城北十五里官庄还有毛秉正之墓。毛如瑜,字贵甫,号太瘦生,阳信诸生,著有《太瘦生稿》,《国朝山左诗钞》录其诗二首,诗话中附记之人为其同里诸生光岳奇,其生平事迹见于《明通鉴》《阳信县志》《武定府志》。卢见曾辑选《国朝山左诗钞》未专列毛秉正与光岳奇其人其诗,主要是因为二人诗文作品散佚难寻,而附录在诗话之中,一定程度上出于诗教层面的考量,感二人之节义而备载之,以弘扬山左士人之气节。

前文所述皆为《国朝山左诗钞》在诗歌作品上的文献辑佚之贡献,作品补遗之外,《国朝山左诗钞》还坚持"诗有轶人,乡有轶事,皆为补载。

---

① 卢见曾编《国朝山左诗钞》,第114页。
② 卢见曾编《国朝山左诗钞》,第114~115页。
③ 张思勉修,于始瞻纂《(乾隆)掖县志》,《中国地方志集成·山东府县志辑》第45册,凤凰出版社,2004,第453页。

第五章 《国朝山左诗钞》的文献价值与文学影响

其前朝人物、他郡事迹,亦间及之,以世不经见,故随笔纪录,以广见闻"[1]。此处所谓增补轶人、逸事者,不同于前文所论之毛秉正、光岳奇等存诗且存人者,而是单纯地附载诗人之简要生平逸事,未及诗作。古典诗歌从内容上基本可以分为抒情诗与叙事诗两大类,除自发感慨之外,抒情诗往往都有所寄,人、事自不可少,而叙事诗中更难以避免人、事的参与。这也就导致卢见曾选录的《国朝山左诗钞》中有大量诗歌涉及数目庞大的人物与事件,而这些人正如卢见曾在凡例中所说,许多都是"世不经见"者,所以卢见曾常以按语形式,对诗中之人、诗中之事进行补注。这些补充内容,一方面使得后人在解读诗歌之时有了更为明确的参考,不至于歪曲诗歌寓意;另一方面也丰富了《国朝山左诗钞》的内容含量,使之成为后人编写人物传记的重要参考。

考《国朝山左诗钞》,涉及轶人者凡四十八处,涉及逸事者凡十八处。这些内容通常附录于诗篇之后,是对诗歌内容的注释与补充。

关涉轶人,譬如卷四录刘正宗《送张蓬元司空东归》,卢见曾按语对张蓬元进行注释:"蓬元先生,名凤翔,堂邑人,前万历辛丑进士,有《石蕊集》,世未之见,附记于此。"[2] 张凤翔著有《仪礼经集注》《乐经集注》,然而诗集《石蕊集》未得流传,其在诗文领域知名度应当不高,卢见曾附诸按语,并载录其所作《乐经集注自序》部分内容,其主要目的是为记人。又如卷九刘鑫永条下卢见曾以按语附录刘鑫永之弟刘鍭永:"丽生(鑫永字)同产弟鍭永,字孟门,新城二王称其好《庄》《骚》《楞严》《太元》诸书,日读寸许,著述甚富,诗学李长吉,殊非所长,附识于此。"[3] 刘鍭永不以诗见长,而于理学一道颇有成就,卢见曾喜研读《易》经,《国朝山左诗钞》载录诸如任瀄、牛运震等不少经学家,刘鍭永亦属以学问存其人。部分按语在存人的同时,实际上也交代了诗歌的缘起与背景,是对诗歌内容的诠释。如卷一宋琬《拜先大夫于益咏堂》,其诗曰:"异政西门纪,空堂北郭间。余恩兼夏日,堕泪满秋山。伏腊羔羊献,笙

---

[1] 卢见曾编《国朝山左诗钞》,第 4 页。
[2] 卢见曾编《国朝山左诗钞》,第 62 页。
[3] 卢见曾编《国朝山左诗钞》,第 129 页。

歌稚子班。征衣问凤驾，无奈苦追攀。"① 宋琬此诗主要是写其父宋应亨之惠政，卢见曾参考《(康熙)山东通志》为之补按语："案《通志》：先生考应亨，天启乙丑进士，偕族子玫同举进士，授清丰知县，玫授虞城知县，壤地相接，并有治声。迁礼部主事，仕至吏部郎中，玫亦擢吏科给事中，仕至工部侍郎，俱徙居临清，城破皆死之。"② 宋应亨死于清兵围困莱阳之时的守城反击之战后，城破自杀，是殉节之士，此当属卢见曾所谓"前朝人物"，对宋应亨的补注不得不说是对其气节的矜赏。其他轶人则有翟良、郝浴、邢其谏、房可壮、惠栋、刘孔怀等数十人，多是对姓名字号以及仕途经历的简述，此处不一一详述。

  关于逸事，内容则更为丰富一些，既有关乎诗人襟怀品质之事件。如卷六高珩《河上浴》诗后引宋荦《筠廊二笔》中所记录高珩三事："一公少宰家居时，夏月独行郊外，于堤边柳阴中乘凉，一人车载瓦器抵堤下，屡拥不得上，招公挽其车，公欣然从之，适县尉张盖至，惊曰：'此高公！何乃尔？'公笑而去。一达官遣役来候公，公方与群儿浴河内，役亦就浴，呼公为洗背，问高侍郎家何在，一儿笑指公曰：'此即是。'役于水中跪谢，公亦于水中答之。一公赋诗兀坐斋中，一无赖子与公族人相角，走诉公，且以头撞公，家人奔赴劝之去，公徐问曰此为谁、所言何事，盖公方酣吟，毫不挂念。其胸次为何等耶！"③ 此段材料出自宋荦之笔记，语言浅白易懂，对于高珩个性与襟怀的刻画却十分鲜活，对于高珩小传而言是十分生动形象的补充。

  亦有带有明显志异色彩的小故事，如卷一一录冯溥《燕台忆旧杂感》诗，其三曰："曾登岳麓宴天门，缥缈霓裳醒梦魂。跨鹤仙人传玉斝，骖鸾侍女奉金根。秦松龙蜕鳞含雨，汉碣苔封篆有痕。欲溯沧桑寻往事，海波澎湃涌朝暾。"④ 其所谓"曾登岳麓宴天门"之事见于吴陈琰所作《旷园杂志》，其事曰："益都冯相国二十一岁，崇祯己卯乡举报至，方熟睡，家人呼之不醒，太夫人大惊令扶起以水噀之，亦不醒。夜半方寤，云梦登泰山，

---

① 卢见曾编《国朝山左诗钞》，第 20 页。
② 卢见曾编《国朝山左诗钞》，第 20~21 页。
③ 卢见曾编《国朝山左诗钞》，第 83 页。
④ 卢见曾编《国朝山左诗钞》，第 148 页。

第五章 《国朝山左诗钞》的文献价值与文学影响

云气蓬勃，拥之而行，巡回视五大夫松、十八盘、三天门，历历如常时所见。至则结一席，殿悬锦绣于门，众乐齐作，酒肴咸备，碧霞元君亲临，众仙随之。成礼将退，适闻鸡鸣，海中红日如车轮涌出，遂惊寤，寤时犹带酒气。"[1] 此段材料同时也是冯溥诗之本事，增广见闻的同时亦足备史料。

逸事之中最有价值的当属对文学活动的记载。譬如卷八赵士冕《别吴门诸同社》诗后按语，此诗是留别之作，尤其"莫言前路远，乘兴即相寻"[2] 一句寄寓了再与同社诸友饮酒赋诗的美好期待，卢见曾按语备述此诗之写作背景，其中涉及赵士冕与同社诸位诗人唱和之事："赤霞先生去润州，薄游吴中，与诸人赋诗饮酒，同社如林若抚云凤、徐武子树丕、杨无补补、金孝章俊明、徐祯起晟、顾云美苓、许箕屋潍、朱望子陵等四十六人，皆一时名士，集名《半塘唱和》。"[3] 此段文字虽是记载诗人逸事，实际上还包含重要的文学讯息，首先是赵士冕与吴中诗人的交往情况，根据按语所述，其往来唱和者至少涵盖林云凤、徐树丕、杨补等四十六人。其次，《(乾隆)掖县志》与《(民国)山东通志》都将《半塘唱和》作为赵士冕别集著录，而根据卢见曾按语所载，此集当为诗人唱和总集，志书之误在于将赵士冕诗别集《半塘草》与唱和诗总集《半塘唱和》混淆。

综上所述，《国朝山左诗钞》在本身辑录的六百二十七位作家的五千九百余首诗歌之外，还通过见诗、附诗以及按语补记诗人经历、散佚诗作及遗闻逸事，为后世提供了极为丰富的文献史料。这些文献不但填补了许多名不见经传的诗人的创作履历，避免了许多小作家湮灭无闻，同时也为考订现存文献提供参考，拾遗之功，不容忽视。

第二节 《国朝山左诗钞》的考据价值

卢见曾在《国朝山左诗钞·凡例》中称："诗有关于吾乡名胜古迹、园亭物产及小说遗闻隶事之僻秘者如鳟鲟露沉之类，用音之平仄合乎古义

---

[1] 卢见曾编《国朝山左诗钞》，第148页。
[2] 卢见曾编《国朝山左诗钞》，第113页。
[3] 卢见曾编《国朝山左诗钞》，第113页。

❖ 卢见曾与《国朝山左诗钞》研究

者如罩门告归之类,各附考辨于下,述古证今,以释滞而晰疑,固好学深思者所共赏也。"① 本着客观求实的态度,卢见曾在纂辑《国朝山左诗钞》之时,对于所辑录的部分诗歌以及引用的相关史料常以附录和按语的形式进行考辨,所谓述古证今、释滞晰疑之为也,从而也就使得《国朝山左诗钞》本身便具有了考据的价值,同时其所撰写的小传、所包含的史料亦可作为考证诗人生卒年、生平事迹的史料,本节将重点梳理并分析其在考据上的贡献。当然,由于《国朝山左诗钞》涉及文献数量众多,即便卢见曾在编纂过程中延请了刘星炜、王又曾、王昶、严长明等数位学人进行了订讹考异的工作,其中仍然难以避免地存在着一些讹误,对于这部分内容,亦将进行考辨。

一 乡园名物、遗闻僻典考辨

卢见曾本身精研易学,性格之中带有理学家重考辨的特征,而参与编纂《国朝山左诗钞》的学人之中,不乏惠栋、王又曾、严长明等理学大家。《国朝山左诗钞》自编纂队伍构建之初,便自然而然地带有了"精刻"的色彩,所以呈现于世人面前的《国朝山左诗钞》较之一般诗歌选本,更重视史料的校勘,在辑录文献的同时,自身便通过引文或按语对所录文献进行了一定程度的考辨。据统计,《国朝山左诗钞》考辨乡园名物者有挂剑台、范泉、锦秋亭、少昊陵、长河鲤鱼以及罗酒等十三种,至于遗闻僻典,则有关于鱘鲊、露沉等八处。

对乡园名物的考辨,其主要功用在于文化史的辨析,以引导读者对《国朝山左诗钞》选录诗歌进行正确的解读,对于诗歌本身也是一种考辨。如卷一五王士禛《六朝松石歌赠邓简讨》,此诗叙述王士禛受友人邀请观赏六朝松石之事,不但摹写松石之形貌,还抒发了"王谢衣冠失江左,齐梁人代成今昔。建康宫殿几青磷,此石此松阅朝夕"② 的物是人非之感,卢见曾在此诗后附录了王士禛所作《六朝松石记》并对诗、记进行了考

---

① 卢见曾编《国朝山左诗钞》,第 4 页。
② 卢见曾编《国朝山左诗钞》,第 208 页。

第五章 《国朝山左诗钞》的文献价值与文学影响 ❖

辨。王士禛《六朝松石记》对于松下三石头进行了说明，可以视为对《六朝松石歌赠邓简讨》的补充与扩展："松俯三石，一曰紫烟，突兀孤峙，如丈人峰，有白岩乔公正德间题诗。东西两小石，拱揖伛偻，虎蹲而鹄举，与金山石八簿相类。其一题字云：'而刚而□，无古无今。我心斯石，我石斯心。'相传是涑水公笔，今'马光'字尚可辨。一云'刘季高义（当为父）徘徊其旁，绍兴丁丑六月乙未'，字皆完好。摩挲之下，因叹人代之辽邈如转毂，然古者为今，今者为古，即如元祐、绍兴、正德距今或五六百载，或一二百载，俯仰之间，便为陈迹，又况于六代之久乎？即此百年中，倏而为侯家所有，倏而属之估人，而复为中丞之所有也。人代无穷，盛衰迭易，松石之阅人多矣。……"① 根据王士禛记文，其断定石上之题字"而刚而□，无古无今。我心斯石，我石斯心"出自司马光，原因有二，其一为"相传是涑水公笔"，即传言如此，其二则是石上"'马光'字尚可辨"，故其《六朝松石歌赠邓简讨》中有"苍苔剥尽元祐字（小字注：石有温公题名），劫火不受陈宫厄（小字注：陈叔宝三品石）"之句，小字注中之温公即司马光也。

今此三石尚存其一，即王士禛记中所称之有绍兴年间题字之小石，其余二石今已不存。而卢见曾《国朝山左诗钞》按语载："诗'苍苔剥尽元祐字'，'元祐'《精华录》改'南宋'。盖六朝园题字'马光'下乃是'祖'字，是司马光祖②，非温公也。《金陵游记》及原诗皆指温公。故《渔洋文略》删《松石记》，而《精华录》改'南宋'，今仍载此记而附辨焉。"③ 检林佶所编《渔洋山人精华录》，其中《六朝松石歌赠邓简讨》一诗中"苍苔"句为："苍苔剥尽南宋字，劫火不受陈宫厄（小字注：陈叔宝三品石）"④，原注中"南宋字"之后的"石有温公题名"注语已删除，而"陈宫厄"句之后的"陈叔宝三品石"注依然保留。惠栋《渔洋山人

---

① 卢见曾编《国朝山左诗钞》，第208页。
② 司马光祖此人查无可寻，推断当为南宋时期文人马光祖，其曾任江宁知府，故有可能于石上题字，卢见曾称"司马光祖"或为著录错误，此处暂存疑。
③ 卢见曾编《国朝山左诗钞》，第208页。
④ 王士禛撰，林佶编《渔洋山人精华录》，清康熙三十九年（1700）林佶写刻本。

❖ 卢见曾与《国朝山左诗钞》研究

精华录训纂》同句则曰："苍苔剥尽南宋（小字注：礼部集作元祐）字（小字注：礼部集石有温公题名），劫火不受陈宫厄（小字注：陈叔宝三品石）"，亦将"元祐"更为"南宋"。根据《渔洋山人精华录集注》附录"王贻上与林吉人手札"，考见其中有"雅集诗甚洁净，无长语，可存集中"①以及"昨《蠡勺亭》一首拟改'骈马'二字，似不如'水咒'二字，为我定之"②等语句，可知王士禛亲自参与了《渔洋山人精华录》篇目的选定与字句的修改，故《六朝松石歌赠邓简讨》一诗的改动，王士禛应知晓，甚至应当是其本人亲自改定，因舛误之故订正诗歌并将记载有误的《六朝松石记》从文集中删去，便也可以理解了。王士禛诗文集版本甚多，卢见曾《国朝山左诗钞》收录此诗原本，并附以王士禛之记文以及考辨文字，对于正确解读王士禛之诗歌提供了重要参考，同时也展现了王士禛诗不断修改完善的创作过程。

《国朝山左诗钞》对遗闻典故的考辨更近似于对诗歌进行的论证充足的注解。诸如卢见曾在凡例中提及的"鱄鮥露沉"之类。

先看"鱄鮥"。此典出自《国朝山左诗钞》卷三赵进美《过鲟鱼镇》诗后，其诗曰："落日起回风，大江闻惊流。蛟龙怒欲徙，白浪如山邱。上见退鹢飞，下见鱄鮥游。叹息望遥岸，泱漭无汀洲。嗟此羁旅人，十口托一舟。前峰忽倾仄，欲止不得留。冉冉暝色至，浩浩积水幽。开樽取浊酒，独饮成商讴。学道贵达命，夷险安足谋。"③"鱄鮥"属于较为生僻的典故，此二字均未载于《说文解字》，段玉裁为"鱄"字作注之时甚至专门强调"今本作鱄，非也"④。顾野王《玉篇》卷二四"鱼"部第三百九十七载有"鱄""鮥"二字，卢见曾遂援引之为此典作注："《玉篇》：'鱄鮥一名江豚，欲风则踊。鱄，普乎切。鮥，覆浮切。'而《史记正义》引顾野王语'鱄'作'鱕'，盖所见本异。今吴中蒪门古名鳝门，《正义》谓：越军开

---

① 王士禛撰，惠栋、金荣注，宫晓卫等点校整理《渔洋精华录集注》，齐鲁书社，2009，第1361页。
② 王士禛撰，惠栋、金荣注，宫晓卫等点校整理《渔洋精华录集注》，齐鲁书社，2009，第1362页。
③ 卢见曾编《国朝山左诗钞》，第49页。
④ 段玉裁注《说文解字注》，中州古籍出版社，2006，第576页。

示浦，子胥涛荡罗城，开北门，有鱣鲔随涛入，故以名门。世或不知鲔、鱣为一字。附记于此。"① "鱄"字使用较少，然而并非没有出处，《国朝山左诗钞》引《玉篇》与《史记正义》考辨出了"鱄"与"鱣"之关系。

"露沉"之典见于卷一一冯溥之《古意》，其诗中有"露布武能奋，露沉文自趋"②之句，"露布"通常指代未封口的公文，源出于《后汉书·李云传》："云素刚，忧国将厄，心不能忍，乃露布上书"③，诗句中之"露布"显然有动词意，非指公文，而是出自纬书《春秋佐助期》，亦为生僻之典，《国朝山左诗钞》在按语中对"露布"与"露沉"做了说明："《春秋佐助期》曰：'武露布，文露沉。'宋均注：'甘露见其国。布散者人尚武，文采者则甘露凝重。'杨升庵谓今军中露布或本于此。"④

二　声律平仄考辨

卢见曾精通音律，不但参与了《旗亭记》《玉尺楼传奇》两部剧作的修订，还著有《玉尺楼曲谱》，在编选《国朝山左诗钞》之时，卢见曾站在诗歌抒情的角度上愈发重视诗歌声律问题，这在总集选本中是不多见的。受赵执信《声调谱》影响，卢见曾十分重视古音。作古诗强调声调的专书自《声调谱》起，郭绍虞称："大抵古诗重在自然之音节，原无所谓声律，但自唐代律体盛行之后，则古诗音节，自不宜参用律调。因此，唐宋名家可能有故意避忌律调之处，不过不曾定作规律，所以也不需要立谱。自从明人论诗，讲究格调，于是注意到声律问题，约略窥到这一点，但也不曾明确指出。"⑤ 王士禛对于古诗声调之学有所研究，以其难成定论之故秘而未宣，赵执信"从唐人诗集中反复推究，始知古调律调之分"⑥，因著《声调谱》，自此古诗声调学逐渐为学人所重视。卢见曾两刻《声调谱》，并皆作序文，卢见曾认为"近体诗之有平仄，人知之，古体诗之有

---

① 卢见曾编《国朝山左诗钞》，第49页。
② 卢见曾编《国朝山左诗钞》，第147页。
③ 《后汉书》卷五七，中华书局，1974，第1851页。
④ 卢见曾编《国朝山左诗钞》，第147页。
⑤ 郭绍虞：《清诗话前言》，王夫之等撰《清诗话》，上海古籍出版社，1963，第15页。
⑥ 郭绍虞：《清诗话前言》，王夫之等撰《清诗话》，上海古籍出版社，1963，第19页。

❖ 卢见曾与《国朝山左诗钞》研究

平仄,人不尽知之……其知之者亦往往有所不尽",而赵执信《声调谱》"义例该通,指证明确……诚为学诗家指南之车"①。故在编纂《国朝山左诗钞》之时,卢见曾对于选录诗歌中出现的古音问题进行了一系列的考辨,其在《国朝山左诗钞·凡例》中称:"近体用唐韵,古体用古韵,此一定之法。故吴才老《韵补》、郑庠《四声通转》、杨升庵《古音转注》、陈季立《毛诗古音考》、李天生《古今韵通》、顾宁人《音学五书》皆论古音,而宁人尤博而精,今诸贤有用古音者,则用宁人之《唐韵正》以证之,其于四声通转之法略见一二,世之通古学者当有取焉。"②

综览《国朝山左诗钞》,卢见曾对于声韵问题进行考辨的共有二十八处,其主要作用是为易产生误读的诗歌声律问题寻求古音支持,以说明其用韵之正,对于经过查证后仍"不知所据"的诗歌则指出问题、采取存疑的处理方式。卢见曾对于诗歌声律的考辨可见其对声律之正的追求,这不但是他追求严谨圆熟的声律之美的集中表现,也在一定程度上诠释了部分声律问题,使《国朝山左诗钞》具备了一定的音韵学价值。下面试举几例进行分析。

先看卷三赵进美诗《金阊》,其原诗及平仄如下:

胥台高在早岚中(一东),芳树新霞处处通(一东)。
平平平仄仄平平　平仄平平仄仄平
对酒忽过元墓雨,荡舟时起锦帆风(一东)。
仄仄仄平平仄仄　仄平平仄仄平平
闲情一夜生春水,落日千家绕故宫(一东)。
平平仄仄平平仄　仄仄平平仄仄平
遗俗至今游冶盛,独无五月被(去)裘翁(一东)。③
平仄仄平平仄仄　仄平仄仄仄平平

---

① 卢见曾:《雅雨堂诗文遗集》,《山东文献集成》第1辑第37册,山东大学出版社,2006,第697页。
② 卢见曾编《国朝山左诗钞》,第4页。
③ 卢见曾编《国朝山左诗钞》,第47页。

第五章 《国朝山左诗钞》的文献价值与文学影响

此诗尾联末句"被"字后有小字注称此音读"去"。诗中"被"与"裘"连用,"被"字音"披",意为穿着、覆盖,作此意讲的"被"字常被等同于"披",隶属上平声韵四"支"部,赵进美《金阊》诗中"被"字与"游"(下平声韵,十一尤部)字相对,当读为仄声,才能使此诗合律,如此便出现声律的问题,卢见曾从古音发展源流的角度,援引文献对"被"字作去声用进行了说明。首先,卢见曾引《广韵》,称:"五支部'披',敷羁切,开也,分也,散也。五寘部'被',平义切,被服也,覆也,是'被裘'之'被',本当读去。"① 检宋本《广韵》去声卷第四五寘部有"被"字,其注曰:"被,被服也,覆也。《书》曰:'光被四表。'"② 说明"被"字作动词"覆盖""加于""及于"之意用时当为去声,而"披"字作"开也""分也""散也"讲时同"翍",属上平声韵五"支"部,故卢见曾所谓"被"字"本当读去"的说法是成立的,那么"被"字读为平声之误是如何来的呢?卢见曾认为这是文献著录错误导致的结果:"《后汉书·严光传》:'披羊裘,钓泽中。'其字误从手,故后人于《高士传》'被裘翁'之'被'亦读为平,但'披'字不作'被服'解,仍应作'被',读为去。桓六年《左传》曰:'我张吾三军而被吾甲兵。'杜注'甲首',《三百》云:'甲首,被甲者之首。'被,陆氏音义皆皮寄反,以类推之,'被裘'之'被'读去明矣。"③

诸如此类的按语在《国朝山左诗钞》中还有不少,如卢见曾在《国朝山左诗钞·凡例》中提及的"告归"。"告""归"二音出自卷一一王樛之五律《晚秋夜坐》:"凉露兼秋色,谁能更早眠。暗虫仍唧唧,疏月自娟娟。岁俭难谋醉,官贫易近禅。惟应告圣主,归老白云边。"④ 其末句中"告"字通常作仄声,而对句中"白"字亦为仄声,如此排布违背了律诗句中相对的规律,卢见曾考辨"告"字之古音,认为汉律之中"告"即为

---

① 卢见曾编《国朝山左诗钞》,第47页。
② 蔡梦麒校释《广韵校释》中册,中华书局,2021,第861页。
③ 卢见曾编《国朝山左诗钞》,第47页。
④ 卢见曾编《国朝山左诗钞》,第156页。

219

❖ 卢见曾与《国朝山左诗钞》研究

"号","音如嗥,呼之嗥嗥,与号同",《周礼》亦从此说,所以"号""皋""告"三字同音,"告归"亦即"号归","则此诗'告'字读为'号',从古音,胡刀切"①。而"号"字属下平声韵四"豪"部,与对句仄声"白"字相对,故此诗合律。

以上所述皆是对诗歌声律中易于生疑之处的考辨,所利用的史料不但有《广韵》等字书,还有《史记》《左传》等典籍,论辩颇有所据,考据亦属精当。而对于考证不清之处,《国朝山左诗钞》亦不妄加论断,而是作存疑处理。诸如卷二宋琬《庚寅狱中感怀》其一曰:"商飙凉劲秋,昊天降霜露。采采孤葵根,展转愁其足。幽兰在庭柯,馨香莫能蠹。君子谅不惜,零落伤中路。庶事多贸理,人生信所遇。俯仰终古间,谁知龙与蝼。"② 此诗为五言古体,韵脚分别为露、足、蠹、路、蝼,其中露、蠹、路属于去声韵七"遇"部,而蝼属于入声韵十"药"部,"足"字根据意思之不同,用于诗歌中则有不同的声调,卢见曾援引《广韵》《周礼》等典籍对"足"字进行了考辨:"《广韵》足字两收于十遇、三烛部中。《周礼》大司徒注:礼物不备相给足也。刘昌宗《音》子逾反。《左传·襄二十五年》:言以足志,文以足言。《释文》足,将住反,盖足其所不足,则从此音。"③ 十遇属于去声韵部,"足"作去声用,意为"添物也"④,三烛则属于入声韵部,"足"作入声用,意为"趾",又为"满也、止也"⑤,作手足之足讲的时候,"足"字未有作去声的,宋琬此诗中"采采孤葵根,展转愁其足"将"葵"拟人化,不但赋予"愁"之情绪,更赋以"足"之形态,此处之"足",意思当为手足之足,然又作去声,于声律有异,卢见曾遂作按语:"先生诗'展转愁其足',读足为去,未知所据,仅识之以俟参考。"⑥

此外,卢见曾还结合《国朝山左诗钞》所录诗句中实际用韵情况,对

---

① 卢见曾编《国朝山左诗钞》,第156页。
② 卢见曾编《国朝山左诗钞》,第27页。
③ 卢见曾编《国朝山左诗钞》,第27页。
④ 蔡梦麒校释《广韵校释》中册,中华书局,2021,第914页。
⑤ 蔡梦麒校释《广韵校释》中册,中华书局,2021,第1203页。
⑥ 卢见曾编《国朝山左诗钞》,第27页。

第五章 《国朝山左诗钞》的文献价值与文学影响

当时的韵书作出过一定考辨，诸如卷三八孙宝任《至公崖》诗，此诗为五言古体，凡十句，首句为"驱车南仇道，崎岖入山麓"①，卢见曾由"麓"字出发，对"麓"之通假字"鹿"进行了考辨，并对顾炎武《唐韵正》中的看法提出了质疑："《诗》麓读去者，山麓之麓，古文作鹿，《古文尚书》内于大鹿，伏生以为大录天下之政，则'鹿'与'录'通。《汉书》录囚之录，应劭音虑，则鹿亦读虑。顾宁人据《酉阳杂俎》读鹿为露，似犹未审也。"② 考顾炎武《唐韵正》，其入声卷之十四著录"鹿"字，指出"鹿"有平声、去声两种音调，韵亦不同："鹿，平声则音卢。《荀子·成相篇》：'到而独鹿弃之江。'独鹿即属镂也。去声则音露。唐段式成《酉阳杂俎·续集》引江德藻《聘北道记》云：'自邵伯埭三十六里至鹿筋梁，今人谓之露筋驿也。'"③ 顾炎武以《酉阳杂俎》为据，而在卢见曾看来，仅凭"露筋驿"与"鹿筋梁"两处说法便断定"鹿"作去声，音同"露"，论辩并不十分周详，相比较而言，卢见曾引《古文尚书》以及《汉书》之论，更具说服力，此段考辨可作为对顾炎武《唐韵正》的订补。

声律是中国古典诗歌重要的审美特征之一，刘勰《文心雕龙·声律》即称："凡切韵之动，势若转圜，讹音之作，甚于枘方，免乎枘方，则无大过矣。"④ 声律和谐，方不失雅正，卢见曾对于《国朝山左诗钞》诗歌声律进行辨析，其用意即在于此。

三 诗人、诗作订误

《国朝山左诗钞》所录诗人之序次以科第为依据，基本上还是以时代为序的，每位诗人皆附有小传，是考察诗人生平的重要史料。然而，由于诗人数量多，所据文献驳杂，即便卢见曾及其编纂团队对《国朝山左诗钞》做过考订，仍然难以避免地存在着一定的讹误，诸如前文论述《国朝山左诗钞》版本源流情况之时所涉及的两次重校及一次铲版重刻对著录错

---

① 卢见曾编《国朝山左诗钞》，第509页。
② 卢见曾编《国朝山左诗钞》，第509页。
③ 顾炎武：《音学五书》，中华书局，1982，第405页。
④ 范文澜注《文心雕龙》，人民文学出版社，2008，第554页。

221

❖ 卢见曾与《国朝山左诗钞》研究

误的订正，其自身之校订包含对计数错误、诗题错误以及出处错误等多处地方的订正，前已论述者，此处不再赘述，未及论及者，在此进行补充。

1. 劳砺

《国朝山左诗钞》卷四七收劳砺诗二首，小传曰："砺，字贞庵，号澹岩，又号半庵，阳信太学生，有《半庵诗稿》。"①

按：《四库全书总目》载录山东巡抚采进本《半庵诗稿》，提要称："国朝劳巘撰，巘字贞著，阳信人。《山左诗钞》作'劳砺'，其字从'石'，然此本为其家刻，字皆从'山'，则《山左诗钞》误也。"② 关于诗人之姓名、字、号等问题，当以家集为准，故《国朝山左诗钞》误，其姓名当为劳巘。

2. 徐应鲁

《国朝山左诗钞》卷二一徐应鲁小传："应鲁，字鲁侯，号钝庵，掖县岁贡生，有《半亩居集》（一作十亩）。"③

按：《（乾隆）掖县志》卷五载称徐应鲁著有《楚游草》《吴越吟》《千亩居集》。《（民国）山东通志》卷一四三艺文沿袭县志说法，亦称徐应鲁著有《楚游草》《吴越吟》《千亩居集》。《续修四库全书总目提要》著录家抄本，为《半亩居集》，称"是编计诗三百十二首，古近体均有，然以古体为多也"④，对于此本内容描述颇为详细，应是见过原本，故徐应鲁集名当作《半亩居集》。

3. 王翰

《国朝山左诗钞》卷二六王翰小传："翰字为宪，号羽翁，诸城人，有《山东草》。"⑤

按：《（乾隆）诸城县志》："王翰《东山草》一册。"⑥《（民国）山东

---

① 卢见曾编《国朝山左诗钞》，第630页。
② 永瑢等：《四库全书总目》卷一八三，中华书局，1965，第1663页。
③ 卢见曾编《国朝山左诗钞》，第289页。
④ 《续修四库全书总目提要》（稿本）第26册，齐鲁书社，1996，第342页。
⑤ 卢见曾编《国朝山左诗钞》，第358页。
⑥ 宫懋让修，李文藻等纂《（乾隆）诸城县志》，《中国地方志集成·山东府县志辑》第38册，凤凰出版社，2004，第91页。

第五章　《国朝山左诗钞》的文献价值与文学影响

通志》承《(乾隆)诸城县志》之记载,亦称王翰著作为《东山草》。王赓言所编诸城诗歌总集《东武诗存》卷三收王翰诗八十一首,述其姓名字号,未及著述,然而所录诗中有《东山秋夜有怀隋仲仁》《雪后怀东山诸友兼寄管水心》等诗,"东山"是王翰诗中一个较为重要的意象,以"东山"名集较之"山东"更为合理,辅之方志之记载,可以认定《国朝山左诗钞》所称之"山东草"当为"东山草"之误。

4. 徐田

《国朝山左诗钞》卷三四徐田小传:"田字若木,号栩野,诸城诸生,有《雪岱草》《关山吟》《栩野集》。"①

按:今检徐田著述,唯见山东省委党校图书馆藏民国二十一年(1932)至二十三年诸城王鉴先排印鉴庐丛刊本《栩野诗存》。《(乾隆)诸城县志》《(咸丰)青州府志》《(民国)山东通志》著录徐田著述,均称其有《栩野诗集》八卷,《(民国)山东通志》中还自附按语称:"田诗,《山左诗钞》云有《雪岱草》《关山吟》,度即集中之二种也。"② 今《山东文献集成》第四辑第二十七册影印王鉴先排印本《栩野诗存》,其诗分体编排,五古、七古、五绝、五律、七绝、七律以及五言排律均有著录,是集为徐田同里后学王鉴先整理,王鉴先所作序、跋中均称"徐栩野诗稿",对稿本面目进行描述之时亦未提及《雪岱草》《关山吟》二集。据此推断,《(民国)山东通志》之说应为可信,《雪岱草》《关山吟》或已不存,或已辑入《栩野诗存》之中。至于《晚晴簃诗汇》徐田小传"字若木,号栩野,诸城人,有《雪岱草》《关山吟》《栩野集》"③ 则是沿袭了《国朝山左诗钞》的说法。

5. 张重润

《国朝山左诗钞》卷三四张重润小传:"重润字苍白,号沧溟,重启

---

① 卢见曾编《国朝山左诗钞》,第462页。
② 杨士骧修,孙葆田等纂《(宣统)山东通志》,《中国地方志集成·省志辑·山东》第7册,凤凰出版社,2004,第300页。
③ 徐世昌编,闻石点校《晚晴簃诗汇》,中华书局,1990,第2114页。

兄，岁贡生，官陈留知县，有《栖秘园诗稿》。"①

按：《(民国)莱阳县志·人事志》著录《栖泌园遗稿》一卷，称为张重润所著，并附张重润小传曰："重润字苍伯，号沧溟，顺治六年贡士。"② 张重润曾于康熙十七年（1678）纂修《(康熙)莱阳县志》，《(民国)莱阳县志》是在《(康熙)莱阳县志》的基础上编纂而成的，张重润所作序亦被采入民国本县志之中，此志对于张重润之记载应较为可靠。另外，宋琏所作《张陈留君重润传》开篇即称："张陈留名重润，字苍伯，号沧溟，莱阳世族。"③ 据此二则材料可证张重润字当为"苍伯"。至于集名之异，除《国朝山左诗钞》之外，《(光绪)增修登州府志》《(民国)莱阳县志》《(民国)山东通志》皆作"《栖泌园遗稿》"。另，杜泽逊先生《长伴蠹鱼老布衣——记藏书家张景栻先生》一文中见到张景栻先生家藏乡贤著述，即有"清张重润《栖泌园诗稿》二卷乾隆钞本"④，由此可知，其集名当为"栖泌园"无疑。

6. 朱绛

《国朝山左诗钞》卷四六朱绛小传："绛字子垣，缃弟，以贡生历官广东布政使，有《棣华书屋诗》。"⑤

按：《(乾隆)历城县志》卷二二艺文考著录"朱缃、朱绛、朱纲《棣华书屋近刻》四卷"，并作按语："此书为朱氏兄弟合刻本，缃集二，为《岭南草》《端江集》，绛集亦名《岭南草》，纲集名《济南草》，共四种，有梁佩兰序。"⑥《清文献通考》《四库全书总目》《国朝诗人征略》《清史稿》亦皆称此集为朱氏三兄弟之合集。《四库全书存目丛书》集部著

---

① 卢见曾编《国朝山左诗钞》，第465页。
② 梁秉锟修，王丕煦纂《(民国)莱阳县志》，《中国地方志集成·山东府县志辑》第53册，凤凰出版社，2004，第561页。
③ 梁秉锟修，王丕煦纂《(民国)莱阳县志》，《中国地方志集成·山东府县志辑》第53册，凤凰出版社，2004，第519页。
④ 杜泽逊：《长伴蠹鱼老布衣——记藏书家张景栻先生》，《藏书家》第4辑，齐鲁书社，2001，第147页。
⑤ 卢见曾编《国朝山左诗钞》，第616页。
⑥ 胡德琳修，李文藻等纂《(乾隆)历城县志》，《中国地方志集成·山东县志辑》第4册，凤凰出版社，2004，第409页。

第五章 《国朝山左诗钞》的文献价值与文学影响

录此书:"《棣华书屋近刻》四卷(小字注:山东巡抚采进本),国朝历城朱缃、朱绛、朱纲兄弟三人之合集也。缃有《橡村集》,纲有《苍雪山房稿》,皆已著录。绛字子桓,由贡生官至广东布政使。此集凡缃《岭南草》一卷,《端江集》一卷,乃其省亲粤东时作。绛《岭南草》一卷,盖与缃同行所作。纲《济南草》一卷,中有《闻二兄自粤北归》诗,盖与缃、绛《岭南诗》同时所作,故合刊云。"① 故《国朝山左诗钞》将《棣华书屋诗》著为朱绛别集为误,朱绛集当为总集《棣华书屋近刻》中的《岭南草》。

7. 赵国麟

《国朝山左诗钞》卷四八赵国麟小传:"国麟字仁圃……有《云月轩诗稿》《近游草》。"②

按:《(嘉庆)大清一统志》卷一八〇:"国麟潜心宋五子书,尝社青岩义社于泰山之麓,著有《文统类编》《学庸困知录》《与点集》《云月砚轩藏稿》行世。"③《(乾隆)泰安府志》卷二〇著称赵国麟著有《云月砚轩藏稿》《拙庵近稿》《塞外吟》。考黄任《秋江集》,卷五中有《予以云月砚寄泰安公,公为镌铭,拓一纸寄示,赋诗奉呈》四首,其三后有小字注语曰:"公斋名云月砚轩,予寄砚适相符合,故铭词及之。"④ 由此可知,"云月砚轩"为赵国麟室名。今山东省博物馆藏赵国麟集有清雍正刻本,题名为《云月砚轩古体诗稿》,集名多以室名行,故赵国麟之诗集名当为"云月砚轩诗稿",《国朝山左诗钞》中所称"云月轩"当为"云月砚轩"漏字之误。

8. 李本滢

《国朝山左诗钞》卷五〇李本滢小传:"本滢字龙川,号思白……有《申秀堂集》。"⑤

---

① 朱缃、朱绛、朱纲:《棣华书屋近刻》,《四库全书存目丛书·集部》第408册,齐鲁书社,1997,第334页。
② 卢见曾编《国朝山左诗钞》,第640页。
③ 穆彰阿:《(嘉庆)大清一统志》,《续修四库全书·史部》第616册,上海古籍出版社,2002,第598页。
④ 黄任:《秋江集》,《清代诗文集汇编》第254册,上海古籍出版社,2010,第388页。
⑤ 卢见曾编《国朝山左诗钞》,第664页。

❖ 卢见曾与《国朝山左诗钞》研究

按：《（乾隆）海阳县志》卷六："李本漋，少聪颖，五岁读书日记数千言……卒于官，著有《甲秀堂诗文集》。"① 《（光绪）海阳县续志》卷一〇亦称李本漋著有《甲秀堂诗文集》。《（民国）山东通志》沿袭《海阳县志》之说，亦称"甲秀堂"。《（乾隆）海阳县志》编纂于乾隆七年（1742），参与纂辑此志者除主纂官包桂外，主要成员皆为海阳县贡生、监生、廪生，为李本漋同里，志书所载当更为可信，且"甲"与"申"形似，《国朝山左诗钞》著录有误，当为"甲秀堂"。

9. 田渥

《国朝山左诗钞》卷五二田渥小传："渥字露湛，历城诸生……有《枕湖屋偶存草》。"②

按：《（乾隆）历城县志》卷二二艺文考著录田渥《枕湖书屋偶存草》三卷，并称此本为采访抄本，另卷九引田渥诗一首并以小字说明出处："田渥《湖上诗》：远卧桥如画，人家夕照间。鸭头争水没，燕尾引风还。长短亭边柳，浅深郭外山。堤云自来去，好伴一身闲。（《枕湖书屋诗》）"③ 据此可知，《（乾隆）历城县志》的编纂者当见过田渥之《枕湖书屋诗》，《国朝山左诗钞》题为"枕湖屋"当为"枕湖书屋"漏字之误，当为"枕湖书屋"。

10. 牛德贞

《国朝山左诗钞》卷五二牛德贞小传："德贞字元复，东平州人。"④

按：据《（顺治）新泰县志》卷首"参订姓氏"名录，牛德贞参与纂修了《（顺治）新泰县志》。乾隆四十九年（1784）所刻《（乾隆）新泰县志》收录牛德贞《宫山怀古》诗一首。乾隆二十五年所修《（乾隆）泰安府志》明确著录："牛德贞，字元复，新泰廪生。少有逸才，放达不羁。"⑤ 并著录其自

---

① 包桂纂修《（乾隆）海阳县志》，《中国地方志集成·山东府县志辑》第 56 册，凤凰出版社，2004，第 82 页。
② 卢见曾编《国朝山左诗钞》，第 693 页。
③ 胡德琳修，李文藻等纂《（乾隆）历城县志》，《中国地方志集成·山东府县志辑》第 4 册，凤凰出版社，2004，第 167 页。
④ 卢见曾编《国朝山左诗钞》，第 695 页。
⑤ 颜希深修，成城等纂《（乾隆）泰安府志》，《中国地方志集成·山东府县志辑》第 63 册，凤凰出版社，2004，第 550 页。

第五章 《国朝山左诗钞》的文献价值与文学影响

筑白萝山房，且以此自号，其所著《白萝山房集》藏于家。《国朝山左诗钞》小传未及牛德贞著述，著其里籍为"东平州"亦有误，牛德贞应为新泰人。

11. 徐振芳

《国朝山左诗钞》卷八徐振芳小传："振芳字大拙。"①

按：《清通志》卷一〇三著录《徐太拙诗稿》（无卷数），称为徐振芳所著。《清朝文献通考》卷二三四亦著录《徐太拙诗稿》（无卷数），并附以作者小传："徐振芳撰，振芳，字太拙，山东乐安人。"② 此外，李焕章《织水斋集》中有《徐太拙遗诗序》，《国朝山左诗钞》徐振芳诗话中所引李象先（象先为李焕章字）《楚萍草序》之内容即出自《徐太拙遗诗序》，李焕章《织水斋集》中有多处提及徐振芳，皆称"太拙"，诸如《赵黄泽先生制艺传稿序》："余友徐太拙先生突而入，见先生文在案头。"③《送子言师游灵岩序》："吾友徐太拙云：拜其像于肃宁之佛舍。"④ 据此可知李焕章与徐振芳为友，其著录当为可信，"太"与"大"形似，《国朝山左诗钞》著录有误，徐振芳其字当为"太拙"。

以上所考数则内容，多关乎姓名、字号、著述、里籍等，属于对诗人小传的考订。除诗人小传之外，《国朝山左诗钞》在辑选诗歌之时也偶尔存在着诗歌出处著录错误、部分诗作内容与原作不符等问题，如前文论述《国朝山左诗钞》版本源流考辨时所涉及的数次重校。其中非常重要的一部分内容便是对所录诗歌进行的考订，包括对诗题的调整，如卷一四王士禧《漫兴》诗，其诗题当为《漫兴八首追和徐淮韵》，《国朝山左诗钞》乾隆己卯重校定本甲本中予以更正，也包括对诗歌出处的校订，如卷三九冯廷櫆《遣兴二首》原注出自《晴川集》，考《冯舍人遗诗》，此诗出自

---

① 卢见曾编《国朝山左诗钞》，第116页。
② 《钦定皇朝文献通考》，《景印文渊阁四库全书·史部》第637册，台湾商务印书馆，1986，第430页。
③ 李焕章：《织水斋集》，《四库全书存目丛书·集部》第208册，齐鲁书社，1997，第758页。
④ 李焕章：《织水斋集》，《四库全书存目丛书·集部》第208册，齐鲁书社，1997，第764页。

冯廷櫆之《京集》,《国朝山左诗钞》乾隆己卯重校定本乙本中亦予以更正。由于所录诗歌数量庞大，虽然经过数次校订，仍然难以避免存在字句抄录或出处著录错误的问题，诸如卷六高珩《泥马渡江图为同年梁玉立题》诗。此诗为七古，《国朝山左诗钞》卷六录高珩此诗，凡十九句，考高珩《栖云阁集》，此诗则有二十一句，对比二诗，《国朝山左诗钞》所录缺少此诗最后四句："杜鹃血洒碣石裂，骡裹骨朽金台坏。落叶寒潮带夕阳，还君此图泪沾臆。"① 推断为抄录之时有所脱漏。

卢见曾对于《国朝山左诗钞》的编选采取了极为审慎的态度。作为后学，其推重乡贤，采录诗歌基本遵照原集之例，偶涉评骘，亦多引哲匠宗工之论，对于晦涩难明之诗句亦多附按语进行注释和考辨，或论证其实，或存疑备考，绝不擅发议论，兼之两次重校修订，使《国朝山左诗钞》逐渐完善，在保存诗人、诗作的同时，蕴含着丰富的社会风俗、音韵训诂等史料，具备了较高的考据价值。

第三节　《国朝山左诗钞》的文学影响

作为地域性诗歌选本，《国朝山左诗钞》内容极为丰富，其不但遴选数量庞大的诗歌作品，展现山左诗坛的创作成就与创作态势，还附载诗人小传以及诗话、按语，诗人生平、著述、交游、诗歌风格与诗学倾向均能从中窥见，其意义已然相当于一部体制独特的"文学史"。《国朝山左诗钞》的诞生不仅带动了山东地域性诗歌总集的编纂，同时对此后清诗总集、史传方志的编纂以及后世清诗研究著作均产生了积极影响。

一　志乘及其他诗歌选本对《国朝山左诗钞》的采用

除补、续《国朝山左诗钞》而产生的"国朝山左"系列诗钞之外，《国朝山左诗钞》对于志乘以及其他诗歌选本的编选也产生了多方面的影响。《国朝山左诗钞》著录的诗人著述丰富了志书中的艺文志，《国朝山左

---

① 高珩：《栖云阁诗》，《清代诗文集汇编》第40册，上海古籍出版社，2010，第554页。

第五章　《国朝山左诗钞》的文献价值与文学影响 ❖

诗钞》选录的诗歌成为其他诗歌选集的文献择录来源，《国朝山左诗钞》部分诗话也成为其他选本评点诗人的依据，《国朝山左诗钞》以其精严的编选态度成为后世编书者汲引文献的重要来源。

其一，《国朝山左诗钞》为志书编纂提供史料依据。

《国朝山左诗钞》对于诗人采录采取"上自名公巨卿，下及隐逸方外，莫不毕载"[1]的态度，故而于清前期山左诗人采录颇为完备，而卢见曾对于收入《国朝山左诗钞》中的全部诗人都做了小传，涉及诗人生平、科第、宦迹、著述等多方面的内容，这些材料为地方志的编纂提供了丰富的文献，下面以《（民国）山东通志》为例来进行考察。

先看援引《国朝山左诗钞》以备诗人著述的情况。据统计，《（民国）山东通志》（以下简称《通志》）中，因见诸《国朝山左诗钞》而载入集中的诗别集共有一百七十四种，志书在载录这些诗集之时，除说明作者信息之外，通常会注明"是编见《山左诗钞》"，诸如《通志》卷一四三载录《澹圃诗草》，《通志》注称："《澹圃诗草》，贾应宠撰。应宠字思退，又字凫西，曲阜人，明崇祯间贡生，历官刑部郎中，是编见《山左诗钞》。"[2]此段记载与《国朝山左诗钞》卷四录贾应宠小传称贾应宠"有《澹圃诗草》"[3]之记载相吻合。除单纯载录《国朝山左诗钞》所见文献之外，《通志》还会援引《国朝山左诗钞》对著述的描述来对诗集情况进行说明，诸如《通志》卷一四三所载《九石居遗稿》，其注称："《九石居遗稿》，张笃行撰。笃行有《一弦琴谱》，见子部艺术类。《山左诗钞》载是集，云诗多散佚，存者十之一二。"[4]《国朝山左诗钞》卷一〇张笃行小传中确称其有《九石居遗稿》，卢见曾还作按语简述张笃行之生平创作："案：石只先生工琴及书画，任建宁，历诸名胜，多有题咏，后弃官归筑九石居，弹琴赋诗其中，尝自题小像云'有诗有画有书有琴，可名之曰四艺山人'。所

---

[1] 卢见曾编《国朝山左诗钞》，第2页。
[2] 杨士骧修，孙葆田等纂《（宣统）山东通志》，《中国地方志集成·省志辑·山东》第7册，凤凰出版社，2004，第271页。
[3] 卢见曾编《国朝山左诗钞》，第65页。
[4] 杨士骧修，孙葆田等纂《（宣统）山东通志》，《中国地方志集成·省志辑·山东》第7册，凤凰出版社，2004，第258页。

❖ 卢见曾与《国朝山左诗钞》研究

著有《李杜诗注》《一弦琴谱》。诗多散佚，存者十之一二。"① 不但诗作散佚情况被直接转引至《通志》之中，按语中《一弦琴谱》亦被录入《通志》子部艺术类中。更为重要的是，《国朝山左诗钞》载录的部分别集，至《通志》编纂之时已湮没无闻，只能借助《国朝山左诗钞》之记载简单备之。如诗人张联星，字景生，号凫丽，益都人，《(乾隆) 博山县志》称其著有《涉心草诗》一卷，《通志》著录此集，并于注语中补述："《山左诗钞》云有《卓荦堂诗》。"② 此《卓荦堂诗》除《国朝山左诗钞》之外，并未见于其他文献之中。又如《通志》卷一四六下载《二仲诗》，并称此集见于《山左诗钞》，《国朝山左诗钞》卷一四陈钟英条下确有按语称："幼仲先生（陈钟英）与其兄终身同爨，一门孝友，程工部正夫（程先贞）尝录其诗，与赵仲启（赵其星）为《二仲诗》。"③ 此段材料亦被引入《通志》，陈钟英、赵其星虽各有别集传世，然程先贞所编《二仲诗》却鲜有记载，《国朝山左诗钞》对此书的记载则显得尤为珍贵。

此外，《国朝山左诗钞》于诗人小传之外另附诗话，援引序跋、墓志、传记等多种史料，内容极为丰富，这也为志书的编纂提供了许多珍贵的文献。譬如《通志》卷一四六所著孙自务有《渔洋诗话纂》，即源于《国朝山左诗钞》卷四九孙自务诗话："秦劲夫勷《孙君传》：君攻诗、古文、词，与李君若千相善，有声齐鲁间，并泛滥于诸家，而归宿于临川，为时者推许。生平最爱徐文长集，其抑郁困顿不得志而死，亦颇相类，所著有《读礼窃注》《渔洋诗话纂》《族谱》若干卷。"④ 秦勷，字梦锡，山东安丘人，乾隆二年（1737）进士，著有《桧阳讲义》《学庸讲义》《密县志》等，未有诗文集传世。此《孙君传》除《国朝山左诗钞》载录部分之外，并未见诸其他史料，《通志》遂自《国朝山左诗钞》中采录。除《渔洋诗话纂》之外，《通志》所载赛珠《笺注西涯乐府》、傅米石《史学纲领》

---

① 卢见曾编《国朝山左诗钞》，第 139~140 页。
② 杨士骧修，孙葆田等纂《(宣统) 山东通志》，《中国地方志集成·省志辑·山东》第 7 册，凤凰出版社，2004，第 275 页。
③ 卢见曾编《国朝山左诗钞》，第 191 页。
④ 卢见曾编《国朝山左诗钞》，第 657 页。

第五章 《国朝山左诗钞》的文献价值与文学影响

《王氏摘谬》《金村讲义》等集亦因《国朝山左诗钞》诗话所引文献有所提及而得以被《通志》记载下来。

其二，部分诗歌选本中辑录的山左诗人诗作及附录诗话直接源于《国朝山左诗钞》。

《国朝山左诗钞》诞生之后，首先在山左诗坛上产生了广泛的影响，采诗观风、存诗备史的观念逐渐深入学人心底，各郡县陆续有诗歌总集问世。考《山东文献集成》，《国朝山左诗钞》之后，山左地域性诗歌总集有《青州明诗钞》《武定明诗钞》《国朝武定诗钞》《武定诗续钞》《武定诗补钞》《山左明诗选》《般阳诗钞》《曲阜诗钞》《东武诗存》《渠风续集》《牟平遗香集》《掖诗采录》等十数种。王赓言《东武诗存》即为补《国朝山左诗钞》与《国朝山左诗续钞》所收诸城诗人之不足而编："本朝文教昌明，诗学大振……故卢雅雨运使《山左诗钞》、张南崧学使《续诗钞》登诸城诗数百首，计百余家，外此不能及也。"[①] 其录诗人、诗作并附小传的体例亦与《国朝山左诗钞》一脉相承。

卢见曾《国朝山左诗钞》辑录了许多诗文散佚颇为严重的诗人的作品，这些诗人虽然无甚作品传世，却具有较高的文学声望以及社会影响力，是许多诗歌选本中无法忽视的诗家，故《国朝山左诗钞》中选录的诗歌便为这些总集的编选提供了参考，而卢见曾所引评语及所作按语也成为构成这些诗歌选本"诗话"的重要文献。如前文所述孙锡嘏编的《般阳诗钞》，《般阳诗钞》是孙锡嘏晚年手辑的淄川同邑诗人之诗，凡十一种十三卷，涉及作家有高珩、毕际有、王樛、唐梦赉、孙蕙、袁藩、蒲松龄、李尧臣、张笃庆、张元、孟詹绎十一位诗人，此集为抄本，先录诗人诗作，后系之以诗家之品评，其中高珩、张笃庆条下即引卢见曾《国朝山左诗钞》之语以作评点，如张笃庆条下："卢雅雨曰：昆仑先生才高学富，挥洒万言，早受知于施愚山督学，渔洋称为'冠古之才'，使其早登科第或降心以就博鸿之试，得与渔洋、愚山诸公后先周旋，以

[①] 王赓言编《东武诗存》，《山东文献集成》第3辑第40册，山东大学出版社，2006，第4页。

❖ 卢见曾与《国朝山左诗钞》研究

争坛坫于康熙十子之间，当于山姜齐驱，余子退舍。惜乎，数奇运蹇，仅以选拔终其身。刚正之气节、深醇之经济，一无所表见于时宜乎。唐豹岩叙其诗以不得如杨得意之荐司马相如为可恨也。兹集所录已不为少，然仅存十一于千百，正如渔洋所谓'滴水可以见海'，愿与世之能知味者一共咀嚼耳。"① 此段文字出自《国朝山左诗钞》卷四三，原文中卢见曾还述及张笃庆之著述，孙锡嘏虽予以删除，整段文字亦几乎完全袭自《国朝山左诗钞》。

山左诗坛文学世家荟萃，许多文化世家皆有家集传世，多数为家族后人整理刊刻，亦有由他人整理付梓者，在编纂家集的过程中，《国朝山左诗钞》亦为之提供部分文献，诸如鹿松林所编之《董氏遗稿》。此集现存嘉庆十三年（1808）福山鹿松林刻本，收董应雷、董樵以及董道东祖孙三人之诗，因董道东诗"无复可得"，遂"录道东诗之见于《山左诗抄》者共五首"②，与其祖父董应雷、父董樵之诗汇成一编并付梓。董道东载入《国朝山左诗钞》卷二二，录诗五首，分别为《山居》三首、《槎山野望》一首以及《侍家大人南游渡江》一首，卢见曾小传中称其有《千仞阁诗》《山居三十首》《南游集》，今皆未见，鹿松林编选《董氏遗稿》之时亦搜之未得，或已散佚，《国朝山左诗钞》所录五首成为董道东仅存之作，遂被鹿松林采录。

除山左地域性诗歌选本之外，在一些全国性的诗歌总集中，亦常引用《国朝山左诗钞》中的诗作与诗话，此处以徐世昌《晚晴簃诗汇》为例略作分析。《晚晴簃诗汇》是以全部清代诗人为选录对象的诗歌总集，辑录六千一百余位诗人的近三万首作品，是规模最为庞大的清代诗歌总集，其中收录诗人与《国朝山左诗钞》重合者有一百六十九位，对《国朝山左诗钞》之诗作、诗话皆有部分承继。

先看取自《国朝山左诗钞》之诗。《晚晴簃诗汇》录傅以渐与李慎修

---

① 孙锡嘏编《般阳诗钞》，《山东文献集成》第3辑第39册，山东大学出版社，2006，第634~635页。
② 鹿松林辑《董氏遗稿》，《山东文献集成》第3辑第40册，山东大学出版社，2006，第742页。

第五章　《国朝山左诗钞》的文献价值与文学影响　❖

诗各一首，其中傅以渐见于《晚晴簃诗汇》卷二三。傅以渐，字于磐，号星岩，山东聊城人，顺治三年（1646）状元，著有《贞固斋诗集》，《晚晴簃诗汇》录其诗一首，为《早朝望炉烟次同院韵》，诗话称："星岩为开国首科第一人，受孝陵知遇，不十年，即入政府，清节雅怀，弁冕当代。著述皆毁于火，卢雅雨《山左诗钞》时求其遗诗，仅得《早朝》一篇。书翰亦罕流传，德州李星来源见可园中有星岩题'青未了'三字，雅雨犹及见之。"① 此《早朝望炉烟次同院韵》诗见于《国朝山左诗钞》卷一〇，为卢见曾数年搜集所得，据《晚晴簃诗汇》诗话可知此诗源自《国朝山左诗钞》。另外，《晚晴簃诗汇》卷五八所录李慎修《改授御史》一诗亦取自《国朝山左诗钞》，徐世昌为李慎修所作诗话称："雪山……诗才纵逸，最好步韵，雅雨尝规之。集佚不传，雅雨辑《山左诗钞》，仅得《初入台纪恩》一律。"② 李慎修与卢见曾同乡、同年，相交颇深，《国朝山左诗钞》李慎修名下诗话皆出于卢见曾之手，诗话既叙述了二人对"步韵"的分歧，同时也说明了选录李慎修诗的缘由："……雪山才思敏捷，不耐推敲，有时意匠经营则往必破的，十年中书日下，传诵篇章甚多，今遍征不得，得一册，皆晚年率意之作，不敢入集，失其本来面目，惟存《入台》一首而识其大凡如此。"③ 据此可知，卢见曾曾多方求索得到李慎修晚年诗作一册，但是认为其中大多是率意之作，无法代表李慎修真实的创作风貌，故而未敢多选，只取其《入台》一首，即《国朝山左诗钞》卷四九所录李慎修之《改授御史》诗。而至《晚清簃诗汇》编选之时，卢见曾见到过的李慎修晚年诗册盖已不存，故而只能自《国朝山左诗钞》转录。

除诗作之外，卢见曾对于诗人的品评亦被《晚晴簃诗汇》所辑录，成为组成《晚晴簃诗汇》的重要材料。《晚晴簃诗汇》卷三五田雯名下即引卢见曾之语："卢雅雨曰：先生学博才赡，所为诗如万斛之泉，随地涌出，不择细流，间一出奇则如夏云之突兀、怪松之礌砢，未易名状，所谓'横

---

① 徐世昌编，闻石点校《晚晴簃诗汇》，中华书局，1990，第713页。
② 徐世昌编，闻石点校《晚晴簃诗汇》，中华书局，1990，第2374页。
③ 卢见曾编《国朝山左诗钞》，第652页。

❖ 卢见曾与《国朝山左诗钞》研究

空硬语、妥帖排奡者',惟先生有之。"① 此段文字见于《国朝山左诗钞》卷二四田雯条下,田雯隶籍德州,为卢见曾同里,田、卢两家往来十分密切,田雯曾选卢世㴶诗,有"直使天清木响、水落石出"② 之追求,卢见曾对田雯之诗吟咏甚久,《国朝山左诗钞》选田雯诗一百二十七首,乃卢见曾"三覆阅而定此钞"③,其审慎的选录态度可见一斑,而沈德潜称田雯"诗才力既高,取材复富,欲兼唐宋而擅之,山左诗家中另开一径"④,所谓"取材复富"肯定的便是其尚"奇"的创作观念,与卢见曾之论相通,卢见曾之品评颇为审当,徐世昌遂引入《晚晴簃诗汇》中。

二 时人著述与后世研究中对《国朝山左诗钞》的使用

卢见曾辑选的《国朝山左诗钞》收录丰富、刊刻精良,无论是诗人次第的排列、诗歌篇目的选择、选诗数量的多寡,还是其对于这些诗人与诗作的注释与品评,无不透露出卢见曾及《国朝山左诗钞》编纂团队的文学旨趣,其审慎的取舍态度使其在保存乡邦文献、备载山左诗歌史的同时成为后世学人研究山左诗歌甚至是清代诗歌的重要参考依据。

《国朝山左诗钞》流布开来之后,清代学人在撰写诗话、笔记等作品时已经开始引用《国朝山左诗钞》中的文字为诗人作传或对文学现象进行描述了。目前所见引用《国朝山左诗钞》的清代著作有秦瀛《己未词科录》、王初桐《奁史》、王培荀《乡园忆旧录》、袁枚《随园诗话》、周春《耄余诗话》、法式善《槐厅载笔》六种。有直接引用《国朝山左诗钞》小传为诗人作传者如王初桐《奁史》:"姜淑斋,胶州宋可发子妇,著有《淑斋诗稿》。(《山左诗钞》)"⑤ 亦有引《国朝山左诗钞》记录诗人故实者,如袁枚《随园诗话》卷一六曰:"孙子未先生尝于其师秀水徐华隐坐中见一贫客,乃徐年家子也。先生仰体师意,留养家中,待之甚厚。忽谓

---

① 徐世昌编,闻石点校《晚晴簃诗汇》,中华书局,1990,第 1252 页。
② 卢见曾编《国朝山左诗钞》,第 320 页。
③ 卢见曾编《国朝山左诗钞》,第 320 页。
④ 沈德潜等编《清诗别裁集》,上海古籍出版社,2013,第 216 页。
⑤ 王初桐辑《奁史》,《续修四库全书·子部》第 1252 册,上海古籍出版社,2002,第 446 页。

第五章 《国朝山左诗钞》的文献价值与文学影响

孙公曰：'受恩未报，明年当生公家。'未几卒，公果生女。六岁时，戏抱之谓家人曰：'此华隐师客也，说来报恩，乃是女儿，恐报恩之说虚矣。'女勃然曰：'爷憎我女耶？当再生为男。'逾十日，以痘殇。明年，公果举子，顶有痘瘢，名于盅，字庄天，雍正乙卯举人。有《织锦词》一首，载《山左诗钞》，诗不佳，故不录。"① 《国朝山左诗钞》卷五五载录孙于盅《织锦词》，并于小传之后附录董元度按语，所述之事即袁枚《随园诗话》转引之故事，由此可知，《随园诗话》孙勤一条的内容直接来自《国朝山左诗钞》。

《国朝山左诗钞》不但在清代为学人所重视，及至现当代学术研究中，亦常利用《国朝山左诗钞》载录的文献史料，一方面作为学术研究的参考依据，另一方面也为推进学术研究提供证据和材料。

先看其在文学史研究中的作用。2005 年齐鲁书社出版的李伯齐《山东分体文学史（诗歌卷）》是整个山东诗歌研究的通史，此书之第十二章与第十三章以上下两编的形式论述"清代的山东诗歌"，在对具体诗人的论述中，亦尝引用《国朝山左诗钞》，如其论高珩之性情，即曰："卢见曾称其（高珩）'简易超旷，略如香山为人'"②，论张笃庆之才名，则曰："张笃庆为明大学士张至发曾孙，本人才名藉甚，卢见曾《山左诗钞》甚至认为'使其早登科第，或降心以就鸿博之试，得与渔洋、愚山诸公后先周旋，以争坛坫。于康熙十子之间，当与山姜齐驱，余子退舍'。"③ 足可见此书对于卢见曾《国朝山左诗钞》论断的推重。此外，在论及颜光敏与曲阜诗人群体之时，此书还以《国朝山左诗钞》为依据列举诗人："曲阜向为孔、颜圣裔聚居之地，两姓亦为当地文化世家，颜氏除光敏外，有诗歌传世的还有多人，《国朝山左诗钞》卷二七、二八、二九即收录有：颜怀礼……孔氏家族中见诸《山左诗钞》者如下：孔毓圻……"④ 其中颜氏诗人列十位，孔氏诗人列十六位，每位诗人皆附以简单小传，述其字号、科第、著

---

① 袁枚撰，顾学颉校点《随园诗话》卷一六，人民文学出版社，1982，第551页。
② 李伯齐主编《山东分体文学史（诗歌卷）》，齐鲁书社，2005，第450页。
③ 李伯齐主编《山东分体文学史（诗歌卷）》，齐鲁书社，2005，第503页。
④ 李伯齐主编《山东分体文学史（诗歌卷）》，齐鲁书社，2005，第528~529页。

❖ 卢见曾与《国朝山左诗钞》研究

述等内容，基本是对《国朝山左诗钞》小传的缩减。以颜懋侨为例，《国朝山左诗钞》颜懋侨小传曰："懋侨，字痴仲，一字幼客，肇维子，乾隆戊午陪祀恩贡，官观城教谕，有《江干》《幼客》《石镜斋》《蕉园》诸集、《西华行卷》。"诗话中卢见曾还引懋侨之弟颜懋企所作《幼客行状》曰："（懋侨）初学诗于王秋史先生（即王苹）。"①《山东分体文学史（诗歌卷）》对颜懋侨之介绍曰："颜懋侨，字痴仲，一字幼客，肇维子。乾隆三年陪祀恩贡，官观城教谕，有《江干》《幼客》《石镜斋》《蕉园》诸集与《西华行卷》。初学诗于王苹。"② 其内容未超出《国朝山左诗钞》，基本是对诗钞小传的翻译。2016 年中国社会科学出版社出版的乔力、李少群主编的《山东文学通史》余论部分在论及清初山左诗歌繁荣缘由之时亦引卢见曾《国朝山左诗钞序》中所说的"国初诗学之盛，莫盛于山左……盖由我朝肇兴辽海，声教首及，山东一时文人学士，鼓吹休明，黼黻盛业，地运所钟，灵秀勃发，非偶然者也"③，并认为此论大体上是合乎实际的。

此外，《国朝山左诗钞》中的部分史料也成为近现代研究者进行学术研究的重要辅助材料，有时甚至可以起到关键作用，譬如胡适《辨伪举例——蒲松龄的生年考》中对蒲松龄生年的考辨，此文收入《胡适古典文学研究》中。是时石印本《聊斋文集》中载录张元所作蒲松龄墓表，称其享年八十有六，鲁迅《中国小说史略》亦据此说法考订蒲松龄之生卒年当在 1630 年至 1715 年。而胡适在《国朝山左诗钞》卷四五蒲松龄一条下所见张元《蒲先生墓表》中记载的则是"卒年七十有六"④，因张元与卢见曾交往颇深，且《国朝山左诗钞》刊刻之时距张元故去时日未久，故《国朝山左诗钞》所采张元墓表是有较高说服力的，胡适带着此种疑惑先后翻检清华本《聊斋文集》、石印本《聊斋诗集》，并最终凭借《元配刘孺人行实》中"……松龄其第三子，十一岁未聘（此依石印本。清华本及马本皆作'十余岁'）闻刘公此女待字，媒通之。……遂文定焉。顺治乙未

---

① 卢见曾编《国朝山左诗钞》，第 391 页。
② 李伯齐主编《山东分体文学史（诗歌卷）》，齐鲁书社，2005，第 529 页。
③ 卢见曾编《国朝山左诗钞》，第 2 页。
④ 卢见曾编《国朝山左诗钞》，第 607 页。

第五章 《国朝山左诗钞》的文献价值与文学影响

(1655)间,讹传朝廷将选良家子充掖庭,人情汹动。刘公……亦从众送女诣婿家,时年十三……"① 一则史料断定刘孺人生于崇祯十六年(1643)是无可置疑的,若蒲松龄享年八十六,则其十一岁之时应为崇祯十一年(1638),是时刘孺人尚未出生,故不可能有"待字"之说,由此便推翻了享年八十六的说法,并考订出石印本《聊斋诗集》是伪作。可以说在胡适的考证文章中,《国朝山左诗钞》提供了"卒年七十有六"的关键线索,同时也对伪作的辨析提供了参考依据②。

现代经常使用的一些工具书在编纂过程中也常引用《国朝山左诗钞》中的材料。譬如《中国美术家人名辞典》,其中宋来会、万士炼、程彦例、傅以渐、赵作楫等人之小传均来自《国朝山左诗钞》。以傅以渐为例,《中国美术家人名辞典》如是注:"傅以渐,字于磐,号星岩。聊城人。顺治三年第一人及第,官武英殿大学士,加太子太保。书法瘦硬,秀骨天成,仿佛邢太仆。(《山左诗钞》)"③ 其中姓名、字号、职官部分均来自《国朝山左诗钞》卷一〇傅以渐小传,关于书法特征的描述则来自卢见曾所作按语,只是按语中作"笔法瘦劲"④,与《中国美术家人名辞典》中略有不同。

综上所述,《国朝山左诗钞》不但极大地推动了山左地区"通省"之诗歌总集的编纂,还为其他地域诗歌总集以及志乘之作的编纂提供了重要的史料,直至现代学术研究中,《国朝山左诗钞》仍然发挥着重要的文学和文献功用,为学术研究提供了非常重要的基础材料。

---

① 胡适:《中国旧小说考证》,商务印书馆,2014,第195页。
② 石印本《聊斋诗集》中部分诗后注,如关于张笃庆的跋语,直接取自《国朝山左诗钞》。
③ 乔晓军编著《中国美术家人名辞典(补遗一编)》,三秦出版社,2007,第482页。
④ 卢见曾编《国朝山左诗钞》,第133页。

结　论

　　诗人陈海霖《扬州题壁》诗中曰："琅邪才子冶春社,鲁国书生雅雨堂。宏奖风流推名辈,几人今日继卢王。"① 卢见曾是继王士禛之后,又一位主盟江南文坛的山左诗人,其文学创作成就虽并不十分突出,却凭借其两淮盐运使的身份和爱才好客的个性聚集起大批文人学士,极大地带动了山左和江南两地的诗文、学术、戏曲、书画的发展,在清代文化史上做出了重要的贡献。其主持编纂的《国朝山左诗钞》是第一部山东通省诗歌总集,选录自清初至乾隆初年山左诗人六百二十七家,收录诗歌五千九百余首,附录所见诗歌一百一十九首,每位诗人条目之下附以小传、诗话以及部分按语,综合地展现了清前期山左诗坛的诗歌创作群像,是地域性清诗总集的突出代表。本书以卢见曾与《国朝山左诗钞》为研究对象,对卢见曾的家世、生平、著述、文学交游以及《国朝山左诗钞》的成书、体例、版本流变、诗学倾向、文献价值等情况进行了系统研究,通过这些研究,对卢见曾与《国朝山左诗钞》有了如下几点认识。

　　其一,作为《国朝山左诗钞》的编纂者,卢见曾本人的生平经历、文学交游对《国朝山左诗钞》的编纂产生了深远影响。德州是清代山左诗坛的重镇,而卢氏则是德州重要的文化世家之一,出身于德州卢氏的卢见曾自幼即受到敦品励学家风的浸染,不但自身励志苦读,进士及第,而且具有深厚的文化使命感,仕宦生涯中奖掖风流、大兴文教,不但带动了治所

---

① 沈青崖、吴廷锡等:《陕西通志续通志》,载《中国省志汇编》之十五,台湾华文书局,1969,第6387页。

结　论

文化教育事业的发展，更结交了大批文人名士，广泛的文学交游极大地提高了卢见曾的社会声望和文化影响力，文化素养极高、文学旨趣接近的交游对象对卢见曾的著述、刊刻活动提供了重要助力，而这些人也成为《国朝山左诗钞》编纂队伍的主力，自草创至参订考核以至订讹考异，甚至于文献搜集，无不有众学人的参与，正是得益于众位学人的襄助，《国朝山左诗钞》才得以顺利诞生。

其二，《国朝山左诗钞》的诞生除得到卢见曾交游网络中诸位学人的襄助之外，更为深层的影响因素则在于稳定繁荣的社会环境、蓬勃发展的清诗总集编纂风气以及古已有之的采诗传统。文学作品的流传主要依赖于文学典籍的刊刻，而随着岁月流逝，许多典籍逐渐湮没于历史长河之中，《国朝山左诗钞》之前，山东并无通省诗歌选本，诗文散佚形势颇为严峻，文献整理与保存迫在眉睫。是时，诸如《遗民诗》《太仓十子诗选》《国朝诗品》等清诗总集已有数百种之多，清诗总集的编纂已成风气，而经过清朝几位帝王的励精图治，康乾盛世的到来带来了政治、经济、文化的极大繁荣，彰显盛朝风雅成为一种普遍的政治需求，而繁荣发展的经济又为各类典籍的刊刻提供了物质保障，《国朝山左诗钞》的编选正是应时应势之作。

其三，由于博采众长，《国朝山左诗钞》体例日趋完备，为后世诗歌总集的编选提供了有益参照。卢见曾编纂《国朝山左诗钞》之前精研诗歌选本，参照了殷璠《河岳英灵集》、元好问《中州集》、钱谦益《列朝诗集》"选诗有传"的传统，同时吸纳了《明诗综》"前详爵里，后系诗话"的选诗体制，不但为《国朝山左诗钞》所录诗人补充小传，更援引谱牒史志、诗文序跋等内容为诗人作诗话，同时对存疑之处采取按语形式进行说明，在《明诗综》选诗体制的基础上愈加完善。此后，张鹏展《国朝山左诗续钞》、宋弼《山左明诗钞》以及余正酉《国朝山左诗汇钞后集》之体例均与《国朝山左诗钞》一脉相承。

其四，《国朝山左诗钞》除见诸史料记载的乾隆戊寅（1758）初刻本之外，目前所见至少还有己卯（1759）重校定本两种、铲版重刻本一种。《国朝山左诗钞》的版本差异问题此前并未引起足够重视，尤其在对己卯重校定本的认定上，存在将两种集子误作一种的现象。而通过对不同版本

239

❖ 卢见曾与《国朝山左诗钞》研究

《国朝山左诗钞》内容的对比，发现山东大学图书馆藏二十册本与哈佛燕京图书馆藏十二册本内容体例完全相同，扉页均钤"己卯重校定本"之印，此本与上海图书馆所藏"己卯重校定本"相比，改动内容更多，尤其是卷三六赵执信条下改动最为显著，不但按语部分删除，亦有诗歌替换现象，故可知乾隆己卯年间，《国朝山左诗钞》应该进行过不止一次重校。至于铲版重刻本，则是受到政治因素的影响，是当时官方政策在文学上打下的烙印。

其五，《国朝山左诗钞》作为地域性诗歌选本，其价值与意义并不仅仅在于保存乡邦文献，它同时还具有重要的文学史价值。首先，《国朝山左诗钞》载录了清初至乾隆初年山左诗坛上几乎所有有影响力的诗人及其作品，所录诗歌及附注诗话中反映了明清易代、三藩之乱、水旱灾害等重要的社会历史事件，具备"述史"的作用。其次，《国朝山左诗钞》通过对所选诗人诗歌数量的把控，对山左诗人的文学成就进行了排次。以排名前五位的诗人为例：王士禛，399首；宋琬，163首；赵进美，163首；赵执信，152首；高珩，151首。毫无疑问，有清一代山左诗人中影响力最为深远的即属王士禛，《国朝山左诗钞》将其置于核心地位，对应的正是客观的文学现实。对于声名不显而创作成就突出的作家，如高珩，《国朝山左诗钞》则起到为其正名的作用。最后，《国朝山左诗钞》在选诗风格上偏爱唐风、倾向于清醇雅正之作，对于部分诗歌在尊重原作的前提下进行了诗题或内容的部分调整，反映的则是总集对于文学史权力的运用。总体而言，《国朝山左诗钞》是一部灌注了深刻文学思想的诗歌选本。

通过正文部分的研究，对《国朝山左诗钞》的认识已经有所推进，然而由于文献资料记载的局限，仍有部分问题尚未得到清晰的诠释。其一，《国朝山左诗钞》具体的编纂过程尚未十分明确，卢见曾在《国朝山左诗钞》中虽细数了编纂成员各自承担的具体工作，集中亦偶见宋弼、董元度等部分成员参与之痕迹，然而更多的编纂成员对于《国朝山左诗钞》的参与程度尚未可知，有待进一步的考察。其二，据刘声木《桐城文学渊源撰述考》一书载，桐城姚范有"《评点国朝山左诗钞》四十□卷"，此本应当能够反映时人对于《国朝山左诗钞》的认识与评价，然而此本索求未得，有赖于文献材料的进一步挖掘。

附录1
德州卢氏世系图（部分）

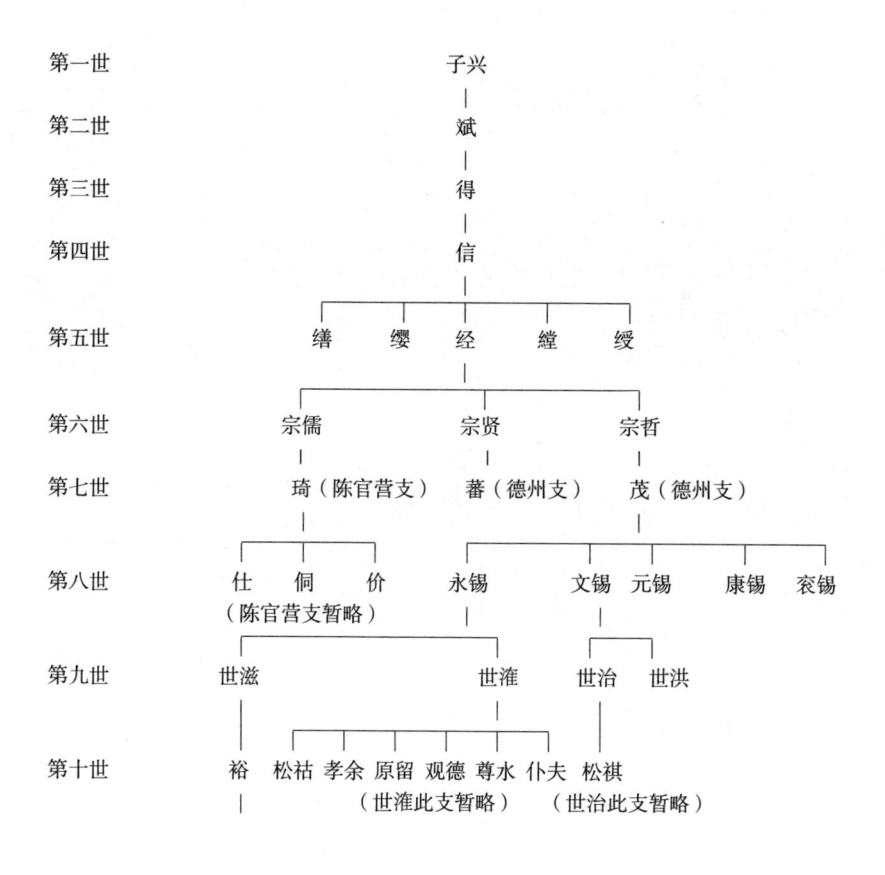

第一世　　　　　　　　　　　子兴
　　　　　　　　　　　　　　｜
第二世　　　　　　　　　　　斌
　　　　　　　　　　　　　　｜
第三世　　　　　　　　　　　得
　　　　　　　　　　　　　　｜
第四世　　　　　　　　　　　信
　　　　　　　　　　　　　　｜
第五世　　　　缮　缨　经　絟　绶
　　　　　　　　　｜　　｜　｜
第六世　　　　　宗儒　宗贤　宗哲
　　　　　　　　　｜　　｜　　｜
第七世　　　　琦（陈官营支）　蕃（德州支）　茂（德州支）
　　　　　　　　　｜　　　　　　　　｜
第八世　　　　仕　侗　价　　永锡　　文锡　元锡　康锡　衮锡
　　　　　（陈官营支暂略）　　　｜　　　　｜
第九世　　　　世滋　　　　　世淮　世治　世洪
　　　　　　　　｜　　　　　　　　　｜
第十世　　　裕　松祜　孝余　原留　观德　尊水　仆夫　松祺
　　　　　　　　　　（世淮此支暂略）　　　（世治此支暂略）

241

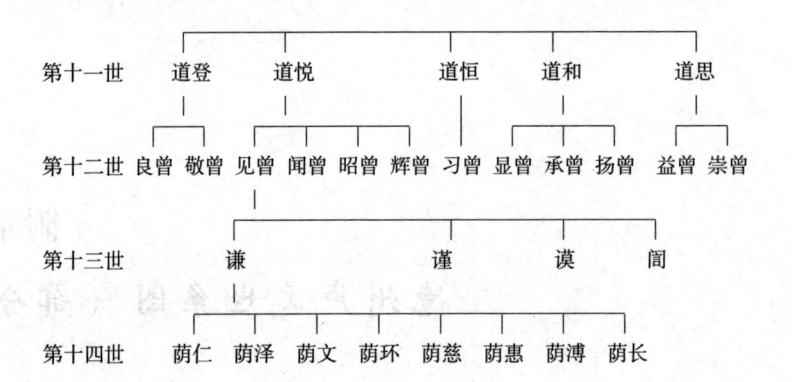

❖ 卢见曾与《国朝山左诗钞》研究

第十一世	道登	道悦		道恒	道和		道思	
第十二世	良曾 敬曾	见曾 闻曾 昭曾 辉曾	习曾	显曾 承曾 扬曾	益曾 崇曾

第十三世　谦　　　谨　谟　闿

第十四世　荫仁 荫泽 荫文 荫环 荫慈 荫惠 荫溥 荫长

242

附录2
《国朝山左诗钞》版本对照情况

表1

乾隆戊寅初刻本	乾隆己卯重校定本甲本
卷二宋琬七十九首	卷二宋琬七十八首
卷八朱钰二首	卷八朱钰六首
卷八满巽元三首	无
卷一五王士正一百二十九首	卷一五王士正一百三十首
卷一七王士正一百三十二首	卷一七王士正一百三十首
卷三六赵执信八十三首	卷三六赵执信八十五首
卷三七赵执贡二首	卷三七赵执贡一首
卷三八马世骥一首	无
卷四八王苹三十四首	卷四八王苹三十五首
卷五五朱若宾六首	卷五五朱若宾九首
卷五五姜本渭二首	无
卷一《遣怀》	题目后增加小字"芜署最隘，拓小屋一间为书舍"
卷二《喜表弟董樵至》	第二首前加标题《赠周计伯郡丞》
卷三《途中杂感》	题后加"钞四"
卷三《自获鹿至太原道中作》	题后加"钞一"
卷四《武昌杂钞》	题后加"钞四"
卷四《江行》	题后加"钞二"
卷四《寒食》	题后加"白鹭草二集"
卷四《述征诗》	题后加"钞四"

❖ 卢见曾与《国朝山左诗钞》研究

续表

乾隆戊寅初刻本	乾隆己卯重校定本甲本
卷五《还山吟》	题后加"甲午年得省觐"
卷五黄宗庠《秋怀》	题后加"客日照作"
卷六高珩《都中》	题后加"钞一"
卷六高珩《湖湘杂咏》	题后加"钞五"
卷六高珩《掩关》："掩关何所事,高枕望闲云。楼鸟争枝动,流泉过竹闻。盘餐蒸枣熟,灯火续麻分。已漉松醪未,殷勤问细君。"	全诗换为《清夜》："银湾星斗浴,风起夜萧萧。月色天铺雪,林声海上潮。送歌来绣幕,吹梦向兰苕。欹枕支清漏,炉香半欲消。"
卷七程先贞《还山春事》	题后加"钞十"
卷八赵士亮《秋兴》	题后加"钞二"
卷八赵士冕《虎邱秋泛》	更名为《虎邱秋泛同与公南明无补日生孝章伟楚》
卷八录朱钰诗二首《菊格诗》《秋郊》	增录朱钰诗四首,分别为《秋怀》二首,其一："七月蟋蟀鸣,寒露下百草。仰睇河汉高,凉风动已早。肃然砭肌骨,人生容易老。韶龀事诗书,致身行吾道。努力走尘埃,贫贱不自保。中夜起彷徨,忧心忽如捣。郁郁尽一卮,反复念枯槁。如此憔悴人,安得颜色好。"其二："日月如转毂,贤愚同一涅。悠悠千载名,独有古人传。感触伤怀抱,况当凉秋天。满野寒虫鸣,禾黍起寒烟。榆柳何寂历,群鸟鸣其巅。疏疏原上树,清影照溪川。强起出门行,水光漪且涟。行人皆笑语,我愁废食眠。非时多慷慨,所嗟虚岁年。"《闰中秋》："楼上兴仍在,天边雁已过。菊从此际早,月比去年多。淡荡迟秋色,清寒溢水波。龙山应有醉,剩得一狂歌。"《自棣州回柬寄平子》："黄叶留残雨,萧然秋意陈。客尝怜岁月,马亦厌风尘。有根悲生计,多艰思古人。峰峦空在眼,不是怨家贫。"
卷八满巽元录三首	诗人、小传、诗作皆无
卷八张之维《松椒代言》小字注曰"选四"	"选四"更为"钞四"
卷一〇李浃《秋日杂言》	题后加"钞五"
卷一〇王天眷《闲居杂咏》	题后加"钞一"
卷一一杜漺《阅兵》	《阅兵》诗提前至《郊行即事遂访李卓吾先生墓无识者归读心经提纲有感》与《辛丑夏夜憩大观楼,俯占星气,卧瞰江流,意甚乐之,余于此楼之咏,尤爱王贻上"凉月满江楼"之句,勉以和之》二诗之间

244

附录2 《国朝山左诗钞》版本对照情况

续表

乾隆戊寅初刻本	乾隆己卯重校定本甲本
卷一一王樛《潞河舟中》	题后加"钞四"
卷一一王樛《寺后得微径，西北行，削壁孤亭，流泉绕其下，以退翁名》	题目调整为《卧佛寺后得微径，西北行，削壁孤亭，流泉绕其下，以退翁名》
卷一二《念东先生游愚公谷，余以事不果行有寄》	题后加"钞三"
卷一三王士禄《忆莱子杂诗》	题后加"钞五"
卷一四王士禧《漫兴》	更名为《漫兴八首追和徐淮韵》小字注"钞二"
卷一五王士禛《丹徒行吊宋武帝》小字注"辛丑稿"	小字"辛丑稿"无
卷一六王士禛《江阳竹枝》	加小字注"今泸州"
卷一六王士禛《新滩》	加小字注"楚蜀诸滩首险在兵书空舲二峡间"
卷一六王士禛《西陵竹枝》	加小字注"今彝陵州钞一"
卷一七王士禛《悼亡诗》小字注"为张宜人作 丁巳稿"	题目更为《悼亡诗为张宜人作》，小字注："钞十"
卷一七王士禛《送宋牧仲员外権赣州》	题后加小字"戊午稿"
卷一七王士禛《卖酒楼》	题后加小字注"东坡有诗"
卷一七王士禛《泛嘉陵江至益昌怀何易于》	题后加小字注"今昭化县"
卷一七王士禛《叹老口号寄宋牧仲开府》《王子千副使焦麓剔铭图》	此二诗删除
卷一八曹申吉《金陵杂诗》	题后加"钞四"
卷一八黄贞麟《湖口》	题后加小字注"是日夜舟行五百余里"
卷一八张瓚《登天柱山》	题后加小字注："山上有龙池，池中鱼四足赤腹，人呼为龙子，唐大中时又有独角仙人之异。"
卷一九王乘箓《雪霁》	更名为《雪霁过长城岭》
卷一九王乘箓《吹笙》	更名为《五莲山》
卷二〇张实居《采葛妇歌》	题后加"钞一"
卷二〇张实居《追和王著作融净行诗》	题后加"钞八"
卷二〇张实居《读史》	题后加"钞一"
卷二〇张实居《拟古》	题后加"钞一"
卷二一李雍熙《白云涧》	题后加小字注"司寇兄别墅"
卷二二杨青藜《春郊晚兴》	题后加小字注"客渠邱作"

245

❖ 卢见曾与《国朝山左诗钞》研究

续表

乾隆戊寅初刻本	乾隆己卯重校定本甲本
卷二三赵仑《忆月》:"金飙渐沥雁声幽,潦倒空庭忆庾楼。已有寒砧催落叶,可无清影对高秋。关山渐觉光仍满,节序平分夜未周。桂魄暂酬今夕酌,重看应不是如钩。"	替换为《赋得丹凤城南秋夜长》:"丹凤城南秋夜长,那堪鸿断木凝霜。十年征戍紫幽梦,万里关山绾别肠。笛里清商空自惜,愁边衰草为谁黄。相思独对纱窗冷,落日萧萧满屋梁。"
卷二四田雯《咏史》	题后加"钞七"
卷二四田雯《刘富川殉节诗》	题后加小字注:"名钦邻,仪真人,辛丑进士。"
卷二五田雯《春日历下杂诗》	题后加"钞四"
卷二五田雯《王浮梁殉节诗》	题后加小字注:"王名临元,辛丑进士,聊城人。"
卷二五马澄《德闻春日视耕有作次韵寄之》:"旧业柴桑薄,初贫藜藿亲。时来憩村墅,常自缅春岑。饥鸟随耕下,秾花照水深。幅巾方竹杖,可是折腰人。"	更换为《有饷予虎邱茶及草席者诗以谢之》:"细簟兼新茗,遥来寒色侵。卷舒春草软,封寄峡云深。听雨思高枕,看杯入苦吟。宁余解事好,千里见君心。"
卷二五李世锡《村居》	题后加"钞一"
卷二八颜光敏《王隐臣至都赋赠》小字注"王善琴"	小字后加"尤工耕歌关雎二曲"
卷二八颜光敏《战城南》:"百里闻寇警,大蠹何衙衙。不闻格斗声,溅血盈沟渠。昨知丧乱后,有令宽田租。暖暖桑麻村,谁使成废墟。人生盗贼间,何似鸳与乌。乌鸳实甘人,岂解闻号呼。"	更换为《赠张杞园》:"张子别三年,虮鬓满衣衽。扁舟渡江淮,千里发长吟。越国绝逢迎,问俗忘氛祲。放眼穷西湖,谅无烟霞禁。我来先旬日,早受绿萝荫。闻君制荷裳,鲍女工缝纫。幽谷众禽喧,远浦垂虹引。酒酣送落日,吴山遥可枕。昔贤东出关,曾不鄙春赁。徜徉图史间,行乐亦已甚。荣名良可宝,欲语还声噤。矫矫云中鹤,为媒或托鸩。"
卷二八《游邹峄山》	题后加"钞五"
卷二九颜光猷《龙湾村居》	题后加"钞二"
卷四五安箕《青社先贤咏》	《邹阳》《伏隆》《孙嵩》诗题后加作者里籍,《王晞》诗题后删除小字注"今属寿光"
卷四五高瑾《药山雪中》	题后加小字注:"历城北十里"
卷四七张谦宜《观音碥》	题后加小字注:"本名阎王碥,贾中丞开道易今名,为北栈极险地。"
卷四七张谦宜《游五泉寺》	题后加小字注"兰州南三里许"
卷四七张谦宜《古北口》	题后加小字注"沉郁集"
卷五三宋来会《信阳道中》	更名《信阳山行》
卷五三张方载《听人弹琵琶》:"轻瓯小试建溪茶,卧听檀槽日欲斜。莫向人前弹出塞,只今边将未还家。"	更换为《闭门》:"青桐一树屋三间,雨后苔纹碎碎斑。痛饮狂歌门昼闭,无人来去即深山。"

附录 2　《国朝山左诗钞》版本对照情况

续表

乾隆戊寅初刻本	乾隆己卯重校定本甲本
卷五四高凤翰《钓台论古》："并吞虎狼秦无道，楚汉亡秦诈力同。逐鹿不成真弃父，沐猴已死自藏弓。成功何用三齐贵，论将应知一剑终。千古销沉两市侩，无劳悲诧说英雄。"	更换为《客徐中丞署，过小沧浪亭感旧作（小字注：前客高章之抚军寓此）》："宋玉耽骚曾辟地（牧仲抚军所建），高阳旧馆客重来。烟埋石井垂荒草，泥圬枯池上劫灰。白发尚书花外影，青衿司马夜深杯。眼前几许升沉事，惆怅无人首重回。"
卷五五录朱若宾诗六首	增录朱若宾诗三首，《题黄德涵画鹰》："金眸玉爪画图中，粉墨萧森神俊同。孤立屹如山角石，侧身斜趁树头风。飞来瀚海锋棱紧，望去云天鸟鹊空。不受网罗漫愁思，凌霄一击为谁雄。"《遣怀》二首："四时无秋冬，百卉根不结。五味无酸辛，八珍香不烈。物理有参差，达人励其节。云何穷巷士，终日忧惙惙。""伯伦喜饮酒，中散爱弹琴。酒凝甘露味，琴泛水仙音。清赏寄天地，孤怀略古今。人生有若此，亦足慰萧岑。"
卷五五录姜本渭诗二首：《沈宝砚被荐不应为诗赠之》《白沟河》	无，删除

表 2

乾隆戊寅初刻本/乾隆己卯重校定本甲本	乾隆己卯重校定本乙本
卷四刘正宗《饮酒》	题后加"钞五"
卷一〇李浹《夏日杂言》	题后加"钞八"
卷一六王士禛《双剑行孙退谷侍郎席上作》	题后加小字注："一鱼肠。一有铭云：'吴季子之子永宝用剑。'"
卷一六王士禛《题尤展成新乐府》	题后加"钞一"
卷一七王士禛《同杨尔茂富磐伯两宗伯李湘北阁学张素存宫庶信初侍御游摩诃庵》	题后加小字注"其二"
卷一七王士禛《送冰修归海昌兼寄朱生》	更名为《送冰修归海昌（予戊申岁送冰修南还，赋竹枝歌三首，今十二年矣）》
卷一七王士禛《荆山口待渡》	题后加小字注"南海集"
卷一七王士禛《乙丑元旦雪中谒五祖山》	题后加"钞一"
卷一七王士禛《谒文忠烈公祠》	题后加小字注"雍益集"
卷一八于觉世《蓬辣滩次钱玉友韵》	题后加小字注"岭南诗"
卷二四田雯《祖家园看芍药分体》	题后加"钞一"

❖ 卢见曾与《国朝山左诗钞》研究

续表

乾隆戊寅初刻本/乾隆己卯重校定本甲本	乾隆己卯重校定本乙本
卷二七孔兴永《冬》	更名为《冬景》
卷二八颜光敏《瀑布》	题后加小字注:"即玉井水,流出两峰间,昔年有巨石阻其口,水泓深峰不可登。"
卷三〇谢重辉《闲题》	题后加"钞二"
卷三〇谢重辉《杂诗》	题后加"钞二"
卷三〇谢重辉《病卧》	题后加"钞一"
卷三〇吴自冲《不寐》:"一榻荒村里,愁生万感中。乱山明日路,孤枕此时钟。妖鸟惊啼夜,空林怒啸风。心旌摇梦破,未到故乡东。"	替换为《邗江春涨》:"近海春流涨,邗江两岸微。船真天上坐,鸟似镜中飞。极浦波平树,孤村水到扉。朝来堤上望,不见钓鱼矶。"
卷三一曹贞吉《石林题画绝句》	更名为《为石林题画绝句》
卷三二赵文煊《使还渡江而归舟中有作》	题后加"钞二"
卷三三安致远《登岱》	题后加小字注"岳江草"
卷三三张谱《飘泊》	更名为《午日家居却邑侯召》
卷三三张询《山游》	题后加"钞二"
卷三三李应鹰《九日馆课》:"金沟脱叶点苍苔,令节重逢九日来。景物关心惟命酒,山川极目一登台。横天白雁凌霜色,绕砌黄花带露开。何用西风吹落帽,玉堂胜侣有邹枚。"	更换为《楼望》:"高楼百尺俯烟汀,目极南溟接北溟。潮阔遥翻千顷碧,天空远度万山青。闲庭雨变新苔色,幻市云移旧岛形。眼底沧桑浑是梦,危栏倚遍思冥冥。"
卷三三李应鹰《丰润道中》	更名为《丰润道中感怀》
卷三三高之騱《午日家居》	题后加小字注"却邑侯召"
卷三四赵作舟《刘子云招赏菊》小字注"敝裘集"	"敝裘集"删去
卷三四赵作舟《汇泉偶成》小字注"原鸰集"	"原鸰集"删去
卷三四赵作舟《梁园杂诗》小字注"二瞻集"	题后"二瞻集"删除,更为"钞二"
卷三四赵作舟《秋日杂感遣兴》小字注"东原集"	题后"东原集"删除,更为"钞一"
卷三四赵作舟《晚春同人集祝园》	更名为《晚春同人集祝园醉后》
卷三四赵作舟《哭望石少司马》《津门旅兴》《抵贵阳》《车中口号》《土溪村宿》	题后所跟集子名,皆删除
卷三四田需《秋日》	题后加"钞一"

附录2 《国朝山左诗钞》版本对照情况

续表

乾隆戊寅初刻本/乾隆己卯重校定本甲本	乾隆己卯重校定本乙本
卷三六赵执信小传按语部分:"又蒙泉祭先生文:渔洋冠古诗家宗师,先生嗣兴,不激不随,文无定体,何妨分道,双鹄并翔,心契其妙,我闻渔洋始重先生,形迹偶间,伊畏匪憎。先生论诗曰:'王第一。'语言之妙,天下无匹。渔洋之卒,先生奔视痛哭而言:'典型杳矣。'王固不朽,赵亦称最,先生而作斯言,不愧与鄙见盖相发明云。后先生集出,同年沈光禄起元序其文,而属余序其诗,乃复为之序,载本集。"	此段按语删去
卷三六赵执信《井陉道歌》	《井陉道歌》诗前增加《获鹿至井陉道中》诗:"城边沙水路,数里入山村。高处云对屋,秋来草没门。牛羊缘涧远,童稚避人喧。却听樵歌返,前峰日已昏。""晓日不照地,群峰方障天。行人听鸡起,鸟道接河悬。远树犹藏雨,高城半出烟。秋来无限思,牢落付山川。"
卷三六赵执信《山行》	题后加"钞二"
卷三六《登州杂诗》	题后加"钞六"
卷三六赵执信《衢州杂感》	更名为《自龙游至衢州杂感钞一》
卷三七赵执信《观音岩》:"舣舟仰崇岩,不雨露白滴。蹑级凌空行,导火扪星人。屡转失向背,绝顶得开辟。佛坐积香烟,出户孤云直。轮囷青莲花,百丈烛江色。前见万巇岘,争头刺天碧。非唯阅幽峭,亦复豁胸臆。安得桓子野,临波弄长笛。"	替换为《韶石重题二绝句》:"寒风夜雨送艅艎,泷吏相逢笑客忙。(去冬大雨夜过韶石,比晓已至曲江县) 今日归程如有约,淡烟斜日曲红冈。""余霞分映碧丛丛,回首迢遥望益工。北客来游须着眼,当舻三十六屏风。"
卷三七《赠朱竹垞》	题后加小字注"时寓居慧庆寺三年矣"
卷三七赵执信《师子林赠主人张吁三》	题后加小字注"士俊"
卷三七赵执信《翁云木饷酒及凫》	题后加小字注:"翁名枟,居洞庭东山。"
卷三八孙宝仁《秋日杂诗》	题后加"钞二"
卷三八马常沛《邀客》	更名为《邀客东墅》
卷三八赵于京《观赵文敏书张侍郎墓碑》	题后加小字注:"城武,古郜邑也,现有蔡中郎残碣。"
卷三八赵于京《夏日杂兴》	题后加"钞三"
卷三八马世骥诗一首	诗人、小传、作品皆删去
卷三九冯廷櫆《遣兴二首》小字注:晴川集	"晴川集"更为"京集"

249

❖ 卢见曾与《国朝山左诗钞》研究

续表

乾隆戊寅初刻本/乾隆己卯重校定本甲本	乾隆己卯重校定本乙本
卷三九冯廷櫆《岁暮书怀》	题后加"钞一"
卷三九冯廷櫆《出都》	题后加小字注"晴川集"
卷三九冯廷櫆《山行》	题后加"钞一"
卷四〇汪灏《登华山》	题后加小字注"至千尺幢"
卷四〇蓝启华《地僻》	题后加"钞二"
卷四一董思凝《晓发》："四更解缆来方塘，晴波一望空苍茫。几处鸡声起村坞，苍烟远树沉星光。东方晓色犹未上，栖乌拍拍惊相向。早有渔歌入杳冥，我亦乘流荡双桨。"	更换为《东昌道中》："清风五两此经行，曲岸停舟夜火明。落日楼台临远水，中宵鼓角起严城。射书人去碑常在，洗耳高风俗尚清。闻道园林多胜概，柳塘桃坞棹歌声。"
卷四一田肇丽《秋日杂诗》	题后加"钞二"
卷四二田霡《村居杂咏》	题后加"钞一"
卷四二田霡《李冠石自阳山以眼镜寄惠赋谢》	诗句后加小字注："叆叇，眼镜名。"
卷四二钟辕《丰台看花》	题后加"钞一"
卷四二钟辕《夏日杂兴》	题后加"抄一"
卷四二钟辕《送王思远之任唐山》	题后加小字注"阮亭先生嗣君"
卷四三张笃庆《石丈仿米襄阳秋山烟雨图》："海岳庵，甘露寺，中有幽人米征士。公麟病手米画工，常薄吴生作凡子。道元寰白誓不袭，练群图画横秋水。平生洁癖况复颠，襟期萧散无泥滓。今之烟雨满秋山，湿云蓬勃苍茫里。万树蓊郁远冥冥，岚头浓翠秋峦紫。范宽铁屋杳蔼间，水何淡淡山竦峙。我昔于征云梦泽，望见楚山在行役。乃知风物似襄阳，南宫笔下飞云起。因悟达人一片心，旷怀端在青霞里。作歌下拜托幽赏，袍笏千秋两石丈。"	更改为《寒郊射猎行》："狐白之裘居上头，鸣鞭来往黄沙洲。指挥虞人持白梃，仰视天际浮云愁。合围大猎南山下，朔风萧萧吹广野。金眸玉爪双鞴鹰，锦帐连钱五花马。臂鹰驱马踏寒莎，行逐飞云掣电过。短衣袯襫兴不浅，豪游为乐岂云多。控弦疑作霹雳吼，狡兔满地苍狼走。渴饮黄獐漱石泉，进酒金尊大如斗。上马当携明月弓，下马作赋惊长虹。烟寒草浅三十里，韩卢矫矫何其雄。白日苍凉渐欲落，啾啾野田多黄雀。归来烂醉少年场，一掷千金仍纵博。"
卷四四张笃庆《隋宫词》二首，其一后附注："渔洋曰可追宏正四杰。"	"渔洋曰可追宏正四杰"小字注移至第二首之后。
卷四四张笃庆《唐宫词》诗后小字注："唐书内侍省有六尚书，如尚宫、尚仪、尚服、尚食、尚寝、尚功之类，与外六尚书皆同正三品。"	小字注中"与外六尚书皆同正三品"一句删除

250

附录2　《国朝山左诗钞》版本对照情况

续表

乾隆戊寅初刻本/乾隆己卯重校定本甲本	乾隆己卯重校定本乙本
卷四四张笃庆《明正德宫词》其六："宫中组练耀龙纹，别部腾骧殿外分。十万健儿珠络马，来朝尽隶羽林军。"	此诗前加题目《正德内教场歌》
卷四四张笃庆《明季咏史》组诗录熹宗朝三首，其二："台垣力竞各崩腾，坐使奸珰气郁烝。三木囊头多汝颍，百年党锢始甘陵。阳球尚未尸王甫，曹节偏能杀李膺。太息时艰丁末造，仰天不必怨苍鹰。"其三："同文黑狱少完肤，妖焰熏天万事诬。酷吏凭添沉命法，奇刑尽隶执金吾。勾陶天远浮云蔽，贯索星明正气孤。翻借封疆成铁案，谁怜李固血模糊。"	此二首诗前后位置互换
卷四四张笃庆《明季咏史》二十五首	《明季咏史》其二十三、二十四、二十五首替换为《昆仑曲》三首："天塘城在水西头，鹏翼垂云过十洲。五树风来雷煮海（海名），金沙尘隔绛云楼。晴空沆瀁通元气，碧落鸾车恣漫游。列嶂际天三十二，群仙此日会丹邱。""荒邱当日葬丰隆，两戒河山万里通（海内两戒河山皆祖昆仑）。双翼蔽天希有鸟，四维震地不周风。金鸡唱彻开阳谷，玉井氤氲绚彩虹。应是巨灵元气凿，层城飘渺显神工。""万仞芙蓉气郁葱，连天一碧漾寒空。玉楼十二通璇室，珠树三千列板桐。彩凤每陵金阙外，朱霞直照海天东。下看尘世真无际，此是神霄泰帝宫。"
卷四四张在辛《濠上斋初成漫赋见意》	题后加"钞一"
卷四四张在辛《村居即事》	题后加"钞三"
卷四五安篯《丁丑春日过巨昧水将之郡城》	题后加小字注"汉耿弇追张步处"

表3

	乾隆戊寅初刻本/己卯重校定本甲本/己卯重校定本乙本	铲版重刻本
序	元遗山《中州集》人列一小传，欲读者因其遭遇出处，以得其诗之兴会所寄。**钱牧斋《列朝诗选》**、朱竹垞《明诗综》亦递相祖述。	黑字删除，原处空白
凡例	选诗有传，始于殷璠，详于元遗山《中州集》，**钱宗伯《列朝诗选》**，又加详焉。	黑字删除，原处空白
卷一宋琬小传	钱牧斋谦益序："玉叔之诗，天才俊朗，逸思雕华，风力既遒，丹彩弥润，陶写性灵，抒寄幽愤，声出宫商，情兼雅颂，其诗人之雄乎。"	整段删除，原处空白

251

续表

	乾隆戊寅初刻本/己卯重校定本甲本/己卯重校定本乙本	铲版重刻本
卷一宋琬小传	吴梅村伟业序："当万历之中叶，海内文气衰苶，莱阳宋氏独以学古攻文辞鸣。鸿生畯儒，后先辈望。而吾友故司空九青在其间尤称绝出，继九青而起者，又得吾友玉叔。玉叔天才俊上，接闻父兄典训，胚胎前光，甘嗜文学，自九青之存骎骎乎欲连镳而竞爽。盛年值际兴运，缩绶登朝，羽仪京国，不可谓不遭时也。而仍见蹇踬，用诬浮系于理，凡浃月而获湔祓，还官郎署，出调外省。其才情隽丽，格合声谐，明艳如华，温润如璧，而抚时触世，类多凄清激宕之调，又如秋隼盘空，岭猿啼夜，境事既极，亦复不聱于和平，庶几典备文质而兼雅怨者。窃幸典型之未沦，希大雅之复作，因为推本其所自来，有得于天之成就者如此，欲使世之习读者知统系在斯，相与珍重而虔奉之也。"	整段删除，原处空白
卷二宋琬诗	《赠龚芝麓太常》："仙客朝回散玉珂，蓟门春色未蹉跎。人从邺下风流健，诗入关中涕泪多。汉时犹传朱雁曲，祠官新纪白狼歌。子云寂寞耽词赋，肯许狂生载酒过。"	此诗删除，原处留白
卷三赵进美小传	皇清定鼎，补太常博士，时**合肥龚端毅公方持文柄**	黑字删除，原处空白
卷三赵进美小传	丙戌后，官京师，与**龚芝麓**、曹秋岳诸公唱和	黑字删除，原处空白
卷七程先贞小传	**钱牧斋序**："正夫为歌诗，汲古起雅，七言律三十章，清稳妙丽。"	黑字删除，原处空白
卷一〇叶承宗《挽王百斯三烈》诗后小注	**钱牧斋**《王侍御遗诗赞》新城王侍御讳与允，字百斯……	黑字删除，原处空白
卷一五王士禛小传	钱牧斋谦益序："贻上之诗，文繁理富，衔华佩宝，感时之作恻怆于杜陵，缘情之什缠绵于义山，其谈艺四言曰典曰远曰谐曰则，沿波讨源，平原之遗则也，截断众流，抒山之微言也，别裁伪体，转益多师，草堂之金丹大药也。平心易气，耽思旁训，深知古学之由来，思深哉。小雅之复作也，微斯人其谁与归。"	整段删除，原处空白
卷一六王士禛诗题	《年来**钱牧斋吴梅村**周栎园诸先生邹讦士陈伯玑方尔止董文友诸同人相继殂谢栈道感怀怆然有赋》	黑字删除，原处空白
卷二一杨通睿小传	吴梅村《左谕德杨公墓志》：公讳士骢，字朝彻……	黑字删除，原处空白
卷三六赵执信小传	**陈元孝**《观海集序》：秋谷好纵酒，喜谐谑……	黑字删除，原处空白

附录2 《国朝山左诗钞》版本对照情况

续表

	乾隆戊寅初刻本/己卯重校定本甲本/己卯重校定本乙本	铲版重刻本
卷五一王洪谋诗	《读钱牧斋集》:"钩党曾推第一流,列朝文献绛云楼。中书不作真名士,故国重来已白头。三斛明珠柳如是,一行白鹭钱千秋。剧怜辜负松圆老,荷末春阴志未酬。"	全诗删除,原处空白
卷五七卢世㴶诗	《奉寄虞山先生》:"贱子平原一鄙伧,偶从笔墨识先生。东楼问字诗详说,北固携尊酒细倾。天上纶扉真险事,山中宰相亦虚名。何如高卧观今古,四海朋来善气迎。"	全诗删除,原处空白
卷五七卢世㴶诗	《奉寄钱牧斋先生》:"当年举业时,喜公制举义。案上与袖中,明诵而暗记。兴来取下酒,时时得大醉。及至通籍后,涉猎古文字。间获公一篇,捧之如辑瑞。亲手楷录过,密密收箧笥。此道颇难言,小技实大事。前后不相接,赖公幸未坠。贱子亦孤硬,不肯泛执贽。惟遇公所作,遂尔倾心媚。翘首望东南,饥渴通梦寐。每想公肝肠,渐及公眉鼻。定是古人心,应复天人质。逢人必询问,答者多不备。更端再三询,希微领其意。人固未易知,知人亦不易。吾师吾师乎,何日笑相视。虞山一拳石,俨与岱宗二。破龙拂水间,光怪多奇闶。我敬瞿纯仁,清刚刷油腻。我敬王宇春,沉寂饶禅智。我敬何允泓,方雅复深邃。又有陆生铣,光明俊伟器。先辈顾朗仲,文已诣境地。冯陶吴汤许,中可置一位。昔也今则亡,堪下文章泪。凡此数君子,隐约嗟沦踬。左右公提携,世始识项臂。先达急穷交,古道今人弃。惟公能续古,惟公能锡类。博大真人称,赠公公不愧。宽敦风鄙薄,鸿蒙换叔季。即予一荒伧,公亦不遐遗。笺杜乃因卢,用意何渊粹。贱子焉敢当,没世受其赐。陈辞惭不文,临风再拜寄。"	全诗删除,原处空白

253

附录3
《国朝山左诗钞》诗人区域分布情况

	济南府	人数	诗数
德州	程先贞、李浃、李源、赵起凤、陈钟英、萧惟枢、萧惟豫、田雯、赵其星、谢重辉、李涛、田需、冯廷櫆、孙勷、田肇丽、田霡、宋兆李、赵善庆、李楘、李柽、封元震、谢灿、萧承沆、魏玉承、李元瓒、刘友田、叶正夏、魏巍、程彦例、赵念曾、赵善述、田中仪、罗植、李苇、李莱、萧炘、田同之、李征临、宋其桐、宋来会、孙于鳌、孙于蔇、陈英选、梁文度、李国柱、卢世㴶、卢道悦、卢道和、卢承曾、卢扬曾	50	1018
淄川	王启叡、高珩、王我聘、高玮、王樛、唐梦赉、孟瑞、孙宗元、赵金人、高瑾、王士禛、毕际有、孙蕙、袁藩、韩维翰、张谱、张询、张诠、李尧臣、高之骦、高之驿、高坛、毕世持、韩维垣、韩维垲、张笃庆、张履庆、张增庆、蒲松龄、高肇勋、高肇翰、高肇毅、毕海珖、张永跻、胡训、张元、张作哲	37	692
历城	叶承宗、蒋巘、赵于京、钟辕、高瑾、朱缃、朱纲、朱绛、王苹、朱肇鲁、李漾、宋云鈖、朱怀朴、田湦、黄震青、方起英、刘伍宽、朱崇勋、朱崇道、朱令昭	20	177
新城	毕九歌、王士禄、王士誉、王士禧、王士正(禛)、傅扆、于觉世、徐夜、于维世、王与襄、王士骦、李鸿霍、王士祜、王启大、王士骊、朱和陆、王启涞、于允昱、何世琪、王兆润	20	676
平原	张完臣、朱世则、董讷、张拭、董访、张伯琅、董思凝、张方载、张方戬、董元赓	10	55
长山	刘孔中、李雍熙、安嘉会、李瑸、刘大勤、王德昌、张永瑗、刘宗濂	8	17
章丘	张光启、张笃庆、术翼宗、李慎修、牛元弼、焦绩祚、焦绥祚	7	182

254

附录3 《国朝山左诗钞》诗人区域分布情况

续表

	济南府	人数	诗数
济阳	王琢璞、张尔岐、王言从、金式玉、邓光玉、艾元徵	6	20
邹平	梁知先、张实居、马骕、成芸、刘之荪	5	106
陵县	康廉采、康懋采、康敬采、康温采	4	9
齐河	潘明祚	1	2
临邑	邢固	1	7
合计		169	2961

	青州府	人数	诗数
诸城	冯源、冯世巩、邱志广、王镁、刘必显、丁耀亢、王乘箓、邱石常、刘翼明、刘果、王钺、邱元武、臧振荣、王翰、李让中、邱元复、王沛思、徐田、王谦、李澄中、都巎、刘榮、王沛憻、王沛恂、马持、王柽、王枢、王向昭、张衍、张侗、臧琮、王敛福、张映初、高璹、范德寿、李榕、隋平	37	276
益都	赵进美、任濬、王玉生、孙廷铨、孙廷铎、孙廷锡、张联箕、张联星、王遵坦、王尊美、杨涵、赵作肃、赵作羹、赵作楫、张之良、张之高、王玙似、王谦志、杨延嗣、王海、张瑛、赵执信、赵执端、赵执瑾、赵执御、赵执贡、孙宝仁、孙宝任、孙宝仍、孙宝侗、张虞言、孙惟谏、王述、赵㦦、赵庆	35	534
安邱	刘正宗、刘正学、孙尔令、周历长、马长春、周箓长、曹申吉、刘祚远、刘源渌、周临生、韩应恒、马澄、马天著、曹贞吉、张贞、刘承申、马庭简、马常沛、曹霖、曹湛、曹瀚、曹师彬、张在辛、王翰臣、孙自务、曹曾衍、曹煜、张扶舆	28	205
寿光	董钺、李迥、安致远、李懋、安箕	5	85
临朐	冯溥、冯协一、刘正远、崔士莲、王予黼	5	54
昌乐	阎世绳、阎愉、阎廷佶、阎循厚	4	5
乐安	陈荀会	1	1
博山	光若愚、王洪谋	2	20
临淄	谢宾王	1	6
合计		118	1186

	莱州府	人数	诗数
掖县	张忻、王盐鼎、姜开、李森先、张端、张宗英、李宗仪、赵士喆、赵士元、赵士亮、赵士完、赵士冕、赵琳、钱大受、满巽元、张之维、任唐臣、任虞臣、任彦芳、王尔臂、刘鑫永、王舜年、毛侃、张含辉、宿凤翀、宿孔晖、宿愈、宿宓、徐应鲁、刘在中、张孕美、赵涛、赵瀚、赵玉藻、赵玉瓒、毛畹、宿孔炜、孙图南、孙图远、罗鸿图、徐辐、毛霦、赵衷、毛贡、宿省、林冠玉、刘学祖	47	211

❖ 卢见曾与《国朝山左诗钞》研究

续表

	莱州府	人数	诗数
即墨	黄宗庠、黄宗臣、蓝润、黄贞麟、袁肇继、蓝湄、宗维翰、黄垍、黄坦、黄堁、黄珆、郭琇、黄宗崇、杨还吉、周细、蓝启肃、蓝启蕊、蓝启华、蓝昌后、杨玠、黄鸿中、黄体中、周毓正、冯文炌、范汝琦	25	122
胶州	法若真、张应桂、韩魏、李世锡、赵文炅、纪之竹、赵熙炅、张洽、高曰恭、法坛、法樟、王懿、张谦宜、于衣、法光祖、宋云会、高凤举、高凤翰、王寏	19	196
高密	单若鲁、綦汝楫、王飏昌、李华国、任坪	5	9
潍县	杨青藜、刘以贵、朱若宾	3	26
昌邑	于沛霖、孙朱霞	2	2
平度	李烜	1	2
合计		102	568
	登州府	人数	诗数
莱阳	宋琬、董樵、宋琏、赵崶、赵巃、宋俶、姜安节、姜寓节、姜实节、董道东、赵钥、赵仑、张重启、张重润、张禹玉、周正、赵崇、赵子泗、赵子泌、孙笃先、张鉴、宋然、姜本渭、赵元睿、周宗一、宋宏健	26	262
海阳	李赞元、赵作舟、鞠宸咨、李本涵、鞠濂、赵树滋、王坦、李本瀣、李本澂、李杜	10	52
文登	吕琨、赛珠、徐士林、毕翥、刘储鲲	5	30
福山	王陟、谢乃实、谢乃果、王溶	4	11
黄县	贾锡男、姜其垓	2	8
宁海	杨维乔、李永绍	2	4
栖霞	李任	1	3
合计		50	370
	兖州府	人数	诗数
曲阜	贾应宠、孔毓圻、孔传铎、孔贞灿、孔贞瑄、孔尚任、孔衍栻、孔衍钦、孔衍谱、孔衍樾、孔兴永、孔兴诏、孔毓埏、孔传枞、孔毓璘、孔毓琚、颜怀礼、颜伯璟、颜伯珣、颜光敏、颜光猷、颜肇维、颜懋恕、颜懋侨、颜懋企、颜崇穀、颜绍岭、东野沛然、陈见智、魏恒祚	30	226
济宁	郑与侨、王道新、王天眷、杨通久、杨通睿、杨通俊、杨通俶、杨通佺、邵士梅、仲承述、林之蒨、王元枢、潘如	13	54
滋阳	董淑昌、牛运震	2	4

附录3 《国朝山左诗钞》诗人区域分布情况

续表

	兖州府	人数	诗数
嘉祥	曾贞豫、曾衍橒	2	2
峄县	李克敬	1	9
邹县	孟贞仁	1	1
合计		49	296
	武定府	人数	诗数
海丰	李道昌、王清、张克家、吴自肃、吴自冲、王尔梅、吴象宽、吴象默、吴象弼、吴绍甲、吴樾、李鲁、张镠、张镕	14	81
阳信	毛如瑜、朱钰、马宛毂、刘新国、丁启豫、侯封公、曾继英、劳砺、丁午	9	14
不详	李之芳、张瓒、尹天民、李钟麟、刘佐沛、李寿溥	6	15
沾化	李呈祥、吴汝亮、苏本眉、苏毓眉、苏行礼	5	18
滨州	杜漺、张廕、张宣、张寅	4	35
利津	纪之健	1	2
商河	王敬公	1	4
合计		40	169
	泰安府	人数	诗数
平阴	赵贯台、朱鼎延、孙光祀、张中适、朱辉珏、朱续京、朱续志、孙涵毓	8	32
莱芜	张四教、程云、谭其志、吕伯梓、魏鸿祚	5	34
东平	陆丛桂、牛德贞	2	10
不详	赵国麟	1	8
合计		16	84
	东昌府	人数	诗数
临清	柳煮、倪之煌、马世骥、汪灏、徐拓	5	44
茌平	王登联、王曰高、王宜绳	3	10
聊城	傅以渐、任克溥、邓钟岳	3	12
堂邑	张桐孙、张人崧	2	5
博平	王功成	1	1
馆陶	耿愿鲁	1	3
武城	苏伟	1	4
合计		16	79

续表

	曹州府	人数	诗数
曹县	李悦心、冯似玠、武张联、万士炼	4	5
单县	王夺标、朱绂、刘毅、朱永龄	4	19
不详	朱虚、段云襄、刘澄清	3	6
郓城	张泌、黄之芝、黄溶	3	4
巨野	傅米石	1	1
合计		15	35
	沂州府	人数	诗数
日照	安焕、丁时、李应鹰、卜焕、丁士一	5	22
沂水	刘应宾、刘亿、刘俠	3	12
蒙阴	秦珝、蹇晋	2	2
不详	宋之普、孟班	2	3
合计		12	39

参考文献

一　古代典籍

伏生：《尚书大传》，《雅雨堂丛书》，广陵书社，2015。

颜师古撰，刘晓东平议《匡谬正俗平议》，齐鲁书社，2016。

顾炎武：《音学五书》，中华书局，1982。

蔡梦麒校释《广韵校释》，中华书局，2021。

李学勤主编《十三经注疏·毛诗正义》，北京大学出版社，1999。

陈戍国校注《礼记校注》，岳麓书社，2004。

《后汉书》，中华书局，1974。

《宋书》，中华书局，1974。

《晋书》，中华书局，1974。

《隋书》，中华书局，1973。

《明史》，中华书局，1974。

《清史稿》，中华书局，1977。

晁公武：《昭德先生郡斋读书志》，《四部丛刊三编·史部》，上海书店，1985。

毕自严：《度支奏议》，《续修四库全书·史部》第488册，上海古籍出版社，2002。

过庭训：《本朝分省人物考》，《续修四库全书·史部》第535册，上海古籍出版社，2002。

❖ 卢见曾与《国朝山左诗钞》研究

陈田辑《明诗纪事》，上海古籍出版社，1993。

《钦定皇朝文献通考》，《景印文渊阁四库全书·史部》第637册，台湾商务印书馆，1986。

穆彰阿：《（嘉庆）大清一统志》，《续修四库全书·史部》第617册，上海古籍出版社，2002。

钱谦益：《列朝诗集小传》，上海古籍出版社，1959。

杨陆荣：《三藩纪事本末》，中华书局，2015。

毛霦撰，王晓兵校注《平叛记校注》，中华书局，2017。

舒赫德、于敏中：《钦定胜朝殉节诸臣录》，《台湾文献史料丛刊》第六辑，台湾大通书局，2009。

李元度撰，易孟醇点校《国朝先正事略》，岳麓书社，1991。

李桓辑《国朝耆献类征初编》，《清代传记丛刊》第155册，明文书局，1985。

舒位：《乾嘉诗坛点将录》，《三百年来诗坛人物评点小传汇录》，中州古籍出版社，1986。

郑方坤：《清朝名家诗钞小传》，《清代传记丛刊·学林类》第31册，明文书局，1985。

刘天维修《（康熙）安庆府望江县志》，清康熙刻增修本。

卞颖、王劝纂修《（康熙）诸城县志》，清康熙十二年（1673）刻本。

岳濬等监修，杜诏等编纂《（雍正）山东通志》，《景印文渊阁四库全书·史部》第540册，台湾商务印书馆，1986。

张晋生、赵彪诏等纂《（雍正）四川通志》，《景印文渊阁四库全书·史部》第559册，台湾商务印书馆，1986。

沈青崖，吴廷锡等：《陕西通志续通志》，《中国省志汇编》之十五，华文书局，1969。

王道亨修，张庆源纂《（乾隆）德州志》，《中国地方志集成·山东府县志辑》第10册，凤凰出版社，2004。

张思勉修，于始瞻纂《（乾隆）掖县志》，《中国地方志集成·山东府县志辑》第45册，凤凰出版社，2004。

宫懋让修，李文藻等纂《（乾隆）诸城县志》，《中国地方志集成·山东府县志辑》第 38 册，凤凰出版社，2004。

包桂纂修《（乾隆）海阳县志》，《中国地方志集成·山东府县志辑》第 56 册，凤凰出版社，2004。

胡德琳修，李文藻等纂《（乾隆）历城县志》，《中国地方志集成·山东府县志辑》第 4 册，凤凰出版社，2004。

颜希深修，成城等纂《（乾隆）泰安府志》，《中国地方志集成·山东府县志辑》第 63 册，凤凰出版社，2004。

王好音、张柱纂修《（嘉庆）洪雅县志》，《中国地方志集成·四川府县志辑》第 38 册，巴蜀书社，1992。

吕燕昭修，姚鼐纂《（嘉庆）重刊江宁府志》卷一四，清光绪六年刊本。

王赠芳等修，成瓘等纂《（道光）济南府志》，《中国地方志集成·山东府县志辑》第 3 册，凤凰出版社，2004。

吴康霖总纂《（同治）六安州志》，《中国地方志集成·安徽府县志辑》第 18 册，江苏古籍出版社，1998。

韩佩金监修，张文虎总纂《（光绪）重修奉贤县志》，《中国地方志集成·上海府县志辑》第 9 册，上海书店出版社，2010。

郭世棻修，邓敏修等纂《（光绪）洪雅县志》，《中国地方志集成·四川府县志辑》第 38 册，巴蜀书社，1992。

钟泰、宗能征编纂《（光绪）亳州志》，《中国地方志集成·安徽府县志辑》第 25 册，江苏古籍出版社，1998。

杨文鼎、王大本等纂修《（光绪）滦州志》卷一四，清光绪二十四年（1898）刊本。

杨士骧修，孙葆田等纂《（宣统）山东通志》，《中国地方志集成·省志辑·山东》，凤凰出版社，2004。

《（民国）震泽县志续》，《中国地方志集成·江苏府县志辑》第 23 册，江苏古籍出版社，1991。

汪篪修，于振江纂《（民国）重修蒙城县志》，《中国地方志集成·安徽府县志辑》第 26 册，江苏古籍出版社，1998。

李树德修，董瑶林纂《（民国）德县志》，《中国地方志集成·山东府县志辑》第12册，凤凰出版社，2004。

梁秉锟修，王丕煦纂《（民国）莱阳县志》，《中国地方志集成·山东府县志辑》第53册，凤凰出版社，2004。

卢见曾编《德州卢氏家谱》，《德州卢氏家族研究》，线装书局，2012。

王定安等纂《重修两淮盐法志》，《续修四库全书·史部》第845册，上海古籍出版社，2002。

卢见曾编《金山志》，《中国名山胜迹志丛刊》第四辑，文海出版社，1971。

赵之壁纂《平山堂图志》，成文出版社，1983。

丁仁：《八千卷楼书目》，《续修四库全书·史部》第921册，上海古籍出版社，2002。

黄叔琳：《养素堂藏书目录》，道光六年（1826）东武刘氏味经书屋钞本。

卢本：《卢文肃公年谱》，《北京图书馆藏珍本年谱丛刊》第122册，北京图书馆，1999。

王士禛撰，孙言诚点校《王士禛年谱》，中华书局，1992。

方士淦：《清钱文端公陈群年谱》，《新编中国名人年谱集成》第十辑，台湾商务印书馆，1980。

王钟翰点校《清史列传》，中华书局，1987。

中仁主编《康熙御批》，中国华侨出版社，2000。

《清实录》，中华书局，2008。

《明实录》，"中研院"历史语言研究所，1968。

庞元英：《文昌杂录》，《雅雨堂丛书》，广陵书社，2015。

查继佐：《罪惟录》，浙江古籍出版社，1986。

李斗：《扬州画舫录》，汪北平、涂雨公点校，中华书局，1960。

孙承泽撰，李洪波点校《畿辅人物志》，北京出版社，2010。

王培荀撰，蒲泽校点《乡园忆旧录》，齐鲁书社，1993。

王培荀撰，魏尧西点校《听雨楼随笔》，巴蜀书社，1987。

余金：《熙朝新语》，上海书店出版社，2009。

黄本骥编《历代职官表》，中华书局，1965。

参考文献

汪启淑：《续印人传》，《清代传记丛刊》第 86 册，明文书局，1985。

王初桐辑《奁史》，《续修四库全书·子部》第 1251 册，上海古籍出版社，2002。

丁丙辑，曹海花点校《善本书室藏书志》，浙江古籍出版社，2016。

黄崇兰：《国朝贡举考略》，《贡举志五种》，武汉大学出版社，2009。

姚元之：《竹叶亭杂记》，中华书局，1982。

汪启淑撰，杨辉君点校《水曹清暇录》，北京古籍出版社，1998。

梁玉绳：《瞥记》，《续修四库全书·子部》第 1157 册，上海古籍出版社，2002。

顾祖禹撰，贺次君、施和金点校《读史方舆纪要》第 3 册，中华书局，2012。

《四库全书总目》，中华书局，1965。

王士禛：《居易录》，《景印文渊阁四库全书·子部》第 175 册，台湾商务印书馆，1986。

王士禛：《池北偶谈》，中华书局，1982。

王士禛：《古夫于亭杂录》，中华书局，1988。

《续修四库全书总目提要》，齐鲁书社，1996。

徐珂编著《清稗类钞》，中华书局，1984。

任中敏：《曲海扬波》，《新曲苑》第 10 册，中华书局，1940。

马茂元选注《楚辞选》，人民文学出版社，1998。

王克让：《河岳英灵集注》，巴蜀书社，2006。

张春林编《欧阳修全集》，中国文史出版社，1999。

陆游撰，钱仲联点校《剑南诗稿》，岳麓书社，1998。

元好问编《中州集》，中华书局，1962。

李梦阳：《空同集》，《景印文渊阁四库全书·集部》第 1206 册，台湾商务印书馆，1986。

孙继皋：《宗伯集》，《四库禁毁书丛刊·集部》第 15 册，北京出版社，1997。

刘荣嗣：《简斋先生集》，《四库禁毁书丛刊·集部》第 46 册，北京出版社，1997。

容肇祖整理《何心隐集》，中华书局，1960。

❖ 卢见曾与《国朝山左诗钞》研究

陈子龙:《陈子龙文集》,华东师范大学出版社,1988。

钱曾笺注,钱仲联标校《钱牧斋全集》,上海古籍出版社,2003。

卢世㴶:《尊水园集略》,《续修四库全书》第1392册,上海古籍出版社,2002。

卢世㴶编选《杜诗胥钞》,国家图书馆藏明崇祯毛氏汲古阁刻本。

李焕章:《织水斋集》,《四库全书存目丛书·集部》第208册,齐鲁书社,1997。

宋琬:《安雅堂诗》,《续修四库全书·集部》第1404册,上海古籍出版社,2002。

宋琬:《安雅堂未刻稿》,《续修四库全书·集部》第1405册,上海古籍出版社,2002。

高珩:《栖云阁诗》,《清代诗文集汇编》第40册,上海古籍出版社,2010。

王日高:《槐轩集》,《清代诗文集汇编》第105册,上海古籍出版社,2010。

王士禛撰,惠栋、金荣注,宫晓卫、孙言诚、周晶、闫昭典点校整理《渔洋山人精华录集注》,齐鲁书社,2009。

王士禛撰,林佶编《渔洋山人精华录》,清康熙三十九年(1700)林佶写刻本。

冯廷櫆:《冯舍人遗诗》,《清代诗文集汇编》第175册,上海古籍出版社,2011。

田雯:《古欢堂集》,《景印文渊阁四库全书·集部》第1324册,台湾商务印书馆,1986。

唐梦赉:《志壑堂集》,《清代诗文集汇编》第103册,上海古籍出版社,2010。

孔尚任:《湖海集》,古典文学出版社,1957。

张实居:《萧亭诗选》,《四库全书存目丛书·集部》第234册,齐鲁书社,1997。

朱缃、朱绎、朱纲:《棣华书屋近刻》,《四库全书存目丛书·集部》第408册,齐鲁书社,1997。

赵执信:《饴山文集》,《清代诗文集汇编》第210册,上海古籍出版社,2010。

卢见曾:《雅雨堂诗文遗集》,《山东文献集成》第1辑第37册,山东大学

卢见曾：《雅雨山人出塞集》，《山东文献集成》第 1 辑第 37 册，山东大学出版社，2006。

程梦星：《今有堂诗集》，《四库全书存目丛书补编》第 42 册，齐鲁书社，2001。

高凤翰：《南阜山人诗集类稿》，《清代诗文集汇编》第 253 册，上海古籍出版社，2010。

彭启丰：《芝庭诗文稿》，清乾隆刻增修本。

钱陈群：《香树斋诗续集》，《清代诗文集汇编》第 261 册，上海古籍出版社，2010。

黄任：《秋江集》，《清代诗文集汇编》第 254 册，上海古籍出版社，2010。

潘务正、李言点校《沈德潜诗文集》，人民文学出版社，2011。

卞孝萱编《郑板桥全集》，齐鲁书社，1985。

王昶撰，陈明洁、朱惠国、裴风顺点校《春融堂集》，上海文化出版社，2013。

孙致中、吴恩扬等点校《纪晓岚文集》，河北教育出版社，1995。

惠栋：《松崖文钞》，《续修四库全书·集部》第 1427 册，上海古籍出版社，2002。

程之鵕：《练江诗钞》，《四库未收书辑刊》第 9 辑第 27 册，北京出版社，1997。

陈黄中：《东庄遗集》，《清代诗文集汇编》第 301 册，上海古籍出版社，2010。

华夫主编《赵翼诗编年全集》，天津古籍出版社，1996。

吴孟复标点《刘大櫆集》，上海古籍出版社，1990。

乔亿：《窥园吟稿》，《清代诗文集汇编》第 229 册，上海古籍出版社，2010。

卢文弨：《抱经堂文集》，《续修四库全书·集部》第 1432 册，上海古籍出版社，2002。

齐学裘：《劫余诗选》，《续修四库全书·集部》第 1531 册，上海古籍出版社，2002。

孙起栋：《辽西草》，岳麓书社，2013。

茹纶常：《容斋诗集》，《续修四库全书·集部》第1457册，上海古籍出版社，2002。

薛所蕴：《澹友轩文集》，《清代诗文集汇编》第15册，上海古籍出版社，2010。

龚自珍：《龚自珍全集》，上海人民出版社，1975。

朱彝尊编《明诗综》，中华书局，2007。

卓尔堪选辑《明遗民诗》，中华书局，1960。

邓汉仪评选《诗观》，清康熙慎墨堂刻本。

黄传祖编《扶轮新集》，清顺治十六年（1659）刻本。

王尔纲编《名家诗咏》，清康熙二十七年（1688）刻本。

卢见曾编《国朝山左诗钞》，《山东文献集成》第1辑第41册，山东大学出版社，2006。

宋弼编《国朝山左诗补钞》，《山东文献集成》第1辑第42册，山东大学出版社，2006。

张鹏展编《国朝山左诗续钞》，《山东文献集成》第1辑第42册，山东大学出版社，2006。

余正酉编《国朝山左诗汇钞后集》，《山东文献集成》第1辑第42册至第43册，山东大学出版社，2006。

王士禄、王士禛编选《涛音集》，《山东文献集成》第3辑第38册，山东大学出版社，2010。

潘衍桐编纂，夏勇、熊湘整理《两浙輶轩续录》，浙江古籍出版社，2014。

王豫、阮亨辑《淮海英灵续集》，《续修四库全书·集部》第1682册，上海古籍出版社，2002。

沈德潜等编《清诗别裁集》，上海古籍出版社，2013。

王赓言编《东武诗存》，《山东文献集成》第3辑第40册，山东大学出版社，2006。

孙锡嘏编《般阳诗钞》，《山东文献集成》第3辑第39册，山东大学出版社，2006。

鹿松林编《董氏遗稿》，《山东文献集成》第3辑第40册，山东大学出版社，2006。

冉苒校点《唐宋诗醇》，中国三峡出版社，1997。

彭定求等编《全唐诗》，中华书局，1980。

范文澜注《文心雕龙》，人民文学出版社，2008。

陈延杰注《诗品注》，人民文学出版社，1980。

孟棨：《本事诗》，丁福保辑《历代诗话续编》，中华书局，1983。

郭绍虞校释《沧浪诗话校释》，人民文学出版社，1983。

刘攽：《中山诗话》，何文焕辑《历代诗话》，中华书局，2004。

徐祯卿：《谈艺录》，何文焕辑《历代诗话》，中华书局，2004。

杨慎撰，王仲镛笺证《升庵诗话笺证》，上海古籍出版社，1987。

朱彝尊撰，姚祖恩编，黄君坦点校《静志居诗话》，人民文学出版社，1990。

王士禛口授，何世璂述《然灯记闻》，王夫之等撰《清诗话》上册，上海古籍出版社，1963。

王士禛等：《师友诗传录》，王夫之等撰《清诗话》上册，上海古籍出版社，1963。

王士禛：《渔洋诗话》，王夫之等撰《清诗话》上册，上海古籍出版社，1963。

赵执信、翁方纲撰，陈迩冬校点《谈龙录 石洲诗话》，人民文学出版社，1981。

袁枚撰，顾学颉校点《随园诗话》，人民文学出版社，1982。

王昶撰，周维德校辑《蒲褐山房诗话新编》，齐鲁书社，1988。

田同之：《西圃诗说》，郭绍虞编选，富寿荪校点《清诗话续编》第2册，上海古籍出版社，1983。

戴璐：《吴兴诗话》，《续修四库全书·集部》第1705册，上海古籍出版社，2002。

洪亮吉撰，陈迩冬点校《北江诗话》，人民文学出版社，1998。

杨钟曦撰，刘承干参校《雪桥诗话三编》，北京古籍出版社，1991。

邓之诚：《清诗纪事初编》，上海古籍出版社，1984。
山东师范大学历史系中国近代史研究室编选《清实录山东史料选》，齐鲁书社，1984。

二　专著

吴调公：《神韵论》，人民文学出版社，1991。
谭其骧主编《简明中国历史地图集》，中国地图出版社，1991。
中国人民大学清史研究所编《清史编年（乾隆朝）》，中国人民大学出版社，1991。
安作璋主编，朱亚非编《山东通史（明清卷）》，山东人民出版社，1994。
〔美〕魏斐德：《洪业——清朝开国史》，陈苏镇、薄小莹等译，阎步克等校，江苏人民出版社，1995。
谢正光、佘汝丰编著《清初人选清初诗汇考》，南京大学出版社，1998。
张健：《清代诗学研究》，北京大学出版社，1999。
陈良运：《中国诗学批评史》，江西人民出版社，2001。
蒋寅：《王渔洋与康熙诗坛》，中国社会科学出版社，2001。
王瑜、朱正海等：《盐商与扬州》，江苏古籍出版社，2001。
陈维昭：《带血的挽歌：清代文人心态史》，河北教育出版社，2001。
史小军：《复古与新变：明代文人心态史》，河北教育出版社，2001。
程相占：《中国古代叙事诗研究》，广西师范大学出版社，2002。
潘承玉：《清初诗坛：卓尔堪与〈遗民诗〉研究》，中华书局，2004。
谢国桢：《明清之际党社运动考》，上海书店出版社，2004。
孟森：《清史讲义》，广西师范大学出版社，2005。
李伯齐主编《山东分体文学史（诗歌卷）》，齐鲁书社，2005。
莫砺锋：《古典诗学的文化观照》，中华书局，2005。
张蓉：《中国古代诗学范畴考辨》，中国社会科学出版社，2015。
王小舒：《神韵诗学》，山东人民出版社，2005。
陈生玺：《明清易代史独见》，上海古籍出版社，2006。
孙春青：《明代唐诗学》，上海古籍出版社，2006。

周振甫：《文学风格例话》，江苏教育出版社，2006。

李剑波：《清代诗学话语》，岳麓书社，2007。

王济民：《清乾隆嘉庆道光时期诗学》，巴蜀书社，2007。

陈文新：《明代诗学的逻辑进程与主要理论问题》，武汉大学出版社，2007。

陈伯海：《唐诗学引论》，东方出版中心，2007。

谢景芳、赵洪刚：《明清兴替史事论考》，吉林人民出版社，2007。

龚鹏程：《中国诗歌史论》，北京大学出版社，2008。

戴健：《清初至中叶扬州娱乐文化与文学》，社会科学文献出版社，2008。

张剑、吕肖奂、周扬波：《宋代家族与文学研究》，中国社会科学出版社，2009。

马汉钦：《明代诗歌总集与选集研究》，哈尔滨工程大学出版社，2009。

孙纪文：《王士禛诗学研究》，宁夏人民出版社，2009。

李少群、乔力等：《齐鲁文学演变与地域文化》，人民出版社，2009。

罗鹭：《〈元诗选〉与元诗文献研究》，巴蜀书社，2010。

罗时进：《地域·家族·文学：清代江南诗文研究》，上海古籍出版社，2010。

王兵：《清人选清诗与清代诗学》，中国社会科学出版社，2011。

孙立：《明末清初诗论研究》，广东高等教育出版社，2011。

黄裳：《笔祸史谈丛》，北京出版社，2011。

陈伯海主编《唐诗学史稿》，人民出版社，2011。

张晖：《中国"诗史"传统》，生活·读书·新知三联书店，2012。

王小舒：《中国诗歌通史（清代卷）》，人民文学出版社，2012。

王英志主编《清代唐宋诗之争流变史》，人民文学出版社，2012。

蒋寅：《清代诗学史》，中国社会科学出版社，2012。

阮忠：《唐宋诗风流别史》，中国社会科学出版社，2012。

孙学堂：《明代诗学与唐诗》，齐鲁书社，2012。

王守栋：《德州卢氏家族研究》，线装书局，2012。

曾大兴：《中国历代文学家之地理分布》，商务印书馆，2013。

张兵等：《文化视域中的清代文学研究》，人民出版社，2013。

周振鹏主编《中国行政区划通史（清代卷）》，复旦大学出版社，2013。

❖ 卢见曾与《国朝山左诗钞》研究

卢燕新：《唐人编选诗文总集研究》，中国人民大学出版社，2014。
骆鸿凯：《文选学》，中华书局，2015。
周潇：《明代山东文学史》，中国社会科学出版社，2015。
郭鹏、尹变英：《中国古代的诗社与诗学》，商务印书馆，2015。
孟伟：《清人编选的文章选本与文学批评研究》，中国社会科学出版社，2016。
刘和文：《清人选清诗总集研究》，安徽师范大学出版社，2016。
乔力、李少群主编《山东文学通史》上册，中国社会科学出版社，2016。
王云：《明清山东运河区域社会变迁》，人民出版社，2006。
夏勇：《清诗总集通论》，中国社会科学出版社，2016。
曾大兴：《文学地理学概论》，商务印书馆，2017。
罗时进：《文学社会学——明清诗文研究的问题与视角》，中华书局，2017。
曾大兴、夏汉宁、刘川鄂主编《文学地理学》第六辑，中国社会科学出版社，2018。

三　论文

邱良任：《卢见曾及其〈出塞图〉》，《故宫博物院院刊》1983年第2期。
邱良任：《卢见曾与〈出塞集〉》，《文学遗产》1983年第6期。
王钟陵：《总集与评点——兼论文学史运动的动力结构》，《中国社会科学》1993年第4期。
黄金元：《略论卢见曾编纂的〈国朝山左诗钞〉》，《厦门教育学院学报》2007年第2期。
徐雁平：《扬州的两个幕府与两个书院》，《南京晓庄学院学报》2007年第4期。
鲍开恺：《卢见曾幕府戏曲活动考述》，《江苏教育学院学报（社会科学版）》2008年第2期。
夏勇：《论地方类清诗总集的成就与特点》，《中国石油大学学报（社会科学版）》2008年第4期。
马卫中：《明末清初江苏诗歌总集与诗派之关系》，《苏州大学学报（哲学社会科学版)》2008 年第 5 期。

庞金殿、蒋雪艳:《卢见曾诗文创作述要》,《德州学院学报》2008 年第 3 期。

夏勇:《清代地域诗歌总集编纂流变述略》,《西南交通大学学报(社会科学版)》2009 年第 1 期。

朱则杰:《关于清诗总集的选人与选诗》,《甘肃社会科学》2009 年第 1 期。

王伟康:《卢见曾被遣戍台与吴敬梓〈奉题雅雨大公祖出塞图〉诗》,《扬州教育学院学报》2009 年第 2 期。

李瑞豪:《卢见曾与"扬州八怪"》,《贵州文史丛刊》2009 年第 2 期。

黄金元:《清中期"山左"名贤卢见曾诗歌简论》,《德州学院学报》2009 年第 1 期。

乔慧:《雅雨寄雅意 德水传德音——海内宗匠卢见曾诗试析》,《山东省青年管理干部学院学报》2009 年第 5 期。

庞金殿:《宦海名臣 文坛宗匠——评卢见曾的仕宦经历、兴教倡学和诗文成就》,《社会科学论坛》2009 年第 6 期。

黄金元:《清中期山左名贤卢见曾诗学思想探析》,《名作欣赏》2009 年第 8 期。

刘和文:《清诗总集群体性特征考论》,《苏州大学学报(哲学社会科学版)》2010 年第 6 期。

程章灿:《总集与文学史权力——以〈文苑英华〉所采诗题为中心》,《南京大学学报(哲学·人文科学·社会科学版)》2011 年第 1 期。

陈汝洁:《雅雨堂本〈谈龙录〉删节因园本条目补正——兼论袁枚误解〈谈龙录〉的因由》,《山东理工大学学报(社会科学版)》2011 年第 2 期。

刘和文:《清诗总集百年研究进程》,《中国韵文学刊》2011 年第 2 期。

郭文捷:《卢见曾诗文创作、兴教倡学方面所体现的浪漫主义情怀》,《黑龙江史志》2011 年第 3 期。

刘和文:《清诗总集地域性特征考论》,《内蒙古大学学报(哲学社会科学版)》2011年第4期。

曹江红:《惠栋与卢见曾幕府研究》,《中国史研究》2012年第1期。

张兵、侯冬:《卢见曾幕府与清代中期扬州诗坛》,《甘肃社会科学》2012年第2期。

程璇:《卢见曾幕府研究综述》,《菏泽学院学报》2012年第3期。

贺万里:《文游·狂欢·独酌——扬州雅集的三段论》,《艺术百家》2012年第5期。

马卫中、刘和文:《清人辑选清诗总集评点考论》,《复旦学报(社会科学版)》2013年第1期。

刘和文、康琳:《诗选之学——清诗总集的编辑观念》,《江苏师范大学学报(哲学社会科学版)》2014年第6期。

胡遂、唐艺溱:《红桥修禊与清代士人之心态流变》,《湖南大学学报(社会科学版)》2015年第1期。

刘敏:《论清代两淮盐运使对文化的贡献》,《图书情报研究》2015年第4期。

王守栋:《明清世宦大族——德州卢氏考》,《德州学院学报》2016年第1期。

刘和文:《论清人辑选清诗总集的"诗史观"——以〈诗观〉〈清诗铎〉〈道咸同光四朝诗史〉为中心》,《湖南人文科技学院学报》2016年第3期。

蒋旅佳:《论宋代地域总集编纂分类的地志化倾向》,《中山大学学报(社会科学版)》2016年第3期。

何诗海:《作为副文本的明清文集凡例》,《文学评论》2016年第3期。

李传江:《卢见曾幕府交游及戏曲创作考》,《长江论坛》2017年第1期。

王守栋:《卢见曾与雅雨堂版藏书》,《德州学院学报》2017年第1期。

夏勇:《地域总集研究的回顾与前瞻》,《杭州电子科技大学学报(社会科学版)》2017年第1期。

袁鳞:《论卢见曾与袁枚的交谊与交恶》,《重庆第二师范学院学报》2017年第1期。

周潇:《卢世㴶及明清德州卢氏文学成就论略》,《东方论坛》2017年第

4 期。

耿锐：《〈国朝山左诗钞〉成书考略》，《重庆三峡学院学报》2017 年第 5 期。

吕冠南：《卢见曾〈焦山志〉文献辑佚价值考述》，《常熟理工学院学报（哲学社会科学版）》2018 年第 1 期。

李程：《〈明诗综〉文学采摭考述》，《华中学术》2018 年总第 21 辑。

夏勇：《近十年来清诗总集研究述评——以现代清诗总集研究的整体历程为背景》，《中国韵文学刊》2018 年第 1 期。

邹琳：《盛世诗史：〈国朝山左诗钞〉中的诗人族群关系与其史传意识》，《东岳论丛》2021 年第 2 期。

刘伟楠：《卢见曾〈雅雨山人出塞集〉的审美特质及社会功用》，《德州学院学报》2021 年第 3 期。

刘伟楠：《卢见曾〈雅雨山人出塞集〉的边塞书写及其书写方式》，《社会科学动态》2022 年第 7 期。

胡晓云：《卢见曾年谱》，兰州大学硕士学位论文，2006。

王炜：《〈清诗别裁集〉研究》，武汉大学博士学位论文，2006。

俞映红：《卢见曾在扬时期的文学活动》，浙江师范大学硕士学位论文，2007。

鲍开恺：《扬州卢见曾幕府戏曲活动研究》，南京师范大学硕士学位论文，2007。

王卓华：《邓汉仪〈诗观〉研究》，南京师范大学博士学位论文，2007。

王连琦：《卢见曾在扬州的文学活动研究》，南京大学硕士学位论文，2011。

郭文捷：《宦海沉浮中的浪漫主义者——卢见曾》，辽宁师范大学硕士学位论文，2011。

李程：《朱彝尊〈明诗综〉研究》，华中师范大学博士学位论文，2014。

唐雅君：《卢见曾研究三题》，扬州大学硕士学位论文，2015。

张令潇：《清代平山堂文学研究》，扬州大学硕士学位论文，2017。

刘伟楠：《卢见曾〈雅雨山人出塞集〉研究》，内蒙古大学硕士学位论文，2020。

图书在版编目(CIP)数据

卢见曾与《国朝山左诗钞》研究/耿锐著.--北京：社会科学文献出版社，2024.3
ISBN 978-7-5228-3104-6

Ⅰ.①卢… Ⅱ.①耿… Ⅲ.①古典诗歌-文学研究-中国-清代 Ⅳ.①I207.22

中国国家版本馆CIP数据核字（2024）第019310号

卢见曾与《国朝山左诗钞》研究

著　　者 / 耿　锐
出 版 人 / 冀祥德
责任编辑 / 杜文婕
责任印制 / 王京美
出　　版 / 社会科学文献出版社
地址：北京市北三环中路甲29号院华龙大厦　邮编：100029
网址：www.ssap.com.cn
发　　行 / 社会科学文献出版社（010）59367028
印　　装 / 三河市尚艺印装有限公司
规　　格 / 开本：787mm×1092mm　1/16
印　张：17.25　字　数：266千字
版　　次 / 2024年3月第1版　2024年3月第1次印刷
书　　号 / ISBN 978-7-5228-3104-6
定　　价 / 128.00元

读者服务电话：4008918866

版权所有 翻印必究